Peter Butschkow,
Rebecca, Roswitha und die wilden Siebziger.
Die Geschichte eines Betruges

PF 1621, D – 72006 Tübingen, Telefon: 0049 (0) 7071 66551
0049 (0) 172 7233958, office@konkursbuch.com
www.konkursbuch.com Facebook: konkursbuch.verlag
Lektorat: Florian Rogge. Cover und Vorsatz: Peter Butschkow
Gerne schicken wir Ihnen auch unser gedrucktes Gesamtverzeichnis.
ISBN-Buch: 978-3-88769-588-0 E-Book: 978-3-88769-589-7

Peter Butschkow

Rebecca, Roswitha und die wilden Siebziger

Die Geschichte eines Betruges

Roman

konkursbuch
Verlag Claudia Gehrke

Prolog

Frau Werner, unsere Deutschlehrerin, fuhr fast sinnlich mit beiden Händen an den Kanten der penibel, bündig gestapelten Aufsatzhefte entlang und lächelte. Das Thema hatte »Mein schönstes Erlebnis« gelautet. Heft für Heft griff sie sich herunter, öffnete es würdevoll und las die Zensur vor, wie immer, den Countdown von oben nach unten. Die Spannung in der Klasse wuchs und wuchs. »Striege? Fünf!« Dass Striege nicht schreiben konnte, wusste jeder, dafür war er in Sport super: er konnte dreißig Liegestütze. Ohne abzusetzen! »Lutzke? Vier!« Mehr war für Carola echt nicht drin. »Hallberg? Drei!« Damit konnte er zufrieden sein. Und so ging es weiter und weiter, und ich war zu meiner Verwunderung immer noch nicht dabei. Aus meiner hinteren Reihe konnte ich den Stand der verbliebenen Anzahl von Heften nicht sehen. Die Spannung war kaum auszuhalten, wer hatte sich den Einser geschnappt? Frau Werner griff sich in quälender Bedächtigkeit wieder ein Heft – und wie sich herausstellte, war es das letzte –, schlug es auf und begann zu lesen: »›Pedro, lauf!‹ Der riesige, schwarzgelockte Pudel meiner Tante stürzte die Treppe herunter und begrub mich in seiner grenzenlosen Liebe unter sich.« Ich saß wie erstarrt und rekapitulierte ihre Worte, die mir irgendwie vertraut vorkamen. Das war doch genau wie meine Erzählung?

Wer hatte sich meine Geschichte geklaut? Ich war außer mir, bis mir schlagartig bewusst wurde, dass ich das selber war. »Butschkow? Eins!« Ich schleppte das Heft wie einen goldenen Pokal zu mir nach Hause, stürzte in unsere Wohnung und rief mit puterroten Kopf »Ich hab eine Eins im Aufsatz!« zu meiner Mutter in die Küche. »Heute gibt's Kohlrouladen«, antwortete sie strahlend. Eine größere Belohnung konnte mir wirklich nicht widerfahren. Als wir alle am Tisch saßen und ich damit beschäftigt war, den Bindfaden von meiner Kohlroulade abzufieseln, da strich sie mir mit der Hand über den Kopf und sagte: »Du wirst mal ein großer Schriftsteller.« Das Ergebnis liegt nun nach achtundfünfzig Jahren vor. Ja, es hat etwas länger gedauert. In der Zwischenzeit musste ich Tausende von Cartoons zeichnen und versuchen, die Menschheit mit Strichen zu amüsieren oder betroffen zu machen, wobei mir, zugegeben, naturgegeben die humorvolle Lebensbetrachtung mehr im Blut liegt. Damit allerdings bediene ich mich einer in unserem Lande höchst umstrittenen Energie, die einerseits als magische Heilkraft gepriesen, andererseits als intellektuelles Fastfood, also im deutschen Werteverständnis gerne als »leichte Kost« diskreditiert wird. Der Humor ist quasi der Vegetarier unter den geistigen Fetten. Nein, nein, ich wimmere nicht nach Anerkennung, jeder hat das Recht auf Abscheu oder Jubel. Ich füge mich dem demütig, weil mir die Kunst der Schreibens eine der allergrößten ist und ich beim besten Willen nicht in der Lage bin zu beurteilen, ob ich mir mit diesem Buch eine Kohlroulade verdient habe. So habe ich also einen vegetarischen Roman über eine außerordentliche Zeit geschrieben, in der Ende der Sechziger Jahre eine Generation voll neuer Träume und Visionen von sozialer Gerechtigkeit und hemmungsfreier Liebe radikal an den verstaubten Werten der Alten rüttelte. Die aber standen nach dem apokalyptischen Heavy Fascho Metal des Führers in einem restlos zertrümmerten Saal und sehnten sich nur nach Frieden und Wohlstand. Die Auswirkungen dieses Konfliktes prägen wohl den Zeitgeist meines Romans, es sind aber vielmehr die Figuren, die Menschen, die Freunde und Bekannten dieser Zeit, die mich als wundervolle und schräge Typen begleitet, bereichert und ergötzt haben und denen ich mit diesem Buch ein kleines, persönliches Denkmal setzen wollte. Um Vorwürfen und rechtlichen Schritten aus dem Wege zu gehen, sind sie geschickt verzeichnet und verstrickt. Solche von ihnen, die mich unverzeihlicherweise schon für immer verlassen haben, mögen mich an der Himmelspforte mit einer Bierdusche erwarten.

1. Kapitel
Verschlungene Liebende. Ein Postbeamter wird Mutti. Der Millionär zahlt alles. Akrobatik an Zimmerdecke. Mappe schlägt zu. Kleinholz aus England.

»Wie bitte? *Der Mond zaubert ein silbernes Band auf den See …*«, Speck zog seine feuchte Zungenspitze einmal quer über die Klebefläche seiner Zigarette und schaute dabei an die Zimmerdecke. »… *und verknotet damit zwei Liebende*?« Geschickt drehte und massierte er den Zigarettenkörper in seinen Händen, bis das Ergebnis ihn zufriedenstellte. Keiner drehte seine Zigaretten so formschön wie Speck. »Hör mal … also, hä? Findest du das gut?«, fragte er.

»Ach, nee? Wie bist du denn drauf?«, fragte Archie, legte sein Manuskript zur Seite und griff sich seinen Teepott.

»Meinetwegen schreib doch lieber *verschlungen*, da weiß doch jeder was da abgeht, aber verknote sie nicht. Verknoten tut man Bettlaken, um damit aus dem Knast zu fliehen, aber doch keine Liebenden.« Speck klopfte die Zigarette kurz auf den Tisch und zündete sie an, dann nahm er einen kräftigen Zug und lauschte dem Knistern des brennenden Tabaks.

»Der Mond zaubert sein silbernes Band auf den See und verschlingt damit zwei Liebende? Liebendenfresser Mond? Wie klingt das denn? Also der Mond verschlingt mittels eines

Silberbandes zwei Liebende? Was soll denn dieser Schwachsinn?« Archie schüttelte seinen Kopf.

»Nein, Mann, du weißt doch genau was ich meine. Jetzt stell dich nicht dumm. Der Mond zaubert sein Silberband … nee, wie hattest du noch mal geschrieben?«, fragte Speck.

»*Der Mond zaubert ein silbernes Band auf den See …*«, zitierte Archie.

»Der Mond zaubert ein silbernes Band – hör mal, was soll eigentlich dieses Band?«

»Alter, das ist Romantik, verstehst du nicht«, grummelte Archie.

»Natürlich, keine Ahnung, ich schreib ja auch keine Romane, stimmt.«

»Also was jetzt? Mach einen besseren Vorschlag oder ich lass das so«, sagte Archie und tauchte die Nase in seinen Teepott.

»In einem Silberband verknotete Liebende, das ist für mich keine Romantik, das ist ein Notfall.«

»Kommt noch was?«

»Der Mond zaubert dieses silberne Band da auf zwei verschlungene Liebende. Klingt doch ganz gut, was ist daran Schwachsinn?« Speck zog kräftig an seiner Zigarette.

»Gerne noch mal«, sagte Archie spitz, zog das Manuskript zu sich heran und las: »*Der Mond zaubert sein silbernes Band auf den See* – auf den See! Das hast du vergessen, und nicht das Band auf die zwei Liebenden.«

»Okay, okay, hab verstanden.« Speck dachte intensiv nach, dann rief er: »Ha! Ich hab's! Küsst! Schreib doch, küsst die zwei verschlungenen Liebenden! Das isses doch.« Er schaute Archie selbstzufrieden an. »Gekauft? Ist doch gut, oder?«, fragte er.

»Der Mond zaubert sein silbernes Band auf den See und küsst damit zwei verschlungene Liebende? Wie klingt das denn? Ein Silberband kann doch keinen küssen.« Archie schüttelte wieder den Kopf und strich dabei mit seinen zwei Mittelfingern kreisend um den Rand seines Teepotts.

»Sehe ich anders«, sagte Speck, zog tief an seiner Zigarette und schickte stoßartig Rauchsignale der Enttäuschung zur Zimmerdecke hoch.

»Du hast schon mal ein Silberband gesehen, das küssen kann? Damit können wir nach Las Vegas.«

»Mann, Archie«, stöhnte Speck.

»Okay, okay.« Archie schlug mit beiden Händen auf den Tisch. »So! Jetzt! Wie findest du: Der Mond küsst mit seinem verzauberten Band zwei verschlungene Liebende?«

Speck nahm sich lange Zeit, wog Archies neuen Vorschlag nachdenklich ab und befand dann abschließend: »Nicht übel. Aber jetzt ohne Silber und ohne See?«

»Du machst mich fertig, echt«, sagte Archie sinnierend, dann hob er den Finger. »Hör mal, wie gefällt dir: Der Mond küsst mit seinem silbernen Band die zwei verzauberten Liebenden am verschlungenen See … oh, nee, was ist das denn jetzt? Du bringst mich völlig durcheinander.«

»Küsst mit seinem Band die zwei Verzauberten am Silbersee! Okay? Da ist alles schön kompakt zusammen.« Speck strahlte.

»Silbersee? Ja, schön, gute Idee. Und verschlungen? Und Liebende? Raus?«, fragte Archie.

»Verschlungen nimm raus und die Liebenden schiebst du noch dazwischen, also: Der Mond küsst mit seinem Band die zwei Liebenden im Zauber des Silbersees. Das ist doch gut, oder? Rund und stimmig, wenn das nicht romantisch ist? Also mir gefällt's.«

»Scheiß drauf, das nehm ich«, sagte Archie entschlossen und kritzelte in seinem Manuskript.

»Und Deckel drauf, ihr Liebenden«, sagte Speck und griff sich einen *U-Comix*-Band.

»Jetzt nur noch mal, also … warum du dich so an dem Knoten gestört hast, verstehe ich immer noch nicht. Verschlungen und verknotet, für mich ist da kein Unterschied«, sagte Archie. »Knoten sind doch schließlich auch verschlungen, so gesehen …«

»Archie!«, drohte Speck. »Lass das jetzt so.«

»Okay, okay«, Archie hob die Hände und fragte: »Hast noch 'n Comic für mich?«

Er musste jetzt einfach mal was anderes lesen als Romanmanuskripte. Die Begeisterung für Comics war es, die Speck und Archie zusammengebracht hatte. Sie stießen an einem Freitagvormittag zufällig in der Comicabteilung einer Buchhandlung im Bahnhof Zoo aufeinander, als Archie gerade in der neuesten *U-Comix*-Ausgabe las und Speck neben ihm in einer *Freak Brothers*-Ausgabe blätterte. Irgendwie kamen sie ins Gespräch und stellten fest, dass beide voll auf Robert Crumb und Gilbert Shelton standen. Als Archie noch erfuhr, dass Speck in einer Band spielte, erzählte er ihm, dass er in der BÄCKEREI, einer Szenekneipe in Wilmersdorf, arbeitete, dort würden sie immer wieder für die Wochenenden eine gute Band suchen, die den Laden aus den Angeln hebt. Aus den Angeln heben, das sei genau ihr Ding, sagte Speck.

»Hört sich schon mal gut an«, sagte Archie.

Am nächsten Tag knatterte Speck auf seiner schweren Harley zur BÄCKEREI, um die Location zu checken. Bei der Anfahrt wollte er den vielen Gästen, die vor dem Lokal saßen, mit einem lässigen Powerslide mal zeigen, wie gut er sein Moped im Griff hatte, unterschätzte aber den Bürgersteig und packte sich krachend hin. Der hämische Applaus der Zuschauer blieb ihm erspart, weil er für einen kurzen Moment die Besinnung verlor.

Als er wieder zu sich kam, lag er mitten zwischen Neugierigen wie ein Käfer rücklings auf dem Asphalt und musste sich erst mal orientieren. »Leute, ich lieg da platt auf der Straße, umringt von blöden Gaffern«, erzählte er, »null Peilung, was überhaupt passiert ist. Ich denke, Mann, Speck – was soll das denn? Warum liegst du hier eigentlich auf der Straße rum? Wolltest du nicht Motorrad fahren? Über mir ein Kreis von Köpfen, die mich wie behaarte Planeten umrahmen. Hör mal, bin ich Pluto? Einer dieser Planeten quatscht mich blöd an, ob ich immer so parken würde? Welcher Komiker fragt mich das, frage ich.«

»Archie.«

»Wer verdammt noch mal ist Archie?«

»Der Comic-Freak vom Bahnhof Zoo«, klärte Archie ihn auf. »Checkst du?«

Dieser Vorfall brachte Archie und Speck endgültig zusammen. Speck stand dann tatsächlich mit seinen »Blue Shoes« – Gitarre, Bass, Schlagzeug, Sängerin – jeden zweiten Freitagabend in der BÄCKEREI auf einer kleinen, zusammengezimmerten Bühne und spielte »Rackenrohl«, wie er das nannte. Für Archies Musikverständnis war die Band eine ziemliche Rumpeltruppe, aber wenn Speck bei *Smoke On The Water* seinen ihm in den Kniekehlen baumelnden Bass penetrierte, da brannte die Hütte – und einen Brand löschte man am besten mit Bier. So schloss sich der gastronomische Kreislauf.

Eines Tages lernte die Band bei einem Auftritt Hans-Joachim kennen, einen Mann, der hauptberuflich im Schalterdienst des Tempelhofer Hauptpostamtes arbeitete und dort Briefmarken ableckte, Postgut entgegennahm und penibel Kontostände in Sparbücher schrieb, in seinem zweiten Leben aber eine ausgeprägte Affinität zum Showgeschäft besaß. Nachdem er mal im Film *Die Fastnachtsbeichte* als Statist in einem Harlekinkostüm eine Sitzrolle spielen durfte, ließ er sich eine eigene

Starpostkarte mit dem UFA-Logo drucken, auf der er aussah wie Cary Grant. Dieser Hans-Joachim bot sich an, gegen einen bescheidenen Prozentsatz das Management der Band zu übernehmen und sich um den ganzen Kram zu kümmern, der bei der Regelung von Auftritten nun mal so anfällt. Die Band willigte ein. Von da an war Hans-Joachim tagsüber ein braver Postbeamter mit Pomade im Haar und in der Freizeit der Manager einer langhaarigen Rockband. »Mutti« – wie die Band ihn wegen seiner grenzenlosen Fürsorge nannte – ließ sich am nächsten Tag sofort eine Visitenkarte drucken, auf der in der Mitte fett sein Name stand, gleich darunter »Musik-Manager« und in der nächsten Zeile »Paris, London, Rio, New York«. Eigentlich wohnte er noch bei seiner Mutter in Tempelhof, sozusagen Mutti bei Mutti, doch anscheinend hatte er sich von diesem Nest aus klammheimlich ein weltweites Netzwerk aufgebaut. Fragte man ihn, wie er es schaffe, nebenbei noch Büros in vier Weltstädten zu unterhalten, bekamen die Bandmitglieder nur seltsame Antworten, z.B.: »Das frage ich mich manchmal auch« oder »Da seht ihr mal«. So lange Mutti seinen Job gut machte, war es der Band letztlich piepegal, welche internationalen Zweigstellen sich auf Muttis Visitenkarte drängelten. Trommeln gehörte bei ihm zum Geschäft. Die Wirksamkeit seiner beeindruckenden Repräsentation ließ nicht lange auf sich warten. Eines Tages teilte Mutti der Band mit, er habe einen exorbitant gut bezahlten, einmaligen Gig klargemacht. Ein Abend, maximale Kohle.

»Schönes Ding, Mann. Und wo?«

»Im Grunewald, privat. Hab 'n Millionär kennengelernt.«

»Auf der Post? Anhand seines Sparbuchs, oder wie?«

»Quatsch!«

»Woher weißt du denn, dass der Millionär ist? Tach, bin Millionär. Und Sie?«

»Wer so viel Kohle für einen Abend bezahlt, muss Millionär sein.«

»Hm, logisch.«

»Er ist irgendwo auf meine Visitenkarte gestoßen und hat mich angerufen. Suchte 'ne Band für eine Hochzeitsfeier.«

»Der Millionär heiratet?«

»Seine Tochter.«

»Wir spielen auf der Hochzeit eines Millionärs, der seine Tochter heiratet?«

»Meine Güte. Ihr spielt im Grunewald in einer Privatvilla aus Anlass der Hochzeit der Tochter eines Vaters, der Millionär ist. So weit klar? Der Vertrag ist unterschrieben.«

»Weiß Herr Millionär, was wir für Musik machen?«

»Die Tochter mag Rockmusik und tanzt gerne.«

»Und die Gäste? «

»Herrgott, improvisiert eben ein bisschen!«

»*I Can't Get No Satisfaction* im Viervierteltakt?«

Die Band spielte also an einem sommerlichen Samstagabend im Grunewald auf der Terrasse einer Villa auf der Hochzeitsfeier der Tochter eines Millionärs. Das Personal war vom Millionär instruiert, den Musikern jeden Getränkewunsch zu erfüllen – und die hielten die eifrigen Geister ordentlich auf Trab. Anfangs gelang ihnen noch der Spagat zwischen Identität und Kompromiss, sie spielten manche Titel eben langsamer oder als Rumba oder Cha-Cha-Cha, sodass die erlauchten Gäste fröhlich ihr goldenes Geschmeide dazu klimpern lassen konnten: »Wild Thing – Cha-cha-cha – you make may heart sing – Cha-cha-cha – you make everything – Cha-cha-cha – groovy – Cha-cha-cha …«

Es klappte eine Zeit lang ganz erstaunlich und Mutti raunte ihnen zu: »Na seht ihr, geht doch. Immer an die Kohle denken!«

Auch eine vornehme alte Dame zollte ihnen ganz aufgelöst mit gerafftem Abendkleid ihre Anerkennung: »Reizende junge Leute, die die Laute schlagen. Entzückend, ganz entzückend.« Irgendwann aber warf die Band ihre biedere Maske ab und ließ es krachen. Das kam erstaunlich gut an. Gegen Mitternacht versuchte der Millionär, seine von Bowle enthemmte Gattin bei Roll Over Beethoven über die Schulter zu werfen, bekam aber einen Hexenschuss. Die frisch verheiratete Braut verliebte sich in Speck und der Trauzeuge in Mutti. Der strich beflissen durch die Tischreihen und verteilte seine Visitenkarten. Gegen vier Uhr morgens zahlte der etwas rückensteife Millionär in einem Meer von zersplitterten Sekt- und Weingläsern der Band in großer Zufriedenheit bar die Gage aus. Jeden Geldschein begleitete er mit einem: »Faaa-bel-haft!« Mutti kassierte die fabelhafte Gage und versprach: »Immer zu Diensten!« Das passiert, wenn man einen Postbeamten als Manager beschäftigt. Zum Glück blieben der Band weitere Anfragen aus dieser ihnen so fremden Gesellschaftsschicht erspart.

Bier ist Bier und Schnaps ist Schnaps, beide beruflichen Welten ließen sich für Mutti problemlos trennen. Er kümmerte sich um die Verträge mit Millionären und sonstigen Veranstaltern, um Pressearbeit und Finanzamt, um Unterkünfte und Verpflegung und darum, dass die Bandmitglieder am Abend in einheitlichen Klamotten auf der Bühne standen. Was nicht immer leicht war, da regelmäßig ein Bandmitglied die am Vortag getroffene Absprache bezüglich des Outfits vergaß und am nächsten Abend im roten Hemd und Jeans, statt in einem blauen Hemd und rotgestreifter Hose zum Auftritt erschien. Und Mutti passte auf, dass sie nicht zu spät ins Bett gingen. Wenn alles gut lief, lud Mutti nach dem Auftritt die gesamte Band, inkl. Roadies und Freundinnen, in den Wienerwald ein, die Hölle aller gläubigen Hühnchen. Mutti liebte Geflügel und verspeiste es dort in allen Variationen, gegrillt, geröstet, gebraten und in der Suppe mit dem beunruhigenden Namen *Suppe alles drin*. Man könnte mit Fug und Recht sagen, er hatte sich über Jahre hinweg ausschließlich von Hühnerfleisch ernährt und es erschien fast wie ein Wunder, dass ihm in dieser Zeit nicht Flügel gewachsen waren. Das einzige Huhn, das Mutti nicht aß, war Glucki. Glucki war aus Plüsch und stand bei ihm in seinem Zimmer im Regal, zusammen mit einer Population von Stoffbärchen in allen Größen, Farben und Rassen. Braunbären, Nasenbären, Pandabären, Koalas, die alle in seiner Abwesenheit von seiner Mutter gehütet wurden.

Die Bandmitglieder sahen in Muttis Kuscheltierherde einen Beleg dafür, dass ihm Liebe, bzw. eine Frau fehlte, und versuchten ihn bei entsprechenden Gelegenheiten heimlich zu verkuppeln. Einmal bezahlten sie auf einer Tour eine Prostituierte, die nach dem Auftritt nackt in Muttis Zimmer in seinem Bett auf ihn wartete und sich ihm als »Geraldine« vorstellte. Nach einem ersten Schock setzte sich Mutti auf die Bettkante und erzählte ihr ausführlich von seinem harten Job, abends einen Haufen verrückter Musiker unter Kontrolle zu behalten, von seinen Büros in Paris, London, Rio und New York und davon, tagsüber hinter dem Schalter eines Postamtes eine respektable Figur zu machen. Nach einer halben Stunde war Geraldine eingeschlafen. Anschließend erzählte sie der Band, sie habe noch nie so entspannt Geld verdient und stehe ihnen für so einen gemütlichen Zimmerservice jederzeit wieder zur Verfügung.

Seine beiden Jobs erledigte Mutti strukturiert und mit kühler Strenge, der er mit frostiger Mimik und straff zurückgekämmten Haaren, die seine messerscharfen Geheimratsecken noch mehr zur Geltung kommen ließen, verstärkten Ausdruck verlieh. In Wahrheit war er ein außergewöhnlich humorvoller Kerl und hinter der Bühne zu infantilster Albernheit fähig. Er konnte auf Bestellung den »Hasen« machen. Man brauchte quasi nur »Mach den Hasen!« zu rufen, schon schlug er sich mit der flachen Hand, als würde ein Hase sich mit dem Hinterlauf seine Löffel kratzen, übers Ohr und zeigte seine beiden oberen Schneidezähne. Muttis Paradenummer aber war der »Zombie«. Befahl jemand aus der Band: »Mach den Zombie«, nahm er sofort eine völlig verkrümmte Haltung ein und zog mit schauriger Fratze beim Laufen sein rechtes Bein nach. Einmal handelte er noch Minuten vor einem Auftritt der Blue Shoes in stilvoller Seriosität die letzten Modalitäten mit dem Veranstalter aus und begab sich dann nach höflicher Verabschiedung aufrechten Ganges hinter den Vorhang auf die Bühne. Der Veranstalter hatte jedoch noch eine wichtige Frage vergessen und eilte Mutti hektisch hinterher. Dummerweise hatte die Band hinter der Bühne exakt in diesem Moment Mutti zu »Mach den Zombie!« aufgefordert – was er umgehend tat. So also stieß der heranstürzende Mann zu seinem Entsetzen unmittelbar auf seinen grausig verwandelten Verhandlungspartner. Das war Situationskomik vom Allerfeinsten.

Ein weiterer Zuständigkeitsbereich Muttis war das Transportwesen. Bei einem anderen Auftritt hatte die Band Nemo kennengelernt, einen gutmütigen, dicken, nicht übermäßig intelligenten Kerl mit Charles-Laughton-Visage, der über einen alten, klapperigen VW-Bus verfügte, der zu seinem Erstaunen jedes Mal wieder ansprang, wenn er den Zündschlüssel umdrehte. Wegen seiner blauen Farbe nannte er seinen rollenden Schrotthaufen liebevoll »Blauer Pfeil«. Das Auto war eigentlich ein heimliches Cabrio, denn Regen und Schnee fanden wegen diverser undichter Stellen am Dach während der Fahrt ungehinderten Zugang zum Innenraum. Bei der Rückfahrt von einem Auftritt im Schneetreiben im Berliner Norden hatten sämtliche Musiker, die im hinteren Fahrzeugbereich gesessen hatten, beim Aussteigen weiße Schneemützen auf.

Mutti teilte Nemo regelmäßig am Abend vor dem Auftritt mit, an welcher Stelle und wann er in der Nacht zu erscheinen hatte, um die Band wieder abzuholen: »Hiermit erteile ich dir die Order, ab vier Uhr morgens auf dem Parkplatz, gleich beim Hinterausgang bereitzustehen. Noch Fragen?«

»Wat 'n für 'ne Order?«

»Also, noch mal: Um wie viel Uhr sollst du wo stehen?«, hakte Mutti nach. Für ihn galt nur das Befolgen einer klaren Ansage, so, wie er es vom Postamt her gewohnt war. Nemo sollte am Steuer seines Autos schließlich nicht das Abitur machen, sondern eine Band mit ihrem ganzen Krempel von A nach B befördern. Das war alles und dafür bekam er sein Geld. Bildungsmäßige Defizite spielten da eine untergeordnete Rolle.

»Vier Uhr, Ausgang«, wiederholte Nemo.

»Hinterausgang!«, korrigierte Mutti.

»Jawoll! Hinterausgang!«

»Na geht doch.« Mutti war zufrieden.

Verlässlich wartete Nemo pünktlich um vier Uhr morgens am Hinterausgang in seinem Bus, meistens war er schon viel früher da und schlief, eingehüllt in eine alte Decke, so lange im Auto, bis die Band in der Dunkelheit anrückte und an seine Fahrertür hämmerte. Da er über einen ungewöhnlich tiefen Schlaf verfügte, brauchte es immer etwas Zeit, um ihn wach zu bekommen. Im härtesten Fall brüllten sie im Chor: »Polizei!« Das wirkte. Nemo schoss dann wie von der Tarantel gestochen hoch und stand kurz vorm Herzinfarkt. Er hatte nämlich wegen wiederholter Alkoholdelikte seine Pappe verloren, war quasi Schwarzfahrer. Ohne diesen wackeren Transportanarchisten wäre die Band aufgeschmissen gewesen. Auf der Fahrt zu einem Gig in Bremen erlitt der randvoll beladene Blaue Pfeil dann leider kurz vor der Stadt mitten auf der Autobahn einen Kolbeninfarkt. Einfach so. Mit qualmendem Motor stand er auf dem Seitenstreifen und schwarze Wolken zogen über die Autobahn. Der verzweifelte Nemo versuchte ihn noch mit allen Mitteln zu reanimieren, aber es war sinnlos. Der Blaue Pfeil war fertig und die Band stinkesauer, weil sie drei Stunden später auf der Bühne stehen sollte. Mit Hilfe von vier Taxen schafften sie es noch pünktlich zum Auftritt, die Kosten dieser Aktion fraßen, wie zu erwarten, die komplette Gage dieses Abends auf.

Nemo hatte dann noch mal in den Blauen Pfeil investiert und mit viel Eigenleistung einen Austauschmotor eingebaut. Eine Zeit lang hielt das greise Fahrzeug noch durch, bis es durch einen Getriebeschaden endgültig verkehrsuntauglich wurde. Daraufhin befiel Nemo, ansonsten ein Muster an Friedfertigkeit, aufgrund dieser Kette von Missgeschicken die kalte Wut und er ließ sich mit seinem Blauen Pfeil von einem Kumpel zum Binnenhafen am Tempelhofer Kanal abschleppen, wo riesige Schrottberge auf ihren Weitertransport warteten. Von der Hauptstraße aus führte eine abschüssige Straße direkt zum Hafenplatz. Von dort oben rollte der so maßlos enttäuschte Nemo seinen Blauen Pfeil wutschnaubend mit Schwung direkt in einen Schrotthaufen, wo er, umrahmt von alten Eisenbahnschienen und rostigen Haushaltsgeräten, steckenblieb. Legal war das nicht, aber erstens war es Sonntag und kein Mensch arbeitete an diesem Tag im Hafen, und zweitens lieferte er ein wertvolles Schrottstück ja quasi frei Haus. Nemos Aktion wurde aufmerksam von einem heimlichen Schrottsammler beobachtet, der auf der Rückseite des Schrottberges nach kostbarem Edelmetall wühlte. Als Nemo voller Verlustschmerz die

Kanalböschung zurück zur Straße hochkroch, drehte er sich wie in einer großen Tragödie noch ein letztes Mal zu seinem für immer verlorenen Kumpel um und sah, wie dieser Typ anfing, sich lüstern an ihm zu schaffen zu machen.

»Verpiss dich, du Arsch! Dit Auto jehört mir!!«, brüllte er und rutschte im Eiltempo die Böschung wieder runter.

»Du-du hast die Mühle doch a-aba eben selba hier hinjekarrt«, stotterte der Kerl.

»Mühle? Ick dreh dir gleich durch'n Fleischwolf, du Pfeife! Hände weg von meim Auto!«

Der Typ flüchtete Hals über Kopf und vergaß in seiner Panik sogar, den Beutel mit seinen Sammelstücken mitzunehmen. Nemo saß dann die ganze Nacht in seinem Blauen Pfeil wie der beste Kumpel am Sterbebett eines alten Freundes. Irgendwann schlief er ein und wachte in den frühen Morgenstunden des Montags durch die Geräusche eines Krans, der sich unmittelbar neben ihm einen Berg Schrott gegriffen hatte, wieder auf. Nun war es an der Zeit für ihn, für immer Abschied zu nehmen. Er tat das jetzt mit dem guten Gewissen, den Blauen Pfeil auf seinem letzten Weg begleitet zu haben. Sein nächster VW-Bus war dann ein ausrangiertes Postauto. Er taufte ihn »Die gelbe Gefahr«.

Muttis großes Vorbild war der legendäre Manager der Beatles, Brian Epstein, ein geschäftstüchtiger Mann mit Backpfeifengesicht, den er angeblich in London persönlich getroffen und mit ihm abgesprochen hatte, dass die Blue Shoes bei der nächsten Welt-Tournee der Beatles im Vorprogramm auftreten sollten. In Wirklichkeit war Mutti, allein schon wegen seiner Flugangst, seiner Furcht vor Seegang und Klaustrophobie in engen Zügen sowie seiner Panik vor Gullideckeln, die sich plötzlich öffneten und ihn in einen schwarzen Schlund stürzen ließen, natürlich nie in London gewesen, obwohl er ja – laut seiner bräsigen Visitenkarte – dort über eine Zweigstelle verfügte. Er hatte alles nur erfunden, um ein bisschen Wind in der Presse zu machen. Tatsächlich stand in der nächsten Ausgabe auf dem Titel der BZ »BEATLES SPIELEN IM VORPROGRAMM DER BLUE SHOES!« Die Stadt stand Kopf und die Richtigstellung folgte unverzüglich in der nächsten Ausgabe klein auf der letzten Seite – aber die Worte waren aus der Flasche und die Blue Shoes in aller Munde. Mehr wollte Mutti doch nicht.

Machte ein Veranstalter Ärger, fauchte ihn Mutti sofort an: »Sie hören von meinem Anwalt!« Mutti liebte Anwälte. Auch im banalen Alltag erstattete er, fiel ihm irgendetwas Ungesetzliches ins Auge, unverzüglich Anzeige. Zwei Polizisten einer Polizeistreife, die er beobachtet hatte, wie sie sich mit ihrem Auto ins Parkverbot gestellt hatten, um am Wurststand eine Currywurst zu verköstigen, zeigte er an. Auch den Rentner unter ihm, der die verwelkten Blüten seiner Geranien aus dem Blumenkasten vom Balkon immer auf vorbeigehende Fußgänger warf. Die Tante, deren Dackel in die Speichen eines Fahrrades schiss und die Autowerkstatt, die ihm nach der Inspektion seinen Wagen ohne sein Stoffbärchen mit dem Hertha BSC-Hemdchen, das immer am Rückspiegel baumelte, zurückgab, ebenso. Mutti machte in diesem Fall ein riesiges Theater und drohte dem Werkstattmeister seine geballte Juristenmacht und der Werkstatt eiskalt die Insolvenz an. Der Meister machte panisch eine Befragung des gesamten Personals, filzte alle Lehrlinge und Umkleideschränke, stellte die komplette Werkstatt auf den Kopf und ließ sogar das Lager und die Altölfässer durchsuchen. Man fand nichts. Er zitterte täglich vor Angst, dass jeden Moment eine Sondereinheit in die Werkstatt einfallen und man ihn in Ketten ins Gefängnis verbringen würde. Am Ende stellte sich heraus, dass Mutti sein

Stoffbärchen in der Waschmaschine hatte. Entschuldigt hat er sich nie.

Seine »geballte Juristenmacht« hieß Gernot und war in Wahrheit ein lausiger Winkeladvokat mit nach Veilchen duftender Haarcreme, die er sich täglich mit voller Hand in seine Haare schmierte, woraufhin die sich vor Abscheu kräuselten. Mutti kannte ihn schon von der Schule und erzählte gerne, dass Gernot auf dem Schulhof immer den Arsch versohlt bekommen hatte und dem jeweiligen Täter jedes Mal mit der Polizei drohte. Nur folgerichtig, dass er später Jurist wurde. Er verließ ungerne sein Büro, um als Anwalt vor Gericht zu erscheinen, was sicher an seinem penetranten Veilchenduft lag. Am liebsten verdiente er sein Geld mit solcherart Briefen, in denen er seinen Gegnern im geschwollenen Juristendeutsch die ganze Wucht des Gesetzbuches androhte, dafür allerdings auch saftige Rechnungen an seine Mandanten schrieb.

Als Speck in seiner neuen Wohnung ein Telefon beantragte und man ihm für die Installation einen verbindlichen Termin nannte, den aber kurzfristig mit der Begründung absagte, er müsse sich wegen der vielen Anträge nun leider noch drei Monate länger gedulden, ließ Mutti beide Hunde – seinen Gernot und die nicht weniger bissige Presse – auf das Fernmeldeamt los. Gernot schrieb sofort einen Brief an den Bundespostminister, in dem er mit der Keule des Bundesgerichtshofes drohte und ihn persönlich für die psychischen und wirtschaftlichen Folgen verantwortlich machte, die seinem Mandanten widerfahren seien und die Zeitung heulte am nächsten Tag auf dem Titel: »BRUTALER UMGANG MIT POSTKUNDEN!« Und darunter: »Bürger von der Außenwelt abgeschnitten.« Das zeigte Wirkung. Der Fall mit Specks Telefon raste in Windeseile durch die Instanzen der Posthierarchie und löste die gleichen hektischen Aktivitäten wie in der Autowerkstatt aus.

Auf schlechte Presse reagierte der Monopolist, der mit seinen Kunden im Alltag dreist machte, was er wollte, intern erstaunlich aufgeschreckt. Die regionalen Entscheidungsträger, die für Specks Bezirk zuständig waren, wurden vom Bundespostminister persönlich aus dem Bett geholt und zusammengestaucht. Am nächsten Morgen stand eine Abordnung aus dem gehobenen Fernmeldewesen der Stadt Berlin in strammer Haltung mit einem Blumenstrauß, einer maßgeschneiderten Telefonnummer, die Specks Geburtsdatum beinhaltete (»… haben wir uns erlaubt, Ihnen eine kleine Freude zu machen …«) und einem funkelnagelneuen Telefon bei Speck vor der Tür und gratulierte ihm mit Freudentränen in den Augen zu seinem neuen Anschluss.

Speck war schwer beeindruckt, wozu ein tapferer Anwalt und eine mutige Presse in der Lage waren. »Presse« also war für Mutti »das A und O vom Geschäft«, darum war die sogenannte Pressearbeit für ihn absolut das Allerwichtigste, wie der Fall mit den Beatles und dem Fernmeldeamt deutlich belegt hatte. Wenn Mutti »Presse« sagte, meinte er damit den goldenen Schlüssel zu Ruhm und Erfolg. Das Wort war für ihn magisch und er hatte die Regeln des Geschäftes mit gehäuften Löffeln gefressen. Sein Zauberwort lautete »Aufhänger«. »Wir brauchen einen Aufhänger, Leute«, hieß sein geliebter Standardsatz. Ein Aufhänger war die goldene Eintrittskarte in die Redaktionen. In welchem Maße ein Aufhänger der Wahrheit entsprach, war belanglos, Hauptsache man konnte einen Artikel an ihm aufhängen. Als Speck mal in der Pause eines Auftrittes aus Langeweile auf die Idee kam, in der Garderobe in die Schale einer altmodischen Deckenlampe zu pinkeln – wofür ihn alle Bandmitglieder mit Leibeskräften vereint in die Höhe stemmen mussten – bekam er so einen Schlag, dass er dachte, das wäre das Ende seiner Zeugungsfähigkeit. Diesen

Vorgang lancierte Mutti in die Zeitung, die das daraufhin ganz groß mit der Schlagzeile »MUSIKER VON DECKENLAMPE ENTMANNT!« herausbrachte. Und wieder mal waren die Blue Shoes in aller Munde. Mutti war außer sich vor Freude.

Um Veranstaltern oder Clubbesitzern die Einmaligkeit seiner Band präsentieren zu können, legte Mutti eine sogenannte »Pressemappe« an, den Heiligen Gral seiner Pressearbeit. Hierbei handelte es sich um einen dicken gelben, ziemlich speckigen DIN A4-Ordner mit eingeklebten Bandfotos (Mutti trug immer eine Tube UHU in der Tasche) und Biografien, hübsch drapierten Eintrittskarten und vor allem Zeitungsartikeln über die Band. Als grafischen Leckerbissen hatte Mutti zur Auflockerung mit Hilfe eines Vierfarbkugelschreibers – den er stets wie angewachsen bei sich trug – Münzen umrandet, um mit diesen bunten Kreisen auf den Seiten die freien Stellen zu gestalten. Diese Technik stammte noch aus Muttis Kindergartentagen und verlieh seiner Pressemappe eine unverwechselbare, grafische Note. Er war fest davon überzeugt, dass die Band ihren vollen Terminplan vorrangig der Werbewirksamkeit seiner Pressemappe zu verdanken hatte, ohne Zweifel auch seinen kleinen, bunten Ringen, die in ihrer bunten Leichtigkeit beim Betrachter unterschwellig positive Gefühle bewirkten. Gebührende Anerkennung seitens der Bandmitglieder wurde dem kuriosen Kompendium jedoch nie zuteil. Auch als Regulativ leistete diese Mappe Mutti hin und wieder gute Dienste. Einem weiblichen Fan, der bei einem Auftritt der Blue Shoes vor der Bühne herumzappelte und in unangenehmer Frequenz unaufhörlich kreischte, brachte er rasch zur Vernunft, in dem er ihr kurz mit einem scharfen »Schluss jetzt!« die schwere Pressemappe über den Kopf zog. Danach taumelte das verwirrte Mädchen zurück zu ihrem Platz und beklagte sich unter Tränen bei ihrem kräftig gebauten Freund. Den Konsequenzen entzog sich Mutti durch die Flucht auf die Herrentoilette, aus der er erst wieder herauskam, als dass Personal den Rachesüchtigen zu Boden gerungen und ihm Hausverbot erteilt hatte.

Später vermittelte Mutti den Blue Shoes einen Job als Vorband bei einem Konzert von Lee Kingkate and the Slipkillers, vier hohlwangigen, langhaarigen Musikern aus Liverpool, die im Heckwasser der Beatles ihren verrußten Arbeitersiedlungen entflohen waren, um dem Ruf eines gerühmten Rock 'n' Roll-Tempels, einem ehemaligen Kino auf der Großen Freiheit in Hamburg namens STAR CLUB, zu folgen. Bei der Passage über den Kanal übten viele dieser frisch gegründeten Bands ihre ersten Gitarrengriffe oder Schlagzeugfiguren und legten mit einem leidlich brauchbaren Repertoire an den Hamburger Landungsbrücken an. Seit den Beatles aber ging englischen Rockmusikern generell ein sagenhafter Ruf voraus, selbst die dürftigen musikalischen Fähigkeiten ihrer Nachahmer konnten ihn nicht schmälern. Hauptsache Engländer. Manche Hamburger Jungs namens Jochen oder Rüdiger nannten sich lieber »John« oder »Roger«, um wenigstens anfänglich ihre Chancen bei den Mädchen zu verbessern, bevor die den Schwindel bemerkten. In diesen STAR CLUB pilgerten alle, für die ein Auftritt dieser dürren, langhaarigen Typen in ihren schwarzen Lederklamotten mit ihren spärlichen Harmonien die Erlösung vom stinkebiederen, bundesdeutschen Spießertum war. Als Krönung und zur Freude des männlichen Publikums spielte auch eine reine Frauenband, vier nicht allzu hübsche junge Entchen aus Liverpool, die über den Kanal geschwommen waren und von ihren ausgeflippten Fans bei jedem Auftritt vergöttert wurden. Eine weibliche Rockband war eine echte Seltenheit. Wer jemals als Musiker auf den mit Schweiß, Bier und Sperma gebeizten Bühnenbrettern dieses Schuppens stand, aus dessen wogender Besuchermasse die Arme von fünfhundert besessenen Fans wie die Tentakel einer Unterwasserpflanze nach ihm grabschten, der durfte stolz das STAR-CLUB-Logo tragen. So etikettiert grasten Lee Kingkate and the Slipkillers in den folgenden Jahren in Deutschland anschließend alle passablen Auftrittsmöglichkeiten ab und vögelten und soffen sich, verfolgt von diversen Vaterschaftsklagen, wie ein marodierender Haufen Gesetzloser durch die Republik.

An jenem besagten Abend beim Auftritt in der Stadthalle einer niedersächsischen Kleinstadt war Lee gut mit Whiskey abgefüllt und in diesem Zustand unberechenbar. Eigentlich war er, wie es hieß, ein guter Junge, quasi der Freddy Quinn aus Liverpool, der angeblich einen Teil seiner Gage an seine kranke Mutter nach England überwies. So ging jedenfalls die Sage. Ein verruchter Rock 'n' Roller, der seine Mama liebt, dieser Wesenszug machte Lee bei den Mädchen natürlich noch begehrenswerter, doch unter Alkoholeinfluss verwandelte sich das brave Muttersöhnchen in einen bösen Wolf. Von einem spontanen Wutanfall gepackt, sprang Lee während des Auftritts wie ein Affe über die Bühne und drosch dabei seine Gitarre auf den Boden, bis es nur noch Stücke von ihr gab. Der Umgang mit Holz war Lee aus seinem bürgerlichen Vorleben als gelernter Tischler wohl vertraut, in diesem Moment aber für die Zuschauer doch eher verwirrend. Richtig in Fahrt gekommen, trat Lee anschließend noch in das Resonanzfell der Bassdrum, eine völlig unsinnige Handlung, mit der er seine Befugnisse eindeutig überschritt. Das fand Roy, der Trommler, auch. Er hatte jetzt einfach mal die Schnauze voll von Lees Eskapaden und sah nicht ein, warum seine gutmütige Trommel, die sich von ihm seit Jahren klaglos treten ließ und mit ihrem satten, trockenen Beat den elementaren Herzschlag ihrer Band bestimmte, warum die sich wegen Lees Problemen – in der Regel hatte das nichts mit seiner Tischlerlehre, sondern immer was mit Weibern zu tun – so etwas gefallen lassen musste. Wutschnaubend stürzte er nach dem Ende des Stückes nach vorne auf die Bühne und klatschte Lee voll eine rein. Dann riss er ihm den Mikrofonständer aus der Hand, schmetterte ihn auf den Boden und malträtierte ihn mit seinen Füßen, woraufhin das gepeinigte Mikrofon aus den Boxen schmerzhaft krachte und pfiff. In der Annahme, das sei ein Teil der Show, geriet das Publikum im Saal völlig aus dem Häuschen. Die Kerle schüttelten wie wild ihre Haare und zerrten sich manisch an den Klamotten, während die Weiber schrien, als säßen sie auf einer heißen Kochplatte. Die Gefahr, von Mutti eine Pressemappe über den Kopf gezogen zu bekommen, war ihnen nicht bewusst. Hinterher kam es in der Garderobe noch zu einer weiteren Schlägerei unter den Bandmitgliedern, schlussendlich buchten sie diesen Vorfall als internen Reinigungsprozess ab und versöhnten sich mit einer kollektiven Demontage der Garderobenmöblierung. Kurzzeitig erwogen sie sogar, Lees Solonummer als Show-Act in ihre Auftritte mit einzubauen, nahmen allerdings wegen der zu erwartenden hohen Verbrauchskosten davon Abstand. Speck hatte sich nach der Veranstaltung noch heimlich auf die Bühne geschlichen, um sich zu vergewissern, ob die zertrümmerte Gibson von Lee möglicherweise noch wiederzubeleben war – doch nichts ging mehr. Wenigstens sicherte er sich ein paar Bruchstücke als Erinnerung an diesen unvergesslichen Auftritt mit Lee Kingkate and the Slipkillers. Als die Blue Shoes sich auflösten, zog sich Mutti in sein Postamt zurück. Später managte er noch eine Band mit magerem Erfolg und wechselte dann in die Versicherungsbranche, das Wärmebecken für Gescheiterte, wo er, wie man hörte, auf Betriebsfesten mit seiner Zombienummer Furore machte.

2. Kapitel
Die Mädchen mit den roten Ohren. Himmel voller Därme. Ein Wollepulli ist mit dem Fahrrad los. Am Glasrand klebt der Tod. Muttermund-TV. Peniskurse für Frauen.

Um sich noch ein bisschen Kohle zu verdienen, legte Speck Freitag und Samstag im DOWNTOWN Platten auf. Am Wochenende war der Laden rammelvoll. Wegen der schlechten Entlüftung dampfte der Schweiß der Tanzenden im Laufe der Nacht bis an die Decke und tropfte wie in einer Tropfsteinhöhle wieder runter. Als Bassgitarrist hatte Speck ein gutes Gefühl für Rhythmus und eine gute Nase für Tempo – außerdem verfügte er über einen großen, inneren Speicher mit Musikstücken, aus dem er intuitiv die passenden Titel abrufen konnte, sodass sie geschmeidig ineinander übergingen. Und das, obwohl er selber nicht tanzte. Musiker tanzen komischerweise seltener, paradoxerweise am wenigsten die Schlagzeuger. Wenn Speck sich aber mal vom Alkohol enthemmt auf die Tanzfläche bewegte, dann sah es aus, als hätte er eine Wespe in der Hose. Am liebsten tanzte er Blues, bei diesem brauchte man nur von einem Bein zum anderen zu schaukeln und konnte sich dabei wunderbar bei der Partnerin anlehnen.

An seinen ersten Blues konnte er sich noch gut erinnern, das war an dem Tag, als seine Eltern ihn zum ersten Mal alleine ließen, um zur Kur nach Bad Lauterberg in den Harz zu fahren und er ihnen zum Abschied ausgelassen vom Balkon hinterherwinkte. Anlass dieser inniglichen Verabschiedung, die seine Mutter zu Tränen rührte, war jedoch weniger das Mitgefühl, dass sich seine Eltern eine wohlverdiente Kur gönnten, sondern dass sie ihm verdammt noch mal endlich für drei Wochen die Bude überließen. Kaum waren die kleinen Heckflossen ihres Ford 17M um die Ecke verschwunden, rief er sofort seinen besten Freund und Klassenkameraden Jockel an. Eine halbe Stunde später stand der mit Babs und Nancy, zwei Mädchen aus ihrer Schule, vor Specks Tür. Solche Paarbildung von zwei jungen Mädchen in inzüchtiger Unzertrennlichkeit ist typisch für Mädchen in einer speziellen Altersstufe und dient als letzte Phase vor dem großen Schritt ins Leben, in dem die süßesten, aber auch bittersten Erfahrungen auf sie warten. Eine der beiden war in der Regel immer die etwas Hübschere, die sich keine Sorgen zu machen brauchte, dass ihre Freundin sie bei den Boys ausstach. Die wiederum bekam in der Strahlkraft der Hübscheren auch etwas von ihrem Glanz ab. So hatten scheinbar beide etwas voneinander und zelebrierten in der Öffentlichkeit ihre Innigkeit gerne mit Händchenhalten. In Wirklichkeit lauerte jede auf ihre Chance. Diese Symbiose zerplatzte dann auch in dem Moment, wo eine der anderen auf der Pirsch ernsthaft in die Quere kam. Dann bekamen ihre weichen Pfötchen plötzlich Krallen.

Speck stellte Cola, Salzstangen und eine goldfarbene Kugel auf den Tisch, ein Tischrequisit seiner Eltern, aus der sich die Zigaretten wie Igelborsten dem Raucher entgegenspießten. Die Zigaretten hatte er vorher heimlich gekauft und vor seinen Eltern unter seinem Bett versteckt, das Geld dafür beschaffte er sich durch die Einlösung von zwei vollen Rabattsparheften seiner Mutter, die er ihr aus ihrem Geheimfach im Küchenschrank entwendet hatte. Wohl hatte ihn der Seifenhändler, bei dem er die Hefte einlöste, danach bei seiner Mutter denunziert (»Wissen Sie eigentlich, dass letzte Woche ihr Sohn bei mir zwei Rabattsparhefte eingelöst hat? Ich frag ja nur.«), aber Speck leugnete alles und stellte seiner Mutter die Vertrauensfrage: »Wem glaubst du mehr, einem schmierigen, verleumderischen Seifenhändler – oder deinem eigenen Fleisch und Blut?« Ihre Entscheidung fiel selbstverständlich zu seinen Gunsten aus.

Für die nötige Musik stand im Wohnzimmer eine wuchtige Musiktruhe mit integriertem Rundfunkgerät und einem Zehnplattenwechsler aus dekorativ gemasertem und lackiertem Holz zur Verfügung. Um an dieses mechanische Wunderwerk heranzukommen, musste man mit aller Kraft den schweren Deckel der Truhe hochstemmen und ihn zur Arretierung seitlich einrasten lassen – und beten, dass die Halterung hielt und der Deckel nicht versehentlich wieder zufiel. Er wäre glatt in der Lage gewesen, mit seiner massiven Wucht einem Menschen die Hand zu zerschmettern. Dieser musikalische Sarkophag beherbergte auch die komplette Plattensammlung seines Vaters, bestehend aus drei Langspielplatten, eine von Fred Bertelmann mit dem Super-Hit *Der lachende Vagabund*, bei dem sein Vater immer lippensynchron mitlachte, einem *Potpourri bunter Rhythmen* mit dem Untertitel *Wir machen Musik, da geht uns der Hut hoch* und *My fair Lady*, einem populären Musical, von dem sein Vater alle Texte komplett beherrschte und teils schaurig falsch mitsang. Weiterhin diverse kleine 45er Scheiben mit Gute-Laune-Musik, Vaters kleine »Stimmungsbomben«, die er gerne bei Familienfesten explodieren ließ. Im Zehnerpack gestapelt warteten sie darauf, dass der strenge Haltebügel sie der Reihe nach zum Abspielen frei gab und auf den rotierenden Plattenteller klatschen ließ. Dort setzte sich in zackiger Mechanik der Tonabnehmer über sie, senkte erstaunlich zärtlich seine Nadel in die rotierenden, lackschwarzen Rillen und ließ die Musik erschallen.

Speck besaß fünf 45er-Platten, eine von Eddy Cochran, eine von Duan Eddy, eine von den Platters und zwei von den Drifters. Auf die setzte er seine ganze Hoffnung. Speziell *Save the Last Dance for Me* und *Smoke Gets in Your Eyes* waren ausgemachte Schmusetitel und für einen Abend wie diesen wie geschaffen. Zur weiteren Förderung einer stimulierenden Stimmung hatte sich Speck aus der Hausbar seines Vaters eine Flasche Schwarzer Kater genommen. Dieser dunkelrote Likör war wohl zwar schmerzhaft süß, machte aber zügig locker. Babs und Nancy tranken zum Leidwesen von Speck und Jockel nur Cola pur. Es war zu vermuten, dass ihnen ihre unseligen Eltern eingetrichtert hatten, in solchen Momenten stets einen kühlen Kopf zu bewahren, an ihren knallroten Ohren erkannte man jedoch, dass ihnen ganz schön heiß war. Speck nahm sich vor, darüber Erkundigungen einzuholen, warum Menschen ihre Erregung verräterischerweise über die Ohren vermittelten. Sie leuchteten wie zwei glühende Henkel an einer Amphore. Scheinbar eine neckische Laune der Natur, die für ihre Launenhaftigkeit ja allenthalben bekannt ist Als beide Mädchen kurz ins Bad gingen, nutzte Jockel die Gelegenheit, um Speck zu fragen, ob er ihn mal was fragen dürfe. Speck dachte anfänglich, dass Jockel klären wollte, wer von ihnen Babs und wer Nancy kriegen sollte, was für ihn persönlich längst geklärt war, aber Jockel hatte etwas anderes auf dem Herzen:

»Findest du, dass ich gut aussehe?«

In dieser Situation, so fand Speck, eine seltsame Frage. Es gab wahrlich bessere Momente für die Behandlung von Minderwertigkeitskomplexen, als in der Pinkelpause von zwei

Mädchen. Aber Jockel ließ nicht locker und raunte, er würde doch sehr drunter leiden, dass er so glatte Haare habe, wo er doch Locken viel lieber möge – und da er gerade dabei war – auch mit seinem Kinn sei er nicht ganz zufrieden. Speck versicherte ihm, Kinn und Haare würden prima zu Jockels Gesicht passen, er könne ihn sich beim besten Willen nicht mit lockigen Haaren und einem kleinen Kinn vorstellen. Das war auch gar nicht möglich, weil er sich längst an den Anblick von Jockel gewöhnt hatte. Inwieweit Jockels Äußeres auch mit den Folgen seiner strengen Erziehung im Zusammenhang stand, mochte Speck indes nicht beurteilen. Womöglich hätte er eine andere Kopfform, wenn ihm sein Vater nicht bei jedem Widerwort sofort eine reinballern würde? Aber man wusste es nicht. Den Grund für die außerordentliche Reizbarkeit seines Alten, so hatte Jockel ihm mal erzählt, vermutete er in dessen permanentem Schlafmangel. Sein Alter war nämlich Bäcker und musste jeden Morgen um zwei Uhr früh aufstehen. Specks Frage, ob der arme Mann wenigstens am Wochenende, wo er ausschlafen konnte, besser drauf war, musste Jockel leider abschlägig bescheiden. Speck nahm sich das als Mahnung, niemals im Leben Bäcker zu werden und in seinem Leben unbedingt immer dafür zu sorgen, dass er ausreichend Schlaf bekam. Und daran hielt er sich.

Wie auch immer, Jockel sah nun mal aus wie Jockel. Basta. Genau genommen wirkte er mit seinen leicht fettigen, glatten Haaren schon etwas ungepflegt und, ehrlich gesagt, auch sein Kinn passte eher zu einem Nussknacker als in Jockels Gesicht, und – wenn er schon mal dabei war – würde er ihm raten, die Mädchen nicht immer so wie Rasputin anzustarren und dabei so lüstern zu grinsen, so, als wollte er ihnen im nächsten Moment die Kleider vom Leib reißen. Das mochten die Mädchen gar nicht. Speck vermutete, dass Jockel in dieser spannungsgeladenen Atmosphäre das ganze Ausmaß seiner Kritik nicht so schnell verdauen würde, ohne dass die Stimmung des Abends dadurch Schaden nähme und behielt sie besser für sich. Jockel faselte dann noch, dass er auch mit seiner Haut und seinen Zähnen überhaupt nicht einverstanden sei und er immer schon mal wissen wollte, wie lang – ganz ehrlich, ohne zu schummeln – denn Specks Penis sei. Er habe einfach das unbehagliche Gefühl, seiner sei zu kurz. Als Speck gerade genauer wissen wollte, wie und vor allem womit Jockel das Maß seines Dinges eigentlich ermittelt habe und warum er überhaupt einen langen Penis haben wolle, der sei doch im Alltag nur hinderlich und ob es überhaupt grundsätzlich nicht effektiver sei, wenn er ihm kurz und bündig erzähle, mit welchem Bereich seines Körpers er im Einklang stehe, da kamen die Mädchen mit frischen Duftfahnen aus dem Bad zurück und zu Specks Erleichterung war dieses eigentümliche Gespräch damit beendet.

Die drei Schwarzen Kater, die Speck zuvor getrunken hatte, zeigten langsam Wirkung. Er fühlte wohltuende Hitze in sich aufsteigen und verspürte nun den Wunsch, mit Nancy zu tanzen. Es faszinierte ihn, welch enthemmende Wirkung eine kleine Menge süßen Destillates bei ihm bewirkte und er nahm sich vor, bei der nächsten Gelegenheit auszutesten, wie weit sich dieses wohlige Befinden noch steigern ließ, heute jedoch war nicht der Moment für Experimente. Jockel saß mit Babs auf dem Sofa, knabberte Salzstangen im Akkord und starrte sie an wie Rasputin. Als *Smoke Gets in Your Eyes* auf dem Plattenteller lag, zündete Speck sich zeitgleich eine Zigarette an, trat auf Nancy zu und fragte: »Äähm … wollen wir … ääh … willst du … möchten wir … ähm … magst du vielleicht …?« Nancy verstand und wollte – und erhob sich zum Tanz. Speck hatte ganz weiche Beine, glühte wie ein Kohleofen, umfasste mit dem rechten Arm ihre schmale Taille und hielt im linken Arm leicht abgespreizt die glühende Zigarette, damit er Nancy damit nicht verbrannte. Als die Zeile *Smoke Gets in Your Eyes* erklang, nahm er einen tiefen Zug und atmete ihn in perfekter Inszenierung zart dosiert in Nancys Gesicht wieder aus. Genau so hatte er sich das vorher ausgedacht, allerdings nicht mit ihrem Hustenanfall gerechnet. Als sie sich wieder beruhigte, schmiegte sie sich noch leicht hüstelnd an ihn und beide schaukelten auf dem dicken Teppichboden des Wohnzimmers zwischen Esstisch und Balkontür sanft im Takt der Musik. Für einen flüchtigen Moment rauschten Speck die letzten Worte seiner Mutter vor ihrer Abfahrt durch den Kopf, dass er sich unterstehen solle, in den neuen Teppich einen Flecken reinzumachen. Den bekomme man nämlich ganz schwer wieder raus. Sogar ein zufällig vorbeikommender Vertreter eines Wunderreinigers habe sich an einem Flecken wundgerieben, den einst Onkel Erich bei einem geselligen Abend mit einer mexikanischen Teufelssoße verursacht hatte. Man könne die Umrisse noch deutlich erkennen. Also, Speck wisse Bescheid. Das klang so, als würde sie es nicht für ganz ausgeschlossen halten, dass ihr Sohn in ihrer Abwesenheit zu Unfug fähig war.

Angesichts eines an ihn geschmiegten Mädchens entschwand die Warnung seiner Mutter im Nebel der Belanglosigkeit. Nancys duftenden Körper zu berühren, ihr klopfendes Herz zu fühlen und dem zarten Träger ihres BHs bis zu der Stelle zu folgen, wo er keusch unter ihr Kleid schlüpfte, das weckte in ihm eine Lust auf das magische Unbekannte, welches er in verwirrender Erregung aus seinem glühenden Innersten endlich zu erfahren trachtete. Hatte Nancy überhaupt auch nur einen Hauch von Ahnung, was sich da Gewaltiges in ihm abspielte? Spätestens an seiner Erektion aber müsste sie das spüren. Und die war ihm schrecklich peinlich. Also hielt er pingelig Abstand zu Nancy, der das scheinbar gar nicht gefiel. Sie rückte nämlich behutsam nach – er zog wiederum zurück. So entstand im Wechselspiel zwischen seiner verkrampften Distanzierung und ihrem Nachsetzen ein eigenwillig anmutender Tanzstil. Es ärgerte ihn, dass der Natur zur Verkörperung sexueller Lust für die Männer kein anderes Organ eingefallen war, als dieses bedrängende Instrument. Sein martialischer Charakter stand zum weichen Geschlecht der Frau in erschreckender Disharmonie. Speck wusste aber auch keine andere Alternative zur Ausübung der Fortpflanzung, er glaubte auch nicht, dass etwaige Verbesserungsvorschläge etwas bewirken würden. Dieses System funktionierte stur, seitdem es den Menschen gab. Vielleicht hatte es im Laufe der Evolutionsstufen Momente gegeben, in denen noch etwas zu korrigieren gewesen wäre, aber diese Lösung hatte sich letztlich durchgesetzt. Bis zum heutigen Tage. Also fügte er sich den Gegebenheiten und tanzte mit diesem seltsam abgewinkelten Unterkörper, als stünde ein Stuhl zwischen ihnen. Ihm war klar, dass Nancy wusste, warum er so verzweifelt Abstand suchte, er sah es in ihren verklärt lächelnden Augen. Und so tanzte er beharrlich weiter in dieser linkischen Haltung, lauschte neben der Musik dem Wummern seines Herzens und dem Rauschen seines Blutes und wünschte, trotz der unbequemen Aufführung, dass dieser Abend niemals wieder aufhören möge. Mit Nancy tanzen bis in die Ewigkeit und darüber hinaus, ausreichend versorgt mit Schwarzem Kater. Jockel saß immer noch auf dem Sofa, aß die fünfte Packung Salzstangen und starrte Babs auch immer noch wie Rasputin an. Als die Mädchen fort waren, entdeckte Speck einen riesigen Colafleck im Teppich. Ansonsten tat ihm der Rücken weh und Jockel hatte ganz entzündete Augen.

Wochen später hatte er sich dann alleine mit Nancy verabredet. Sie radelten zum Picknickmachen in den Grunewald.

Ihm wurde in dieser Situation schon wieder so heiß wie an dem besagten Abend im Wohnzimmer seiner Eltern. Es war der Moment für Gefühle, Fragen und Bekenntnisse. Also nutzte er die Gelegenheit, Nancy anzuvertrauen, dass er glaube, er habe hässliche Füße. Noch nie zuvor hatte er diesen, seinen tief sitzenden Komplex, jemandem offenbart. Nancy spürte das und war tief bewegt. Er zierte sich noch etwas, dann schauten sie sich aber endlich gemeinsam seine beiden Füße an und er war heilfroh, dass er sie sich am Abend zuvor gewaschen hatte. Nancy fand an seinen Füßen nichts auszusetzen. Nein, auch dass sein zweiter Zeh am rechten Fuß etwas länger war als der große Onkel, nein wirklich, überhaupt kein Problem für Nancy. Sie fand das »drollig«. Offensichtlich mochte sie seine Füße sehr und machte sich sogar einen Spaß daraus, ihn spielerisch an den Zehen zu ziehen. Jedes Mal wenn es knackte, jauchzte sie laut. Beim besten Willen, dachte Speck, so schön waren seine Füße wiederum nun auch nicht, dass sie wegen eines kleinen Knochengeräusches gleich so abdrehte. Ihre eindeutige Absicht, eine ausgewiesene Schwachstelle seines Körpers in der Einmaligkeit dieses Augenblickes in eine exorbitante Attraktivität umzuwandeln, war lieb gemeint, kam ihm aber aufgesetzt therapeutisch vor. Flugs zog er sich wieder seine Socken an, um ihr Spiel mit seinen Zehen zu beenden. Dann legten sie sich auf den Rücken, hielten sich die Hände und schauten in den Himmel. Die Wolken über ihnen quollen zu Formen, die für ihn alle etwas mit Nancy zu tun hatten. Eine Weile lagen sie stumm und genossen die Zeit. Plötzlich seufzte Nancy tief und fragte ihn mit bewegter Stimme, ob sie ihm etwas sagen könne, was sie noch keinem gesagt habe? Sein Herz klopfte dermaßen, dass er annahm, es spränge ihm gleich aus dem Körper.

»Du kannst mir alles sagen«, flüsterte er.

Das war großes Kino. Nancy drehte ihren Kopf zu ihm und schaute ihn mit ihren großen, braunen Augen an, sodass ihm ganz schwindelig wurde. Sie würde sich schämen, flüsterte sie. Sag's mir, bitte sag's mir, drängte er sie und war wahnsinnig gespannt, welchen großartigen, sündigen Gedankens sie sich schämen würde. Sie atmete schwer. Sie könne ihm alles sagen, wiederholte er nochmal, um ihr Mut zu machen, sich von einem schweren Ballast zu befreien.

»Sag es mir, bitte«, flüsterte er noch mal nachdrücklich.

»Ich ... ich ... oh Gott, ... egal, ich sag das jetzt einfach: Ich habe seit einer Woche ...«, sie rückte mit knallrotem Kopf ganz dicht an sein Ohr; »... keinen Stuhlgang mehr und mache mir ganz furchtbare Sorgen«, hauchte sie.

Sie hatte seit einer Woche keinen Stuhlgang mehr? Er brauchte etwas, um einzuordnen, was er da gerade vernommen hatte. Dann spürte er einen akuten Erregungsabfall und fühlte sich, als wäre er von einer rosa Wolke direkt ins Klo gefallen. Es half nichts, dass er sich sagte, auch aus dem Hintern von Marilyn Monroe kamen schließlich keine Zimtplätzchen, bei aller Liebe, Nancy hatte sich für sein Verständnis mit der Offenbarung ihrer sehr intimen Kümmernis zu weit über den Wolkenrand gelehnt. Er war noch lange nicht so weit, sich mit ihrem Stoffwechsel zu beschäftigen. Natürlich bewies sie mit ihrer Beichte, dass sie Vertrauen zu ihm hatte, aber seine Stimmung war – mit Verlaub – im Arsch. Die wabernden Wolken über ihm nahmen nun die Form von Nancys Darm an. Er konnte nichts dagegen tun. Der ganze Himmel war voll davon. Er schaute lieber nicht mehr nach oben.

»Versuchs doch mal mit rohem Sauerkraut oder trink eiskalte Milch«, riet er ihr. Bei ihm würde es danach innerlich brodeln.

»Du Glücklicher«, sagte Nancy seufzend und strich sich über ihren Bauch, der ihm jetzt, wo sie es ihm anvertraut hatte, auch unangenehm geschwollen erschien. Er mochte sich nicht vorstellen, wie es da drunter aussah. Sie versprach ihm ganz fest, es nach seinem Rezept zu versuchen, und wirkte erleichtert, dass sie sich das von der Seele geredet hatte. Danach radelten sie nach Hause und als sie sich an einer Kreuzung trennten, schaute er ihr sinnierend hinterher und wünschte ihr von ganzem Herzen, dass das Treten endlich ihrer Verdauung förderlich sein möge. Was Nancy betraf, war er nun massiv ernüchtert, für die Zukunft quasi emotional verstopft. Er bekam das Bild von Nancys aufgeblähtem Bauch nicht mehr aus dem Kopf, dennoch hätte es ihn interessiert, ob seine Sauerkraut-Milch-Therapie ihr geholfen hatte. Einfach so.

Der Job als DJ in dieser DOWNTOWN-Sauna fing an ihn zu langweilen. Er hatte vom Boss die Order, den Musikwünschen des Publikums strikt zu entsprechen und nicht nach seinen persönlichen Vorlieben Frank Zappa oder ständig *Clear Spot* von Captain Beefheart zu spielen. »Nudel die Top Ten hoch und runter, bisse blöd werden«, gab er ihm zu verstehen. Der Einzige, der dabei blöd wurde, war Speck. Es ödete ihn an, immer und immer wieder diese Musik aufzulegen, welche sich wie ein Ohrwurm in seinen Kopf bohrte und ihn auch noch zu Hause weiter quälte. Er sah die Nervensägen immer anrücken, die, wie er sie nannte, »Ich-wünsch-mir-Wassis«. In der Regel waren es immer dieselben Typen, die ihn so lange traktierten, bis er endlich ihren Wunschtitel auflegte. Danach quälten sie ihn mit einem anderen Song ihrer privaten Hitliste weiter. Diese Arschgeigen hörten nicht auf, sie waren es, die im DOWNTOWN den Ton angaben. Er war eigentlich nur ihr Sklave. Sie drängelten sich an sein Pult und brüllten ihn an:

»Hey, hör mal! Hey, hör mal! Hey … du, hör mal!«

Speck stellte sich immer taub. Irgendwann mal beugte er sich dann großmütig so lässig wie möglich zu ihnen runter und brüllte in scheinheiler Freundlichkeit zurück: »Hey, du! Hast was gesagt? Kann ich was für dich tun?«

»Spielst mal *Wooly Bully*?«

»Hä? Wer speit in volle Pullis?«

Speck quälte sie mit Freude, ganz besonders, wenn sie sich einen Titel wünschten, dessen Rhythmus klang, als würde jemand in der Küche ein Schnitzel plattklopfen und dessen Text auf dem Niveau einer Gebrauchsanweisung für Klorollenhalter lag. Das waren Songs, die er verachtete. Und dazu zuckten sie auf der Tanzfläche mit ihren steifen Körpern wie von einem spastischen Marionettenspieler geführt im hackenden Rhythmus hin und her und schwitzten sich ihre Deos aus den Achseln. Dieser simple Takt entspricht ganz dem menschlichen Herzschlag und ist scheinbar den Germanen wie ein fest programmiertes Metronom in die Gene gegeben. Es ist der Urschlag, mit dem sie einst die Pfähle für ihren Palisadenzaun in die Erde prügelten oder ihren Feinden die Schwerter auf die Helme hämmerten: Wumm – wumm – wumm – wumm! Ganz anders die Schwarzen oder Latinos, deren Körper beim Tanz mit der Musik eins sind. Sie tanzen weich und geschmeidig, als wären ihre Gelenke nicht aus Knochen, sondern aus Gummi. Wahrhaftig ein Augenschmaus und als natürliches Balzverhalten ungeheuer sexy. Wer indes jemals ein deutsches Weib im Spanienurlaub beim Salsa beobachtet hat, der erkennt den Unterschied. Das teutonische Becken ist halt den südamerikanischen Rhythmen nicht gewachsen.

»*Wooly Bully*!«

»Wollepulli? Du, ich versteh so schlecht! Wo dein Wollepulli ist? Nee, nich gesehen«, brüllte Speck zurück.

»Woo-ly Bul-ly!!!! Von Sam The Sham and the Pharaos!!«

»Dein Wollepulli ist mit dem Fahrrad los? Wie das denn? Du, keine Ahnung! Sorry, komm später wieder! Versteh gar nix!«

Hin und wieder buchte ihn mal ein Gast für ein privates Ereignis, zu einem runden Geburtstag oder einer bestandenen Prüfung oder einfach nur aus Lust, ein Fest zu machen. Das war wohl eine willkommene Abwechslung, andererseits musste Speck genau den gleichen Scheiß spielen wie im DOWNTOWN, aber es gab dafür weitaus mehr Kohle. Bei so einer Gelegenheit quatschte ihn mal ein fetter Typ mit Glatze und aufgedunsener Visage schief an, dem man schon aus einem Kilometer ansah, dass er nicht die hellste Kerze auf der Torte war, und dem scheinbar an Specks Gesicht etwas nicht ganz passte. Er stand plötzlich mit glasigen Augen vor Speck und glotzte ihn drohend an.

»Kann ich dir helfen, Alter?«, fragte ihn Speck locker.

Der Typ sagte erst mal gar nichts, er atmete nur schwer und verbreitete eine unangenehme Spannung, von der man nicht recht wusste, in welche Richtung sie ausbrechen würde. Das viele Ethanol in seiner Blutbahn machte ihm deutlich zu schaffen.

Endlich brabbelte er etwas, das klang wie: »Boppa, Banka, Hausbesetza«.

»Also, sagt mir jetzt gar nichts«, sagte Speck, »von wem ist denn der Titel?«

»Boppa, Banka, Hausbesetza«, wiederholte der Typ stoisch.

»Du meinst Popper, Punker, Hausbesetzer? Könnte ein Titel von Ton Steine Scherben sein?«, fragte Speck.

»Bop-pa, Ban-ka, Haus-be-setza!« Dem Dicken traten vor Anstrengung seine roten Augen aus den Höhlen. Diese drei Randgruppen verkörperten für ihn den Anschein nach die größten Übel unserer Gesellschaft und waren schuld an allem: an seinem Bauchfett, an seinem Schwachsinn und an seiner Chancenlosigkeit bei Mädchen. Die hatten sich alle die verhassten Popper, Punker und Hausbesetzer gesichert. Speck spürte, dass der Typ ihm wahnsinnig gerne an die Gurgel gehen wollte und war heilfroh, als der Gastgeber, der die Gefahr des Augenblicks erkannte, von hinten rief: »Hey, Mobbi, alter Spießbraten, komm, ich geb einen aus!« Speck konnte in Mobbis schweißglänzendem Gesicht und in seinen flackernden Augen sehen, wie sich der Lockruf durch seine fleischigen Ohren bis zu seinem kleinen Hirn durchkämpfte, dort an den Hirnzellengittern rüttelte, bis seine unterbesetzte Kommandozentrale endlich dem massigen Körper befahl, der Einladung zum Saufen Folge zu leisten. Speck war erleichtert, dass der Typ ihr nachkam und schwankend, nicht ohne noch mal drohend »Bobba, Banka, Hausbesetza« zu rufen, entschwand. Entwarnung.

Wenn er mal hinter seinem Pult müde wurde, trank er Kaffee oder Cola, war er allerdings unerträglich müde, nahm er auch mal 'ne Captagon, AN1 oder Preludin. Ein kleines Sortiment davon hatte er immer in der Tasche. Mit Hilfe der Wachmacher ging es rasch wieder aufwärts und er zappelte aufgekratzt hinter seinem Pult hin und her. Am Ende spielte er immer *Smoke Gets in Your Eyes*, eine stille Hommage an eine Nancy, als er noch nicht von ihrer Verstopfung wusste. Eines Tages schmiss er den Job hin, weil das stereotype Auflegen von Platten ihn endgültig langweilte, aber er war stolz darauf, niemals *Wooly Bully* gespielt zu haben. Mit dem Türsteher hatte er noch lange Kontakt, er besuchte ihn sogar im Krankenhaus, nachdem ein paar ganz harte Jungs testen wollten, ob es zutraf, dass er den schwarzen Gürtel hatte. Er hatte ihn tatsächlich, doch in diesem entscheidenden Moment leider nicht um.

An den Freitagen trat in der BÄCKEREI ein ätherischer Barde mit langen, blonden Haaren auf. Er kam aus Neukölln, SO 36, nannte sich »Walter von der Hasenheide« und sang proletarische Kampflieder aus der Zeit der industriellen Revolution. Zum Ausgleich spielte er selbstkomponierte Lyrik, mit der er das weibliche Publikum restlos betörte. Nach dem Motto »erst die Arbeit, dann das Vergnügen«, gab er auf besonderen Wunsch anschließend für den unersättlichen Teil seiner weiblichen Fans in seiner Mansardenwohnung noch private Zugaben. Die meisten Verehrerinnen verließen erst in den frühen Morgenstunden mit glänzenden Augen und geschwollenem Schoß das Nest des potenten Dichters und kehrten in die poesiearme Realität ihres Alltages zurück. Archie war immer schwer beeindruckt, welche Wirkung ein paar gezupfte und gesungene Harmonien auf Frauen hatten, und bereute es im Nachhinein, dass er im Musikunterricht nicht über diesen einen Kanon hinausgekommen war:

Bruder Jakob,
Bruder Jakob!
Schläfst du noch?
Schläfst du noch?
Hörst du nicht die Glocken,
hörst du nicht die Glocken?
Ding, dang, dong,
ding, dang, dong!

Er war sich bewusst, dass er mit einem Wecklied für schlafende Brüder keine Frau in die Kiste singen konnte. Von solchen Chancen hatte ihm seine Musiklehrerin nie etwas erzählt, wie ungleich mehr hätte ihn das doch im Musikunterricht motiviert.

Nachdem er den Job im DOWNTOWN hingeschmissen hatte, arbeitete Speck abends in der BÄCKEREI in der Küche. Archie hatte sich bei Wolfgang, dem Chef der BÄCKEREI, für ihn eingesetzt. Wolfgang war ein Quereinsteiger, eigentlich hatte er Architektur studiert und ein paar Jahre in einem Architekturbüro gearbeitet, das weltweit an Ausschreibungen teilnahm, wohl immer in die engere Wahl kam, aber niemals darüber hinaus. Sie bewarben sich um den Auftrag für einen gigantischen Freizeitpark in Süddeutschland, der letztlich an den Auflagen der Naturschutzbehörde scheiterte, weil die sich schützend über einen seltenen Käfer warf, der in diesem Areal seinen Lebensraum hatte. Was fiel dem Mensch auch ein, sich in seiner bräsigen Dominanz über andere Kreaturen hinwegzusetzen, nur weil sie viel kleiner waren als er? Unter dem Mikroskop betrachtet, entpuppen sich diese winzigen Wesen als komplexe Wunder, in der Regel können sie sogar hundert Mal besser hören, sehen und fühlen als der Mensch und wären vergleichsweise locker in der Lage, auf ihren dünnen Beinchen allein ein Klavier zu tragen. Bloß weil sie sich kein Spiegelei braten konnten oder Toilettenpapier benutzten, musste man sie doch nicht zum Tode verurteilen, und schon gar nicht wegen eines evolutionär verkümmerten Investors, der auf ihrem Grundstück eine riesige Anlage bauen wollte, auf der das Volk saufen, fressen, schwitzen und seine Kinder aus der Achterbahn kotzten lassen konnte. Der Versuch, die sturen Krabbelkäfer umzusiedeln, scheiterte schlicht an ihrer ausgeprägten Heimatbindung und somit das gesamte Projekt.

Auch aus einer obskuren Zuckerrohrfabrik in Kolumbien, einem reinen Abschreibungsprojekt, das seinem Namen alle Ehre machte, wurde nichts. Nach dem weiträumigen Abholzen und dem Gießen der Fundamente war Feierabend und alle Investoren und Planer konnten das Objekt mit hohen Verlusten abschreiben. Anders gesagt, ihr Geld war futsch. Flugs grünte die Natur diese betongewordene Investorenschande wieder ein. Wolfgang, der eigentlich nachhaltige Architektur für Menschen schaffen wollte, denen eine Sinfonie von Licht und Raum täglich das Lebensgefühl bereicherte, warf frustriert den Job hin und eröffnete die BÄCKEREI. Auf dem Weg zu den Toiletten hingen einige seiner gerahmten Bauzeichnungen an der Wand,

Dokumente einer erloschenen Architektenlaufbahn.

Als Chef war Wolfgang ein Perfektionist und Choleriker. Eine unsägliche Verbindung. Bemerkte er die geringsten Fehler und Nachlässigkeiten, hielt er ganze Vorträge, in die er sich mehr und mehr hineinsteigerte: »Wer hat denn dieses Glas abgewaschen? Darf ich da mal fragen? Da ist noch Lippenstift am Rand, kuck – da. Wollt ihr in einem Lokal aus einem Glas trinken, das alten Lippenstift am Rand kleben hat? Das ist doch ekelig, Freunde. Wer weiß, wer vorher aus dem Glas getrunken hat? Vielleicht eine Geschlechtskranke? Eine Schwuchtel mit Lippenherpes? Malaria? TBC? Ja, so was spricht sich doch ganz schnell rum. Habt ihr schon gehört, in der BÄCKEREI sind die Gläser dreckig, da hängt noch fetter Lippenstift an den Gläsern, na, da will ich mal nicht wissen, wie es da in der Küche aussieht. So redet man dann doch. Eins fix drei macht das die Runde. Und am nächsten Tag, irgendeine hinterhältige Ratte steckt denen das, steht's womöglich auch in der Zeitung: TÖDLICHER LIPPENSTIFT. BÄCKEREI VERSEUCHT GÄSTE! Die schließen mir den Laden, Leute. Na, Prost Mahlzeit.«

»Wolfgang, es ist doch nur das eine Glas, das kann doch mal passieren.«

»Kann, kann, kann, sagt der kleine Hannemann! Darf aber nicht. Ich erzähl euch mal was: Auf einem Architektenkongress in Mexico City kam es vor noch nicht allzu langer Zeit zu einer Epidemie, weil ein Teilnehmer aus einem unsauberen Saftglas getrunken hatte, will ich nur mal sagen. Ja? Alle lagen in ihren Hotelzimmern wie aufgebahrt, keiner konnte noch irgendetwas bei sich behalten, keiner. Überall nur Zwieback und Tee und der bittersaure Geruch nach Kotze. Ein einziges Saftglas! Noch Fragen?«

»Mexico City, Wolfgang, also ...«

»Ich weiß jetzt nicht, was dagegen spricht, ein Glas abzuwaschen und es danach schön fleckenfrei abzutrocknen und zu polieren? Warum müssen wir da so lange diskutieren? Das ist euer Job, dafür werdet ihr bezahlt. Da müssen wir doch nicht lange reden?«

»Du hast doch von Mexico City angefangen.«

»Dann macht doch die Gläser ordentlich sauber, dann muss ich nicht von Mexico City reden! Meint ihr, mir macht's Spaß, von irgendwelchen Kongressen zu erzählen, wo es nach Kotze gestunken hat? Es gibt bei Gott schönere Erinnerungen, das glaubt mir mal. Ich verlange doch nur, dass ihr ordentlich die Gläser poliert, ist das vielleicht zu viel verlangt? Entfernt diese Schmiere vom Glas, um etwas anderes geht's doch hier nicht. Ich meine, ich mach's auch gerne noch mal vor, ein Glas, ein Handtuch, zwei Hände. Das feine Spiel zwischen Mensch, Materie und Technik. So, wie in der Architektur. Wenn ihr das nicht beherrscht, sagt es, dann muss ich mir hier nicht stundenlange Erklärungen anhören, so einfach ist das.«

»Ich hab nur drei Sätze gesagt, Wolfgang.«

»Aaach? Zählen, das kann man? Aber ein Glas vernünftig zu reinigen, dazu ist man nicht in der Lage? Einfach in die Hand nehmen, bisschen drehen und richtig kucken, ob vielleicht noch Lippenstift dran ist? Man erkennt ihn an der roten Farbe, ich meine, ich sags ja nur. Ich denke, das lässt sich doch wohl hinkriegen? Oder fühlt ihr euch damit überfordert? Sagt es, sagt es!«

Wolfgangs schwachsinnige Ausbrüche waren wie eine Flutwelle, man konnte sich nur irgendwo festklammern und warten, bis sie vorbei waren. Aus Rache beschiss ihn das Personal, wo es konnte – und das erfolgreich. Speck war, trotz dürftiger Kochkünste, überzeugt davon, dass er den Job hinkriegen würde, schließlich ließe sich, wenn man nur wollte, im Leben alles hinkriegen. Außerdem fand er den kulinarischen Anspruch in der BÄCKEREI auch nicht allzu hoch, man musste nur aufpassen, wenn Wolfgang in der Nähe war. Die Leute wollten ansonsten in erster Linie miteinander reden, saufen und satt werden, ein fettes und kräftig gewürztes Gericht schuf da die ideale Basis. Bratkartoffeln und Schnitzel bekam er locker hin, zur Not auch noch ein Cordon Bleu. Mit seinem strammen Bauch und dem rosigen Gesicht mit dem blonden Fünftagebart passte Speck auch prima in eine Küche. Archie hingegen war größer als Speck und stämmig, er hatte eine ziemlich markante Nase und langes, dünnes Haar, das er täglich wusch, um ihm anschließend mit einem leistungsstarken Föhn mehr Fülle zu verleihen. Danach wippten seine fusseligen Haare in seinem Nacken beim Laufen wie ein abgeklappter Deckel hoch und runter. Einmal war er in der BÄCKEREI versehentlich an eine Kerze gekommen, die seine pudertrockenen Haare sofort in Brand setzte. Speck, der zufällig daneben stand, schüttete ihm geistesgegenwärtig sein Glas Bier über den Kopf. Danach sah Archie aus wie ein ins Wasser gefallener Staubwedel und regte sich furchtbar darüber auf, dass Speck dieses Glas Bier bezahlt haben wollte.

Beim Bolzen – Archie und Speck spielten leidenschaftlich gerne Fußball – trug er immer ein Stirnband, damit seine langen Haare ihm nicht in die Augen fielen. Wolfgang, ebenfalls ein Freizeitfußballer, organisierte im Sommer Fußballspiele gegen andere Kneipenmannschaften. Die Mannschaft für die BÄCKEREI rekrutierte er aus Personal und Stammgästen. An einem besonders heißen Samstag hatten sie mittags ein Spiel gegen die Kneipenmannschaft von BORN TO BE FULL, eine Kneipe aus dem Nachbarbezirk, mit deren Wirt Wolfgang gut befreundet war. In lockerer Absprache einigten sie sich auf eine unbeschränkte Zahl von Austauschspielern, dummerweise hatten sich in der BÄCKEREI alle aus Anlass eines Kollegengeburtstages am Abend zuvor ordentlich die Kante gegeben. Das BÄCKEREI-Team lief infolgedessen nicht gerade taufrisch auf. In der ersten Halbzeit war das Spiel noch leidlich ausgeglichen. Archie trat sogar eine Ecke, obwohl er immer panische Angst davor hatte, er könnte beim Anlauf die Eckfahne umsäbeln. Es ging aber alles gut, nur seine Flanke erreichte nie den Torraum, weil er mit dem linken Fuß zu schwach war. Speck gelang sogar mit einem sensationellen Kopfball der Ausgleich zum 1:1 (er hatte eine missglückte Flanke zufällig auf den Kopf bekommen, und war selber völlig überrascht, wie der Ball daraufhin im hohen Bogen über den verblüfften Torwart ins Netz flog). Nach der Pause allerdings war bei den BÄCKEREI-Spielern die Luft raus. Vielleicht wäre es besser gewesen, sie hätten in der Halbzeit nicht Bier, sondern Wasser getrunken. Sie kassierten das 1:2, dann das 1:3 und tauschten daraufhin zwei restlos ausgepumpte Kumpels gegen ihre einzigen beiden Ersatzspieler ein. Woraufhin der Gegner sofort ein ganzes Kontingent von neun Austauschspielern auf den Platz warf, von denen sieben Schwarzafrikaner waren. Für sie war dieser brütend heiße Samstag ihr Traumklima. Quietschvergnügt flitzten sie über den Platz, kurvten um ihre völlig platten Gegner herum, als wären sie Slalomstangen, und hauten einen Ball nach dem anderen rein. Nach jedem Tor freuten sie sich wie kleine Kinder. Am Ende gingen sie mit 16:1 als Sieger vom Platz. Als ob das nicht Demütigung genug war, setzte Archie auch noch einen Elfmeter in die Bäume. Wolfgang fand, dass das nicht fair war. BORN TO BE FULL habe gewissermaßen fast die gesamte Mannschaft ausgewechselt, außerdem einen ganzen Stamm perfekt akklimatisierter Schwarzer eingesetzt, und legte Protest ein. Der wurde vom Gegner abschlägig beschieden. Man berief sich darauf, dass keine Einschränkung der Auswechselspieler ausgemacht war, schon gar nicht eine Rassenbeschränkung. Die liefe auch dem weltoffenen Geist dieser Kneipe zuwider. Am Abend traf man sich bei einem versöhnlichen Besäufnis im BORN TO BE FULL, bei dem sich alle wieder inniglich verbrüderten. Wie sagte Archie immer: »Erst kloppen, dann kippen.«

Im Rahmen eines selbst organisierten Kulturprogrammes für Westberliner Kneipenmannschaften machten alle Spieler der BÄCKEREI eine Woche darauf für ein langes Wochenende eine Studienreise nach Prag. Ihr Ziel war es, intensiv die gastronomischen Einrichtungen der tschechischen Hauptstadt zu studieren. Sie begannen die Fortbildung nach einer zwanzigstündigen Anreise in einem Reisebus gleich in der Akademie für Braukunst – der Pilsner Urquell Brauerei in Pilsen –, um dort die riesigen Braukessel in Augenschein zu nehmen und sich anhand der entnommenen Proben über den spannenden Gärungsprozess von Hopfen, Malz und Gerste kundig zu machen. Anschließend fuhr der Bus mit den gut gelaunten Studenten weiter nach Prag, woran sich drei Tage später alle Teilnehmer auf der Heimreise nur noch insofern erinnern konnten, als dass sie im Irgendwo in irgendeiner fremden Stadt mit irgendeiner schönen Brücke waren. Zu konzentriert hatten sie sich mit dem Studium der tschechischen Braukunst beschäftigt. Archie brachte als unfreiwilliges Souvenir eine riesige Tischdecke mit, auf die er während eines Seminars in einem Schankbetrieb unter schwerem Alkoholeinfluss mit dickem Filzschreiber riesengroß »BÄCKEREI turnt an« geschmiert hatte. Der Wirt ließ Archie, nachdem der sich als selber in der Gastronomie Tätiger geoutet hatte, die Decke kollegial zum Einkaufspreis. Durch den enorm günstigen Umtauschkurs fiel diese Ausgabe überhaupt nicht ins Gewicht. Das gute Stück hing dann jahrelang in der BÄCKEREI hinter dem Tresen an der Wand und erinnerte alle anwesenden Reiseteilnehmer immer wieder wohlig an eine denkwürdige Studienreise in eine Stadt, durch deren Straßen noch der unterdrückte Geist des Prager Frühlings strich. Immerhin den hatten sie irgendwie peripher wahrgenommen.

Die BÄCKEREI war ein Treffpunkt für all die, die sich nach Liebe oder Sex oder sogar nach beidem sehnten. Warum der Laden immer rammelvoll war, war rational nicht zu erklären. Früher war er tatsächlich eine Bäckerei gewesen. Wolfgang hatte das Geschäft von dem Bäcker übernommen, der keine Lust mehr hatte, in aller Herrgottsfrühe aufzustehen, um Brote zu backen, und ließ aus Faulheit oder genialem Instinkt die Außenfassade unverändert. Im Inneren wandelte er den Verkaufstresen einfach zur Bar um, brach die Wände zur Backstube auf, stellte ausreichend Tische und Stühle hinein und die alte Teigknetmaschine als Kunstobjekt neben die Eingangstür – und fertig war die neue Kultkneipe. Vom ersten Tag an trafen sich dort viele Kreative aus den Agenturen und Medien der Stadt und soffen sich den Frust von der Seele. Ein paar Straßen weiter hatten Frauen das TILLA eröffnet, eine militante Frauenkneipe, wo an der Eingangstür ein Schild mit der Aufschrift »Männer müssen draußen bleiben« hing. Das provozierte die Männer natürlich maßlos. Etliche Versuche einiger Typen, in Frauenkleidung in den Laden einzudringen und sich unter die Weiber zu mischen, um zu erkunden, was sie da in ihrer gastronomischen Isolation eigentlich so trieben, scheiterten. Ein einfallsreicher Typ versuchte es als »Frau Köpke vom Ordnungsamt«, wurde aber im letzten Moment an seinem starken Bartwuchs identifiziert und musste vor den aufgebrachten Emanzen die Flucht ergreifen.

Archie hatte ein geschultes Auge für seine Gäste und bemerkte schon bei ihrem Eintreten, was sich jeder von ihnen für diesen Abend erhoffte. Fast alle wollten Beute machen, jeder auf seine Art. Manche geschickt, manche tapsig, manche hatten Erfolg, manche nicht. Die Erfolglosen waren die besten Gäste, sie tranken am meisten. Die ganz Anspruchsvollen baggerten das Personal an, wohl wissend, dass das, wenn sie erfolgreich waren, die Goldmedaille in der Kunst des Anmachens war. Frauen, die es speziell auf männliches Personal abgesehen hatten, versuchten ihre Medaille beim Zapfer zu erlangen. Er bildete in seiner zentralen Funktion so etwas wie den Mittelpunkt des Interesses und war der heimliche Star im Ensemble der Belegschaft, dementsprechend hatte er im Laufe des Abends immer reichlich Kandidatinnen, die ihn wie Raubtiere auf Beutesuche am Tresen umlagerten. Teilen wollte ihn aber keine von ihnen. Ihr Begehren hatte die verschiedensten Ursachen. Manche hatten schon länger keinen Typen, was sie nicht recht verstanden. Manche hatten einen Typen, der sie nicht verstand. Manche hatten schlicht einen unverständlichen Typen. Archie verstand sie alle. Er inszenierte in lässiger Vollendung selbst die profansten Tätigkeiten, sei es den Zapfhahn zu bedienen, sei es Gin mit Tonic zu mischen, sei es ein Mineralwasser einzuschenken oder lässig mit dem Lappen über den Bartresen zu wischen, seine Arbeitsgänge liefen wie ein schnurrender Motor. Er tat immer so, als würde er die hungrigen Blicke der Raubkatzen um sich herum überhaupt nicht bemerken, dabei wusste er, dass sie jede seiner Bewegungen fraßen. Er hatte es echt drauf.

Für den musikalischen Background sorgten seine von ihm in liebevoller Heimarbeit zusammengestellten Musikkassetten, die er ihrem Tempo entsprechend mit einem fetten Filzschreiber mit »rare«, »medium« oder »well done« beschriftet hatte. In manchen Nächten kopulierte er nach Feierabend mit einer ausgewählten Anbeterin gleich vor Ort, bevorzugt auf dem

Schminktisch in der Damentoilette oder auf dem alten Sofa neben der kleinen Bühne. Auch auf dem Tresen vor der Zapfanlage hatte er es schon getrieben, wobei der kalte Edelstahl des Buffets das erhitzte Fleisch der Auserwählten schon arg verkühlte und als Störfaktor die Lust der Vereinigung doch arg schmälerte. Einmal stürzte in exakt einer solchen Situation in den frühen Morgenstunden wie aus heiterem Himmel ein halb ausgenüchterter Typ aus dem Herrenklo, der dort in dumpfer Trunkenheit auf der Klobrille eingeschlafen war, nun in Panik schleunigst nach Hause wollte, und mit dessen Anwesenheit nun wirklich keiner von ihnen gerechnet hatte. Nach einem kurzen Moment des beiderseitigen Schreckens sagte Archie geistesgegenwärtig »Schön' guten Morgen!«, geleitete den verstörten Kerl nackt zum Ausgang, beschied seinen fahrigen Wunsch »Jips eijentlich noch 'n Bier?« mit einem entschiedenen »Jute Nacht!« und schubste ihn in den dunkelgrauen, kühlen Alltagsmorgen.

Eine seiner Verehrerinnen hatte zu ihm mal gesagt: »Du hast echt schöne Beine.« Bis dahin dienten Archie die Beine vorrangig zur Fortbewegung oder zum Ballkicken und waren für ihn weniger Sexsymbole. Dieses Kompliment inspirierte ihn, fortan hautenge Jeans zu tragen. Eine schnitt er sich sogar mit der Schere ganz verwegen knapp oben ab, um seinen schönen Beinen noch mehr Wirkung zu verleihen. Damit zog er allerdings dermaßen die Aufmerksamkeit der Schwulen auf sich, dass er von diesem Kleidungsstil schleunigst Abstand nahm. Archie hatte nichts gegen Schwule, einer seiner Lieblingsgäste war Beatrice, ein wuchtiger Typ, der immer in schweren Pelzen in die Kneipe rauschte und »Bonjour, meine Butterpralinen!« flötete, aber Archie war nun mal halt ein lupenreiner Hetero. Was Beatrice auch nie müde wurde, zu bedauern. Am Wochenende, wenn der Laden rappelvoll war, trug Archie alternativ eine schwarze Lederhose, damit, so meinte er, kämen seine schönen Beine etwas diskreter zur Geltung. Freilich war ihm das latente Angebot rolliger Kätzchen nach einem anstrengenden Arbeitstag oftmals ein bisschen zu viel, dann wollte er einfach nur ins Bett und nix Großes mehr sagen, er wollte auch nichts Großes mehr zeigen, er wollte einfach keine großen Anstrengungen mehr. Gar nichts wollte er mehr. Nur noch schlafen.

Das Weib war Archie Tankstelle und Motor zugleich. So gesehen überraschte es eigentlich keinen, als er eines Tages auf die Idee kam, einen Verlag zu gründen, in dem er spezifische Literatur zum Thema Frau verlegen wollte. Sein Studium hatte er längst abgebrochen, es wusste nur noch keiner. Solche bedeutsamen Entscheidungen, aber auch andere verspielte Einfälle, gebar Archie gerne unter einer kecken Schaummütze im warmen Wasser seiner Badewanne. Einer dieser Geistesblitze, ein Regenschirm für Hunde, scheiterte letztlich nur an einem kleinen Befestigungsproblem und bei seinem Tischhalter für Joints reichte es eben mal für einen Prototyp, aber die Idee mit dem Verlag beabsichtigte er rigoros durchzuziehen. Er nannte ihn SPEKULUM VERLAG, was alle für einen seltsamen Namen hielten. Archie erklärte, dass er mit so einem Spekulum, »ein trichterförmiges Instrument zum Betrachten von Hohlräumen«, eine Zeit lang in die Muschi von Jessica, seiner Freundin, schauen musste, um ihr täglich die farbliche Nuancierung ihres Muttermundes zu beschreiben. Er kauerte dabei im Bett zwischen ihren gespreizten Schenkeln und starrte durch das Spekulum in ihre Scheide. Jessica fand, dass »Scheide« eine abscheuliche Bezeichnung war, als würde der Mann sein Schwert in sie stecken. Sie nannte ihre Vagina »Molli« und mochte sie. Und mochte es, wenn die Männer ihre Molli mochten. Aber nur bei solchen Männern, die sie auch mochte.

Sie fragte Archie bei der intimen Privatuntersuchung immer ganz neugierig: »Na, wie sieht meine Molli aus?«

»Klasse.«

»Klasse? Danke. Und der Muttermund?«

»Lustig. Ich sag mal … ähm … hm … wie ein Tortellini.«

»Mein Muttermund sieht wie aus? Wie eine Nudel? Ich sage ja auch nicht, dein Pimmel sieht aus wie eine Bratwurst!«

»Hey? Sei doch nicht gleich beleidigt. Ich sagte nicht, dass dein Muttermund eine Nudel ist, ich wollte nur die Form beschreiben und da fiel mir spontan dieser Vergleich ein. Meine Güte, komm runter.«

»Gut, gut. Jetzt konzentriere dich mal. Welche Farbe hat er?«

»Hmmm … ich sage mal … im inneren Kreis … hmmm …«

»Gestern war er doch eher rosig, oder?«

»Am äußeren Rand, … ääh … ich glaub schon.«

Jessica mochte keine schwammigen Erklärungen. »Was meinst du mit, du glaubst schon? War er jetzt hellrosa oder nicht?«

»Ja, doch. Hellrosa.«

»Und heute?«

»Ääh, ich würde sagen … ja, schon auch rosa, vielleicht mit einem Hauch ins Bläuliche.«

»Oh Gott! Ich glaub, ich bin schwanger?!«

»Schwanger?!« Archie schoss mit dem Kopf hoch. »Na, Prost Mahlzeit!«

»Prost Mahlzeit? Na, das is' ja interessant. Was heißt das denn?«

»Äh … ich glaub, ich muss jetzt was essen, heißt das.«

Aber Jessica war nicht schwanger, was, zugegeben, Archie entspannte. Er liebte Kinder, es mussten aber nicht zwingend seine eigenen sein. Er hatte in seinem Leben noch andere Punkte auf dem Zettel, Kinder standen da in Sachen Dringlichkeit weiter unten. Anfangs fand er dieses Privatfernsehen mit dem Spekulum noch aufregend, mit der Zeit jedoch langweilte es ihn, weil da unten auf Dauer, bis auf wechselnde farbliche Veränderungen, sonst nicht allzu viel los war. Er hatte auch nicht die Absicht, noch lange Jessicas Gynäkologe zu sein. Da aber ein Spekulum offensichtlich ein Symbol für die neue, weibliche Selbstbestimmung war, zumal der Aufklärung und Förderung eines neuen Verständnisses zwischen Frauen und Männern diente, erschien es ihm als ein zeitgemäßer Name für seinen neuen Verlag. Damit überzeugte er auch letztlich alle Zweifler.

»Casa«, eigentlich Casanova, mit kleinbürgerlichem Namen Holger und ein alter Kumpel von Archie, höhnte, wenn Männer jetzt schon in den Körper der Frauen tauchen müssten, um die Geheimnisse des weiblichen Schoßes zu begreifen, dann plädiere er bitteschön aber auch für Peniskurse für Frauen. Nach seinem Dafürhalten gab es bei vielen Weibern diesbezüglich reichlich Defizite. Diese Anregung eines ausgewiesenen Sexomanen nahm Archie interessiert zur Kenntnis. Casa wohnte in der Stadtmitte in einem Hinterhof im Tiefparterre, gleich neben den Mülltonnen. Die Wohnung war billig und verfügte über den nötigen Minimalstandard: Küche, Bad und Wohnzimmer. Schlafen tat er auf der Couch. Da er die schweren Rollos ständig runter hatte, damit ihm die Mieter, wenn sie in den Hof kamen, nicht in die Bude gafften, war es in seinen Räumen immer dunkel. Alle Vierteljahre riss er mal die Fenster auf und machte Großputz, das heißt, er saugte die Erdnuss- und Chipsreste von der Schlafcouch. Der Hinterhof war enorm hellhörig, man hörte Paare streiten, Kinder schreien, Geschirr scheppern, Türen schlagen, Radios krächzen und Toilettenspülungen rauschen. Casa hörte und wusste alles, was sich im Vorderhaus abspielte. Er konnte sogar riechen, was in den Stockwerken gebraten, gekocht oder gedünstet wurde. Die im ersten Stock briet immer Bouletten, die so köstlich dufteten, dass Casa das Wasser im Munde zusammenlief und es ihn eines Tages gelüstete, bei ihr zu klingeln.

»Tachchen! Meene Nase sacht mir, hier soll's heute sarenhafte Bouletten jeben?«

»Na komma rin, meen Lieba. Dir kriejen wa och noch satt.«

Er versuchte die Sinfonie des Hinterhofes mit dem langanhaltenden Pfeifen seines Wasserkessels zu bereichern, der durchdringende Ton kam aber nicht bei allen Nachbarn gut an, vor allem nicht bei den Alten, die dachten, es wäre Fliegeralarm. Für Besuch war Casas Wohnung wegen der bescheidenen Gegebenheiten, nicht geeignet, der Einzige – außer dem Gas- und Wasserableser – den Casa in seine Wohnung ließ, war Norbert. Norbert studierte Jura und verdiente sich, so lange er sich noch nicht dem Auftrag des Gesetzbuches verschworen hatte, neben seinem spärlichen Bafög noch ein bisschen Geld mit dem Handel von Porno-Videos, die er auf VHS-Kassetten aus Skandinavien schmuggelte, wo man in Sachen Freizügigkeit lockerer war als in Deutschland. In den Nordländern konnte man sich die versauten Filme völlig normal in jedem Supermarkt neben Butter und Käse in den Einkaufswagen legen. Dafür waren die Nordländer wiederum mit Alkohol prüder, was – laut Nobert – den großen Vorteil hatte, dass man »nur eine Flasche Whiskey auf den Rand eines örtlichen Brunnens zu stellen braucht, und schon stürzen sich die heißen und willigen blonden Schwedenmädchen auf dich. Wenn man Glück hat, ist Agnetha von ABBA dabei.« Casa fand die langbeinige Agnetha auch richtig scharf, schaffte es aber nie, den Wahrheitsgehalt dieser heißen Verlockungen persönlich zu überprüfen, weil er die Flasche Whiskey vorher schon immer selber ausgenuckelt hatte, bevor sie überhaupt schwedisches Festland erreichte.

Norberts Top-Streifen im Sortiment, den er seinen Kunden mit der Bemerkung »Wird gern gesehen« lecker machte, hatte den unverfänglichen Titel »Der Staubsaugervertreter« und galt als lupenreines Kammerspiel. Die dramaturgische Dürftigkeit wurde von der Präsenz einer prallen, nymphomanischen Blondine kompensiert, die in der Rolle einer vernachlässigten Hausfrau wohl mit absoluter Talentfreiheit, dafür aber mit ganzem körperlichen Einsatz glänzte. Der Staubsaugervertreter, ein eher halbseidener Typ mit makellosem Oberlippenbart, dem man die fehlende Qualifikation zum ausgebildeten Saugreinigungsfachmann schon aus einem Kilometer ansah, ging nach einer flüchtigen, ungelenken Vorführung des Gerätes sogleich zum wahren Anlass seines Besuches über. Alsdann scheute sich das lüsterne Pack nicht, im ehelichen Bett den Geschlechtsakt zu vollziehen, so wie es der moralische Anstand eigentlich nur der ehelichen Gemeinschaft zur Fortpflanzung gebot, und sich dabei in verwerflichster Art und Weise zu gebärden. Casa war sich nicht sicher, ob die Blondine nur Theater spielte oder tatsächlich Spaß daran hatte. Aufführen tat sie sich jedenfalls, als stünde sie vor der sexuellen Selbstauflösung.

Wie auch immer, Casa war danach klar, dass in Deutschland Millionen sexuell unterversorgter Hausfrauen jeden Vormittag auf einen Staubsaugervertreter warteten, also spielte er kurzzeitig mit dem Gedanken in die Teppichreinigungsbranche zu gehen, oder, falls das nicht klappte, Pornos zu synchronisieren. Damit, so hatte er mal gehört, konnte man gut verdienen und einen Mordsspaß haben. Die Drehbücher waren simpel strukturiert und bestanden hauptsächlich aus der Bereitschaftsbekundung »Fick mich« und der verbindlichen Zusage, »Oh ja, jetzt fick ich dich«. Anschließend im großen Mittelteil »Ah-ah-ah-ah« und »Oh-oh-oh-oh!«, ein bisschen Gehechel und hin und wieder »Gott, ist das geil« einstreuen. Schlussendlich »Verdammt, ich komme!« oder einfach nur ausgedehnt »Jaaaa, jaaaaa, jaaaaa!« schreien. In der Version für den bayerischen Absatzmarkt gegebenenfalls jodeln – das war im Grunde alles.

Casa konnte sich das prima vorstellen, schließlich gehörte lüsternes Zeug labern zu seiner persönlichen Sexkultur. Früher hatte er beim Sex eigentlich nie viel gesprochen, außer vielleicht »Mal wechseln?«. Er musste sich während des Aktes nämlich immer sehr auf sich und seine Partnerin konzentrieren und damit hatte er den Kopf ganz schön voll. Worte erschienen ihm in der Intensität der Vereinigung, die allein von verstärkter Atmung und den schmatzenden Geräuschen aufeinanderliegenden, lustfeuchten Fleisches erfüllt war, seltsam fremd und ernüchternd. Durch das Studium der Pornofilme kam er jedoch auf die Idee, seine Sexualität auch mal mit sporadischen Kommentaren zu bereichern. Und höre und staune, es kam gut an. Nicht immer freilich wurde sein frivoles Spiel gleich als solches erkannt. Als er es bei Daggi, einer kurzzeitigen Affäre, während des Aktes mal mutig mit »Du bist ja vielleicht ein geiles Stück« probierte, hielt sie verwirrt inne und fragte ihn verstört: »Hast du grad was gesagt, mein Schätzelchen?«. Das ernüchterte die Stimmung doch gewaltig. Womöglich wollten manche Frauen während des Liebesspiels grundsätzlich nicht gerne reden? Liebten es eher, still zu genießen oder waren einfach nur maulfaul? Es galt für ihn, herauszufinden, welche Partnerin Kommunikation beim Sex für bereichernd – oder für unangebracht hielt.

Irgendwann hatte er es ganz gut raus. Da ihm aber der Zugang zu Synchronstudios fehlte, kam er professionell in der Sache nicht weiter und verlor das Interesse daran, audiomäßig in der Pornofilmindustrie Karriere zu machen.

Archie ließ seine Bücher illegal von einem Freund drucken, der tagsüber in einer Druckerei arbeitete und seine Werke nach Feierabend auf einer kleinen Offsetmaschine in bescheidener Auflage vervielfältigte, zurechtschnitt und zu einem handfesten Buch verleimte. Als sein Chef davon Wind bekam, meinte er, er sei ja kein Unmensch und bat nur darum, die Farbwalzen der Maschine anschließend ordentlich zu waschen und einen kleineren Betrag fürs Papier zu hinterlegen, überdies wolle er der Gründung eines erfolgreichen Literaturverlages nicht im Wege stehen, ganz im Gegenteil. Vielleicht könne man ja bei größerem Erfolg auch mal offiziell ins Geschäft kommen. Sollte Archie eines Tages mit einem Buch den Nobelpreis für Literatur erhalten, so wäre er ihm dankbar, wenn er bei der Verleihung in seiner Danksagung nicht nur seine Eltern, sondern auch kurz die Buchdruckerei Matzke & Sohn erwähnen würde. Das Druckgewerbe sei nämlich ein beinharter Konkurrenzkampf, von der Balz um neue Aufträge habe er schon einen richtigen Buckel. Bei den Preisverhandlungen mit den Werbeagenturen würde der Alkohol in Strömen fließen, er kenne kaum eine Branche in der so viel gesoffen werde wie in der Werbung. Sein Arzt habe ihm schon das Betreten von Werbeagenturen verboten, aber der habe gut reden. Bei dem kämen die Kunden von ganz alleine in die Praxis und – ganz nebenbei – saufen täte er außerdem auch. Also, er wolle Archie nur sagen, ihm flögen die gebratenen Tauben auch nicht in den Mund. Bisschen Reklame sei immer gut, kurzum, ein oder zwei wohlgesonnene Sätze über Matzke & Sohn, mehr verlange er nicht.

Archie war einverstanden. Im Spekulum-Verlag erschienen die Werke *Koitus und Kapitalismus*, *Chauvinismus und Klitoris* und zuletzt *Mythos vaginaler Orgasmus*, die Archie in der BÄCKEREI in später Stunde nebenbei an interessierte Gäste verhökerte. Mit der Zeit aber befielen ihn Zweifel, ob dieses Konzept für ihn das richtige war. Es wuchs in ihm die selbstkritische Erkenntnis, dass er doch nur dem Zeitgeist die Füße leckte, in Wirklichkeit jedoch selbst in einem ständigen Widerspruch zwischen seinem ideologischen Verlagsprogramm und seinem idealistischen Bewusstsein lebte. Er kämpfte nicht mit den Frauen, sondern verschmolz mit ihnen in einer Welt, in der man, frei von jeder Kopflastigkeit, auf sanften Schwingen zueinander flog und am Ende mit allen Sinnen und Lüsten durch eine Galaxie süßester Verrücktheit trudelte, deren alleiniger Regulator die Liebe war. Eine Liebe, in deren Leuchtkraft die profanen Störfelder des Lebens in ihrer Belanglosigkeit verblassten. Über Frauen musste er nicht diskutieren, er musste sie lieben. Die Wertschätzung dieses anderen Geschlechtes war für ihn von der ersten Begegnung an von besonderer Magie und so natürlich wie ein Sonnenaufgang. Mochten andere ihn als hoffnungslosen Romantiker schmähen, für Archie war es sein Mantra. Hinter vorgehaltener Hand munkelte man, womöglich trage auch der klägliche Verkauf seiner Bücher zu seiner Umorientierung bei. Kurzzeitig erwog er, Kriminalromane zu veröffentlichen, doch er mochte sie nicht, diese mit dickem Blut geschriebenen Krimis. Das ewige Mord- und Totschlagschema langweilte ihn, die schauderhaft perversen Fälle, die immer gleiche Hatz nach den Tätern, die kaputten Detektive, die ewig übermüdeten Kommissare, die schlecht gelaunten Vorgesetzten, die piefigen Spurensucher und zynischen Pathologen, dazwischen scharfe Sekretärinnen mit bitterschwarzen Kaffee und frecher Zunge, der ganze stupide Tanz zwischen sozialem Abgrund und wohlfeiler Gerechtigkeit – nicht Archies Ding. Er fand, wer Gänsehaut wollte, der sollte ins Kühlhaus gehen.

In seinem neuen Verlagskonzept spürte Archie die ersehnte Freiheit, der Fülle seiner persönlichen Erfahrungen ein Ventil zu geben, gleichermaßen der Frau zu huldigen und zugleich eine breitere Leserschaft zu erfreuen. Eines Nachts fasste er folgerichtig den robusten Entschluss, Liebesromane zu verlegen und löste damit in der Szene Verwirrung aus. Inspiriert hatte ihn Uwe, ein Stammgast, der einst in einem Verlag ein Praktikum gemacht hatte, der dieses Genre bediente. Und Uwe hatte den Satz gesprochen, der bei Archie alle Lampen anknipste:

»Mit Liebesromanen lässt sich ein Heidengeld verdienen.«

»Nee, oder?«

Auf jeden Fall spürte Archie in diesem Moment, dass es für ihn an der Zeit war, endlich auch so viel Geld zu verdienen wie diese Heiden. Und warum eigentlich nicht mit Liebesromanen? In der Musik beteten beinharte Rockmusiker mit offenherzigen Texten unumwunden das Weib an. Sie hatten überhaupt kein Problem, ihren Gefühlen freien Lauf zu lassen, der Welt ihre Verletzlichkeit, ihre Abhängigkeit von der Gunst eines Weibes zu bekunden. Sie flehten, jammerten und wimmerten auf Teufel komm raus. Sie, die kernigen Kerle konnten so zart sein wie der Flügel eines Schmetterlings. Er war nach dem Gespräch mit Uwe nachhaltig beeindruckt in die Küche zu Speck gegangen, um ihm zu berichten, dass er eben gehört habe, dass man mit Liebesromanen ein Heidengeld verdienen könne. Speck brüllte aus dem Küchenchaos aber nur »Tisch sieben!« und drückte ihm drei Teller mit einem Berg fetter Bratkartoffeln, unter denen schwarzgebratene Schnitzel mühevoll nach Luft rangen, in die Hand. Multitasking war Specks Sache nicht.

In der folgenden Nacht sprang Archie schlagartig aus dem Bett und kritzelte etwas auf ein Stück Papier. Gute Ideen kamen aus dem Nichts und verschwanden, wenn man sie nicht sofort irgendwo fixierte. Für diesen Zweck hatte Archie immer einen Notizblock an seinem Bett liegen. In diesem Moment war er aber nicht bei sich zu Hause, folglich war es also auch nicht sein Block, sondern die Zyklustabelle von Gina, auf die er im Halbschlaf seine Ideen kritzelte. Mit Gina hatte er ein ganz spezielles Verhältnis, das mit normalem Maß nicht zu messen war. Er besuchte sie ausschließlich nachts, zumeist angetrunken und getragen von der brennenden Sehnsucht, unter ihre Decke zu schlüpfen und sich in ihrem Körper zu verlieren. Sie liebten sich schamlos bis zur Erschöpfung und lauschten danach ihren klopfenden Herzen und verknüpften ihre innigsten Gedanken. Gina war ihm oft so nah, als strömte sein Blut durch ihre Adern, und doch gab es noch einen anderen Raum in ihrem Innersten, zu dem sie den Schlüssel nicht herausgab. Niemals bemerkte er Spuren von anderen Männern und doch spürte er, dass es welche gab. Aber sie spielten in ihrem Verhältnis nicht die geringste Rolle. Er stellte auch nie Fragen. Gina auch nicht. Sie vermittelte ihm das Gefühl, sie sei immer für ihn da und es reiche ihr völlig, wenn er sie hin und wieder nachts besuchen komme. Manchmal versuchte er sich das Verhältnis mit Gina als eine feste Beziehung vorzustellen, doch dann fühlte es sich komischerweise nicht mehr so gut an. Also ließ er es. Einmal fragte er sie, noch ganz erhitzt und wohlig entspannt in ihren Armen liegend:

»Wollen wir noch was zusammen lesen?«

Daraufhin drehte sie ihm wohlig den Rücken zu und antwortete: »Du kannst mir mal die Krümel aus dem Arsch lesen.«

Gina hatte nicht nur außergewöhnlichen Humor, sie konnte auch außergewöhnlich gut küssen. Und Archie küsste verdammt gerne, allerdings gab es da in der Praxis gravierende Unterschiede. Manche Frauen quirlten mit ihrer Zunge wie ein panischer Ventilator in seinem Mund herum, andere schlugen mit ihr wie das Pendel einer Wanduhr hin und her oder wanden sich wie die Schlange um den Äskulapstab um seine Zunge. Es gab auch Frauen, die stopften ihm ihre Zunge wie einen warmen Kloß in den Mund und warteten gespannt, was er damit anzufangen wüsste. Andere feudelten mit ihrer Zunge wie mit einem Putzlappen seine Mundhöhle und die ganz Harten saugten sich fest, bis sein Kiefergelenk schmerzte. Archie mochte den Kuss voll und weich, schon auch rhythmisch, halt sinnlich, ungefähr so, als würde die Frau ihn mit ihren Schamlippen küssen. Die Zunge, davon war Archie überzeugt, war schließlich die Botschafterin der Begierde und diese sollte sie auch freimütig überbringen. Er musste einen Kuss bis in sein Innerstes spüren. Mehr verlangte er nicht.

Selber hatte er die Kunst des Küssens keineswegs vom ersten Augenblick an beherrscht, sie war ja auch ganz schwer zu vermitteln, keine Volkshochschule lehrte die Kunst des Küssens. Beim Aufklärungsunterricht in der Schule malte der Aufklärer vorrangig Penisse und Scheiden an die Tafel, auch lustige Spermien, vom Kuss jedoch, dem Schrittmacher der Lust, war nie die Rede. Nun, so muss man fairerweise konstatieren, ein Kuss ist kein Organ, also außer im Bild von zwei aufeinander gepressten Lippen grafisch nicht wirklich darzustellen. Den Kuss musste man einfach in der Praxis probieren und wenn man das Glück hatte, an ein Mädchen zu kommen, die schon wusste, dass man vom Küssen nicht schwanger wurde, dann machte das Training durchaus Spaß. Bis dahin kannte Archie nur die schmatzenden Küsse seiner Mutter und die seiner Tante, die sie ihm immer mit ihrem rosettenförmig gespitzten Mund auf die Wange stempelte. Vor ihren Küssen ekelte er sich.

Ihm erschien anfangs der Weg seines Mundes zum Mund eines Mädchens grenzenlos weit und das Wissen, dass ihr eindeutig bewusst war, dass er jetzt mit der Absicht auf sie zusteuerte, sie zu küssen, empfand er in seiner profanen Zielstrebigkeit als lächerlich, zumal noch lange nicht klar war, ob sie sich überhaupt küssen lassen wollte.

Diese Unsicherheit machte Archie am meisten zu schaffen. Wie peinlich, wenn sie den Kopf einfach wegzog und er mit seinen sehnsüchtigen Lippen ins Leere stieß? Andererseits wollte er diesen magischen Moment auf keinen Fall mit der nüchternen Frage »Darf ich dich küssen?« entzaubern. Es gibt Augenblicke, wo Worte sich vom Projekt ablösen sollten, wo nur noch die Handlung zählt. Aber wie zum Teufel schaffte man es, diese schier endlose Strecke bis zum Ziel kurzweilig zu überbrücken? Im Kino sah das immer perfekt aus. Das Paar schaute sich tief in die Augen und erkannte darin das eindeutige Signal zur Bereitschaft zum Küssen. Wie selbstverständlich brachten die beiden ihre Körper und Köpfe in die ideale Position, drehten sich passgerecht ineinander rein, um sich dann hingebungsvoll mit geschlossenen Augen zu küssen. Manchmal war er sich nicht ganz sicher, ob ihre Münder auch korrekt aufeinanderlagen oder ob sie sich nicht eher das Kinn küssten, wie auch immer, er empfand solche Szenen, speziell in Western, nicht nur lästig, sondern geradezu gefährlich, weil der Mann seiner Meinung nach im feindlichen Indianerland seine Augen besser offen und nicht geschlossen halten sollte. Die Rothäute waren völlig unromantische Typen und hatten wenig Verständnis dafür, wenn sich zwei Bleichgesichter auf ihrem Land küssten, anstatt ordentlich zu schießen.

Bei solchen Szenen brüllten alle Jungs im Kino immer »Pflaster! Pflaster!«, womit sie offensichtlich vermitteln wollten, dass man die Szene überkleben sollte. Eine typische Reaktion verklemmter Kindsköpfe, aber selbstverständlich brüllte er mit, um nicht als lausiger Softie aus der Reihe zu fallen, fand aber »Pflaster« irgendwie nicht sonderlich originell und sich selbst insgeheim verlogen, weil ihn diese Knutschszenen in Wahrheit wahnsinnig interessierten.

Irgendwann war es auch für Archie so weit. Bekannte seiner Eltern besuchten sie an einem Sonntagnachmittag zum ersten Mal bei ihnen zum Kaffeetrinken – und brachten ihre Tochter mit. Mit so einem hübschen Mädchen hatte Archie angesichts des Elternpaares überhaupt nicht gerechnet. Er stocherte mit der Gabel nervös in seinem Käsekuchen herum, starrte verstohlen auf ihren traumhaften Mund und stellte sich vor, was das für ein Gefühl sein müsste, dieses Kunstwerk zu küssen. Nur mal ganz kurz, einfach so, ohne Indianer im Nacken. Sie hingegen wirkte so, als würde sie seine bebenden Sehnsüchte nicht bemerken. Sogar seine Eltern bekamen mit, dass ihr Söhnchen sehr aufgeregt war, und plauderten belangloses Zeug mit Manuelas Eltern, während ihm fast die Kuchengabel aus der Hand rutschte, so schwitzte er. Auf einmal hüstelte seine Mutter und sagte: »Kinder, geht doch mal ein bisschen raus, frische Luft schnappen. Nicht, Frau Bergemann? Mal an die frische Luft, das tut doch immer gut.«

»Aber selbstredend. Kinder, geht doch mal ein bisschen raus auf den Balkon, frische Luft schnappen!«, rief Frau Bergemann.

»Nun aber raus an die frische Luft!«, ermunterte Herr Bergemann, »das kühlt den Kopf!«, und zwinkerte Archies Mutter zu.

Archie fiel zum zweiten Mal in Ohnmacht. Mit Manuela und ihrem herrlichen Mund an die frische Luft? In der Zwischenzeit war es draußen schon dunkel und – obwohl es Ende Oktober war – immer noch ziemlich lau. Er stand auf und folgte steifbeinig Manuela, die bereits forsch aufgestanden war und zur Balkontür ging. Hilfe!

»Aber bleibt ja anständig!«, feixte seine Mutter.

»Hübsch brav bleiben, Kinder!«, rief keckernd sein Vater und Herr Bergemann setzte launig hinzu »Dass ihr uns keine Schande macht!« und alle wieherten vor Lachen. Archie war davon überzeugt, dass sie sich unter dem Tisch gegenseitig mit den Füßen anstießen. Dann stand er wackelig mit Manuela allein in der Dunkelheit in der frischen Luft auf dem Balkon und schaute auf die erstaunlich stille Stadt. Er hörte sie atmen und wusste, dass er jetzt irgendwie handeln musste, ihre Erwartung konnte er fast greifen. Er schaute in seiner Verlegenheit zum Himmel und stotterte: »Ää-äh … viel Wolken heute.« Er fand, das war ein durchaus gelungener Einstieg.

Manuela schaute schweigend zum Himmel. Dann sagte sie: »Ach, wie interessant.«

Archie räusperte sich und sagte: »Rächen wärmo griechen.«

Manuela starrte ihn an. »Wie bitte?«, fragte sie. Es klang ein wenig wie: Hast-du-sie-noch-alle? »Griechen?«, fragte sie nach, »was machen Griechen?«

»Nein, höhö, keine Griechen. Rächen wärmo griechen«, wiederholte Archie, leicht verlegen grinsend. Er zog das jetzt durch, komme, was wolle.

»Gibt's dafür 'ne Übersetzung?«, fragte sie.

»Ist Sächsisch, heißt auf Hochdeutsch: Regen werden wir kriegen. Hahaha.« Sein Lachen klang irgendwie aufgesetzt.

Manuela schaute ihn stumm an. In ihren Augen sah er zwei riesige Fragezeichen schweben.

Er grinste schief und wiederholte: »Na? Re-gen wer-den wir krie-gen! Hm?« Alle seine Kumpels hatten ihm bestätigt, dass er prima Dialekte imitieren konnte, für dieses Talent verfügte er also hinlänglich über Bestätigungen, aber Manuela schien in der Wahrnehmung solcher außerordentlicher Begabungen eher weniger begabt. Doch er war noch nicht am Ende. »Rächen wärmo griechen, bedeutet aber auch? Hm? … Regenwürmer kriechen!« Er lachte laut auf und starrte Manuela erwartungsvoll an. »Regenwürmer kriechen, Rächen wärmo griechen … hahaha.«

Im stumpfen Blick von Manuela zeigte sich ein erstes Signal von Hoffnungslosigkeit. Mit tonloser Stimme und leichtem Ekel fragte sie gedehnt: »Reeegenwürmer kriechen?«

»Regenwürmer, die kriechen – im Rächen ...«, würgte er noch ein letztes Mal heraus und beendete dann mit einem finalen Seufzer seinen misslungenen Versuch, witzig zu sein. Er entschloss sich, diese Aktion wie einen geschmacklosen Happen einfach runterzuschlucken, und schaute wieder hoch zum Himmel und dann wieder auf den Boden und dann wieder zum Himmel und dann wieder auf den Boden und dann über den Balkon – und dann bellte ein Hund. Niemals zuvor hatte er sich über dieses Geräusch so gefreut, wie in diesem Augenblick. Endlich konnte er über etwas anderes reden als über sächsische Wortspiele.

»Ein Hund«, sagte er.

»Er bellt«, bestätigte Manuela.

»Ich mag Hunde«, sagte er, um die aufkommende thematische Vielfalt mit dem Geständnis einer persönlichen Vorliebe zu vervollkommnen.

»Ach?«, sagte Manuela. Sie klang jetzt aber irgendwie so, als würde sie an diesem Dialog etwas die Lust verlieren.

Er knetete seine schweißnassen Hände und kämpfte mit seinem bekannten Problem, wie er die endlos weite Strecke zur oralen Seligkeit am geschicktesten überbrücken konnte. Es war ihm klar, wenn er nicht langsam in die Gänge käme, wäre die Chance vertan. Ihre Eltern rechneten ja fest damit, dass sie alsbald aus der frischen Luft in die Wohnung zurückkehren würden. Also haute er tapfer einen Satz raus, der, wie sich danach herausstellen sollte, die entscheidende Bewegung in das Ganze brachte:

»Bellen kann ich auch.«

Er ging fest davon aus, dass sie jetzt von ihm verlangen würde, dass zu beweisen. Kein Problem für ihn, Hunde konnte er gut, Katzen nicht ganz so gut. Aber weit gefehlt, sie sagte: »Was kannst du denn sonst noch?«

Wumm! Was kannst du denn sonst noch? Jetzt gab es kein Zurück mehr. Mann, diese Manuela, was für ein freches Stück, dachte er. Sie will es nicht anders. War sich aber noch nicht ganz sicher, ob sie wirklich meinte, was er verstanden hatte.

»Zum Beispiel Fußballspielen«, antwortete er.

Stille. Völlige Stille. Dann fragte sie trocken: »Das ist alles?«

So, dachte er. Jetzt reicht's aber, echt. Wo sind wir denn? Ob das alles ist? Hör mal, Baby, nun ist die Schonzeit aber vorbei. Du sollst kriegen, was du verdient hast. Also hör mal, ob das alles ist? Archie zeigt dir jetzt, wonach du schon die ganze Zeit bettelst. Er spannte sich innerlich und fragte knallhart:

»Ähm … was meinst du?«

Sie grinste ihn frech an und wiederholte: »Ich fragte, ob das alles ist, was du kannst?«

Archie spürte nun überdeutlich, sie wollte es einfach nicht anders. Er hatte ihr Alternativen angeboten, aber nein, sie ließ nicht locker. Er schaute kurz zum Himmel, kurz auf seine Schuhe und ging sie dann brutal an:

»Du stellst ja Fragen.«

Er war noch total gespannt darauf, wie sie mit dieser starken Ansage umgehen würde, da drehte sie sich blitzschnell um und gab ihm einen Kuss. Ihre wundervollen Lippen hatten die seinen berührt! In seinem Kopf drehte sich alles und er drohte umzufallen. Mit den letzten Resten seines Verstandes erkannte er, dass sie ganz offensiv den Anfang gemacht hatte und dass er jetzt darauf reagieren musste. Er presste blitzartig seinen Mund auf ihre heißen, feuchten Lippen, ungefähr so, wie es die Kerle in den Cowboyfilmen in solchen Momenten auch immer taten. Er erkannte sich gar nicht mehr wieder. Er küsste einfach ein Mädchen auf den Mund. Und was für einen. Die Welt stand ehrfürchtig still. Aber wie ging es weiter? Seine Kusstechnik ähnelte eher einem Wiederbelebungsversuch, irgendwie sah das in den Western hinter den Pflastern anders aus. Er grübelte noch, welche entscheidenden Punkte verbessert werden mussten, da spürte er Manuelas warme Zunge. Erst bekam er einen Heidenschreck, weil er annahm, sie hätte die Kontrolle über ihre Körperfunktionen verloren, fand dann aber so großen Gefallen an dieser Technik, dass er sich fragte, warum er auf diese grandiose Idee mit der Zunge nicht selber gekommen war. Zungenkuss war ihm durchaus ein Begriff, er hatte das oft von seinen Kumpels gehört, konnte sich jedoch darunter nie so recht was vorstellen und nachgefragt hatte er auch nicht, weil er dann offenbart hätte, dass er nicht wusste, was genau ein Zungenkuss war. Diese Blamage wollte er sich ersparen. Zungenkuss … Zungenkuss … hm … irgendwas mit Zunge. Und das war er nun, dieser Zungenkuss. Genial, einfach genial. Machte einen Höllenspaß und richtig heiß. Dann hörten sie Schritte aus der Wohnung und lösten sich blitzschnell voneinander.

»Na, ihr Süßen!? Nun kommt mal wieder rein, sonst bekommt ihr noch 'ne Sauerstoffvergiftung«, hörte er plötzlich die schrille Stimme seine Mutter. Daran merkte Archie, dass sie drinnen inzwischen vom Kaffee zum Hochprozentigen gewechselt waren und auffallend gute Laune hatten. Sie gingen beide zurück in die Wohnung, setzten sich wieder an den Tisch und wussten nicht recht, wo sie hinschauen sollten, während Herr Bergemann einen schmutzigen Witz nach dem anderen raushaute und alle fast schrien vor Lachen. Er betrachtete indessen Manuelas wunderschönen Mund, den er eben noch so köstlich geschmeckt hatte, der immer noch so nah und doch so unerreichbar weit weg war.

Wenig später verabschiedeten sich die Bergemanns. Archie gab Manuela ganz brav die Hand und sagte: »Tschüß, Manuela.« Er traute sich nicht, zu ihr »Sehen wir uns mal wieder? Möchte dich unentwegt dumm und dusselig knutschen« zu sagen, weil alle mit großen Ohren zuhörten. Seine Mutter seufzte seltsam verzückt »Selige Jugend« und sein Vater sagte »Auf Wiedersehen und kommt gut nach Hause. War doch ein herrlicher Besuch.« Dabei schielte er zu Archie rüber und alle lachten. Archie bekam einen ganz roten Kopf. Er wunderte sich noch, dass Herr Bergemann mit der Fahne noch Auto fuhr, sein Vater aber meinte, dass könne der ab, er führe in diesem Zustand sicherheitshalber immer mit offenen Fenstern, deswegen sei seine Frau auch so oft erkältet. Archie schrieb dann Manuela noch heiße Briefe, die jedoch ihre Gegenwart nicht annähernd ersetzen konnten. In ihren Antwortschreiben erzählte sie von ihrer Schule und ihren Problemen in Latein. Archie hatte zugegebenermaßen etwas mehr Herz und weniger schulische Sorgen erwartet, aber offenbar hatte dieser Moment auf dem Balkon sie nicht so nachhaltig aufgewühlt wie ihn. Sie schien offenkundig schon über mehr Erfahrungen zu verfügen, wie ihr frivoler Zungenkuss ihm ja unzweideutig vermittelt hatte. Gesehen hatte er Manuela nie wieder, aber den Geschmack ihrer unvergleichlichen Küsse noch ewig in sich bewahrt.

»Archie? Was is ’n los?«, fragte Gina ihn sanft und schlaftrunken, als er leise in seine Hose stieg.

Es habe eine Idee von ihm Besitz ergriffen, flüsterte er ihr ins Ohr, der er unverzüglich nachgehen müsse – und küsste zärtlich ihre Stirn. Gina murmelte noch leise: »Aber bring mir ja meine Zyklustabelle wieder« und drehte sich mit einem tiefen, entspannten Atemzug auf die andere Seite, wobei für einen kurzen Moment ein betörendes, duftendes Gemisch aus Lust und Erfüllung ihrer Bettdecke entwich.

Am darauffolgenden Tag gründete Archie den DAMOUR-Verlag und verlegte Liebesromane. Archie hatte von Uwe, dem Informanten, noch in Erinnerung, dass in dieser Branche die besten Autoren aus den USA oder Kanada stammten, also spielte er diverse Namen durch, verglich internationale Autoren und erfand schlussendlich eine gewisse »Rebecca C. Creek«. »Rebecca« hieß eine Tante von ihm, das »C« ließ viel Spielraum für Phantasie und »Creek« klang so schön nordamerikanisch. Da pflanzte er seine Autorin in ihrer Biografie auch hin:

Rebecca C. Creek wurde 1928 in Kanada, in Nelson BC, geboren. Mutter war Deutsche, der Vater Kanadier mit indianischer Abstammung. Sie arbeitete in diversen Berufen und kam erst spät zum Schreiben. Lebt in der Nähe von Nelson auf einer kleinen Farm und züchtet neben ihrer schriftstellerischen Tätigkeit kanadische Mustangs.

Deutsches Erbgut mit kanadisch-indianischem gekreuzt, diesen eurokanadischen Cocktail fand er gut und er barg, seiner Überzeugung nach, großes literarisches Potenzial. Warum Rebecca Pferde züchtete, wusste er auch nicht genau. War so eine Bauchentscheidung. Ihm gefiel die Wildheit von Mustangs, sie passte irgendwie zu Liebe und Leidenschaft. Er sah Rebecca zum inspirierenden Ausritt in früher Stunde über taugetränkte Wiesen in die Morgensonne reiten und sich gemeinsam mit ihrem gescheckten Freund im Fluss am kristallklaren Nass laben. Er fand seine Autorin perfekt. Wenn jemand anrief, meldete er sich nun ganz offiziell:

»DAMOUR VERLAG, The Magic Of Love. Schönen guten Tag.«

3. Kapitel
Das Huhn mit dem dicken Kopf. Im Ginster der Liebe. Der Bauer und die Sünde. Eine Echse am Tellerrand. Nacktheit im lackschwarzen Nass. Sex auf Korallenriff.

Archie saß am Küchentisch, las einen Comic und trank Tee. Das hörte sich bei ihm immer an, als zöge er seinen nackten Fuß schmatzend aus einem Schlammbad, so hatte es Speck mal beschrieben. Dieses akustische Ritual nannte Archie Trinkkultur. Entdeckt hatte er sie in einem Buch eines Gourmets, in dem dieser den lustvollen Speichelfluss bei der Einführung von festen und flüssigen Nahrungsmitteln als kulinarischen Olymp pries. Solchen Lesestoff zog sich Archie bevorzugt in Bahnhofsbuchhandlungen rein, wo er – speziell bei schlechtem Wetter – in allen Publikationen herumblätterte, die für ihn von Interesse waren, und wo man in der Comicabteilung sogar neue Freundschaften schließen konnte. Entdeckte er einen besonders interessanten Artikel, sichtete er unauffällig sein Umfeld, hustete kurz, riss sich synchron die begehrte Seite aus dem Buch und stopfte sie blitzschnell in die Hosentasche. Diese Technik hatte er im Laufe der Zeit perfektioniert. Zu Hause besaß er volle Schuhkartons mit ausgerissenen Buch- oder Zeitschriftenseiten zu den verschiedensten Themen, solche, die ihn gepackt und inspiriert hatten.

Speck schaute nach draußen. Es nieselte leicht. »Ich sehe Roswitha«, sagte er.

»Was macht sie?«, fragte Archie.

»Noch pickt sie auf dem Boden rum«, antwortete Speck,

»Reines Täuschungsmanöver«, sagte Archie. »Behalt sie mal ein bisschen im Auge.«

»Klar.«

Archie liebte Roswitha, dieses rotbraune Hühnchen mit dem weißen Federstreifen auf der Brust, hasste aber ihre Veranlagung zum Streunen. Er kratzte sich sein unrasiertes Kinn und beobachtete eine kleine Fliege, die aufgeregt seinen Handrücken erkundete, plötzlich abrutschte und nun auf dem Holztisch auf dem Rücken lag. Nach einem kurzen Schock drehte sie sich wie ein Brummkreisel. Mal rechts herum, mal links herum. Archie schaute ihr interessiert zu. Das wiederholte sie so lange, bis sie abrupt innehielt. Jetzt ist ihr schwindelig, dachte Archie. Dann wiederholte sie den Vorgang, wieder und wieder und stoppte abermals – weil ihr nun wahrscheinlich übel war. Archie wollte nicht, dass das Tier sich auf den Küchentisch erbrach. Behutsam griff er sich eines ihrer in die Luft gestreckten Beinchen und drehte sie um. Daraufhin krabbelte sie kurz verwirrt im Kreis herum und flog dann davon. Dankbarkeit war in Fliegenkreisen wohl weniger verbreitet. Sie hatte Glück, dass sie nicht in der Wohnung seiner Tante Lotte gelandet war. Dort hingen die klebrigen Fliegenfänger wie Stalaktiten von der Decke und die armen Tierchen verreckten daran jämmerlich. Ihr hochtouriges, verzweifeltes Brummen war der typische Sound in Lottes Wohnung. Für all die Fliegen, die keinen Platz mehr an Lottes Klebefallen hatten, benutzte sie alternativ die Fliegenklatsche. Sie hämmerte auf alles ein, was in ihrer Wohnung flog oder krabbelte. Im Alter begann dieser Massenmord jedoch schwer auf ihrer Seele zu lasten.

Den Ausschlag dafür gab eine Nacht, in der ihr im Traum ein zorniger Gott erschien, der sie an den Ohren zum Massengrab von Hunderttausenden von Fliegen schleifte, und weil sie mal gelesen hatte, dass Verstorbene oft in Gestalt einer kleinen Kreatur wieder auf die Welt zurückkehrten. Von nun an tötete sie keine Fliege mehr, weil sie Angst hatte, es könnte sie der Geist ihres verstorbenen Gatten besuchen. »Na, Walter, rüsselst du wieder?«, fragte sie dann liebevoll die Fliege und freute sich wie verrückt, wenn ihr Walter freudig seine Hinterbeinchen rieb. Archie hingegen sah in einer Fliege ein ganz normales Insekt und konnte sich – bei allem Respekt – in dem kleinen Leib keinen Verstorbenen vorstellen. Schon gar nicht einen, der nachts auf seinem Gesicht herumspazierte und ihn weckte. Das machte ihn rasend, und Wut machte ihn wach. Und wenn er wach war, fing er sofort an, über dies und das zu grübeln, woraufhin er hellwach wurde. Das wiederum hatte zur Folge, dass er gar nicht mehr einschlafen konnte und sich nur noch rumwälzte und nun über sein gesamtes Leben grübelte, bis es draußen endlich hell wurde. Das wiederum erzeugte in ihm eine grenzenlose Wut auf die Fliege, die Verursacherin dieser Situation. Er hätte sie in diesem Fall sogar erschlagen, wenn in ihr der Geist von Janis Joplin gesteckt hätte.

Archie stand auf und schaute rüber zum Hühnerstall. Dann schlurfte er zum Herd und setzte sich frisches Wasser für einen neuen Tee auf. Roswitha hatte sich inzwischen dem Haus genähert und äugte mit schiefem Kopf zum Fenster hoch, als wollte sie hören, ob man da drinnen über sie redete. Archie war überzeugt, dass unter ihren Federn mehr als ein Huhn steckte. Im Vergleich zu den anderen fünf Hühnern und dem pausenlos nur an Sex denkenden Hahn, war sie außergewöhnlich klug und verdammt neugierig – aber halt eine Rumtreiberin. Das war ganz und gar nicht ungefährlich, denn draußen lauerten unzählige Gefahren auf ein freilaufendes Hühnchen: Hunde, Füchse, Autos etc. Archie machte sich also große Sorgen, wenn Roswitha wieder mal auf dem Gelände fehlte. Mit der Zeit hatte er mit der umliegenden Nachbarschaft verabredet, dass sie ihn anriefen, wenn ein rotbraunes Huhn, das auf den Namen Roswitha hörte, bei ihnen vorbeikam. Das taten sie leider häufig.

»Wir wollen nur Bescheid sagen, Roswitha ist wieder in unserem Garten.«

»Danke, vielen Dank. Haltet sie fest, ich komme.« Archie fuhr sofort hin und schnappte sie sich. Wenn er dann diesen warmen Federball zum Auto trug, hatte er immer den Eindruck, sie liebte es, wenn er sie holen kam. Es war wie ein heimliches Spiel zwischen ihnen. Sie hockte dann auf dem Beifahrersitz, kuschelte sich in ihr Gefieder, schwankte in der Fahrbewegung des Autos lustvoll hin und her und tat so, als wäre sie beleidigt.

»Kann ich dich noch mal was fragen?«, fragte Archie, der sich nun wieder seinem Romanmanuskript zugewandt hatte.

»Klar, hau's raus.«

»Ich suche noch ein Titelmotiv für mein neues Buch.«

»Nimm doch ein in ein silbernes Band geknotetes Liebespaar?« Speck grinste und hob zugleich abwehrend beide Hände hoch.

Archie brummte gutwillig. Nachtreten war nicht sein Stil. Er war überzeugt, dass man sich mit negativen Schwingungen nur das Leben versaute. Das Pseudonym war seine Maskierung und gab ihm das Gefühl, dass jemand ganz anderes für diese Romane verantwortlich war: Rebecca C. Creek. Keiner durfte wissen, dass hinter dieser Frau der gute alte Archie steckte. Er mochte diesen Namen und fühlte sich in Rebeccas Haut inzwischen zu Hause, außerdem war Rebecca auf dem Buchmarkt nicht mehr ganz unbekannt. »Ihr« *Im Zauber der Mandola* kam draußen gut an. Die Hauptfigur in diesem Roman war Hanna, eine verheiratete Frau, Sekretärin in einem großen Pharmaunternehmen, die Urlaub auf Kreta machte und sich in einer Taverne in einen bildschönen Griechen verliebte, der sich als armer Ziegenhirte Costas ausgab. In Wirklichkeit handelte es sich um den schwerreichen Reeder Troja Tentacles. Dieser Stoff törnt die Frauen an. Archie nannte es das Märchen-Schema. Die Umkehrung, also ein Mann saß in einer griechischen Taverne und lernte eine zerlumpte Ziegenhirtin kennen, die nach dem fünften Metaxa aus ihrem ärmlichen Stoff stieg, sich als schwerreiche Reederin outete und mit ihm eng umschlungen auf ihrer 50-Meter-Yacht mit der ganzen Power schwerer Volvo-Diesel in den Sonnenuntergang dröhnte, würde nicht so gut funktionieren. Er ganz persönlich hätte durchaus Spaß an so einer Situation und er kannte da noch einen ganzen Haufen Männer, die sich das ähnlich vorstellen konnten, doch Männer kauften ja weniger Liebesromane.

»Wie gefällt dir *Im Ginster der Liebe*«, fragte Archie.

»Gleich klopft sie an.« Speck schielte immer noch nach Roswitha.

»Mann, lass doch mal Roswitha! Ich frage dich, wie du *Im Ginster der Liebe* findest«, wiederholte Archie.

»Ich denke, ich soll nach ihr sehen?«

»Mann, ja. Jetzt sag! Wie findest du *Im Ginster der Liebe* – herrjeh!«

Speck hielt mit dem Zigarettendrehen inne und kniff leicht seine Augen zusammen, ein untrügliches Signal, dass er intensiv nachdachte.

»*Im Ginster der Liebe*? Gut, ja gut. Klingt gut, klingt zweideutig. Hat was von Verstrickung, von Liebe und Schmerz.«

»Bingo! Der Faden, aus dem Bestseller gewebt werden, ganz genau.« Archie war zufrieden.

»Wohnt in diesem Liebesginster dieses Pärchen da am See? Die beiden Verschlungenen?«

»Du liegst richtig, Speck. Er ist John McGillen. John ist Doc in Limerick«, sagte Archie.

»Und wer ist sie?«, fragte Speck.

»Sie? Sie ist Maggy. Maggy O'Connor, Tochter vom Internatsleiter Greg O'Connor.«

»Tochter vom Internatsleiter? Mann, Alter, du drückst ja alle Tasten. Internat ist immer gut.« Speck wiegte anerkennend seinen Kopf, dann fragte er: »Was macht Maggy mit John im Mondlicht am See? Muss ich ja wissen, schließlich habe ich die beiden ja mit an den Silbersee gezaubert.«

»Was macht Maggy mit John im Mondlicht am See?«, Archie äffte Specks Stimme nach, »sie tauschen Backrezepte aus! Mann, ich glaube es nicht ...«

»Weißt du was ...«, fing Speck gerade an, da klopfte es an der Tür. »Hey! Das ist Roswitha!«, rief er mit gespieltem Entzücken.

»Eugen! Komm rein!«, rief Archie erfreut.

Eugen benötigte keine große Aufforderung, um einzutreten. »Tach, die Herren. Brrrr, nass is«, sagte er, zog sich in der Tür höflich seine Gummistiefel aus und stellte sie ordentlich in Paarformation neben die Eingangstür. Eugen betrieb schräg gegenüber einen kleinen Bauernhof mit ein paar Kühen, die er alle persönlich mit Namen kannte, und etwas Land, auf dem er Korn anbaute. Seine Familie hatte vor dem Zweiten Weltkrieg den Hof von einem Verwandten übernommen, der ihn bis dahin bewirtschaftet hatte und bei einer Treibjagd irrtümlicherweise erlegt wurde. Als Eugens Vater Ende der Sechziger Jahre starb, übernahm er als einziger Sohn den Hof, inklusive seiner Mutter Maria, Oma Grete und Tante Paula, mit denen er seither unter einem Dach lebte. Sie regelten den Haushalt und sorgten für Eugens leibliches Wohl. Abends saßen sie nach vollbrachtem Tagewerk gemeinsam in der Bauernstube beim Abendbrot zusammen und schauten danach noch etwas Fernsehen. Paula strickte dabei wie ein Vollautomat alles, was man so im Leben brauchte: Pullis, Schals, Socken, Handschuhe oder für Eugen mal wieder einen neuen Pullunder. Auf dem letzten prangte ein mächtiger Elch mit einem enormen Penis, eine kleine kreative Ausgelassenheit von Paula, die an solchen Frivolitäten großen Spaß hatte. Die bedingungslose Treue zur Natur war auch in der Strickkunst Paulas Devise und ein Beleg ihres lebenszugewandten Wesens, das man der ostpreußischen Natur ja generell nachsagt. Eugen hatte dann auf dem Schützenfest mit diesem Pullunder einen Bombenerfolg gehabt. »Die Wolle hat uns der liebe Jott jeschenkt«, sagte Paula, und dieses Geschenk verarbeitete Paula von Masche zu Masche in makelloser Perfektion.

Archie trat auf Eugen zu und umarmte ihn herzlich. »Hey, Eugen! Alles prall in Euter und Stall?«, fragte er.

Eugen nickte bedächtig und sagte nur: »Man muss zufrieden sein. Übrigens, ihr habt letzte Nacht euren Hühnerstall nicht verriegelt!« Dann hob er bedeutungsschwer den Zeigefinger und mahnte ironisch: »Das freut Marder und Fuchs.«

»Ist mir heute morgen auch aufgefallen, Eugen. Böser Fehler«, sagte Archie reuig.

»Und Ingrid hinkt, hinten rechts.«

»Hinkt? Was meinst du, Eugen? Hat sie sich vertreten?«, fragte Speck. Er war eigentlich in der hausinternen Verteilung der Zuständigkeiten für die beiden Schafe, Ingrid und Tabea, verantwortlich. Er hatte ihnen deswegen auch die Namen geben dürfen. Ingrid hieß seine erste Liebe und Tabea seine geliebte Tante väterlicherseits.

»Nix da. Das ist die Moderhinke. Sind Schafe anfällig für. Den Huf schön saubermachen und desinfizieren. Vielleicht hab ich so ’ne Salbe noch da.«

»Mensch, die Viecher haben auch ständig etwas. Hab ihnen doch erst letzte Woche 'ne Wurmkur verpasst«, seufzte Speck.

»Der Magen ist das eine, die Hufe sind das andere. Ich wollt's euch nur sagen, nicht dass es schlimmer wird. Und sonst? Wat macht die Muse?«, fragte Eugen.

»Die Muse ist grad nicht zu Hause, aber nimm doch Platz«, antwortete Speck.

»Nicht zu Hause, so, so«, echote Eugen. »Aber draußen im Regen ist sie hoffentlich auch nicht?«, fragte er und ließ sich mit einem leisen Kichern stöhnend auf den Stuhl fallen, verschränkte seine Arme, lehnte sich nach hinten, gab ein langgezogenes »Aaaaach, ja« von sich und wischte sich schniefend mit dem Handrücken über seine Nase. Dann zeigte er plötzlich verdutzt auf ein Comicheft, das auf dem Tisch lag, tippte rhythmisch mit dem Finger drauf und sagte: »Kommt mir bekannt vor.«

»Du liest Comics?«, fragte Archie verdattert.

»Das fehlt mir noch«, feixte Eugen, »aber diesen bunten Titel mit dieser Figur habe ich doch gestern erst gesehen, ganz klar, eindeutig.«

»Versteh ich nicht, Eugen, woher kennst du dieses Comicheft?«, fragte Archie.

»Vom Postboten.« Eugen grinste.

»Vom Jupp?«, fragte Archie ungläubig.

»Vom Jupp«, bestätigte Eugen.

Der Jupp liest Comics? Sieh einer an.« Archie und Speck waren platt.

»Ja, eure.«

Für ein paar Sekunden herrschte totale Stille im Zimmer. Dann hakte Archie ungläubig nach: »Verstehe ich recht, du willst uns sagen, der Jupp liest unsere Comics?«

»So isses.« Eugen griff sich das Heft, drehte und wendete es und stellte fest: »Ganz klar, das war's.«

»Geht's vielleicht noch eine Spur deutlicher, Eugen?«, fragte Speck.

»Jungs, der Jupp parkt doch jeden Vormittag mit seinem Postauto auf dem Weg zu euch unten auf dem kleinen Seitenweg hoch zum Wald und macht 'n kleines Frühstück, das weiß doch jeder. Dabei schmökert er immer in den Magazinen und Zeitschriften, die er austragen soll. Das weiß doch auch jeder. Dachte, das sei euch bekannt?«, fragte Eugen erstaunt.

»Mir nicht«, sagte Archie.

»Mir auch nicht«, sagte Speck.

»Na, nun wisst ihr es auch«, sagte Eugen selbstzufrieden.

»Ich muss noch mal nachfragen, Eugen, du machst jetzt keinen Spaß? Der blöde Postbote liest mein Comic-Magazin, welches ich für viel Geld monatlich beziehe, bereits vor mir? Bevor ich auch nur eine Seite gelesen habe, blättert dieser Kerl mit seinen fettigen Butterbrotfingern in meinem druckfrischen Comicband?« Archies Wangen glühten.

»Korrekt, so hab ich's gesehen«, sagte Eugen.

»Ich glaub, ich bring den Kerl um«, flüsterte Archie.

»Ich stand gestern oben mit meinem Deutz am Waldesrand. Da halte ich gerne mal, um den schönen Blick übers Land zu genießen, wisst ihr. Immer meinen Feldstecher dabei, um nach Wild Ausschau zu halten …«

»Elche?«, fragte Speck.

»Nein, keine Elche, du Jeck. Wild, Rehe, Hasen, usw. Na, und da sah ich den Jupp wie immer unten am kleinen Seitenweg stehen und lesen. Konnte genau dieses Heft erkennen. Kein Zweifel.«

Archie mochte es nicht glauben. Für ihn war ein druckfrisches Comicheft ein Heiligtum, eine ästhetische Offenbarung und es oblag alleine ihm – nur ihm als Käufer und somit einzigem Befugten – den ersten Moment der optischen Defloration zu genießen. Kein anderer hatte das Recht dazu, schon gar nicht ein frühstückender Postbote. So hielt es Archie mit allen Publikationen, die er erstand. Mit seiner Investition erkaufte er sich sozusagen die Unberührtheit eines makellos reinen, nach frischen Druckfarben duftenden Produktes. Archie zuerst! Ein vorgelesenes Druckerzeugnis war für ihn von fremder Hand geschändet und hatte seine einzigartige Magie verloren. Selbstverständlich stand es, nachdem er es als Erster gelesen hatte, der Allgemeinheit zur gefälligen Verfügung. Da war Archie ganz Sozialist.

»Scheiß Regen«, sagte Speck, um vom Thema abzulenken.

»Regen ist gut«, brummte Eugen, »sehr gut. Wasser ist Nahrung.«

»Ein Wunder, dass ihr Bauern mal zufrieden seid«, bemerkte Speck und grinste.

»Wir unterliegen den Launen des himmlischen Vaters, mein Lieber.« Eugen sprach im erhabenen Tonfall.

»Du unterliegst erst mal den Launen deiner himmlischen Weiber, Eugen«, lästerte Archie, der sich wieder ein wenig erholt hatte.

»Da sagst du was … Entschuldigung … Haaaa… Haaaa… Haaaatschiiii!!« Wenn Eugen nieste, dann stand er kurz vor der Selbstauflösung. Er brachte damit die Gläser im Schrank zum Wackeln.

»Erkältet?«, fragte Archie höflich.

»Nix, alles gut«, antwortete Eugen und putzte sich ausgiebig seine mächtige Nase. Zur Endreinigung bohrte er sich anschließend mit seinem Zeigefinger mit dem Taschentuch gründlich in den Nasenlöchern herum, sodass sich seine Nasenflügel beängstigend dehnten. Eine beeindruckende Demonstration der

Elastitizität menschlichen Gewebes. Nasal war Eugen nicht zu schlagen.

»Wo war ich stehengeblieben? Ach ja, Frauen. Also kommt ihr Hallodris mir nicht mit Frauen!«, sagte Eugen spitzbübisch.

»Worauf spielt man an?«, fragte Speck, »Hä?«

Eugen schaute an die Decke und fragte süffisant: »Darf ich fragen, wer denn die Blonde war, mit der du am Samstag im Morgengrauen nach Hause gekommen bist?«

»Sage mal, Eugen! Ich denke immer, du schläfst? In Wirklichkeit stehst du hinter dem Fenster und beobachtest mich? Womöglich noch mit deinem Feldstecher? Das ja ’n Ding.« Speck gab sich empört.

»Aber nein … höhö … ich bin doch kein Lustmolch, nun hört mal. Um die Zeit gehe ich in den Stall. War ’n Zufall. Hab gerade ausgemistet und flüchtig ’n Blick nach draußen geworfen und dachte, hallo, ist das nicht der Speck? Mit einer Blonden mit knallroten Lippen …«

»Und ’n kleinen Leberfleck am Ohr? Wie intensiv hast du uns denn sonst noch so beobachtet? Ich glaub’s ja nicht«, Speck schüttelte seinen Kopf. »Er hat nur flüchtig ein Auge riskiert, also jetzt geht’s los …«

Apropos hinschauen. Eugen war es, der Auslöser war für eine unglaubliche Offenbarung. Damals, sie wohnten schon drei Jahre in Rehwinkel, hatte Eugen beim Schützenfest im Nachbardorf – auf dem Speck um ein Haar Schützenkönig geworden wäre, weil er versehentlich zu oft ins Schwarze getroffen hatte –, mit lockerer Zunge und breitem Grinsen davon erzählt, dass sie bei gelegentlichen Grillabenden beim Nachbarn Gieseberg enormen Spaß »an diesem wunderbaren Film« hatten. Archie und Speck verstanden zuerst nicht, dachten, Eugen würde von einem Naturfilm oder irgendeiner anderen, cineastischen Delikatesse sprechen, bekamen dann aber auf

Nachfrage, wovon er denn reden würde, die Antwort: »Na, ihr wisst schon.« Nein, sie wussten nicht. Eugen zierte sich etwas, wurde dann aber deutlicher: »Die Duschparty damals, Herrjeh, nun stellt euch doch nicht so doof, Leutchen.«

Archie und Speck verstanden immer noch nicht. »Was für eine Duschparty?«, fragte Archie hartnäckig nach.

»Im Garten! Mensch, in eurem Garten«, antwortete Eugen.

Da dämmerte es den beiden. Ja, jetzt erinnerten sie sich. Kurz nach dem Einzug in das Haus in Rehwinkel, es war Juli und brütend heiß, hatten sie die Hütte voll mit Freunden aus Berlin, die alle total neugierig waren, in welche Pampa sich die beiden denn zurückgezogen hatten. Irgendeiner kam auf die praktische Idee, eine Gießkanne in die große Kastanie im Garten zu hängen, in die sie einen Gartenschlauch steckten, und fertig war die Außendusche. Dann zogen sich alle splitternackt aus und tanzen kreischend und juchzend unter dem kühlen Nass herum. Speck erinnerte sich auch noch, dass Archie sich ganzkörpermäßig eingeschäumt hatte und wie ein Gespenst herumtanzte, während die Schaumflöckchen lustig um ihn herumflogen. Oh ja, es war ein großer Spaß, sie erinnerten sich immer deutlicher. Wegen der mannshohen Buschreihe an ihrer Gartengrenze fühlten sie sich auch vor ungebetenen Beobachtern geschützt. Ihr unmittelbarer Nachbar war Gieseberg, ein ausgewiesener Spießer mit exakt 3,5 Zentimeter hohem, arischen Rasen, den er täglich mit einem Kontrollgang nach undeutschem Unkraut absuchte. Giesebrecht liebte schlüpfrige Zoten und Herrenwitze aus dem Sortiment der radikal Verklemmten. »Hörense mal, Nachbar, wie heißt der Lehrling vom Frauenarzt? Wat meinen se? Freimütig, wat meinen se?«

»Keine Ahnung.«

»Lippenstift!! Li-ppen-stift!!« Giesebrecht krümmte sich beim Lachen immer zusammen, hielt sich seinen Bauch mit beiden Händen und gröhlte: »Is dat'n Knaller? Is dat'n Knaller?«

Archie hakte bei Eugen nach:

»Die Duschparty, ach die meinst du, Eugen? Verstehe«, sagte Archie. »Was hat die aber mit eurem Film zu tun, hä?«

»Na, der Film von eurer Duschparty, capito?«, sagte Eugen. »Der Film vom Gieseberg, Herrschaften, ja, klingelt's nun?«

»Eugen, hilf mir mal in den Sattel. Welcher Film vom Gieseberg?« Archie wollte es genau wissen.

»Na, Gieseberg hatte euch von seinem Fenster ...«, Eugen kicherte, »... heimlich mit seiner Super-8-Kamera dabei gefilmt.«

»Das ist jetzt nicht wahr, oder?« Speck stand der Mund offen.

»Und den hat er oft auf unseren Herrenabenden vorgeführt, äh ...«, Eugen wurde nun etwas unsicher, »ich meine, äh, findet ihr das schlimm? Ihr lockeren Vögel werdet doch nicht etwa beleidigt sein, weil wir uns mal den Geschenken der Natur gewidmet haben, hä? War doch lustig, ja, lustig. Nichts weiter dabei, ein Jux, nur ein Jux.«

»Damit ich das besser verstehe«, sagte Archie, »ihr habt euch auf euren Herrenabenden einen vom Nachbarn Gieseberg gedrehten Softporno aus unserem Garten reingezogen?«

»Und euch dabei einen gejuxt?«, fragte Speck.

»Herrschaften, also bitte, mein Gott«, beschwichtigte Eugen, »man hat ja durch die Büsche gar nicht alles so richtig sehen können, war doch wirklich nur ein Jux.«

Archie drehte sich zu Speck um. »Sage mal, erinnerst du dich noch? Hatten wir nicht ein paar Tage danach von der Gemeinde einen Brief bekommen, wo wir wegen Erregung öffentlichen Ärgernisses abgemahnt wurden?«

»Jetzt, wo du's sagst – klar, natürlich«, antwortete Speck. »haben wir.«

»Irgendjemand hatte uns doch angezeigt, oder? Das war doch so, ey?« Archie fiel jetzt alles wieder ein.

»Ja, stimmt. Muss ja, woher sollte die Gemeinde das denn sonst wissen?«, sagte Speck.

»Wusste man eigentlich, wer uns angezeigt hatte?«, fragte Archie Eugen.

Eugen hüstelte und sagte dann leicht verlegen: »Gieseberg.«

»Gieseberg?!«, Archie bekam sich gar nicht mehr ein. »Ich fasse es nicht. Filmt mit der linken Hand heimlich nackte Mädchen und schreibt mit der rechten synchron eine Anzeige? Das ist ja der Hammer.«

»Die Ratte«, sagte Speck.

»Themawechsel«, sagte Eugen, dem das alles jetzt doch ein bisschen peinlich war, »bitte lasst uns das Thema wechseln.«

Generell liebte Eugen das Thema Frauen aber sehr.

»Nein, nein«, Eugen kicherte, »sie hat mich nur an meine Manja, ihr wisst schon, die aus Siebenbürgen, erinnert. Junge, Junge … ein Geschöpf.«

»Diese Manja, nee, mal ehrlich, Eugen,«, sagte Archie grinsend.

Eugen liebte das Thema Frauen wirklich über alles. Scheinbar inspirierten ihn diese Nachbarn, bei denen so viele Frauen zu Besuch kamen, laut Archie angeblich »alle aus der Branche«, also Autorinnen oder sonstige Fachkräfte, die im engen oder weitesten Sinne mit Literatur zu tun hatten. Eugen war diese Welt fremd, aber er glaubte verstanden zu haben, dass in der Verlagsbranche überwiegend hübsche junge Frauen arbeiteten, die regen Austausch mit den männlichen Kollegen pflegten und wenn die Gespräche zu lange und intensiv wurden, schon mal notgedrungen über Nacht blieben. Solche persönlichen Fachgespräche wünschte sich Eugen auch in seinem Gewerbe, aber die einzige Frau, die gelegentlich mal zu ihm ins Haus kam war die hagere Frau Dörr von der Meiereizentrale. Auf dem alljährlichen Kalender eines Bauernverlages, mit dem diskussionswürdigen Titel *Zwischen Korn und Euter*, prangten knackige junge Bäuerinnen, teils halbnackt auf Traktorenkühlern oder Mähdreschern gebettet oder mit kleinen Kälbchen oder Lämmchen im Arm. So übermäßig jedoch waren solche Models in diesem Berufszweig nicht gesät, die Arbeit im Stall und auf dem Felde ließ sich mit dem Frauenideal der Modemagazine eher schwer verbinden. Mit dürren Armen und Beinen konnte man keinen Stall ausmisten, wenn, dann auch nur kurzzeitig und unter dem lästerlichen Muhen der spöttischen Milchkühe. Diese schlappen Models gaben höchstens noch, außer für die Kalenderblätter, was für die Rolle als Lamm-, Spargel- oder Runkelrübenkönigin her.

Eugen genoss diese ihm so exotische, nachbarschaftliche Gesellschaft mit ihrem so gänzlich anderen Lebensstil und das, was sie in ihm an amourösen Erinnerungen auslöste. Archie und Speck konnten seine Geschichten eigentlich schon singen, weil er sie immer wieder und wieder erzählte, doch niemals hätten sie diesem aufrechten Bäuerchen die Freude verweigert, seinen glorreichen Abenteuern zu lauschen, obwohl ihnen klar war, dass Eugen mit dem Wahrheitsgehalt seiner Geschichten schamlos spielte. Diese besagte Manja, um die sich Eugens Erinnerungen immer wieder rankten, wandelte sich in seinen Erzählungen ständig. Mal war sie schwarzhaarig, mal blond, mal gertenschlank, mal klein und üppig, auf jeden Fall aber war sie ein Miststück, weil sie Eugen eines Tages wegen eines anderen Mannes verlassen hatte, einem windigen Messerschleifer, der mit seinem mobilen Schleifrad übers Land zog und anscheinend selber am allerschärfsten war. Auf jeden Fall war Manja von heute auf morgen weg. Seine Mutter kommentierte das mit einem Wort: »Flittchen!«

Als sich Eugen von diesem Schlag wieder erholt hatte, entschied er sich, seine ganze Kraft dem Hof zu widmen und sich zukünftig von Frauen fernzuhalten. Da Eugen keine wirkliche Schönheit war, zudem auf dem rechten Bein, wo ihn mal ein Bulle erwischt hatte, leicht hinkte, standen die Kandidatinnen sowieso nicht Schlange. Eine Zeit lang spielte er gelegentlich in einer Unterhaltungscombo Akkordeon, stieg dann aber schweren Herzens aus, weil ihm die Zeit zum Üben fehlte. Bei seinem letzten Auftritt beim Feuerwehrball in der festlich geschmückten Turnhalle des Nachbardorfes lernte er dann tatsächlich eine Frau kennen, eine »gepflegte Frau aus Frankfurt«, die in einem nahegelegenen Kurort zur Erholung weilte. Diese Begegnung war nach Manja die zweite und letzte Affäre in Eugens Leben, dessen waren sich Archie und Speck sicher. Sie wussten, dass Eugen in der Obhut seines Matriarchats keine Chance hatte, seine Sexualität auszuleben. Jede Frau musste erst mal durch die Bodenkontrolle der drei Weiber, bevor Eugen mit ihr in den Himmel fliegen durfte. Diese Prüfung hatte jede Kandidatin schon von vornherein verloren, sie kam nicht mal bis zum Gate. Die drei würden ihren Eugen niemals fliegen lassen, niemals. Es gelang ihm aber tatsächlich, die gepflegte Frau aus Frankfurt heimlich auf Strümpfen von der Rückseite des Anwesens durch den Stall und ein Spalier eifersüchtig schnaufender Kühe zu sich ins Zimmer zu schleusen. Rita, so hieß die Dame, arbeitete in der Schadensabteilung einer großen Versicherung und lebte nach einer hässlichen Scheidung alleine. Sie war eine offensichtlich kultivierte und erfahrene Frau und ein kleines Abenteuer mit einem erdigen Naturburschen wie Eugen schien ihr zu gefallen. Sie biss ihm in seine fleischigen Ohrläppchen, schnurrte ihm »Du – du Stier, du« ins Ohr und lächelte ihn verheißungsvoll an. Eugen wusste in diesem spannungsgeladenen Augenblick nicht so recht, wie er die Kurve kriegen sollte und schenkte als Stimmungsbeschleuniger ein paar Gläser vom Bärenfang ein. Dann fiel ihm ein, er könne ihr auch was Süßes anbieten. Frauen mochten doch kleine Leckereien zu später Stunde, außerdem verschaffe er sich damit noch etwas Zeit, um die nächsten Schritte zu überdenken.

»Appetit auf Eis?«, fragte er Rita.

»Oh! Gerne«, hauchte sie.

Eugen wusste, dass ihr das gefallen würde und ging in die Küche, wo er auf Oma Grete stieß, die gerade auf die Toilette ging und ihn spitz fragte: »Ach? Hat man denn Damenbesuch?« Eugen murmelte was von einer Mitarbeiterin der Landwirtschaftskammer und interessanten Gesprächen über neues Saatgut und nahm sich aus dem Kühlschrank zwei Eistüten Vanille-Erdbeere.

»Ach, die Dame speist noch?«, giftete Grete und rauschte in ihrem Nachthemd zurück in ihr Zimmer.

Rita schälte gemächlich mit ihren schlanken, manikürten Fingern geschickt das Papier von der Tüte, setzte sich kokett mit verrutschtem Rock und übereinandergeschlagenen Beinen auf den Sessel, schloss die Augen, schob sich die Spitze des Eises in den Mund und begann lustvoll zu lutschen. Eugen mochte gar nicht hinsehen. Er fing an zu schwitzten und begann aus Verlegenheit, wie ein kleines Kind den Waffelrand von seinem Eis abzuknabbern. Das tat er immer noch so leidenschaftlich wie früher, wenn er Eiswaffeltüten aß, dabei vergaß er in seiner infantilen Rückbesinnung für einen kurzen Moment Rita, bis er bemerkte, dass er noch die klebrige Verpackung seines Eises etwas linkisch in der Hand hielt. Er stand auf, um zum Papierkorb zu gehen, als er zu seinem Entsetzen bemerkte, wie Rita eine dicke, sämige Spur Vanilleeis das Kinn runterlief. Das Luder zog das ganz verruchte Programm durch, leider mit dem falschen Kandidaten. Sie hat einen Schlaganfall, dachte Eugen panisch, riss Rita vom Sessel auf den Boden und schrie völlig geschockt: »Oh Gott, bleib liegen, ich ruf den Notarzt!« »Ruf lieber eine Taxe«, meinte Rita, von Eugens erschreckender Unbedarftheit restlos ernüchtert, richtete sich wütend auf und pfefferte ihr restliches Eis in den Papierkorb.

Unschuld schlägt Sünde. Das zum Thema Eugen und die Frauen.

»Wie geht's eigentlich Lola?«, fragte Eugen. »Wo ich da gerade ihre Tassen in eurem Küchenregal sehe.«

»Frag sie doch selber, da kommt sie«, sagte Archie.

Lola, eine frühere Maskenbildnerin, die auch in ihrem Dorf wohnte, hatte nach einer kleinen Erbschaft dem Theater, Film und Fernsehen abgeschworen. Anschließend war sie eine Zeit lang in Mexico und dann in Indien, um in Poona mit Hilfe des Bhagwans, einem gütig dreinblickenden, weißbärtigen Guru, der gerne mit seiner Entourage im Rolls-Royce durch das Spalier seiner orange gekleideten Schäfchen ausfuhr, ihr Innerstes einer gründlichen Inventur zu unterziehen und sich von der fauligen Schlacke negativer Energien zu befreien. Solcherart runderneuert, kehrte sie nach Deutschland zurück und quittierte die geifernde Neugierde der Leute, die endlich aus erster Hand bestätigt haben wollten, dass das da in Poona doch nur ein getarnter Swinger-Club war, mit einem entrückten Lächeln, sodass sie sich ihrer billigen Lüsternheit schämten.

Danach machte sie einen Mal-, Töpfer- und in Mexiko einen Tauchkurs. Die Bekanntschaft mit der magischen Welt des Wassers inspirierte sie zu einem Kinderbuch mit dem Titel: *Nuckel, der kleine Wal.* Darin erzählte sie die Geschichte eines kleinen Blauwals, der mit seiner Mama durch die Meere zog und ganz viele Abenteuer erlebte. Auf seiner langen Reise durch die Ozeane lernt dieser Nuckel den Orka Tippi kennen, dem es gelungen war, während einer Nachmittagsshow mit einem gewaltigen Sprung aus dem bösen Freizeitpark auszubrechen. Bei ihren gemeinsamen Ausflügen in die tiefsten Tiefen der Meere treffen sie Kraki, einen gutmütigen Riesenkraken, der ihnen mit seinen vielen Armen zeigt, wie man mit Kugelfischen jongliert. Am Ende werden alle dicke Freunde. Ihre Texte illustrierte Lola eigenhändig mit detailverliebten Aquarellzeichnungen, wobei ihr kleiner Wal ein bisschen wie ein Torpedo mit Telleraugen aussah. Nachdem sie von fünf renommierten Kinderbuchverlagen lakonische Absagen erhalten hatte, entschloss sich Lola, das Projekt vorläufig nicht weiter zu verfolgen und widmete sich nun ganz der Kunst der Ölmalerei. Innerhalb eines halben Jahres produzierte sie dutzende Bilder in monochromer Farbigkeit, alle durchgängig von der blutroten Schönheit der Mohnblume inspiriert. Auf ihrer Vernissage im Empfangsbereich der örtlichen Sparkasse verkaufte sie sogar zwei Werke, das eine ging an den Frisiersalon »Tapferes Schneiderlein«, das andere kaufte die Gattin des Orthopäden, weil es so gut zu ihrer Sofagarnitur passte. Fatalerweise war das Öl noch nicht ganz trocken. Die Kosten für die Reinigung ihrer teuren Bluse wollte sie Lola in Rechnung stellen, die aber lehnte mit der Begründung ab, dass dies doch der Beweis sei, dass das Bild frisch gemalt war.

Alsdann beendete Lola den Ausflug in die Kunst der Ölmalerei und widmete sich fortan der Töpferkunst, in der sie sich schließlich angekommen fühlte. Ihrem Schaffensdrang konnte sich keiner entziehen, weit und breit in der Umgebung trank oder servierte man aus ihrer Keramik. Im Vergleich zu anderen, eher traditionellen Töpferinnen und Töpfern, hatte Lola einen unkonventionellen Stil entwickelt. Ihre künstlerische Handschrift zeigte sich an den verspielten Objekten, die sie in ihre Produkte integrierte. Manchmal war der Henkel ein verschlungener Gecko oder das ganze Gefäß hatte die Form eines Vogelnestes und auf seinem Boden saß in der Mitte ein winziges Küken. Aktuell hatte sie sich allerdings von Lava inspirieren lassen und töpferte ihre neue Kollektion in wallenden Formen, dem natürlichen Fluss heißen Magmas nachempfunden. Ihr »Teeservice Vulcano« war außen kohlrabenschwarz, innen glutrot und für den alltäglichen Gebrauch eher weniger geeignet. Durch die Henkel passte nicht mal ein Babyfinger und eine realistisch modellierte Echse auf dem Becherrand behinderte, bei aller künstlerischen Wertschätzung, doch deutlich den Trinkgenuss. Archie war besonders genervt, wenn er mit einem kleinen Reptil zusammen Tee trinken sollte. Er fühlte sich dann wie an einer Tränke. Manchmal putzte Lola bei ihnen »in der verlotterten Männerhöhle« in unregelmäßigen Abständen die Fenster. Fenster seien die Augen des Hauses und die dürften nicht blind sein, schon gar nicht im Dorf, so hatte sie die beiden getadelt. In den Augen von Archie und Speck hatte sie schlicht einen Putzfimmel, der aber, da er ihnen zugutekam, sie nicht weiter störte. Mit der Zeit war Lola zu einer guten Freundin geworden und kam regelmäßig bei Archie und Speck auf eine Tasse Tee und den Austausch von Neuigkeiten vorbei.

»Meine Schätzchen!! Gut geschlafen?« Lola trat aus Prinzip ohne anzuklopfen ein. Liebe, so war ihre Devise, kannte keine Schranken.

Archie breitete seine Arme aus. »Lola! Sonne meines Universums!«

»Lola! Du Licht in der Finsternis«, rief Speck verzückt.

»Lola! Meine Kornblüte!« Eugen hielt mit.

»Eugen! Archie! Speck! Meine kleinen Poeten?« Lola lachte und nahm alle der Reihe nach inniglich in die Arme. Eugen wollte sie gar nicht mehr hergeben.

»Eugen, du riechst wieder so herrlich würzig«, flötete Lola.

»Das ist das wilde Tier in mir«, grollte Eugen.

»Rooaaaaarrr! Unser Eugen!«, sagte Archie und zeigte auf die Kanne: »Tee, Lola?«

»Aber gerne, Schätzchen.« Lola setzte sich an den Küchentisch.

»Alles gut?«, fragte Archie und reichte ihr eine Tasse mit aromatischem Earl Grey.

»Aber ja. Ich krieg heute den neuen Brennofen, freu mich drauf«, sagte Lola und schlürfte vorsichtig ihren heißen Tee.

»Gutes Werkzeug ist alles«, sagte Speck.

»Da sagst du was.« Lola nickte bestätigend mit dem Kopf. »Hundert Liter Fassungsvermögen. Brennt bis 1.300 Grad.«

»Ja, musst du haben, musst du haben. Brauchst du«, bekräftigte Speck.

»8 KW, Starkstrom!«

»Wow! Sag einer an!« Speck besaß die Fähigkeit, den Eindruck zu vermitteln, als wüsste er, wovon der andere spricht, in Wahrheit hatte er nicht die geringste Ahnung. Auf Vorwürfe, dass er da ein falsches Spiel treibe, reagierte er ganz gelassen. Ihm sei es wichtig, die Aussagen eines anderen Menschen in erster Linie in unterstützender Art und Weise zu befeuern und dem Erzähler damit sein Mitgefühl, ja auch die Freude an seinem Thema zu vermitteln. Diese kommunikative Harmonie brauche er, um im grauen Meer der gefühlsarmen Realität für sich kleine Inseln zu schaffen, die rein vom Herzen versorgt werden. Da seien ihm schnöde, technische Fakten erst mal wurscht. Zur Not könne er sich noch nachträglich schlaumachen, falls ihn das Thema wirklich interessiere. Er habe mit dieser effizienten Methode nur die besten Erfahrungen gemacht und keiner habe ihn bis heute je geziehen, oberflächliche Gespräche zu führen.

»380 Volt«, sagte Lola, »Stark, oder?«

»Ist das ein klasse Teil, gratuliere. Da rollt ja die Fertigung«, sagte Speck.

Archie hasste es, wenn Speck so drauf war. Mit dieser Methode hatte der die meisten Frauen in die Kiste bekommen. Ihm war's egal, aber er wollte sich dieses Gelaber nicht anhören müssen. »Und in meinem Brennofen, Lola, brennt mein neuer Roman«, sagte er stolz, um das Gespräch auf ein anderes Thema zu bringen.

»Hey? Echt? Toll! Wie weit bist du denn, Archie?«, fragte Lola interessiert, während Speck die Augen an die Decke schlug.

»Es geht voran, Lola.«

»Ich bin gespannt. Kann man denn schon mal was lesen?«

»Also wenn du so fragst«, Archie blätterte in seinem Manuskript, »Das passt ja prima. Wenn du Lust hast??«

»Aber ja, was für eine Ehre! Lies bitte, lies.«

»Der Meister liest aus seinem neuesten Werk«, lästerte Speck.

»Es steht dir frei, dir in dieser Zeit etwas die Füße zu vertreten, während ich unserer literarisch interessierten Nachbarin ein wenig vom Zauber der Liebe künde«, sagte Archie spitz.

»Ach ja, bitte, bitte«, flehte Lola.

Archie zwinkerte ihr zu, dann räusperte er sich, nahm noch einen Schluck aus seiner Teetasse und begann mit der Passage: »*Weich wehte der laue Abendwind durch die knorrige Weide und lenkte die Choreografie ihrer Blätter* …«

»Korea?«, fragte Eugen.

»Cho-re-o-gra-fie, Eugen, heißt so viel wie Inszenierung, die lenkt die Bewegungen der Blätter.«

»Der Wind lenkt die Blätter? Klasse, wäre mir nie eingefallen«, staunte Eugen.

»Alles klar, Eugen? Kann ich weiterlesen?«

»Nur zu, nur zu!« Eugen wies mit der Hand auf Archies Manuskript. »Immer tüchtig!«

»*Unter der schwarzblauen kosmischen Kuppel zog eine Sternschnuppe eine Spur wie sprühende Lunte und …*«

Eugen erhob sich. »Ich muss! Der Hof ruft.«

»Zum Stall, zum Stall!«, rief Speck und wies mit pathetischer Geste in die Ferne, »Heimstatt mystischer Widerkäuer!«

»Mistige Wiederkäuer, kannste wohl sagen«, sagte Eugen lachend und klopfte mit den Fingerknöcheln auf den Tisch: »Verrücktes Volk. Ich muss wieder los, Leute, obwohl ich wahnsinnig neugierig bin, wie es mit der Lunte weitergeht, aber die Arbeit wartet.« Er zog sich seine Gummistiefel an und schlurfte zur Tür.

»Grüße an die Damen!«, rief Archie ihm hinterher.

»Richte ich aus!« versprach Eugen und zog die Tür hinter sich zu.

»Lies bitte weiter, ich platze vor Spannung«, sagte Lola zu Archie.

»*… und der Mond küsste mit seinem Band die zwei Liebenden im Zauber des Silbersees. Maggy legte …*«

»Herrliches Bild, Archie. Das ist pure Romantik. Herrlich!« Lola war entzückt.

»Diese Szene ist eine Gemeinschaftsarbeit mit meinem Co-Autor Speck«, grinste Archie.

»Ich hab die Liebenden eigentlich nur entknotet«, ergänzte Speck.

»Schon klar.« Archie las weiter: »*Maggy legte behutsam ihren Kopf auf seine Schulter.* Ähm … *John tastete sanft nach ihrer weichen …*«

»Mir wird ganz heiß«, sagte Lola.

»Wir hören weiter«, säuselte Speck.

Archie las unbeirrt: »Ähm … *John tastete sanft nach ihrer …*«

»Nein! Das tut er nicht?«, rief Speck.

»*… nach ihrer weichen Hand, die ihn scheu, aber willig zu empfangen schien. Ihr pochendes Herz schlug im erregten Gleichklang mit dem seinen.*« Archie hielt im Bann seiner eigenen Worte inne.

»Auweia, ist das schön.« Lola schlug entzückt ihre Hände zusammen.

»Erregter Gleichklang?«, fragte Speck mit hochgezogenen Augenbrauen.

»Lola, höre nicht auf ihn«, sagte Archie und las weiter: »*John drehte sich zu Maggie und sog den Duft ihrer Haare ein. Ihm war, als würde es seidige Blüten regnen …*«

»Es regnet seidige Blüten …«, echote Lola und fuhr sich aufgeregt durch ihren Haarschopf.

»*›Lass uns schwimmen gehen!‹, rief John spontan. ›Komm, Maggie, das Wasser ist noch angenehm. Maggie, komm!‹, lockte er beharrlich und fing an, sich seiner Kleidung zu entledigen …*«

»Hör mal, der Junge geht ja voll ran«, sagte Speck.

»Mir wird noch heißer, Archie«, schnurrte Lola.

»Nun warte mal, das Beste kommt ja noch.« Archie nahm einen Schluck aus seiner Teetasse und fuhr fort: »*… fing an, sich seiner Kleidung zu entledigen und stürzte sich übermütig in den See. Mit kraftvollen Stößen schob er sich durch das Wasser und hielt inne, um nach Maggie zu sehen, die sich ihrer Kleidung entledigt hatte und ihm gefolgt war. Sie stand bis zum Bauchnabel im Wasser und das Licht des Mondes ließ ihren weißen Körper fluoreszierend leuchten. Nun glitt sie in die sanfte Flut, die ihre schwellenden Brüste kosend umschlang …*«

Lola holte tief Luft und ließ sie stöhnend wieder entweichen. »Pfffffft … großartig, ganz großartig«, hauchte sie.

»*… und ihre Nacktheit mit lackschwarzem Nass liebevoll umhüllte*«, ergänzte Archie.

Lola entwich ein abgrundtiefer Seufzer.

»Die Frau ist nackt? Da sitzen zwei, die sich gerade kennengelernt haben, und ziehen sich gleich nackt aus? Na, das geht ja zackig«, staunte Speck.

»Es ist Nacht, pechschwarze Nacht, mein Freund. Die Dunkelheit schützt ihre Nacktheit, sie sind quasi in Nacht verhüllt, also schon nackt – und doch auch wieder nicht. Warst du mit einem Mädchen niemals in der Nacht nackt schwimmen?«, fragte Archie.

»Wenn du mich so direkt fragst, nö«, antwortete Speck.

»Ich liebe es, nachts nackt zu schwimmen«, seufzte Lola.

»Wo macht man das denn hier?«, fragte Archie interessiert.

»Kontaktiert doch mal das Touristenbüro, wie viele Nacktbadeseen mit Nachtzulassung es hier in der Umgebung gibt«, Speck schüttelte den Kopf. »Sagt mal, habt ihr denn alle keine Badehosen? Scheinbar stürzen sich Millionen Liebende in der Dunkelheit völlig enthemmt in die Fluten? Die Seen dieser Welt sind nachts randvoll mit nackten Liebenden? Das erinnert mich an Flamingos, die sich zu Tausenden zur Paarungszeit immer an einem bestimmten See treffen. Hört mal, ich muss mich wohl mal wieder nachts draußen ein bisschen herumtreiben, hey?«

»Siehste mal, da haste doch was Schönes vor«, sagte Archie, züngelte ein paar Tropfen Tee aus seinem Bart und schaute Lola an. »Gerade die Nacktheit steht für Entblößung, für von sich preisgeben, sich zeigen. Schau her, das bin ich, und zwar ganz. Ich liefere mich dir aus. Verstehst du?«

»Oh, ja«, seufzte Lola. »Ist das schön.«

»Aber doch nicht sofort«, entrüstete sich Speck. »Eben noch scheue Zärtlichkeit und im nächsten Moment runter mit den Klamotten. Hör mal …«

Archie lächelte nur, blätterte dabei versunken in seinem Manuskript und wiederholte noch mal die Stelle mit der

Nacktheit: »*Nun glitt sie in die sanfte Flut, die ihre schwellenden Brüste kosend umschlang und ihre Nacktheit mit lackschwarzem Nass liebevoll umhüllte.*«

Speck stützte nachdenklich sein Kinn auf seine Hand. »Kosend umschlingen und liebevoll umhüllen ist irgendwie dasselbe. Du neigst zu Wiederholungen, Archie. Was meinst du, Lola?«

»Hm … also das eine sind konkret ihre Brüste, die von der Flut umschlungen werden und das andere ist ihre Nacktheit generell. Ich … nö, also … nö, mich stört's nicht. Ich liebe ja solche Bilder, ihr wisst ja. Kann davon nicht genug kriegen. Lass das so, Archie.«

»Ich hasse Wiederholungen«, knurrte Speck. Er fand, alles im irdischen Dasein steuerte einem Ende entgegen und irgendwann mal sei verbindlich Schluss. Das sei im persönlichen Leben wohl eine Tragödie, im universalen Zyklus jedoch ein völlig emotionsloser Prozess. Auf diesem unaufhaltbaren Fließband des Seins lässt uns das Leben allein. Wir sollten gefälligst zusehen, dass wir unsere Zeit selber gestalten, dass wir etwas aus unserem Leben machen und nur im Notfall mal die Notbremse ziehen. In welchem Maße wir dafür unseren Körper und Geist nutzen, auch dies bleibt uns überlassen. Manche tun das mehr, einige weniger. Einer wird Olympiasieger mit seinen Beinen, der andere Nobelpreisträger mit seinem Kopf. So ungefähr sind die Unterschiede. Aber für beide gibt es auf den kräftezehrenden Wegen zu den kleinen oder großen Zielen einen Rastplatz, und der heißt Wiederholung. Diese bedeutet paradoxerweise Bewegung mit Stillstand. Wir erleben, hören oder sehen etwas, was wir bereits schon kennen, Bekanntes, das uns nicht mehr überrascht und fordert, wir können uns also völlig entspannen, sogar dabei einschlafen; nichts Neues kann uns entgehen, weil es in diesem Moment nichts Neues gibt. Überall im Alltag stoßen wir auf Wiederholungen, jeden Tag, z.B. in der Werbung, die uns wie mit einem Hammer ständig ihre Verheißungen ins Hirn prügelt, täglich in allen Medien, wieder und wieder, bis man endlich begreift, dass das Waschmittel aus schwarzen Hemden wieder schneeweiße macht oder das Diätmittel den Fettmoppel in ein Supermodel verwandelt. Speck konnte es auch nicht fassen, warum manche Leute zum Abschied stereotyp »Tschüß« sagten. »Tschüß dann! Dann mal Tschüß! Ich sag Tschüß!« Manche pervertieren das Tschüß sogar zum »Tschieß«. Was wiederum dem englischen Cheese ähnelt. Was hat Käse mit Abschied zu tun? Käse, dass du gehst? Oh, Mann. Es gäbe doch so viele andere phantasievolle Möglichkeiten, man kann doch ruhig mal »Sehn uns in Leporello«, meinetwegen auch »Ich sag mal Los Alamos« oder »Ich stepp dann mal die Kante« sagen, klingt doch alles schon deutlich besser. Auch international kann man sich gut verabschieden, z.B.: »Adios Angina!« Warum nicht mal auf gut Englisch »Bye, bye, Babybrei«? Alles origineller als dieses blöde »Tschü-hüß!« oder »Tschau-Tschau«, wie der Hund. Oder dieses affige »Tschüssikoffski!« Kurzum, Wiederholungen waren Speck ein Gräuel.

»Lies bitte weiter«, bat Lola.

Archie räusperte sich und fuhr fort: »*Sie erreichte John und schmiegte sich an ihn. Er spürte ihren warmen Körper an seiner Haut und sah ihre blauen Augen wie einen Lapislazuli im Mondlicht leuchten …*«

»Lapislazuli? Ist der nicht blau?«, fragte Speck.

»Blau, klar – der Lapislazuli ist blau, warum fragst du?«

»Irische Frauen haben grüne Augen, keine blauen«, murrte Speck. »Schreib ›*Er sah ihre grünen Augen wie Jade im Mondlicht leuchten*‹, das wäre korrekt.«

»Dann schon eher ›*und sah ihre Augen wie frisches Gras leuchten*‹ und nicht wie Jade. Hör mal, wir sind doch nicht in Indien.«

»Wie frisches Gras leuchten? Ich glaub's nicht. Seit wann leuchtet frisches Gras? Schaltet sich das abends an? Hey, Süße, schalt doch mal deine Wiese an? Wenn schon, dann duften ihre Augen wie frisches Gras …«

Archie schlug mit der Hand auf den Tisch. »Das isses! Duftende Augen! Dass ich darauf nicht gekommen bin. Ihre Augen duften wie frisches Gras. Liebling, du wirkst heute wieder so grasig?« Archie machte ein aufgesetzt vornehmes Gesicht.

»Ja, ja, ja! Ich war noch nicht fertig, Mann. Auf jeden Fall, ein Edelstein ist alle Male passender als deine Wiesenmetapher.«

»Meinst du.« Archie griff zu seiner Teetasse. »Außerdem, wer hat dir gesagt, dass alle irischen Frauen grüne Augen haben? Du warst noch nie da. Überall in Irland laufen nur Frauen mit grünen Augen rum? Wer hat dir denn das erzählt?«

»Dein Roman spielt in Irland, also musst du für den Leser auch ethnische Klischees bedienen, das sind die bildlichen Koordinaten für seine Phantasie. Wenn dein Roman in Schweden spielen würde, würdest du doch auch nicht schreiben, Maggie hat kohlrabenschwarze Augen und blauschwarze Haare.«

»Interessant. Eine Schwedin würde für dich also Maggie heißen? Maggie?«, fragte Archie. »Das geht ja wohl gar nicht.»

»Mann, dann eben Agnetha oder Svenja oder Wasa, du weißt doch genau, was ich meine.«

»Meine Maggie hat Augen wie ein Lapislazuli. Ich sehe keinen Grund, das zu ändern. Lapislazuli klingt auch viel verzauberter. Das bleibt so.« Archie wollte das Thema beenden.

»Is' ja dein Buch«, knurrte Speck.

»Darf ich mal was vorschlagen?«, fragte Lola.

»Gerne, Lola«, antwortete Archie.

»Manche Menschen haben zwei verschiedene Augenfarben. Ich hatte mal einen Freund, der hatte ein blaues und ein grünes Auge, echt wahr. Super netter Typ. Hank aus Holland. Wir waren mal ein paar Monate zusammen. Wenn er mir in die Augen sah, war das bis zum letzten Tag faszinierend. Hank war Taucher und Surflehrer, durch ihn wurde ich zu *Nuckel, der kleine Wal* inspiriert, wisst ihr?«

»Interessant«, sagte Speck.

»Sehr«, sagte Archie.

»Was ist denn nun mit den Augen?« wollte Speck beharrlich wissen. »Maggies Augen waren wie Lapislazuli und Jade. Rechts blau, links grün? Wäre doch ein Kompromiss?«

»Sie waren wie Lapislazuli, basta. Ich will keine Frau mit zwei verschiedenen Augenfarben im Roman. Tut mir leid.« Für Archie war das Thema erledigt und er las weiter: »*›Maggie, du bist wunderschön‹, flüsterte John ihr ins Ohr. Seine Hand berührte ihre glitzernden Lippen. Sie lachte und glitt lächelnd aus seinen Armen unter Wasser. Geschmeidig schwamm sie durch die Flut. Er folgte ihr. Wie zwei verliebte Delfine spielten sie das übermütige Spiel aller Liebenden.*«

»Ach? Das wird 'n Buch für Taucher?«, fragte Speck.

Archie ging gar nicht drauf ein. »Wo hattest du diesen Hank eigentlich kennengelernt?«, fragte er Lola.

»In Mexiko«, antwortete Lola.

»Lola Internationale?«, scherzte Speck.

»Si, claro«, antwortete Lola. »War eine Zeit lang in Yucatan. Auf Isla Mujeres. Kennt ihr?«

»Nö, glaube nicht, nö«, sagte Speck.

»Sagt mir jetzt im Moment nichts«, meinte Archie.

»Wunderschöne Insel, sag ich euch. Hank war da Tauchlehrer und lief abends immer in lockeren, schneeweißen Leinenklamotten rum. Hat er sich selbst geschneidert, der Tausendsassa konnte alles.«

»Quasi ein tauchender Schneider?«, frotzelte Archie.

»Auf Hanky lasse ich nichts kommen«, sagte Lola energisch. »Seine braune Haut unter dem weißen Leinen … unvergesslich.«

»Ich hab als Kind in der Schule stricken gelernt«, bemerkte Archie.

Lola jauchzte: »Du kannst stricken, Archie? Du kannst echt …?«

»Gibt's davon 'n Foto?«, unterbrach Speck.

Archie blieb ungerührt: »Ich hab meiner Mutter zum Geburtstag einen selbstgestrickten Schal geschenkt. Um mir eine Freude zu machen, hat sie den einmal getragen. Daraufhin hat eine Nachbarin sie auf der Straße tatsächlich gefragt, ob sie frisch vom Galgen geschnitten wurde.«

Lola lachte sich kaputt.

»Ich gäbe alles, um diesen Schal zu sehen«, meinte sie.

»Meine Mutter hat ihn diskret verschwinden lassen, irgendwann war er einfach nicht mehr da. Ich hab dann versucht, einen Pullover zu stricken, der ging aber voll daneben. Danach hab ich noch zwei Topflappen produziert. Ganz wilde Farben, ich erinnere mich noch gut daran. Meine Mutter hat sie viele Jahre benutzt, bis sie völlig verfilzt und steif waren. Echte Kunstobjekte.«

»Mann, deine Mutter hat sich ja vor nix gefürchtet. Du, hör mal, Lola, mit deinem Taucher Hank da, ich vermute, du hast mit ihm nackt getaucht?«, fragte Speck und grinste breit.

»Fast, Speck, fast«, Lola tippte ihm fröhlich mit dem Zeigefinger kurz auf die Nasenspitze. »Zeig mal deine kleine böse Zunge, zeig sie mal!«

»Habt ihr euch denn auch unter Wasser geliebt, Lola? Dann könnte ich das noch in meine Szene einbauen?«, fragte Archie.

Lola errötete leicht. »Nun ja … wenn du so direkt fragst … das haben wir sehr wohl.«

»Jetzt bin ich aber echt gespannt, Lola.« Speck verschränkte seine Arme. »Eine Nixe und ein Tauchlehrer paaren sich im türkisfarbenen Meer?«

»Ja, herrlich«. Lolas Augen glänzten. »Wir hatten aber Flaschen, Speck, also für ausreichend Luft war gesorgt.«

»Wie denn nun, Lola? Wie liebt man sich unter Wasser?« Speck ließ nicht locker.

»Wie zwei verliebte Delfine, genau so.« Lola schmunzelte.

»Na, nicht so feige, Lola. Jetzt mal raus damit.« Archie war nun auch sehr neugierig.

»Es war sehr, sehr schön, reicht das?«, fragte Lola.

»Nein!«, riefen Archie und Speck im Chor.

Lola beugte sich nach vorne und flüsterte: »Hank hatte einen speziellen Platz, wisst ihr. Sein persönliches Korallenriff mit wunderbaren Felsformationen, wie geschaffen zum kurzfristigen Verweilen. Dort tauchte er täglich hin, um seine ›Schuppies‹ zu füttern, wie er einen Schwarm brauner Fische nannte, freundliche Fische, richtiggehend zahm, die immer ganz aufgeregt durcheinanderschwammen, wenn er mit seiner Plastiktüte mit den Toastbroten zu ihnen herunterkam. Auf diesem Riff, wo man sich gut festhalten konnte, da haben wir uns geliebt.«

»Und alle Fische haben euch dabei angestarrt?«, fragte Speck. »So hat also die Pornografie auch die unschuldige Unterwasserwelt erreicht.«

Lola lachte schallend und sagte glucksend: »So ungefähr.«

»Lola, Lola«, tadelte Archie sie scherzhaft. »Das hilft mir jetzt in meinem Buch irgendwie doch nicht wirklich weiter. Ich denke, John und Maggie können in der Dunkelheit nicht in die Tiefe tauchen und auf einem irischen Riff Sex machen. Erstens passt ein Korallenriff nicht so gut in einen irischen See und zweitens ist es da unten auch viel dunkler als im sonnigen Süden.«

»Wohl wahr«, sagte Lola.

»Ich hab 'n Vorschlag! Sie entern einen alten Baumstamm, der im Wasser treibt. Hm? Da lässt sich doch was mit anfangen, komm – wie findste?«, fragte Speck.

»Der dreht sich doch ständig herum, im Wasser gibt es doch keinen Widerstand, das klappt meiner Ansicht nach doch gar nicht.« Lola schüttelte den Kopf.

»Ach? Auch schon mal probiert?«, spöttelte Speck.

»Speck!«, verwarnte ihn Lola.

Archie klopfte mit der Hand auf den Tisch. »So, Schluss jetzt! Ich habe nichts gegen konstruktive Anregungen, aber ...«

Speck gab nicht auf: »Eine alte Tür, die im Wasser treibt?«

»Eine alte Tür? Ich fasse es nicht. Ganz typisch für die irischen Seen, schwimmende Türen, ganz typisch. Gehören da zum Alltag. Warum nicht gleich ein Guinnessfass? Hä?«, ätzte Archie.

»Bingo! Na, das isses doch! Ein Guinnessfass!« Speck strahlte.

»Meine Herren, bitte«, beschwichtigte Lola. »Lasst die beiden doch einfach nur nackt schwimmen, okay?«

In diesem Moment klingelte das Telefon.

»Roswitha!?«, platzte Speck heraus.

»Oh, nein!« Archie hielt sich beide Hände vors Gesicht. »Ich fessele sie, echt!« Er hob den Hörer ab und sagte mit sonorer Stimme:

»DAMOUR VERLAG, The Magic Of Love. Schönen guten Tag.«

4. Kapitel
Der betrunkene Waschbär. Tanz mit Flamingo. Die Invasion der Bayern. Lettischer Farn. Tankwart am Abgrund. Der falsche Jesus. Therapie auf Klobrille. Das Grenzorgan. Aishe mag's oral. Dope im Warndreieck.

Otter wachte viel zu spät auf. Korrekt hieß er eigentlich Werner, Werner Schlange. Den Spitznamen »Otter« hatte er, so lange er denken konnte. Er wollte eigentlich schon in den frühen Morgenstunden, wenn es langsam hell wurde, auf der Autobahn gewesen sein. In der Nacht fuhr er generell nicht gerne Auto, und das schon seitdem er seinen Führerschein besaß. Trotz normaler Sehschärfe und funktionstüchtigen Scheinwerfern spürte er in der Tiefe der Dunkelheit immer Unheil auf sich lauern, ganz besonders, nachdem er mal in einer regnerischen Herbstnacht krachend in eine Wildsau gefahren war. Er hatte das borstige Tier, in dessen erlöschenden Augen er eine letzte Wut auf ihn flackern sah, noch zu gut in Erinnerung, was ein ewig quälendes Schuldgefühl in ihm nährte. Otter hasste Schuldgefühle, von ihnen fühlte er sich sein ganzes Leben lang fremdgesteuert. Alle machten einem Schuldgefühle, Eltern, Schule, Kirche, Staat, überhaupt alle. Schuld, das war die geistige Schwester vom schlechten Gewissen und die beiden missgünstigen Zicken waren in Wirklichkeit nur darauf aus, Macht über dich auszuüben und dich von deinem eigenen, selbstbestimmten Weg abzuhalten. Wahre Liebe und Toleranz waren ihnen fremd. Er hasste diese verbitterten Schwestern und hatte es sich in seinem Leben zur Aufgabe gemacht, nicht mehr in ihre Fallen zu treten. Schon gar nicht bei einer Wildsau. Er war der Ansicht, dass man, auch als Borstentier, in finsterer Nacht beim Überqueren einer unbeleuchteten Straße aufzupassen hatte und sich besser nicht mit einem vorfahrtsberechtigten Fahrzeug der höheren Gewichtsklasse einlassen sollte.

Er schlurfte ins Bad, musterte sein zerknautschtes Antlitz im Spiegel, getreu nach dem Motto »Ich kenn dich zwar nicht, wasch dich aber trotzdem« und bereute zutiefst, dass er in der Nacht noch die letzten Tequilas getrunken hatte. Es war immer das Gleiche, eine Lage gab die andere. »Wer abends saufen kann, kann am nächsten Morgen auch arbeiten« hatte sein alter Ausbilder immer getönt. Dem hatte er den Spruch entgegengehalten: »Wer abends vögeln kann, kann am nächsten Morgen noch lange nicht fliegen.« Davon ließ sein Ausbilder sich aber nicht überzeugen, er hing stur an seinem Spruch. Sprüche sind wie Küchenschaben, dachte Otter, sie überleben alles. Er fing an, sich einen Kaffee zu kochen. Wie ein rachitisches altes Weib würgte die Kaffeemaschine stöhnend die dunkle Brühe in die Kanne, am Ende mit einem gewaltigen Ächzen, als hätten die schwarzbraunen Klumpen ihre Leitungen verstopft und ein satter Infarkt ihr Leben beendet. Diese senile Kaffeemaschine, diese verdammten Tequilas und dann noch mit dem Auto nach Hause zu fahren. Alles nicht wirklich vernünftig. Zum Glück hatte er schon in den Tagen zuvor das Wichtigste in seine Reisetasche gelegt und brauchte seinen dröhnenden Kopf nicht mehr aufs Packen zu konzentrieren. Er duschte und schlug sich danach drei Eier in die Pfanne. Eine solide Grundnahrung war für ihn vor längeren Fahrten unverzichtbar. Er hasste Reiseproviant. Durchgeschwitzte Wurst- oder Käsebrote waren ihm ein Gräuel und Menschen, die während der Autofahrt Möhren oder Kohlrabis knabberten, ein Albtraum. Seine Tante Lotte schälte während der Autofahrt immer Äpfel, die sie danach penibel in vier Teile zerschnitt und allen Wageninsassen großherzig reichte. Die geringelte Schale hängte sie sich dann geckenhaft wie Schmuck um ihre fleischigen Ohren, verdrehte dazu lustig die Augen und flötete: »Hier kommt die Königin von Saba.« Als Folge davon hasste Otter im Auto nicht nur Gemüse, er hasste auch Obst. Aber Tante Lotte liebte es ja auch, auf Autobahnparkplätzen einen dieser grauen, rauen Betontische zu decken, all ihre mitgeführten Lebensmittel darauf liebevoll auf Servietten auszubreiten und sie sich genüsslich munden zu lassen, während der Verkehr an ihr vorbeidröhnte und eine satte Gewürzmischung aus Kohlenmonoxid und Kohlendioxid ihre Speisen würzte. Tante Lotte war eine ganz Harte.

Hartmut stand in der Küche schwanzwedelnd an seiner Seite und wartete auf sein Hundefrühstück. Hartmut war ein großer, zottliger Mischlingsrüde und das erste große Haustier in Otters Leben. Als Kind hatte er mal ein Rosettenmeerschweinchen zum Geburtstag geschenkt bekommen, das vor allen Gästen mitten auf dem gedeckten Geburtstagstisch seine Blase entleerte. Er nannte es daraufhin »Pinkel« und schloss das strubbelige Tierchen tief in sein Herz. Als er für zwei Wochen mit seinen Eltern in Urlaub fuhr, brachte er Pinkel zu einem Zoologischen Laden in Pflege und erhielt nach seiner Rückkehr ein graues Zwergkaninchen zurück. Der Besitzer des Ladens konnte sich beim besten Willen nicht mehr an ein Rosettenmeerschweinchen namens Pinkel erinnern, außerdem, so führte er an, habe er schließlich so viele Pflegetiere, da könne man schon mal durcheinanderkommen. Immerhin sei doch ein Zwergkaninchen weitaus größer, und damit teurer als ein Meerschweinchen, also Otter habe nun wirklich keinen schlechten Tausch gemacht und solle froh sein, dass er ihm nicht die Differenz in Rechnung stelle. Bei dieser kaltschnäuzigen Grausamkeit eines entmenschten Zooladenbesitzers spürte Otter tief in sich das Fauchen eines Monsters, das danach lechzte, von der Kette gelassen zu werden: Unsagbare Wut. Er griff sich den dösenden Kaiman aus dem Terrarium und schlug diesem Bastard von Tierquäler damit in seine widerwärtige Fresse. Danach trat er in das riesige Aquarium und ungeheure Wassermassen fluteten den gesamten Boden der Tierhandlung. Die aus der Gefangenschaft befreiten Piranhas zappelten sich gierig zu dem Unseligen durch und bissen sich in seinen Eiern fest. Dann packte er sich die schmerzverzerrte Fresse des Unseligen, drosch sie immer wieder und wieder auf den Verkaufstresen, bis die Nase gebrochen war und das Blut nur so spritzte, und brüllte:

»Du Schwein! Du Sau! Wo – ist – mein – Pinkel??«

»Möchtest du jetzt das Zwergkaninchen oder nicht?«

Die Frage des Ladenbesitzers riss Otter aus seinen Gewaltphantasien. Er hasste und schämte sich in solchen Momenten ob seiner schrecklichen Rachegelüste, spürte aber, dass es ihm danach deutlich besser ging. Wenn auch in dieser verkappten Aggression die Keimzelle für alles Böse, für Mord und Totschlag unter den Menschen, unter den Völkern lag, hatte er als Opfer immerhin ein legitimes Recht auf seine ganz persönliche, innere Selbstjustiz. Noch leicht benommen antwortete er auf die Frage des Ladenbesitzers: »Nein, danke« und trollte sich tiefbetrübt in der schier unerträglichen Vorstellung, dass sein kleiner, struppiger Pinkel sich gerade bei wildfremden Menschen vor Sehnsucht nach ihm verzehrte. Am liebsten würde er diesem Bastard von Tierhändler … aber das hatte sich ja schon erledigt. Als Folge dieser grausamen Erfahrung wollte er nie wieder ein Haustier haben.

Später, als die gütige Zeit seinen Verlustschmerz gelindert hatte und dieser Vorfall nur noch als verwaschener Schatten auf seiner Seele lag, besaß er dann noch mal einen Waschbären. Ein putziges Kerlchen, dessen drolliger Eindruck jedoch trog. In Wirklichkeit war es eine wilde Bestie. Mag sein, dass die Käfighaltung ihn noch wilder gemacht hatte, aber frei herumlaufen lassen konnte man ihn auf keinen Fall und in Pflege geben erst recht nicht. Diese Abhängigkeit nervte Otter. Er bot daraufhin »Phantomas«, wie er den Bären wegen seiner Zeichnung im Gesicht nannte, in der Zeitung in der Sparte Haustiere mit »Putziges, handzahmes Pelztier« zum Verkauf an, woraufhin sich ein Interessent meldete. Kurz bevor er ihn abholte, flößte Otter Phantomas zur Beruhigung Kirschlikör ein – Phantomas liebte Kirschlikör – bis er so betrunken und so sanftmütig war, dass der neue Besitzer das entspannt grunzende Tier in den Arm nehmen konnte und es kraulend zu seinem Auto trug. Dort legte er den schlaffen, schief grinsenden Phantomas behutsam auf den Rücksitz und machte sich auf die Heimfahrt. Unterwegs ging er noch mal in eine Tierhandlung, um Futter zu kaufen. Als er mit vollen Tüten zurückkehrte, stand eine Menschenmenge um sein Auto herum und schaute zu, wie ein tobender Waschbär den Innenraum eines gepflegten PKW in tausend Stücke riss.

Das handzahme Pelztier war inzwischen wieder ausgenüchtert und wütete nun wie von Sinnen. Es zerbiss und zerriss die Ledersitze, schiss auf das Armaturenbrett und fauchte alle Zuschauer hinter der Fensterscheibe mit furchterregend fletschenden Zähnen an. Der verängstigte Mann rief Otter von der nächsten Telefonzelle an und beschwerte sich bitter über dieses Monster und den Schaden, den es verursacht hatte und wollte den Kauf annullieren. Otter wies jedoch jede Verantwortung resolut von sich. Bei ihm sei das ein friedfertiges und gutartiges Tier gewesen, was wisse er, was dem Tier in der Zwischenzeit angetan worden sei. Ein herbeigerufener Tierarzt schoss im Schutze eines Sondereinsatzkommandos durch einen Fensterspalt dem tobenden Waschbären einen Pfeil mit einem Betäubungsmittel in den Pelz. Im Polizeibericht stand: »Das ruhig gestellte Objekt der Gattung Kleinbär wurde ordnungsgemäß in ein zertifiziertes Tierheim verbracht.«

Bei der Rassebestimmung wusste keiner genau, wer alles bei Hartmuts Zeugung mitgemischt hatte. Otter bekam ihn von Freunden in Pflege, die aus ihrem bisherigen Leben ausgestiegen waren und sich ein altes Segelboot gekauft hatten, um damit um die Welt zu segeln und sich in den Lagunen des Seins der Liebe und der Spiritualität hinzugeben. Wegen der begrenzten Auslaufmöglichkeit konnten sie zu ihrem größten Bedauern Hartmut nicht mitnehmen und baten Otter, ihn so lange, bis sie wieder zurück wären, in Pflege zu nehmen. Ein Jahr später erhielt Otter von Claudia einen Brief aus Griechenland, in dem sie ihm mitteilte, dass ihre Liebe in der Enge des Schiffes über Bord gegangen war und sie ihr weiteres Leben nun in tiefer Freundschaft und Vertrauen weiterführen wollten, dafür aber eine Trennung unabdingbar sei. Bernd wolle sich auf dem Landweg alleine nach Nepal durchschlagen, während sie sich in einen heimischen Fischer verliebt hatte und beabsichtigte, mit ihm in einer romantischen Bucht aus Treibholz eine rustikale Taverne zu zimmern, um betuchte Segler für gutes Geld mit eigenhändig gefangenem, gegrillten Fisch zu verköstigen. Unter P.S. schrieb Claudia noch: »Man braucht so wenig, um glücklich zu sein.« Schön gesagt, dachte Otter und sinnierte darüber nach, mit wie viel Wenig er im Leben klarkäme. Dazu gehörte für ihn aber auf keinen Fall eine windige Grillbude und der tägliche Eigengeruch nach gegrilltem Fisch. Auch in der allerschönsten Bucht mit dem allerschönsten Weib nicht. Wenig klingt dürftig, dabei ist es doch der erlesene Extrakt des persönlich Wichtigsten, und dazu gehörte für ihn nun mal sein geliebter Citroen, niemals würde er ihn gegen ein rostiges Fischerboot tauschen, allein schon wegen der Federung. Das mit Hartmut, so schrieb Claudia noch, täte ihr leid, und wie unsagbar sie dieses Tier vermisse, allein die Überzeugung tröste sie, dass Hartmut und Otter ein tolles Paar seien und sie Hartmut somit zur Adoption freigeben werde. Diesbezüglich hätte Otter gerne etwas ausführlicher gewusst, wie Claudia seinen Charakter mit dem eines Hundes in Einklang setzte, beließ es jedoch dabei, auch weil ihm zum Antwortschreiben die Postadresse der Bucht von Claudias neuem Fischlokal fehlte. Später hörte er, dass Claudia ihre rußige Hütte und den Fischer verlassen hatte, um sich mit einem anatolischen Ziegenhirten in die Berge zurückzuziehen.

»Hier Mädels! Fütterung!«, rief er und spendierte all seinen Pflanzen großzügig aus einer Gießkanne Wasser. Danach packte er letzte Kleinigkeiten in seine Tasche, verstaute den Fress-und Wassernapf von Hartmut in eine alte Einkaufstüte und schnappte sich den Fotokoffer mit seiner geliebten, zweiäugigen MAMYA 6x6 und reichlich Rollfilmen. Otter war nach einer soliden Ausbildung zum Retuscheur in die Fotografie gewechselt. Bei der Abschlussprüfung hatte er bei der Retusche eines Fotos von Roberto Blanco, dem schwarzen Schlagersänger (»*Ein bisschen Spaß muss sein*«), aus rein visueller Spielfreude Jimi Hendrix gemacht. Das brachte ihm ärgerlicherweise Abzüge in der Beurteilung ein und war letztlich der entscheidende Anstoß für Otter, Fotograf zu werden, um seine Kreativität uneingeschränkter ausleben zu können.

Seine Kumpels waren total stolz darauf, mit einem leibhaftigen Fotografen befreundet zu sein und schleppten ihre Freundinnen in sein kleines Fotoatelier, um sie in ihrer ganzen Schönheit, auf Verlangen auch gerne scharf – und sie meinten damit nicht die Brennweite – von Otter ablichten zu lassen. Diesbezüglich hatten sie in der Regel ihre ersten Erfahrungen in einem dieser Fotoläden gemacht, wo man im vorderen Teil Filme und Fotoartikel kaufte und im hinteren Teil von einem von der Handwerkskammer autorisierten Fotografen mit Ausbildungsbefugnis in einem kleinen Studio Passfotos, Portraits oder komplette, sorgsam arrangierte Familienfotos erstellen lassen konnte. Grundsolide Fotos, die allerdings in ihrer konstruierten Kunst von der kreativen Philosophie Otters meilenweit entfernt waren. Je nach Wunsch waren dort durchaus auch erotische Fotos machbar, die zumeist jedoch über die Grenze eines nassen T-Shirts mit frecher Nippelprägung nicht hinausgingen. Abzüge solcher, seiner Ansicht nach verwegenen Bilder, hängte der Ladenbesitzer gerne in sein Schaufenster, um damit seine ganze künstlerische Bandbreite zu demonstrieren und den Betrachter diskret zu erregen.

Seine ersten fotografischen Schritte tat Otter mit einer NIKON Kleinbildkamera. Da er einen guten Kumpel hatte, der in einem reinen Fotofachgeschäft in der Innenstadt als Verkäufer arbeitete, bekam er sie gebraucht mit diversen Objektiven zu einem guten Preis. Das Equipment machte eine Menge her. Zusätzlich legte der Kumpel ihm noch ein robustes Stativ obendrauf. Derartig ausgerüstet fuhr Otter in den Urlaub nach Bayern und lernte eine engelsgleiche Blondine kennen, bei der er sich in dreist als Fotograf vorstellte. Sie war schwer beeindruckt. Das verstärkte sich noch um ein Vielfaches, als sie hörte, dass Otter für ein regionales Jugendmagazin in Berlin die Titelseiten fotografierte. Zwar nur hin und wieder mal, das sagte Otter aber nicht.

»Hättest du Lust auf eine kleine Fotosession?«, fragte er sie.

Von einem echten Fotografen aus der Großstadt fotografiert zu werden, das schmeichelte einem Mädchen vom Dorf doch ungeheuer. Sie willigte aufgeregt ein. Otter wählte einen alten Brunnen aus, vor dem er sie fotografieren wollte. Sybille, so hieß das Mädchen, posierte also auf dem Brunnenrand, spielte mal mit dem Wasser, mal mit ihren Haaren und lächelte schüchtern in Otters Kamera.

»Bleib so! Ja schön! – Klick! – Bisschen den Kopf, ja sooo, ja, nach hinten … oh, ja – Klick! – ganz klasse machst du das. Jetzt den Kopf ein bisschen nach rechts … Klick – so, ja so, here we go, yeah! Und jetzt, jaaaaa – Klick! – ganz klasse sieht das aus, sei so lieb und dreh dich mal bitte …«

Otter bediente die gesamte Klaviatur der Motivation, so wie er es bei dem Fotografen in dem Kultfilm »Blow Up« gesehen hatte, und konnte spüren, wie das Mädchen Spaß daran hatte. Nachdem er einen kompletten Film freihändig abgeschossen hatte, hielt er den Zeitpunkt für gekommen, um mit seinem neuen Alu-Stativ seine Professionalität zu unterstreichen. Er schraubte seine NIKON auf den Kopf des Statives, justierte die Beine höhengerecht, war dennoch aber noch nicht ganz zufrieden. Der vertikale Winkel stimmte nicht ganz, er hätte da gerne noch mehr Spielraum gehabt, aber das Teil ließ sich in dieser Ebene ums Verrecken nicht verändern. Eine mündliche Einweisung hatte er beim Kauf freundlich abgelehnt, die schriftliche Anleitung leider nicht dabei, was er zutiefst bereute. Mit Technik stand er aber generell auf Kriegsfuß. Andererseits hätte es seinem Image massiv geschadet, wenn er vor den Augen des verzückten Mädchens in einer Bedienungsanleitung geblättert hätte. Er konnte sich beim besten Willen nicht erklären, warum sich der Kopf des Statives nicht vertikal neigen ließ. Mit der Zeit wurde er immer ungeduldiger und aggressiver, während

Sibylle auf dem Brunnenrand in der heißen Sonne geduldig darauf wartete, weiter fotografiert zu werden und die Wartezeit damit überbrückte, mit Interesse zu beobachten, was denn dieser Fotograf aus der großen Stadt da alles an seiner Ausrüstung Wichtiges zu regeln hatte. Damit ihr nicht die Beine einschliefen, wechselte sie hin und wieder die Stellung. Otter rief ihr »Bin gleich so weit!« zu, in Wirklichkeit war es ihm längst egal, wie sein Model über die Zeit kam, er kämpfte nur noch verbissen mit einer bösartigen Mechanik. Er drehte und drückte, wackelte, hob und presste an dem Teil herum, aber nichts tat sich. Nun war es ihm auch langsam egal, ob er einen professionellen Eindruck machte oder nicht. Er fing an, sich mit seinem gesamten Körpergewicht auf den Stativkopf zu stützen und als sich überhaupt nichts tat, griff er sich blindwütig einen großen Stein und hämmerte auf die Neigermechanik ein. Ihm war durchaus klar, dass diese Handhabung unmöglich den Vorgaben des Herstellers entsprechen konnte, aber er hatte den korrekten Weg längst wutschnaubend verlassen und brüllte nur noch:

»Gottverdammtes Scheißteil, du machst mich nicht fertig, du Drecksteil nicht!«

Jetzt sah man auch in Sybilles Augen langsam Zweifel aufkommen, ob denn dieser tobende Fotograf sein Handwerk wirklich verstünde, denn so viel hatte sie auch als fotografisch Unbedarfte schon mitbekommen, dass die technische Entwicklung der Fotografie bereits der Steinzeit entwachsen war. Das Gewinde des Neigers hatte in Otters Amok-Aktion ordentlich was mitbekommen – bewegen tat sich jetzt gar nichts mehr. Otter kippte nun, um endlich weiter zu fotografieren zu können und das deutlich ermüdete und desillusionierte Mädchen zu erlösen, das komplette Gestell des Statives mit der Kamera leicht hoch und runter, um den gewünschten Winkel für seine Bilder zu bekommen. Das sah aus, als tanzte er mit einem dreibeinigen Flamingo. Sybille bedankte sich nach den Aufnahmen höflich bei ihm und meinte, sie würde sich über einen Fotoabzug sehr freuen. Leider hatte er vergessen, sie nach ihrer Adresse zu fragen. Wie sich herausstellte, hätte er die Griffstange des Neigers nur leicht aufdrehen müssen und die Mechanik wäre ihm fügsam für jeden gewünschten Anstellwinkel untertan gewesen. Wie gesagt, in Sachen Technik hatte Otter noch viel zu lernen.

In seinem Atelier standen die Mädchen anfangs verständlicherweise unsicher vor seiner imponierenden Blitzanlage, steif wie ein Pfosten im Kornfeld, mit der Zeit aber – und diversen alkoholischen Lockermachern – entkrampften sie sich und fanden mehr und mehr Gefallen am Posieren. Das war für Otter der Moment, wo sich die Spreu vom Weizen trennte. Er wusste, in vielen Frauen steckte ein natürliches Talent für Koketterie und Freude am eigenen Körper, und er war glücklich, wenn er eine gefunden hatte, der er etwas davon entlocken konnte. Aus dem anderen Teil war nicht mehr herauszuholen. Wenn seine Kumpels angesichts der Ergebnisse enttäuscht waren, sagte er nur: »Aus einem Gnu kann ich keine Antilope machen.« Mike, ein besessener Autonarr und guter Kumpel von Otter, schleppte mal stolz wie Oskar eine neue Freundin ins Atelier, der Otter auf seinen Wunsch mittels eines Diaprojektors ein Foto seines Sechszylindermotors auf ihren nackten Körper projizierte. Vom Ergebnis war Mike dermaßen begeistert, dass er die Bilder an den ADAC schicken wollte, die Freundin ihm aber ihr Einverständnis verweigerte. Sie befürchtete, dass sie dann bei der Bundesversicherungsanstalt für Angestellte, wo sie ihre Ausbildung machte, Ärger bekommen könnte, denn viele ihrer männlichen Kollegen waren ADAC-Mitglieder und bezogen die Vereinszeitung. Nicht auszudenken, wenn die sie in Millionenauflage nackt auf der Titelseite eines Automagazins sehen würden. Die Anstalt stünde Kopf. Ingo, ein ausgesprochener – wie er sich selber nannte – »Tittenteufel«, kam ständig mit neuen Freundinnen an, die sich durch exorbitante Oberweiten auszeichneten. Otter, den zu gewaltige Brüste eher verängstigten als begeisterten, weil es ihm in solchen Fällen immer so vorkam, als hätte er es mit drei Personen zu tun, hatte daran erheblich weniger Spaß als Ingo. Aber einem so guten Kumpel wie Ingo mochte er auch keinen Wunsch abschlagen. Inspiriert von der faszinierenden Welt seines Ateliers entdeckten manche Mädchen während des Shootings ihre Begeisterung für die Fotografie und stellten neugierige Fragen:

»Du, was is 'n das für 'ne schicke Kamera?«

»Eine MAMIYA 6x6.«

»Echt? 6x6? Sieht toll aus.«

»6x6 Zentimeter Bildformat.«

»Uiih! Das is' ja groß, oder?«

»Durchaus, aber ich mache auch Kleinbild.«

»Kleinbild? Is' ja süß.«

»Kleinbild, das Kind vom 6x6. Damit mach ich Babyfotos.«

»Du veräppelst mich jetzt nicht?«

»Doch.«

Solche Gespräche brachten ein wenig Fröhlichkeit in die Fotosession und nahmen ihr etwas von dem Ruch der Verderbtheit, was seine Kumpels hingegen weniger gut fanden. Sie hatten den Eindruck, dass Otter damit ein Verhältnis zu ihren Freundinnen entwickelte, in dem sie keine Rolle mehr spielten. Das weckte ihre Eifersucht. Otter spürte das und band die verunsicherten Kerle in die Fotosession mit ein, gab ihnen kleine Aufgaben, im Grunde belanglose Handreichungen, wodurch sie sich entspannten und das gute Gefühl entwickeln konnten, ein Teil des Ganzen zu sein. Wenn sie später anderen die Fotos zeigten, erzählten sie stolz, dass sie auf diesem oder jenem Motiv für den Fotografen im Hintergrund gerade eine neue Filmpackung geöffnet hatten. Dass es quasi ohne ihre Mitarbeit nicht richtig vorangegangen wäre.

So sehr Otter den weiblichen Körper auch liebte und schätzte, so war es doch nicht sein primäres Ziel, dass die Mädchen alle Hüllen fallen ließen. Er war kein Pornograf, er war Fotograf. Er bevorzugte den Zauber des Verborgenen, das Spiel mit Stoff und Körper und der sinnlichen Topografie der Haut. Für ihn war der Körper der Frau wie eine betörende Landschaft. Bei einem Urlaub auf einer kleinen Insel auf den Malediven, er war gerade einen Tag vorher mit einem Kumpel angekommen und erkundete neugierig die Örtlichkeiten, bemerkte er zu seiner großen Freude eine attraktive Frau im Bikini, die sich offenbar ihrer körperlichen Vorzüge sehr bewusst war und sich malerisch in einer Hängematte liegend am Strand unter einer Palme sonnte. Ein Bild wie aus einem Reisekatalog. Da er seine Kamera dabei hatte, schlich er sich näher heran, um ein paar schöne Fotos von ihr zu schießen, als plötzlich ihr Freund hinter einer Palme hervorsprang. Um seinen Hals hatte er eine Hasselblad, den Mercedes der 6x6-Kameras, hängen. Auf den ersten Blick erkannte Otter, dass der Kerl nicht die geringste Ahnung von Kameras hatte, schon gar nicht vom Fotografieren. Ihm pendelte das Prachtstück wie eine Kalaschnikow vor der dicken Wampe.

»Das lassen sie mal schön sein«, schnarrte der Kerl.

»Oh? Sorry, ich dachte, die Dame ist alleine«, sagte Otter höflich.

»Die Dame gehört zu mir!«, quäkte der Fettsack.

»Das stand ja nicht dran«, bemerkte Otter.

»Nu wissenses.«

Wenn eine solch attraktive Frau mit so einem alten Kerl zusammen war, dann war der entweder ein Promi, ein Millionär

– oder beides. Otter hatte den Eindruck, der Typ hatte dieses Weib wie einen frischgefangenen Goldfisch im Netz bewusst dort hingehängt, um sich an der Begierde der Vorbeikommenden zu ergötzen, gleichzeitig war er dabei so erregt und gereizt wie ein Walrossbulle, der Angst hatte, jemand könnte ihm sein Weibchen wegnehmen. Und das sollte Urlaub sein? Im Laufe der zwei Wochen gelang es Otter dann doch, obwohl der Kerl sie nicht aus den Augen ließ, mit der Frau in Kontakt zu kommen und sich bei ihr als echter Fotograf vorzustellen, und nicht als einer, der wie ein Spanner mit einer dicken Hasselblad hinter Palmen lauerte, um Bewunderer zu verscheuchen. Sie war beeindruckt und gestand ihm, dass für sie eine Karriere als Model schon ein Traum sei. Aktuell arbeite sie halbtags im Büro einer Betonfabrik und habe ein Verhältnis mit ihrem Chef – dem Mann mit der Hasselblad. Er sei gewissermaßen noch verheiratet und habe vier Kinder, wolle sich aber in Kürze scheiden lassen. Gestern Abend habe er ernsthaft erwogen, die Insel zu kaufen, sie ihr vor die Füße zu legen und mit ihr darauf ein neues Leben anzufangen. Erstens aber habe sie nicht die geringste Lust, auf einer gottverlassenen Insel zu leben, so schön die auch sein mochte, und zweitens habe sie zu Hause im Hochsauerland noch ihre geliebten Großeltern und könne denen nicht zumuten, ewig im Flugzeug zu sitzen, wenn sie mal auf einen Besuch vorbeikommen wollten. Außerdem habe ihre Oma Flugangst und ihr Opa sei allergisch gegen quietschende Kofferwagen. Es gelang Otter, ihr seine Adresse zuzustecken, bevor Herr Betonfabrik mit zwei riesigen Cocktails von der Bar zurückkehrte und schon wieder sein Alle-weg-von-meinem-Engel-Gesicht trug. Ein Jahr später meldete die Frau sich tatsächlich bei Otter wieder. Ja, sie sei noch mit ihrem Chef zusammen, er wolle sich jetzt aber in Kürze scheiden lassen. Die Hasselblad? Die sei ihm im letzten

Jahr in Venedig leider in den Canale Grande gefallen. Warum nicht umgekehrt, waren dabei Otters verwerfliche Gedanken.

Seine Freunde, die mit ein paar sexy Ablichtungen ihrer Mädchen völlig zufriedenzustellen waren, verstanden wohl nicht ganz, welche fremden Welten er in der Fotografie noch zu erobern trachtete, aber sie unterwarfen sich klaglos seiner Auffassung von Fotokunst, heilfroh, einen solchen Könner in ihrem Freundeskreis zu haben. Sie verstanden außerdem auch nicht, warum er an all seinen Fotos im Nachhinein immer etwas auszusetzen hatte. Mal stimmte angeblich die Schärfe nicht, mal das Licht nicht, mal ein Schatten nicht, mal der Ausschnitt nicht, mal eine optische Verkürzung nicht und mal der Ausdruck eines Gesichtes nicht. Manchmal gefiel ihm alles zusammen nicht. Woher sollten sie, durchweg solide Handwerker oder Angestellte im öffentlichen Dienst, auch verstehen, welche qualvollen Wege ein Künstler zurückzulegen musste, um an sein Ziel zu kommen? In diesem selbstzerstörerischen Zustand haben einige dieser Verzweifelten schon radikal ihr gesamtes Schaffen zerrissen, zertrümmert oder verbrannt, um freien Raum zu schaffen für das ersehnte Neue. Wenn das sie jedoch sitzen ließ, standen sie mit leeren Händen da. Das war Otter zu gefährlich. Er wollte seine Arbeiten, bevor er sie wieder zerstörte, vorher noch mal der Menschheit zeigen, sie ihr gerne auch verkaufen. Bisschen was zum Leben brauchte er ja auch. Wiederum quälte ihn die Sorge, dass ihm der Kommerz seine kreative Unschuld rauben könnte. Erwartungen verspannten ihn nämlich mächtig. Ihm war sehr wohl bewusst, dass diese idealistische Einstellung – wie ein Odysseus eisern an allen Verlockungen und Verheißungen vorbei zum hehren Ziel – ihm äußerste Widerstandskraft und Disziplin abverlangte, doch es war genau sein Ding. Man erkennt seine wahren Fähigkeiten eben erst, wenn man unbeirrt nach ihnen sucht. Otter war also bereit, diesen Weg zu gehen. Man würde sehen.

Insgeheim bewunderte er die schamlosen Graffiti-Künstler, diese Anarchisten mit den Spraydosen, die sich in finsterer Kumpanei mit der Dunkelheit an Häuserwände oder Busse und Bahnen heranschlichen und sie ungeniert besudelten. Ein Kumpel von ihm, den alle »Dose« nannten, strich in nächtlichen Stunden mit seiner Tüte voller Farbdosen in der ganzen Stadt herum und sprühte eine Schweinenase an die Häuserwände. Viele dachten, das wäre eine Steckdose und vermuteten eine Werbekampagne der Elektriker-Innung dahinter, in Wirklichkeit war es Doses phantasievolle Signatur, mit der er quasi die städtischen Immobilien nachts heimlich in Besitz nahm. Irgendwann sprach ihn die Besitzerin eines Kreuzberger Second-Hand-Ladens an, ob er ihr nicht die Schaufenster mit seiner Kunst vollsprayen könne. Irgendwas mit Kleidung, meinte sie. Viel Kohle könne sie ihm nicht zahlen, aber er dürfe sich dafür ein Teil aus ihrer Kollektion aussuchen. Dose war einverstanden und warf sich leidenschaftlich in diesen Auftrag. Als er am Ende aus seinem kreativen Taumel erwachte, prangte auf den Ladenfenstern ein gewaltiges Werk. Die Besitzerin war einerseits begeistert, andererseits war es nun in ihrem Laden erheblich dunkler geworden, offensichtlich hatte sie sich Doses Arbeit nicht so ausufernd vorgestellt. Er schabte ihr an ein paar Stellen Sichtfelder in die beiden Schaufenster und nahm sich vor, in dieser Auftragsnische weiterhin tätig zu sein. Die Arbeit machte ihm Spaß, er war nun nicht mehr zu halten. Schon in der nächsten Nacht sprühte er in Eigeninitiative die Scheibe eines Bioladens mit Darstellungen von Möhren, Gurken und Tomaten voll. Am folgenden Vormittag erschien er im Laden. Der Verkäufer, ein mächtiger Kerl mit rotem Vollbart und einer Weste aus reiner Schafwolle, fragte ihn:

»Kann ich dir helfen?«

»Ganz starke Malerei da draußen am Fenster, so was Außergewöhnliches bekommt man ja sonst selten zu Gesicht.« Dose stellte sich dumm.

Der Vollbart fixierte ihn ruhig, atmete ganz tief ein und fragte: »Ach? Findest du?«

»Wer war denn dieser grandiose Künstler?«, hakte Dose nach.

»Leider, leider keine Ahnung«, knurrte der Vollbart bedrohlich.

»Du Glückspilz! Er steht vor dir!«, rief Dose strahlend.

Der Vollbart starrte ihn wie versteinert an.

»Da staunst du, oder? Will mal so sagen, ich mach dir 'n Angebot, Mann. Hundert Ocken und das Werk gehört dir. Das is 'n Spottpreis, Alter. Sonst sehe ich mich gezwungen, es wieder zu entfernen. Das sind meine Bedingungen. Wenn du schlau bist ...«

Auf seiner Flucht vor dem rasenden Vollbart rannte er an der Tür fast eine Mutter mit Kind über den Haufen. Kurz hinter der S-Bahn-Brücke hatte er den korpulenten Bioladenbesitzer abgehängt und endlich wieder die Luft, durchzuatmen und nochmal über sein Vermarktungskonzept nachzudenken.

Am Ende kam er zu der Überzeugung, dass Undankbarkeit eines der größten Übel unserer Gesellschaft sei. Künftig konzentrierte er sich lieber wieder auf Häuserwände und sprayte großartige Botschaften, z.B. »Macht ganz, was andere halb machen!« oder »Wir haben nichts, geben aber alles!« auf Putz und Beton. Auch »Schlecht gelebt ist halb gestorben« und »Am Regenbogen links« gehörten zu seinen Favoriten. Doses Graffiti waren Kult. An die Fassade eines Wohnblocks sprühte er: »Susi ist frigide!« Am nächsten Tag hatte zu seiner großen Freude jemand »Steffi auch!« hinzugesprayt. Das brachte ihn auf die Idee, mit seiner Arbeit einen Dialog anzuregen und damit die kahlen, hässlichen Betonfassaden für einen interaktiven Gedankenaustausch zu nutzen. Er begann überall »Welche Frage stellst du dir heute?« an die Wände zu sprayen, brachte damit aber außer ein paar drolligen, teils mit Filzschreibern verfassten Kommentaren, wie »Wann hört sie auf, mich zu betrügen?« oder »Weiß Gott von meiner Lohnabrechnung?« keinen bedeutenden Dialog in Gang.

Doses Karriere kam abrupt ins Stocken, als er an einem rostigen Pfeiler einer Eisenbahnbrücke hochgeklettert war und »Alle Bullen sind Arsch …« an einen Träger gesprayt hatte, an der Stelle aber abrupt absetzen musste, weil er den Halt verlor und in den Landwehrkanal stürzte. Als er im Krankenhaus aufwachte, standen zwei Herren von der Kripo an seinem Bett und baten um Aufklärung, was er denn mit seinem unvollendeten Graffiti ausdrücken wollte? Alle Bullen sind was? Dose beteuerte, er habe, was diesen Vorfall betreffe, echt eine Erinnerungslücke, schwor jedoch, dass er nichts anderes als »Alle Bullen sind Arschitekten der Versöhnung!« zum Ausdruck bringen wollte. Die Herren blieben misstrauisch, sie wiesen ihn darauf hin, dass man »Architekt« mit »ch« und nicht mit »sch« schreiben würde. Das war der Auslöser für Dose, ihnen mit Tränen in den Augen zu gestehen, dass er Zeit seines Lebens unter schweren Minderwertigkeitskomplexen litt, weil er nur die Hauptschule besucht hatte. Ein Makel, der ihm wie Altöl nach dem Schwimmen anhaftete. Ja, er sei damals stinkefaul und immer nur hinter den Mädchen her gewesen, statt sich auf die Schule zu konzentrieren. Und das sei nun die Quittung. Man habe es ihm prophezeit.

Die Herren hatte alle Hände voll zu tun, den schluchzenden Dose zu beruhigen, und rieten ihm, es doch mal mit der Abendschule zu probieren. Ihr direkter Vorgesetzter sei auch erst über den zweiten Bildungsweg nach oben gekommen. Danach entschuldigten sie sich bei ihm dafür, dass sie ihn einer Beamtenbeleidigung verdächtig hatten und wünschten ihm gute Besserung. Ein kleines Bußgeld wegen Verschmutzung öffentlicher Bauwerke konnten sie ihm freilich nicht ersparen. Nach seiner Genesung verordnete sich Dose vorsichtshalber eine künstlerische Pause und zog sich mit seinen Dosen für eine Zeit aufs Land zurück, um alte Scheunen zu verschönern. Seine letzte große Botschaft an seine Fans stand an einer Lagerhalle: »Wände lügen nicht!«

Eines Tages wurde Otter mal von einem Kumpel gefragt, ob er auf seiner Hochzeit Fotos machen würde. Otter machte sie, und zwar so erfolgreich, dass es sich wie ein Lauffeuer herumsprach, dass Otter starke Hochzeitsfotos machte, und ihn daraufhin aus seinem Bekanntenkreis Anfragen von potenziellen Brautpaaren erreichten, ob er nicht auch ihre Traumhochzeit fotografisch dokumentieren könnte? Künstlerisch war es eher ein unbefriedigender Auftrag, eine reine Auftragsarbeit, mit dem primären Anspruch, dass auf den Fotos alle gut zu erkennen waren und vor allem gut aussahen. Vor allem das Brautpaar. Was aber, wenn die Braut ein Pferdegesicht hatte oder der Bräutigam einen Affenschädel? Er konnte in diesem Fall doch schlecht sagen, Tierfotos kosten extra. Außerdem konnte er das Honorar wirklich gut gebrauchen, also ließ er sich auch auf solche Aufträge ein. Sicherheitshalber fotografierte er Männer mit Glatze nicht von oben, Frauen mit großen Nasen nie von der Seite, dicke Menschen nie von unten und bei Menschen mit unreiner Haut nahm er etwas Bildschärfe raus. Und beherzigte den Ratschlag eines erfahrenen Fotografen: »Vordergrund macht Bild gesund.« Anschließend klebte er die Bilder in ein dekoratives Fotoalbum und erzielte damit bei den frischgebackenen Ehepaaren allergrößte Begeisterung. »Übrigens, ich fotografiere auch Scheidungen«, hatte er mal bei einem dieser Hochzeitsfeste im leicht angetrunkenem Zustand augenzwinkernd zum Bräutigam gesagt. Von diesem Zeitpunkt an trank er während solcher Aufträge keinen Tropfen Alkohol mehr.

Eines Tages erhielt er einen Anruf von einem großen Schuhfabrikanten. Ihrem Fotografen sei das Gummiband seiner Regenjackenkapuze ins Auge geschnellt und er sei deswegen vorübergehend aus dem Verkehr gezogen. Im Übrigen hätten sie sowieso erwogen, mal ihren Fotografen zu wechseln. Eine einmalige Chance für Otter, in die Schuhfotografie einzusteigen. Der Auftrag war nun aber, wie es immer so ist, brandeilig. Sie würden ihm morgen früh die neue Kollektion von einem Fahrer anliefern lassen und bräuchten die Fotos leider schon am nächsten Tag. Wäre er bereit? Otter war. Auch wenn am folgenden Tag sein Geburtstag war, Karriere ging vor. Er hatte nichts geplant und konnte generell gut auf solche albernen Feierrituale verzichten. Er verstand sowieso nicht, warum man in stereotyper Wiederholung jedes Jahr den Tag seiner Geburt feiern musste, als wollte man sich immer wieder selbstverliebt daran erinnern, dass man auf der Welt war. Und Geschenke erhielt, die man gar nicht wollte. Und Verwandte und Freunde bewirtete, die nur den einen Wunsch hatten, die Investition in ihr Geschenk mehrwertig zu konsumieren. Wie absurd. Also passte Otter dieser Auftrag in jeder Hinsicht ins Konzept. Am folgenden Morgen klingelte es und ein Typ stand vor seiner Tür.

»Fotoatelier Schlange?«, fragte er.

»Treffer«, sagte Otter.

»Ich soll hier Schuhe liefern«, sagte der Mann.

»Immer rein mit den guten Stücken!« Otter öffnete weit die Tür.

Der Typ schleppte Unmengen von Kartons mit Schuhen in seine Wohnung. Otter stapelte sie in einer Ecke und plante den Auftrag für den frühen Abend ein. Nachts arbeitete er am allerliebsten, da störte ihn keiner. Bis dahin machte er dann all das, was man machte, um einer großen Aufgabe zwingend aus dem Wege zu gehen. Er putzte endlich mal die Fenster, reparierte die defekte Deckenlampe, machte den Abwasch, sortierte alte Zeitungen und kämmte Hartmut, was nicht so leicht war, weil dieser sich sofort genüsslich auf den Rücken warf und sich in dieser Haltung so wohl fühlte, dass er gar nicht mehr aufstehen wollte. Otter musste den schweren Brocken erst wieder aufstellen. Für Hartmut war das eindeutig ein Spiel, für Otter eine unnötige Behinderung einer unabdingbaren Fellpflege. Anschließend gingen sie in den Park, wo sich Hartmut wieder auf den Rücken warf und sich wälzte, obwohl auf einem Schild stand, dass das Wälzen der Hunde auf dem Rasen verboten war. Da Hartmut nicht lesen konnte, tat er das folglich völlig unbekümmert. Analphabetentum hatte durchaus Vorteile, fand Otter. Danach sichtete er Dias, blätterte in Fachmagazinen, führte ein paar Telefongespräche, machte den Abwasch, schnitt sich seine Fußnägel und ging dann den Haufen ungeöffneter Briefe durch, der sich in den letzten Wochen angesammelt hatte. Er sortierte sie dem Absender entsprechend nach gefühlter Wichtigkeit, ohne aber weitergehenden Einblick zu nehmen. Dafür musste er in ganz spezieller Verfassung sein und in der war er in diesem Moment nicht. Emotionslose Schreiben wie Rechnungen, Mahnungen oder Kontoauszüge schufen in ihm hässliche Störfelder, die sich negativ auf seine Grundstimmung – und damit auf seine Arbeit auswirkten. Und solche destruktiven Kräfte durfte er, angesichts eines lukrativen Auftrages, am allerwenigsten an sich heranlassen. Er telefonierte mit dem Werbeleiter des Schuhherstellers, der sich nach dem Stand der Dinge erkundigte und noch einmal nachdrücklich betonte, dass sie die Fotos verbindlich am nächsten Morgen um zehn Uhr bräuchten, dass es da keine Luft mehr nach oben gebe und dass das die absolute Deadline sei. Ihr Fahrer stehe morgen pünktlich um zehn Uhr bei ihm vor der Tür, um die Schuhe und die Fotos abzuholen. Otter nutzte die Gelegenheit zu einer ausschweifenden Erläuterung seines Verständnisses von Professionalität, das selbst so weit ging – und er dachte, der Kunde sollte das ruhig wissen –, dass er sogar an seinem heutigen Geburtstag schuften würde. Der Kunde sagte ganz schuldbewusst, meine Güte, er habe davon nichts gewusst, aber Otter tröstete ihn und sagte, woher auch? Mein Gott, er würde seinen Geburtstag ja manchmal selber vergessen. Sie lachten herzlich und der Kunde betonte am Ende ausdrücklich, dass er sich zukünftig eine intensive Zusammenarbeit mit Otter sehr gut vorstellen könne. Freie Mitarbeiter, die keinen Wert auf ihren Geburtstag legten, vielmehr auf die gewissenhafte Erledigung eines Auftrages, die wüssten worauf es ankomme. Mit solchen Leuten arbeite er am liebsten zusammen. Als Otter den Hörer auflegte, hatte er ganz rote Backen. Private Anrufer, die ihm »Happy Birthday« ins Telefon quäkten oder einfach nur wissen wollten, was denn heute noch bei ihm so abginge, wehrte er brüsk ab. Er erklärte ihnen kurz, dass ihm da ein großer Neukunde ins Haus gekommen sei und er diesen bedeutsamen Auftrag bis morgen Vormittag erledigen müsse. So sei halt das harte Leben des Freiberuflers. Ganz trickreiche Kumpels versuchten es durch die Hintertür, sie boten ihm an, ihm bei diesem Job zu assistieren und ganz nebenbei mit ihm ein paar Bierchen zu verköstigen. Otter blieb hart. Schweren Herzens akzeptierten sie schließlich die Lage, rangen ihm aber das Versprechen ab, seinen Geburtstag in den nächsten Tagen nachzufeiern.

Langsam wurde es draußen dunkel und der Auftrag brannte endlich so heiß, wie ihn Otter brauchte, um richtig auf Betriebstemperatur zu kommen. Er machte sein Equipment startklar, griff sich den ersten Schuh aus dem Riesenberg von Kartons und begutachtete ihn. Es war ein schmuckloser, schwarzer Herrenschnürschuh von nüchterner Neutralität, einer, nach dem sich keine Frau auf der Straße umdrehen würde, einer, auf den man höchstens schaut, wenn man von ihm getreten wird. Otter beschäftigte die Frage, mit welchen Mitteln er verhindern konnte, dass dieses langweilige Stück Leder nachher auf dem Foto wie ein Stück Kohle aussah. Er war noch ganz in diese Frage versunken, als es an der Tür läutete. Hartmut schlug pflichtbewusst drei Mal tief an. Otter fiel kein Kumpel ein, dem er nicht klargemacht hatte, dass bei ihm heute nichts ging, und konnte sich also beim besten Willen nicht vorstellen, wer es wagte, ihn um diese Zeit noch zu besuchen.

»Komm ja schon!«, rief er demonstrativ mürrisch und öffnete die Tür.

»Häppi Börsdei, oida Hundskrippe, oida!!«, erklang es laut aus drei Männerkehlen.

»Waaaas?« Otter stand wie erstarrt da. »Wo kommt ihr denn her?«, fragte er völlig verdattert. »Beni? Fuzzi? Charly?«

»Häppi Börsdei tu juuuu!!«, sangen die drei Kerle im Chor, dann stürmten sie rein, packten ihn, quetschten ihn an ihr Herz, drückten ihm eine Riesenflasche Champagner in die Hand und wollten ihn gar nicht mehr loslassen. An ihrem Atem spürte Otter, dass sie sich schon ganz schön einen reingeleuchtet hatten.

»Sausack, oida! Da schaugst, gä? Oida Hundskrippe! Wo versteckst du dein Bier, oida Sauhund?«

»Wo – wo kommt ihr denn her?« wiederholte Otter stupide. »Na sagt mal, ihr seid ja wohl völlig verrückt?«

»Heit lassen mas krachen, du Sauhund!«, brüllte Beni und schlug ihm pausenlos auf den Rücken, in den Ritualen der Männerwelt ein Zeichen tiefster Verbundenheit. Otter konnte es nicht glauben. Seine niederbayerischen Freunde Beni, Fuzzi und Charly aus Passau hatten sich tatsächlich aufgemacht, um ihn an seinem Geburtstag zu überraschen? Er war überwältigt, zugleich aber auch entsetzt. Wenn er jetzt, genau in diesem Moment, etwas nicht brauchte, dann diese drei erlebnishungrigen Kumpels, welche sich die lange Fahrt nach Berlin unbedingt mit grandiosen Erlebnissen belohnen wollten. Und das in der Nacht, in der Otter die einmalige Chance hatte, die Tür zu einer großen Karriere als weltweit anerkannter Shoe-Shooter aufzustoßen.

Otter stammelte verlegen: »Ihr seid mir vielleicht ein paar Vögel, echt. Ihr kommt doch nicht extra wegen mir …?«

»Passt scho, passt scho! Da feit nix!« Charly machte sich zielsicher auf den Weg in die Küche. »Bier, hier?«, rief er und öffnete bereits den Kühlschrank.

»Hört mal, Freunde, also …«, Otter war immer noch geschockt.

»Arbeiten konnst morgen a no, heit lass mas krachen!«

»Leute … au, Mann … wie soll ich's sagen …«, Otter war völlig verzweifelt.

»Oh, leck! Host a Schuhladl überfalln?« Fuzzi stand staunend vor dem Berg von Schuhkartons.

»Freunde, hört mal, ähm … genau das ist ja mein Problem. Ich hab da einen Auftrag zu erledigen, der muss bis morgen um zehn Uhr fertig sein. Pünktlich morgen früh.«

»Zefix, am Geburtstag?«, fragte Beni erstaunt.

»Egal, aber was soll ich machen, es hängt ein dicker Kunde dran, Leute«, versteht ihr?

»Eh klar«, Charly hatte volles Verständnis. »Aber bis morgen um zehne is' no vadammt vui Zeit, des packst scho. Mia helfma da scho.«

»Oh, Scheiße … ja, Leute, ich weiß ja, lieb gemeint …«,

Otter wand sich wie unter Schmerzen. Er konnte doch diesen drei großartigen Menschen nicht sagen, sie kämen völlig unpassend und sollten wieder zurück ins ferne Bayernland oder ins Hotel gehen und sich am nächsten Tag noch mal melden. Das ging gar nicht. Nun ärgerte er sich sehr, dass er den Job nicht schon tagsüber erledigt hatte. Es half ja alles nichts, er musste sich dringend was einfallen lassen. Als Erstes musste er die Kumpels aus seiner Bude kriegen. Er würde sie begleiten, mit ihnen ein, zwei kleine Bierchen trinken und sich dann still und heimlich aus dem Staub machen. Die Jungs waren so heiß und gierten nach Abenteuern, er würde ihnen in diesem Zustand gewiss nicht fehlen. Wenn sie morgens früh nach Hause kämen, wäre er mit seiner Arbeit fertig und sicher war dann noch Zeit für einen gemeinsamen Absacker.

»Alles klar, Jungs, lasst uns losziehen.«

»Oida Sauhund! So mog i di!« Fuzzi war begeistert. Die beiden anderen auch. »Wo gemma denn hi?«

»Wir gehen ins Shangri La, würde ich sagen.«

»Passt! Auf geht's ins Schallali! Gemma!«, brüllte Fuzzi.

»Zur Zeit der angesagtesteLaden in der City. Randvoll mit Sannyasins. Vor allem weiblichen.« Otter zwinkerte ihnen zu.

»I werd narrisch! Baghwan-Hasen schießen, jo leck.« Beni war völlig begeistert. In seinem Heimatstädtchen war er der lokale Platzhirsch, der die hübschesten Rehe bereits erobert hatte, nun galt es, in ein neues Revier mit erleuchteten Weibchen einzubrechen, quasi die Donau mit dem Ganges zu vereinigen und sich damit einer neuenErfahrung von sexueller Erfüllung hinzugeben. Da konnte er sich die lange Reise nach Asien sparen. Das war's doch.

»Auf geht's, Buam!«, rief er und sprang von seinem Stuhl auf.

»Bamm! Bamm! Bamm!«, Fuzzi stand wie ein ballernder Cowboy im Zimmer. »Pack mas, Freunde!«

Otter ging auf Beni zu: »Äh, hör mal Beni, Moment noch, so geht das aber nicht.«

»Wosn?«

»Beni, in dem Lodenjanker kannst du aber nicht ins Shangri La«, sagte Otter und zupfte leicht angewidert an Benis Trachtenjacke herum.

»Na, net? Jo leck.« Beni war ganz verzweifelt.

»Ich sage mal so, entweder sie lassen dich gar nicht rein, weil im Shangri keine Volksmusik gespielt wird, oder sie lassen dich rein, weil sie denken, das sei der neueste Trend aus New York und laufen ab morgen alle so rum wie du. Ich würde aber kein Risiko eingehen. Geh mal an meinen Kleiderschrank und such dir irgendwas aus, Beni. Auf jeden Fall musst du unbedingt raus aus diesem Lodensack. Komm, lass uns mal kucken.« Beni wählte eine lederne, abgewetzte US-Bomberjacke, die Otter mal auf einem Trödelmarkt erstanden hatte. Insgesamt war sie etwas zu kurz, aber allemal besser als die ehrwürdige Trachtenjacke. »Mann, Beni«, Otter fuhr mit einer harschen Bewegung durch Benis geschniegelte Föhnfrisur, »so … ja, so ist etwas besser.« Beni schüttelte sich verlegen. Seine Frisur war ihm heilig, jede kleinste Veränderung der Haarordnung warf ihn in seinem Selbstbewusstsein bös zurück. Er sah nach Otters salopper Korrektur zwar weiterhin wie frisch geföhnt aus, der aber hatte weder Zeit noch Lust, weiter an Beni herumzumäkeln, er wollte nur das Allerschlimmste verhindern. Sie gingen zur nächsten U-Bahn-Station, Herrmannstraße, zwanzig Minuten später waren sie im Shangri-La. Der Laden war stockdunkel und rappelvoll, Licht spendeten nur zwei Projektionswände, eine mit Bildern von Andy Warhol, Superman, Barbarella, Jimi Hendrix, Che Guevara, Lenin, all den Götzen des kulturellen und revolutionären Zeitgeistes, auf der anderen Leinwand waberten und blubberten abstrakte grafische Formen in orgiastischer Farbgebung in- und auseinander, und befeuerten die psychedelische Stimmung der von allen legalen und illegalen Drogen berauschten Gäste. Sporadisch zuckende Lichtkegel huschten über die in sich gekehrte, wiegende Menge Tanzender, unter ihnen ein hoher Anteil einzelner Frauen. Paartanz war out, das selbstbestimmte Weibchen brauchte kein Männchen mehr, um sich nach der Musik zu schütteln und zu winden.

»Brutal!« Beni starrte ungläubig auf die Szene. Er konnte es gar nicht fassen, was in dem Laden abging.

Auch Fuzzi und Charly standen beeindruckt in der Menge und Otter brüllte ihnen gegen die dröhnende Musik zu: »Alles klar?«

»Passt!«, brüllten sie zurück.

Einem Bayern passt es immer. Fragt man ihn nach seinem Befinden, antwortet er grundsätzlich »Passt!«. Fragt man ihn dann aber, was das mit dem Kopfverband auf sich habe, bekommt man schon eine etwas ehrlichere Antwort: »Passt eh.« Gibt man immer noch keine Ruhe und will wissen, warum er denn an Krücken gehe, gesteht er endlich offen: »Passt scho.« Etwaige Genesungswünsche quittiert er am Ende wieder mit der Basisversion »Passt«. Diese drei Zustandsbekenntnisse sind die Säulen bayerischer Standardkommunikation.

»Ich hol mal was zu trinken, quasi eine Runde auf meinen Geburtstag, okay?« Otter schlug sich zur Bar durch und kam mit vier großen Bieren zurück. Neben Beni stand eine bildhübsche Orange mit wilder Haarmähne, die locker im Rhythmus der Musik wippte und dabei lässig an einem großen Mischgetränk nippte.

»Scharfer Hase, oder?«, raunte Otter in Benis Ohr. »Siehste, wie weich die sich bewegt, siehste? Diese Sannyasins sind scharf wie Pfefferschoten, sage ich dir.«

»Jo, lecks mi am Orsch«, stöhnte Beni. Plötzlich straffte er sich entschlossen und sagte: »Hältst mal bittschä mei Bier?«

»Musst pinkeln?«, fragte Otter.

»Naa«, flüsterte Beni und fixierte die Schöne. »Jetzat kummt der Beni, du Luder«, zischte er, trat zwei entschiedene Schritte nach vorne, knallte die Hacken zusammen, machte eine zackige Verbeugung und fragte die Schöne: »Derf i bittn?«

Restlos entgeistert starrte sie ihn an und fauchte: »Hä? Sach mal, was bist du denn für einer? Du hast wohl schlechten Stoff geraucht, Mann?«

Sprachs und drängelte sich angewidert davon, woraufhin der völlig verstörte Beni wenigstens die letzte Form wahren wollte und ihr ein verlegenes »Pfüat di« hinterherrief. In seiner niederbayerischen Heimat ein traditioneller Abschiedsgruß, hier im Shangri La jedoch in dieser Situation Anlass für ein fatales Missverständnis. Einen Moment später rückt die Orange nämlich in breiter Front mit drei männlichen Orangen an, die Beni grollend zur Rede stellten: »Was hast du zu Sanshi gesagt, hä?«

»I ? Derf i bittn, hob i gsagt, derf i bittn«, wiederholte Beni bestürzt.

»Und danach hast du ›Fick di‹ gesagt, oder?«, sagte der größte von den dreien und baute sich drohend vor Beni auf. In ihrem Umfeld wurde es unruhig. »Du hast ›Fick di‹ zu Sanshi gesagt?«, hakte der Große noch mal nach.

»Fick di? Wos? Pfüat di, hob i gsagt. Pfüat di, vergelts Gott«, stammelte Beni und sah sich schon nach Poona deportiert und dem Baghwan bis zum Tod seine Rolls-Royce-Flotte waschen.

Otter mischte sich ein und erklärte dem orangefarbenen Tribunal, dass Beni ein echter Niederbayer und zum ersten Mal in Berlin sei und dass man in seiner katholischen Heimat zum Abschied niemals im Leben »Fick di« sagen würde. Wohl aber sage man »Pfüat di«, eine höfliche, bayerische Abschiedsformel. Langsam beruhigte sich die Abordnung und ihr Umfeld auch. Der Große knurrte noch abfällig »Dorfdeppen«, dann verschwanden sie wieder im Getümmel.

»Beni, hör mal«, brüllte Otter, »du hattest jetzt nicht wirklich die Frau mit ›Darf ich bitten?‹ zum Tanzen aufgefordert? Sach mal, wir sind doch hier nicht im Musikantenstadl. Hast du noch alle?« Otter konnte es kaum fassen.

»Mei ...«, Beni stand noch immer da, wie vom Donner gerührt.

An diesen Vorfall konnte sich Otter jedenfalls noch gut erinnern, und daran, dass er noch ein Bier und noch ein Bier getrunken hatte und ihm mit jedem Glas seine Planung weiter aus dem Ruder lief und ihm irgendwann auch wurscht war. Er konnte sich auch noch an den ausgelassen tanzenden Beni in seiner kurzen Bomberjacke erinnern, der zur Musik keck mit den Fingern schnippte und mit hochrotem Kopf ständig um irgendwelche Frauen kreiselte und ständig juchzte. An den Blicken der anderen Tänzer konnte man erkennen, dass sie sich fragten, aus welchem Einödhof man den Typen freigelassen hatte. Und dass er noch Sue und Jennifer traf und mit den beiden auf seinen Geburtstag diverse Shangri-Specials trank, und dass sie alle irgendwann mit den Frauen in den frühen Morgenstunden zu ihm nach Hause fuhren und die Frauen völlig ausrasteten, als sie die Massen von Schuhen sahen und sie kreischend anprobierten und er im völlig besoffenen Zustand von ihnen die verrücktesten Fotos machte und alle geschrien haben vor Lachen, als Fuzzi in Unterhose mit seinen fleischigen Füßen in High Heels umherstelzte und dabei die Hacken abbrachen. Dann gingen bei Otter die Lampen aus. Sie gingen wieder an, als sich das hartnäckige Geräusch einer Türklingel durch seinen dröhnenden Kopf fraß und er sich, schmerzhaft gebissen von der hellen Morgensonne, noch schwankend und ächzend aus seinem Sofa erhob, über die halbnackten Körper seiner bayerischen Freunde stieg und sich fragte, wie die aus Bayern in seine Wohnung gekommen waren. Er schleppte sich zur Eingangstür und krächzte dabei: »Ja doch, ja doch, komm ja schon.«

»Guten Morgen, ich soll hier Schuhe und Fotos abholen.« Es war zehn Uhr und der ausgeschlafene Typ vom Tag zuvor, der ihm die Schuhe geliefert hatte. Otter glotzte ihn aus roten Augen an, als stünde der Leibhaftige vor ihm, dann drehte er sich hilflos um, betrachtete das Sodom und Gomorra im Zimmer, kratzte sich die Brust und brabbelte fahrig den völlig idiotischen Satz: »Meine Güte, wie sieht's denn hier aus?«

Herbert, sein Stiefvater, sah in Otters obskuren fotografischen Aktivitäten die Bestätigung seiner Prognose, dass dieser Schlaffi von Stiefsohn mit seiner Knipserei nie im Leben »uff'n grünen Zweich kommt«. Als Otter noch klein war und aus Spaß bei den monatlichen Skatabenden von Herbert den Skatbrüdern Schnittchen und Getränke servierte und anschließend dafür ein kleines Trinkgeld kassierte, glaubte Herbert, in seinem Stiefsohn eine scheue Begabung für den ehrenwerten Beruf des Kellners entdeckt zu haben, und machte Otter diese Tätigkeit mit dem Satz schmackhaft: »Kellner wer'n imma jebraucht – da kommste rum inna Welt.« Otter sah sich daraufhin bis zur Rente weltweit anderen Menschen Schnittchen und kaltes Bier servieren und war überzeugt, dass ihm das auf Dauer nicht gefallen würde. Irgendwann erkannte auch Herbert, dass sein Stiefsohn niemals Kellner werden würde, allein schon, weil ihm beim Servieren ständig etwas runterfiel. »Zwee linke Hände, sarick dazu«, war sein Kommentar. In Wahrheit tat Otter das absichtlich, um dem Karrieredruck ein Ende zu setzen. Außerdem machte es ihm Spaß, sich doof anzustellen, belegte Brote einfach vom Teller rutschen zu lassen oder volle

Biergläser umzukippen und den Schreckensrufen zu lauschen. So einen Beruf konnte er sich für später sehr gut vorstellen, denn Spaß machen sollte ihm sein zukünftiger Job unbedingt. Wer weiß, vielleicht würde er mal Clown werden.

Otter schloss die drei Schlösser seiner Wohnungstür hinter sich sicherheitshalber bis zum Anschlag zu. Die irrationale Angst vor Einbrechern hatte er von seiner Mutter geerbt, die bei schweren phobischen Schüben einen Kochtopf innen locker an die Türklinke hängte, damit er, falls der Täter die Tür aufbräche, lauthals scheppernd zu Boden fiele. Von diesem Krach versprach sie sich eine abschreckende Wirkung auf finsteres Gesindel, das, ihrer festen Überzeugung nach, jede Nacht um ihre Wohnung strich, um ihr Eigentum zu stehlen. Leider fiel der Topf regelmäßig, bedingt durch obskure häusliche Vibrationen, scheppernd zu Boden, was zur Folge hatte, dass sie aus dem Bett hochschreckte und panisch »Mörder!« in die Stille der Nacht kreischte. Mit der Zeit lernten ihre Nachbarn, mit den Fehlalarmen zu leben.

Otter läutete im ersten Stock bei Tante Kroll. Als sie die Wohnungstür öffnete, schlug ihm ein Duftcocktail aus Zigarettenqualm, Franzbranntwein und Kohlsuppe entgegen. Tante Kroll hatte auf ihrer linken Gesichtshälfte das Muster eines Kopfkissenbezuges ins Fleisch gestanzt, was Otter als Indiz dafür wertete, dass sie ein Nickerchen gemacht hatte.

»Aaach, der gute Herr Schlange! Wieder mal auf Tour?«, krächzte sie durch den Türspalt.

»Naaa? Nickerchen gemacht, Tante Kroll?«

»Alte Frau braucht Ruhe, meen Lieber.«

»Muss geschäftlich nach Westdeutschland«, sagte Otter. Er hatte sich angewöhnt, vor den Mietern seines Hauses seine Ausflüge als »Geschäftsreisen« zu deklarieren, um jeden Anflug von Neid auf seinen Lebensstil, vor allem seine Arbeitszeiten, gleich im Keim zu ersticken. Mit solchen kleinen Lügen kam man besser durchs Leben, das war Otters Überzeugung. Für Tante Kroll war er der »Herr Künstler«, der häufig Besuch hatte, vor allem von aufgeregten jungen Frauen, und Künstler sind sowieso anders. Für sie galten die normalen Regeln nicht. Als ehemalige Gastwirtin wusste sie, wovon sie sprach.

»Hummeln im Arsch, meen Lieba?«, fragte Tante Kroll

»Rein jeschäftlich, rein jeschäftlich«, betonte Otter abermals.

»Na, na, 'ner alten Wirtin kann man nüscht vormachen«, sagte Tante Kroll und zwinkerte ihm zu.

Hartmut setzte sich indessen mit Tante Krolls Zwergpudel auseinander, den Tante Kroll gerne als »Silberpudel« bezeichnete, aber eigentlich war er schlicht grau. Hartmut hasste kleine Hunde, die ihm nur bis zum Bauch gingen und ihn von unten und hinten hektisch beschnüffelten. In solchen Fällen schaltete er sein Abwehrprogramm ein. Ein Ton, der wie ein fernes, herannahendes Gewitter klang.

»Smokie!«, krähte Tante Kroll vorsichtshalber,«Hiiiierher, hiiiierherrrr! Wirst du wohl!« Der neurotische Pudel trollte sich tippelnd in die Wohnung zurück.

»Könnse se mal meene Lettenfarntöppe uffm Balkon jießen? Bin so circa inna Woche wieder zurück. Heute sind se schon jejossen.« Otter reichte ihr seinen Wohnungsschlüssel. Den Trick mit dem Lettischen Farn hatte er sich einfallen lassen, nachdem er erkannt hatte, dass Tante Kroll nicht die geringste Ahnung von Pflanzen hatte. In ihrer einstigen Kneipe »jabs nur Kaktüsse«, wie sie ihm mal erzählte, also verkaufte er ihr seine jungen Cannabispflänzchen in der Balkonecke als eine spezielle Farngattung aus Lettland. Bedenken, dass andere Leute misstrauisch werden könnten, falls Tante Kroll ihnen erzählte, sie müsse für ihren Nachbarn im dritten Stock immer den Lettischen Farn gießen, hatte er nicht. In der Botanik gab es so unendlich viele Pflanzenvariationen, warum nicht auch einen Lettischen Farn. Da fragte kein Mensch nach.

»Wird jemacht!«, sagte Tante Kroll, »aber nich so dolle, meen Lieba.« Und ließ mit einem scheußlichen Hustenanfall ihre Tür hinter sich krachend ins Schloss fallen.

Otter rief ihr noch: »Aba, aba, ick doch nich!« hinterher und machte sich schleunigst davon, bevor Tante Kroll einfiel, ihn zum hundertsten Mal danach zu fragen, ob er es gerecht fände, dass sie so eine spärliche Rente bekam und sich beim Arzt den »Arsch breitsitzen« würde. Er hatte ihr stets darauf geantwortet: »Nein.« In der Regel gab sie sich damit zufrieden, hatte sie aber einen redseligen Tag, kam er nicht so einfach davon. Dann musste er »auf ein Körnchen« zu ihr rein und sich den Nöten einer alten, rechtschaffenen Gastwirtin stellen. Einerseits hörte er ihre Geschichten gerne, auch weil Tante Kroll so blumig und farbig von damals erzählen konnte, andererseits hatte er alles schon gefühlte hundertmal gehört. Sanft getragen von den melodischen Wellen ihrer ausschweifenden Erzählungen, dachte er oft darüber nach, wie es ihm im Alter wohl ergehen mochte? Gut, er hatte noch Zeit, aber man sollte ab und zu schon mal darüber nachdenken. Auf jeden Fall wollte er so gut leben, dass er später auch von einem satten Erinnerungsspeck zehren konnte. Sollte der verbraucht sein, erwog er, sich leise davonzumachen. Diese letzte Entscheidung reklamierte er allein für sich, schließlich gehörte ihm sein Leben, es war sein Eigentum, um das er sich ein Leben lang selbstverantwortlich gekümmert hatte, also zog er sein Ding auch bis zum Ende durch und verbat sich jede Einmischung, erst recht von selbsternannten, moralischen Instanzen, die sich bis dahin einen Dreck um ihn gekümmert hatten. Die nie für ihn da waren, wenn er sie mal brauchte, ihn dann aber im Finale unerwünscht bevormundeten.

Wie und wo er seinem Leben ein Ende setzte, da war er noch unschlüssig, es gab da diverse Optionen. Keine jedoch hielt seinem Anspruch stand, am Ende eine gute Figur zu machen. Die Leute sollten sagen, ja, klar, er ist zwar tot, aber schaut ihn euch an, dieser zufriedene Gesichtsausdruck, diese Gelassenheit, was würden wir dafür geben, zu erfahren, wo dieser Souverän jetzt im Jenseits seinen gebührenden Platz gefunden hat. Ertrinken, erhängen, erschießen, aus dem Fenster oder vor den Zug springen oder ohne Wasser in die Wüste gehen – nein danke. Grauenvolle Bilder hatte er da vor Augen. In dem Zustand wollte er nicht scheiden. Er wollte sich auch nicht zu Tode hungern, dafür aß er zu gerne. Oder dem Präsidenten der Hells Angels auf seine Harley urinieren, die Folgen waren ihm zu schmerzhaft, kurzum, es war gar nicht so einfach, selbstbestimmt aus dem Leben zu scheiden. Am besten gefiel ihm noch die indianische Variante, nämlich sich auf einen Baum zu setzen und dem Ende entgegenzudösen. Auf einer Kastanie im Stadtpark würde ihn freilich irgendein Ordnungshüter entdecken, um ihn nach der Erlaubnis zum Sterben zu fragen. Extra in die Wildnis fliegen wollte er auch nicht, dort kannte er sich gar nicht so gut aus, außerdem schlichen da wilde Tiere rum, die ihn auf seinem Baum für ein Leckerli hielten. Und klettern konnten die alle. Über das religionsumwobene Leben danach hatte er auch schon gegrübelt. Der Gedanke, dass es nach dem Tod erst richtig losging, dass quasi das Leben nur ein Vorspiel für die Zeit danach war, in der er all seine geliebten Freunde wiedersah und mit ihnen bei einem frisch gezapften Bier, befreit von Angst und Plagen, über Gott und die Welt quatschen konnte, solche Bilder machten ihm schon gute Laune. Ganz besonders die Vorstellung, dass der Steuerbescheid vom Finanzamt und die üblichen Rechnungen und Mahnungen sich nun ungeöffnet im irdischen Postkasten stapelten und in ihrem eigenen Gift erstickten. Nahtoderfahrene hatten sich allerdings über das Jenseits nicht verbindlich festlegen wollen. Ein Freund, der nach einem Motorradunfall kurzzeitig richtig tot war, hatte diesen Zustand als langweilig, als »wattig« beschrieben. Er sei auf niemanden getroffen, alles sei leer und grau gewesen. Er habe unentwegt »Ist da jemand?« gerufen, aber keine Antwort erhalten. Als Spätfolge seiner frühkindlichen Indoktrinierung durch die katholische Kirche rechnete er immer noch damit, dass sich der Nebel lichten und er vor dem Jüngsten Gericht – dem BGH des Himmels – stünde, vor hohen Stühlen mit greisen Heiligen, die ihn von oben mit durchdringenden Blicken fixierten und dabei mit finsterer Miene in der lückenlos gefüllten Akte seiner irdischen Verfehlungen blätterten. Aber nix passierte. Der Gedanke, dass dieser Zustand eine Ewigkeit dauern würde, hatte ihm Angst gemacht. Er war heilfroh, als er dank der großartigen Leistung eines Reanimationsspezialisten ins Leben zurückkommen konnte. Er vermutete aber, er sei nicht lange genug tot gewesen, um etwas Genaues sagen zu können. Die, die etwas tiefer ins Jenseits vorgedrungen waren, erfreuten sich an rein persönlichen Bildern, mit denen Otter wenig anfangen konnte. Was half es ihm, wenn ein ehemaliger Postbeamter im Jenseits der Blauen Mauritius begegnet war? Er wollte wissen, wer oder was wartete auf ihn? Gärten? Jungfrauen? Bisons? Gärten machten ihm zu viel Arbeit, Jungfrauen nervös und Bisons Angst. Die Vorstellung von der urgemütlichen Kneipe, in der er all seine geliebten Freunde wiedersah, gefiel ihm unbestritten am besten.

In seiner Familie war das Verhälnis zur Kirche recht speziell. Er merkte das immer, wenn sie bei Onkel und Tante, die über die neueste Fernsehgeneration von SABA verfügten – was wiederum daran lag, dass der Onkel die Generalvertretung für diesen Hersteller in Berlin hatte – am Samstagabend zum

Glotzen eingeladen waren. Gleich nach der obligatorischen Quizshow mit Peter Frankenfeld oder Hans-Joachim Kulenkampff, und dem von ihnen so heiß ersehnten Spielfilm, kam immer *Das Wort zum Sonntag*. Das Zimmer füllte sich dann mit kollektivem Stöhnen und Kommentaren wie »Na, der hat mir gerade noch gefehlt!« oder »Zieh Leine!«. Seine Tante begleitete die Ausführungen des frommen Mannes eigentlich immer nur mit »Blablabla«. Später aber, auf ihrem Sterbebett, so hatte er von Zeugen gehört, habe sie angesichts der drohenden Endabrechnung angstschweißnass verzweifelt versucht, sich für ihre Lästerlichkeiten zu entschuldigen. Der anwesende Pfarrer habe sie mit der Zuversicht geströstet, dass Gott versöhnungsfähig sei. Mit letzter Kraft verwünschte sie daraufhin in übelster Art und Weise die gottlose deutsche Fernsehunterhaltung.

Sein Pfarrer war ihm schon im Konfirmandenunterricht mit dem Lied *Ein feste Burg ist unser Gott* auf die Nerven gegangen. Er sollte es auswendig lernen, scheiterte aber an seinem Unvermögen, sich Gott als eine alte, feuchte und dunkle Burg vorzustellen. Dinge die er nicht verstand, bzw. nicht akzeptierte, wollten sich in seinem Kopf einfach nicht speichern lassen. Also hatte er sich gemeldet und erklärt, er sei bis jetzt der Annahme gewesen, Gott sei ein Mann mit weißem Bart und weißem Gewand, nun sei er eine Burg. Das würde ihn verwirren. Der Pfarrer erklärte ihm spürbar ungehalten, dass eine Burg sinnbildlich für Geborgenheit und Schutz stehe. Das sah Otter aber ganz anders. Er wies den Pfarrer darauf hin, dass seines Wissens keine einzige Burg den Angreifern widerstanden hätte, er hatte in Geschichte nämlich ziemlich gut aufgepasst, also gewähre eine Burg ihm nur bedingt Schutz vor Feinden. Höchstens kurzfristig. Einen echten Gott stelle er sich allemal ohne Schwachpunkte vor. Er würde, wenn es erlaubt sei, vorschlagen, das Lied in »Ein großer Safe ist unser Gott, von

Feinden nicht zu knacken« umzuändern, grundsätzlich, das wollte er einfach mal sagen, gefielen ihm diese altmodischen Lieder in diesen klagenden Tonlagen sowieso nicht so gut. Es sei an der Zeit, all das mal gründlich aufzumischen und in die neue Zeit zu überführen. Er schlug vor, alternativ *All you need is love* von den Beatles zu singen. Das sei eine zeitgemäße, dennoch ewig gültige, grandiose Botschaft mit Stil, ganz anders als das Bild einer mittelalterlichen Immobilie, deren Bewohner die Fensterlöcher als Klobrille benutzten. Der Pfarrer war nicht bereit, auf seine Gedanken und Vorschläge einzugehen, und pries die althergebrachten Güter einer zweitausend Jahre alten Religion. Wer versuche, an diesen epochalen Grundfesten zu rütteln, würde sich versündigen. Als er dem Pfarrer vorschlug, er könne sich alternativ auch *Love is all around* von den Troggs vorstellen, verlor der Mann die Geduld und brüllte plötzlich wie ein Stier: »Schlange! Du wirst noch in der Hölle landen!« Was für eine Verwünschung aus dem Mund eines frommen Mannes. Otter war sprachlos. Glaube war für ihn eine spirituelle Imagination, im juristischen Sinne fehlte ihr jedweder Beweis, folglich jede Grundlage für eine Verurteilung kritischer Geister. Das scherte die Gläubigen aber nicht. Sie gingen in ihrem selbstgefälligen, religiösen Absolutismus dreist so weit, einer aufrechten Seele, der nur die Phantasie fehlte, sich einen spirituellen Übervater als eine feuchtkalte Burg vorzustellen, die Hölle zu prophezeien. Und dann redeten sie von Liebe? Liebe, die kostbarste Energie des Lebens, die sich gerade dadurch so wertvoll macht, dass sie sich in keinen Käfig sperren lässt, dass sie frei ist wie ein Vogel und schon gar nicht den Religionseiferern die Alleinvertretungsrechte gewährt. Darüber konnte sich Otter richtig aufregen.

Finale Abstellgleise, also Altenresidenzen mit verheißenden Namen wie »Gut Feierabend« oder »Residenz Herbstgold«, die ihre gebrechliche Kundschaft mit einem Rundum-Sorglos-

Abschieds-Paket in ihre sauteuren Heime lockten, erfüllten Otter mit Abscheu. Zusammen mit Alten »Mensch ärgere dich nicht« zu spielen oder Händchen haltend *Alle meine Entchen* zu singen oder sich gegenseitig bunte Bälle zuzuwerfen, während nassforsche Pflegerinnen sich bei einer Zigarette und einem Gläschen Sekt hinter der Fensterscheibe über die alten Tatter-Trottel amüsierten, kamen für Otter als Alternative zum Freitod ums Verrecken nicht in Frage. Das alles wollte er nicht. Am Schönsten wäre natürlich, er würde einfach tot umfallen, damit könnte sich das alles von selbst regeln. Das Problem dabei war, wo? Diese Art von Tod musste man dem Zufall überlassen, der aber war ein ganz launischer Geselle. Ein alter Kumpel von Otter war mitten in der Großstadt auf einer belebten Hauptstraße tot umgefallen. Vermutlich hatte er an dem Tag überhaupt nicht damit gerechnet, wollte einfach nur Tabak kaufen und lag plötzlich leblos vor wildfremden Menschen auf dem Asphalt. Schamlos gafften sie auf seinen Körper, filzten ihn, um seine Identität festzustellen, und stießen dabei garantiert auf sein vollgekleckertes Unterhemd, in dem er abends vorm Fernseher immer Schokopudding aß, zwangsläufig auch auf seine Unterhose, die er aus Faulheit nur zwei Mal in der Woche wechselte, was den Passanten gewiss ins Auge fiel. Diese Vorstellung machte Otter Angst. Er wollte nicht als ungepflegte Person in die Tagespresse eingehen (»WERNER S. TOT UND VERWAHRLOST AUFGEFUNDEN!«), infolgedessen wechselte er sicherheitshalber täglich seine Unterhose. Mehr konnte er als Präventivmaßnahme nicht tun.

»Beschäftige dich nicht mit Eindrücken, die du nach deinem Tod hinterlässt«, erklärte ihm dazu mal Timo, der immerhin zwei Semester Psychologie studiert hatte, um dann in die Werbung zu wechseln, wo man ihn mit seiner Grundausbildung in Menschenkenntnis herzlich willkommen hieß. Nach einigen

Jahren Festanstellung in der renommierten Werbeagentur Art&Amigos machte er sich selbstständig, gründete die Agentur Marc E. Ting und mietete sich eine ausgediente Zinngießerei, die er zur Kreativschmiede umbaute. Im Eingangsbereich saß vor einer riesigen Marylin-Monroe-Kopie von Andy Warhol eine gepflegte Schönheit in einem hautengen Kostüm mit einem Ausschnitt, der jeden potentiellen Kunden schon mal Appetit auf die verborgenen Schätze der diesen Räumen innewohnenden kreativen Power machte. Von Marc E. Ting stammte auch der mehrfach ausgezeichnete Slogan für das Abführmittel eines großen Pharmakonzerns: »Alles muss raus.« Fachmagazine wie *w&v* oder *Der Kontakter* überschlugen sich in ihrer Begeisterung über die gelungene Stringenz dieser Aussage und druckten seitenlange Artikel über diese Kreativpumpe, die mit solchen starken Werbekampagnen die Branche aufmischte, vor allem aber über seinen Gründer Ting, alias Timo, der sich immer amüsiert darüber ausließ, dass alle dachten, er wäre Chinese. Mit dem Erfolg wuchs – teils aus Euphorie, teils aus Angst vor Kreativitätsverlust – bei Marc E. Ting auch der Alkoholkonsum. Um die Mittagszeit war der größte Teil der Mitarbeiter eigentlich schon besoffen.

Solchermaßen angeregt, versuchte Timo den ganz großen Wurf: Er entwarf ein neues Logo für die katholische Kirche. Vorab recherchierte er, wer der Schöpfer des ans Kreuz genagelten Jesus war, kam jedoch nicht recht weiter, auch das Deutsche Patentamt konnte ihm nicht helfen. Nach seinen Angaben verfügte es über keinerlei Unterlagen aus dieser Zeit. Zweifelsohne musste doch mal irgendein früher Gestalter mit Federkiel und Papyrus dieses Signet einer weltweiten Glaubensgemeinschaft entwickelt haben? Also erstellte Timo eine gründliche Analyse des Vorhandenen. Darin kam er zu dem Schluss, dass der gequälte Heiland der eigentlichen religiösen Botschaft widersprach, schlechthin völlig unzeitgemäß war. Was dieses Signet bei vielen der von ihm repräsentativ befragten Testpersonen auslöste, war Erschütterung und Mitgefühl, bei einigen sogar Übelkeit, ja auch Wut darüber, wie man einen Menschen an einen Balken nageln kann. In einzelnen Fällen kam es sogar zu üblen Rachegefühlen gegenüber den Peinigern. Durchweg keine erfreulichen Empfindungen, also ewig weit davon entfernt, bei der Betrachtung dieses Bildes so etwas wie Liebe und Lebensfreude zu empfinden. Timo warf sich in die Aufgabe und entwickelte eine grandiose Alternative: Ein Piktogramm, bestehend aus einem linearen, zarten Kreuz und einem mittig eingefügten Herz, in welches er die Symbole für Natur und Tiere, diese wiederum vor einer Silhouette des Petersdomes, einfügte. Als Slogan wählte er:. »You're Welcome«. Damit war gesichert, dass dieses Symbol auch international problemlos funktionierte. Dann schickte er alle Entwürfe als honorarfreies Angebot mit der Bitte um gefällige Begutachtung und baldige Rückmeldung an den Papst. Bei Gefallen sei er selbstverständlich jederzeit bereit, zu einem Meeting nach Rom zu kommen, um die entsprechenden Modalitäten zu besprechen, bzw. einen groben Kostenplan aufzustellen. »Ich sage mal«, schrieb er launig, »an Geld sollte es der Kurie doch nicht mangeln.« Er bekam nie eine Antwort. Daraufhin trat er beleidigt aus der Kirche aus. Angeblich wollte er das schon immer.

Zwei Querstraßen weiter tankte Otter bei Piesematte, dem Pächter der ARAL-Tankstelle, sein Auto voll. Piesematte war ein mürrischer alter Kerl, den Otter nur im blauen, verschmierten Overall kannte.

»Voll?«, raunzte Piesematte.

»Voll, Herr Piesematte«, antwortete Otter.

Einen anderen Wunsch hätte er auch gar nicht äußern dürfen, ohne bei Piesematte einen Schwall Klagen über den widerwärtigen Geiz in der Gesellschaft auszulösen, der sogar so weit ging, dass manche Menschen nur fünf Liter tankten, um abzuwarten, ob das Benzin morgen nicht vielleicht billiger werden würde. »Wie soll unsereins«, Piesematte sprach von sich immer als unsereins, »damit zurechtkommen? Die Kosten fressen unsereins reinewech uff«, jammerte er. Als Hauptverantwortliche machte Piesematte die Konzerne, das Finanzamt und explizit seine Frau dafür verantwortlich. Die Konzerne, »die sich die Taschen vollstopfen«, der Staat, »der mit vollen Händen« sein schwer erarbeitetes Geld zum Fenster rauswarf, und seine Frau, die ihm nach der Scheidung »das letzte Hemd vom Leib gerissen« hatte. Seinen blauen Overall und den schweren Daimler jedenfalls hatte sie ihm immerhin gelassen. Piesematte stand stets einen Millimeter vor dem Abgrund und ließ seine wehrlose Kundschaft schaudernd an dem Blick in die Tiefe teilhaben. Niemals, und Otter tankte schon ewig bei Piesematte, hatte er jemals einen Hauch von Zuversicht von ihm gehört und war sich sicher, dass er ihn beim nächsten Mal an dieser Stelle nicht mehr vorfinden würde. Jedes Mal tanken war wie ein Abschied. Umso glücklicher war er, als er sah, dass Piesematte noch lebte und in seiner typischen, gebeugten Haltung aus der Werkstatthalle schlurfte und sich seine Hände an seinem ölverschmierten Lappen abwischte, der zeitlebens wie angewachsen aus der Tasche seines Overalls baumelte.

»Na? Jeht's mal wieder rüber?«, fragte Piesematte, stopfte die Zapfpistole in den Einfüllstutzen und beobachtete stoisch den ratternden Zähler in der Tanksäule.

»Termine«, seufzte Otter und blieb auch hier seinem Blendwerk treu.

»Termine? Soso.« Otter war überzeugt, Piesematte glaubte ihm kein Wort. Ein Mensch, der mit Fotos sein Geld verdiente, kam für Piesematte aus einer Welt, die sich den bürgerlichen Normen entzog und ganz eigenen Regeln folgte. Die Leute »pennten bis in die Puppen«, trieben es ständig mit anderen Frauen und »haschten«. Otters lange Haare waren ein eindeutiges Indiz. Insgeheim aber empfand Piesematte für Otters Leben Sympathie. In einem seltenen Moment von guter Laune erzählte er mal, dass er einst als junger Mann mit blonder Mähne bei den »Wandervögeln« war, einer naturverbundenen und antiwilhelminischen Jugendorganisation, die singend und musizierend durch Wald und Flur wanderte, quasi die wandernden Rolling Stones des beginnenden zwanzigsten Jahrhunderts. Er habe aus der Zeit noch ein Foto, müsse es aber in dem ganzen Krempel erst mal suchen. Otter hätte zu gerne gewusst, was denn damals bei diesen abgefahrenen Wandervögeln so abging, aber Piesematte grinste nur vielsagend, so, wie es die Alten tun, wenn sie die Phantasie ihrer jungen Zuhörer vieldeutig entzünden wollen und sich listig bedeckt halten. Also dachte sich Otter sein Teil.

»Öl? Wasser?«, fragte Piesematte, zog die Zapfpistole aus der Tanköffnung und hängte sie krachend an die Säule zurück. Niemals hatte er dabei auch nur einen Tropfen verschüttet. Er hasste Benzinflecken oder – noch schlimmer – Öllachen auf seinem Terrain. Wenn er eine entdeckte, rastete er aus. Piesematte neigte nämlich zu cholerischen Anfällen. Otter hatte mal einen erlebt und war in dem Moment froh, dass er kein Ölfleck war: »Ist das denn die Möglichkeit!? Welche verdammten Drecksäue haben denn ihre Mistkarre nicht im Griff? Ich piss doch auch nicht auf ihren beschissenen Wohnzimmerteppich? Ist unsereins denn dafür da, ihr stinkendes Altöl aufzuwischen?«, brüllte Piesematte mit blutrotem Kopf und Otter machte sich große Sorgen, dass der jeden Moment platzen würde. Aber genau so überraschend wie der Anfall kam, war er schlagartig auch wieder vorbei.

»Nö, danke. Alles prima«, sagte Otter.

Im Verkaufsraum der Tankstelle saß Schnulle, eine kleine Blonde mit langen Haaren, die Piesematte als Autowäscherin eingestellt und die sich mit der Zeit bis an die Kasse hochgearbeitet hatte. Schnulle war der einzige Mensch, den Piesematte mochte, bei ihr war er sanft wie ein Lamm. Der Rest der Welt war für Piesematte blöd. Blödheit, meinte er, sei der größte Feind der Menschheit, aber einfach nicht totzukriegen. Er sei Zeit seines Lebens auf so viel Dummköpfe gestoßen, dass er angesichts dieser Erkenntnis jede Hoffnung verloren habe, dass der Menschheit noch zu helfen sei. Zumal sie als willkommene Stimmenhammel für schlitzohrige Demagogen trotz ihrer Blödheit die politische Richtung massiv bestimmen könnten. Für ihn die Schwachstelle der Demokratie. Er habe diesen Hitler erlebt, wolle er nur sagen, und da waren diese Vollidioten alle auch noch zudem kackbraun. Fatalerweise seien es ja gerade die Doofen, die sich hemmungslos wie die Kaninchen vermehrten und weil Doof wiederum Doof erzeuge, sei das ein unaufhaltsamer Kreislauf von immer wieder neuen Idiotengeburten. Piesematte bezeichnete das als »evolutionäre Schlamperei«. Die Welt würde folglich systematisch verblöden, nur bei Schnulle habe sie eine Ausnahme gemacht. Auf ihr lag seine ganze Hoffnung. Als sie an einem Feierabend mal von ihrem Freund abgeholt wurde, schaute Piesematte ihn sich ganz genau an und war, mit einigen Einschränkungen und einem Maß gesunden Zweifels, grundsätzlich nicht unzufrieden. Als er aber hörte, dass dieser Mensch in einer Bank arbeitete, grollte er nur: »Na, Halleluja.« Seitdem er sein Geldinstitut mal in einer Notlage um einen Kredit gebeten hatte und die ihn dafür um »Sicherheiten« bat, war er mit Geldverleihern durch.

»Wie war Ihre Frage?«, hatte er daraufhin den Mann in der Kreditabteilung angeknurrt.

»Ähm, wissen Sie, Sie müssen verstehen, wir benötigen Sicherheiten.«

»Hätte ich auch gerne.«

»Die bekommen Sie ja mit unserem Kredit, Herr Piesematte.«

»Das ist ja nun völlig verrückt. Ich krieg 'ne Sicherheit nicht ohne Sicherheit? Wie ein Verdurstender, der erst ein Glas Wasser bekommt, wenn er ein Glas Wasser dafür gibt?« Piesematte stieg langsam das Blut in den Kopf. Kein gutes Zeichen.

»Ähm ... wie? ... Glas Wasser?« Der Mann öffnete seine Krawatte. »So verstehen Sie doch ...«

»Ich verstehe schon richtig, mein Lieber. Es gibt keine Sicherheit im Leben! Nada, niente, no-no-no! Also? Wo-von re-den wir?« Piesematte hatte sich leicht aus dem Stuhl erhoben. »Sie können jederzeit mit Sicherheit Ihre Stellung verlieren oder sich morgen beim Geldzählen die Finger brechen! Hä? Da kucken se!«

Der Mann lockerte mit seinem Zeigefinger seinen Kragen. »Wir wollen doch unseren Kunden ...«

»Sie wollen Sicherheiten und die gibt es nicht im Leben! Ende! Für keinen! Nicht für Sie, nicht für mich, nicht für das Wetter, nicht für den Frosch im Tümpel, nicht für den Furz im Darm, nicht für den Eisberg am Nordpol – und auch nicht für Piesematte! Für das ganze Leben nicht! Das Einzige, was sicher ist, ist der Tod!«

»Ja, so gesehen, natürlich, aber ...«

»Sie wollen also meinen Tod?«

»Aber Herr Piesematte, wie kommen Sie denn darauf? Was reden Sie denn da?« Der Mann schwitzte.

»So weit kommt's noch!«, brüllte Piesematte und stand nun aufrecht vor dem Mann und stützte sich mit beiden Armen wie ein Gorilla breit am Tisch ab. Es war dieselbe Drohgebärde, mit der er auf seiner Tankstelle unzufriedene Kunden abwehrte.

»Aber Herr Piesematte, bitte nicht ganz so laut. Regen Sie sich doch nicht so auf, wir können doch alles in Ruhe …«

»Ich will überhaupt nicht ruhig sein! Wissen Sie was? Sie bekommen jetzt Ihre Sicherheit, nämlich die, dass ich ihren Saftladen nie wieder betrete!« Er drehte sich um und stampfte wutschnaubend zum Ausgang.

»Herr Piesematte …?«

Piesematte schrieb dann an die Frankfurter Zentrale seiner Bank einen süffisanten Beschwerdebrief (»Hochverehrte Damen und Herren …«), in dem er sich in aufgesetzter Höflichkeit erlaubte zu fragen, wie sie denn darauf kämen, von ihm Sicherheiten zu verlangen, wo es weit und breit im Leben keine gebe? Die geschniegelten Herrschaften sollten sich mal jeden Tag im Blaumann auf die Tanke stellen und zusehen, wie sie zu Geld kämen. Er könne nur versichern, dass er sein Bestes gebe, mehr Sicherheiten könne er nicht bieten. Abschließend brandmarkte er den Kapitalismus als kaltschnäuzige Hure und teilte den Herrschaften mit, dass »ich zu einem Geldinstitut wechseln werde, das mehr Verständnis für die Sorgen des kleinen Mannes hat.« Seine Suche scheiterte jämmerlich. Seither waren alle Banker für ihn »Verbrecher«. Und mit so einem war Schnulle nun befreundet. Na prima. Seine Hoffnung, dass sie durch eine Fortpflanzung mit diesem Kerl das Ruder der Weltgeschichte eventuell noch herumreißen konnte, brach danach vollends zusammen.

Otter mochte Schnulle auch sehr, besonders deswegen, weil sie ihn an Marina Vlady erinnerte, eine kleine blonde Schauspielerin mit wilder Haarmähne, die im Film *Die blonde Hexe* dem Filmtitel entsprechend eine solche spielte. Eigentlich hätte Otter diesen Film gar nicht sehen dürfen, weil er erst nach zwanzig Uhr anfing und außerdem nicht jugendfrei war, aber er schlich sich immer heimlich im Pyjama aus seinem

Zimmer an die angelehnte Wohnzimmertür und glotzte auf Zehenspitzen durch den Türspalt, direkt über die Köpfe von Herbert und seiner Mutter, die vor ihm auf dem Sofa saßen und gebannt auf den kleinen Fernseher in der Fernsehtruhe starrten, während in seinem Unterleib wohlige Hitze aufstieg. Dieser Türspalt war das Tor zum Paradies.

Irgendwann verfiel ein Kerl den Verlockungen dieser blonden Wilden und hetzte sie wie ein scheues Reh durch den Wald, bis sie am Ende nicht mehr weiterkonnte, weil ein Abgrund ihr den Weg versperrte. Er warf sie in zügelloser Begehrlichkeit zu Boden und in dem Gerangel und Gewühle rutschte Marina rücklings mit ihren blonden, wallenden Haaren mehr und mehr über die Abrisskante. Ein maßlos erregender Anblick, der sich in Otters Hirn meißelte und in seiner späteren Sexualität als stimulierende Schablone eine bedeutsame Rolle spielen würde. Marinas zerrissenes Kleid – sicherlich konnte sie sich als Hexe auch nicht ständig neue Kleider kaufen, so bombig lief das Geschäft von Hexen schließlich auch nicht – offenbarte dabei raffinierte Perspektiven auf ihren verlockenden Körper. Das war die hohe Schule des erotischen Arrangements, so wie sie wirklich nur diese verruchten Franzosen verstanden, und für Otters Kopfkino die unerschöpfliche Vorlage für lustvolle Selbstbefriedigung. Wahrlich eine Form intimsten Glücks, das nichts kostete, ein Riesenspaß – aber auch ein bisschen müde machte – allerdings jedoch, nach Überzeugung der Kirche, Hirn und Rückenmark zerstörte. Solche gesundheitsschädlichen Gedanken ließ Otter einfach nicht an sich heran. Später schob er seine Sexualpartnerinnen bei der Missionarsstellung behutsam – speziell die mit langen blonden Haaren – unmerklich mit dem Kopf über die Bettkante und dachte bei diesem umwerfenden Anblick intensiv an Marina Vlady, was seine Erregung außerordentlich steigerte. Diese klammheimliche Untreue war sein alleiniges Geheimnis.

»Danke, Herr Piesematte, allet jut«, sagte Otter, und gab ein großzügiges Trinkgeld. Dafür putzte Unsereins ihm noch die Windschutzscheibe, brummte »Jute Fahrt« und winkte Otter wirsch von der Zapfsäule.

Otter setzte sich seine Sonnenbrille auf, weil ihm das grelle Morgenlicht doch arg zusetzte, und nahm Kurs in Richtung »Zonengrenze«, wie die West-Berliner die Trennlinie zwischen der DDR und der BRD nannten. Aus seinem Kassettenrekorder dudelte Cat Stevens, dessen melodische Musik Otter auf Autofahrten immer sehr entspannte – manchmal auch so stark, dass er am Steuer einzuschlafen drohte. Dann steckte er sich zum Wachhalten die Deep Purple in den Rekorder und schlug mit seinen Händen auf dem Lenkrad den Takt mit. Am Grenzkontrollpunkt, kurz vor der Einfahrt in die Deutsche Demokratische Republik, warteten die obligatorischen Tramper mit selbstbemalten Pappschildern, auf die sie ihre Zielorte geschrieben hatten, auf einen Lift nach Westdeutschland. Dabei handelte es sich um Städte, die der Richtung dieses Transitkorridors durch die DDR entsprachen und zu denen sie, natürlich am liebsten ohne umzusteigen, gerne mitgenommen werden wollten. Er fuhr auf das Grüppchen der Tramper zu und fixierte über seinen Sonnenbrillenrand lässig die Kandidaten. Es galt jetzt für ihn, sich zu entscheiden, ob er generell jemanden mitnahm – oder lieber alleine weiterfuhr. Diesen Entschluss fällte Otter gern spontan. Beides hatte Vor-und Nachteile. Ein unterhaltsamer Mitfahrer konnte eine Bereicherung sein, es machte eine Autofahrt kurzweiliger. Aber er hatte auch schon mal einen Tramper mitgenommen, der die ganze Fahrt lang wie ein Phantom stumm neben ihm saß. So ein Typ konnte richtig belastend sein. Einmal hatte ihm ein Kerl so die Ohren vollgejammert, wie schwer man immer von Tankstellen oder Autobahnauffahrten mitgenommen werde, dass er ihn vor lauter Mitgefühl bis vor seine Haustür fuhr. Das Kaff lag ewig abseits und Otter brauchte eine halbe Stunde zurück zu seiner Hauptstrecke. Im Nachhinein ärgerte er sich furchtbar, vermerkte es aber als gute Tat auf seiner persönlichen Positivliste, der ja von Zeit zu Zeit eine Auffrischung durchaus guttat. Fuhr man alleine, konnte die Strecke mit der Zeit auf jeden Fall langweilig werden, andererseits durfte man sich im eigenen Auto aufführen wie man wollte. Otter trällerte bei seinen liebsten Songs gerne freudig mit, und dies so laut wie möglich. Da er allerdings überhaupt kein musikalisches Talent besaß und schon gar nicht textsicher war, kam ein debiles Gegröle dabei heraus, das man selbst keinem Menschen antun konnte, der umsonst mitfuhr. Die mit dem Schild »Hagen« gefiel ihm sehr. Sie hatte rote, lockige Haare und helle Haut mit einem Meer von Sommersprossen, aus der ihn zwei frühlingswiesengrüne Augen anschauten. Dieser Frauentyp hatte ihn mal auf einem Fotokalender mit Motiven aus Irland völlig fasziniert. Seither nahm er sich vor, unbedingt mal eine Fotosafari ins Land dieser rothaarigen Sommersprossenfrauen zu machen, obwohl ihm Irlandkenner erklärt hatten, dass dieser Frauentyp dort auch nicht in Massen auf den Straßen herumlaufen würde. Es gebe Regionen in Irland, da hätten die Frauen keine einzige Sommersprosse.

Otter war ein Augenmensch. Den Begriff Augenmensch hatte er in einer Nacht, als er seine Eltern vor der Schlafzimmertür belauschte, von seiner Mutter gehört. Sie sprach mit seinem Stiefvater darüber, dass sie sich Sorgen mache, was aus ihrem Werner denn bloß mal werden würde. Sein Stiefvater meinte, Handwerk habe goldenen Boden, infolgedessen sehe er Otter als Fliesenleger. Fliesen brauche jeder, wenn auch nicht zwingend goldene, zumindest im Bad. Um Otter das Handwerk näherzubringen, zwang er ihn hier und da im Haushalt zu entsprechenden Reparaturen oder Verschönerungen, z.B. die Wände neu zu tapezieren. Otter verachtete alles, was dazu gehörte: Farbeimer, Rolle, Pinsel, Spachtel, Tapetentisch, Tapeten, Leiter – und Herbert. Angesichts dieses Ensembles und der damit verbundenen Folgen wurde Otter innerlich ganz steif und übel gelaunt. Es gab kein Entrinnen, Herbert überwachte seine Handlungen wie ein Aufseher einen Häftling und gab ständig Kommentare. Also pinselte Otter wie befohlen lustlos die Tapetenbahnen mit klebrigem Tapetenkleister ein, trug sie vorsichtig die wacklige Leiter hoch und klatschte die schweren Bahnen von oben herunter an die Wand und bürstete anschließend die Falten raus, dabei musste er höllisch auf den Anstoß zur Nachbarbahn achten. Bei gemusterten Tapeten war das besonders kniffelig. Sein eigenes Zimmer hatte er mit einer *Mecki*-Tapete tapeziert. *Mecki*, das war der lustige Igel aus der Fernsehzeitung HÖR ZU, der nun in den verschiedensten Posen gezeichnet seine Zimmerwand schmückte. Es dauerte nicht lange, bis Otter bewusst wurde, dass das ein Fehler war. Schon beim Aufwachen begrüßte ihn dieser gut gelaunte Igel, und selbst wenn er mal schlecht gelaunt oder krank war, vermittelte ihm dieses Tierchen grenzenlose Heiterkeit, als wäre es selber gegen jeden noch so herben Schicksalsschlag immun. Da half es nur, die Augen zu schließen oder sich die Bettdecke über den Kopf zu ziehen, letztlich war das aber keine echte Lösung, irgendwann musste er ja mal wieder kucken, was draußen los war. Und das Erste, was er dann sah, war dieser lachende Igel in seiner blöden Latzhose. Als Konsequenz fing er an, mit einem Filzschreiber die Mundwinkel einiger Igel so zu verändern, dass das Tier auch mal mürrisch, mal skeptisch, mal traurig wirkte, damit er im Wandel seiner Befindlichkeiten optisch solidarische Alternativen hatte. Wenn er fiebernd im Bett lag, wollte er nicht von lustigen Igeln an der Wand ausgelacht werden. Er hätte zu gerne gewusst, ob dieses

Stacheltier draußen in der Natur auch so permanent gut gelaunt war. Als der Lehrer mal im Unterricht fragte, was an dem Igel das Besondere sei, antwortete Otter: »Die gute Laune.« Dafür erhielt er prompt einen Eintrag ins Klassenbuch.

So sehr sich Herbert auch bemühte, ihm die Kunst des Handwerks, insbesondere die Freude daran zu vermitteln, er scheiterte. Otters handwerkliche Ambitionen endeten mit dem Öffnen einer Büchse Dosenmilch. Was seine Mutter damit meinte, als sie sagte, er sei wohl eher ein Augenmensch, verstand Otter nicht unmittelbar, aber immerhin so viel, dass sie damit nicht ausdrücken wollte, dass er Optiker werden sollte. Dazu hatte er nämlich auch nicht die geringste Lust. Sein Stiefvater wiederum wollte wissen, womit denn bitteschön ein Augenmensch sein Geld verdiene und wiederholte diese Frage in der ihm eigenen Penetranz.

»Womit will ein Augenmensch denn bitteschön sein Geld verdienen? Ich frage mich nur, womit verdient denn so ein Augenmensch sein Geld? Ich meine, man darf doch wohl noch mal fragen, wie ein Mensch nur mit seinen Augen Geld verdienen will?«, ätzte er.

Was Otters Mutter ganz verrückt machte, sodass sie ihn anfauchte, durch Wiederholungen würde der Inhalt auch nicht besser. Sie sei in ihrem Beruf als Packerin im KaDeWe (Kaufhaus des Westens, dem großen Berliner Konsumtempel am Tauentzien), täglich ständigen Wiederholungen ausgesetzt. »Hält das auch?« oder »Muss ich dafür im Bus extra bezahlen?«, das müsse sie sich täglich hundert Mal anhören und sie sei schon froh, wenn sie jemand mal nach dem Weg zur Toilette fragte. Nach Feierabend also hatte sie nun wirklich keine Lust auf diese monotone Mühle.

In Wirklichkeit war Otters Mutter keine Packerin, sie war eine Künstlerin der Verhüllung, Packerin wurde ihrer Fähigkeit nicht annähernd gerecht. »Was ist das tollste Geschenk wert, wenn es nicht schön verpackt ist?«, sagte sie in der großen Weisheit eines Menschen, der wusste, welche Faszination ein gut eingewickelter Gegenstand nach außen vermittelte, wie man selbst das hässlichste Objekt damit verzaubern konnte. Es gab für sie nichts Schlimmeres als einen Menschen, der dieses Kunstwerk danach achtlos zerstörte, das Papier brutal herunterriss und die Fetzen wie Trümmer um sich herum verteilte, vielleicht noch auf den Boden warf. Für Otters Mutter war das eine grausame Schändung einer liebevoll geschaffenen Umhüllung, kurzum ein Verbrechen. Allein abzuschätzen, wie viel Packpapier man für welches Produkt möglichst ökonomisch von der gewaltigen Rolle abreißen musste, erforderte Erfahrung und hohes Augenmaß. Hatte man sich verschätzt, dann konnte man den ganzen Bogen wegwerfen. Otters Mutter schaffte es, einen Garderobenständer so zu verpacken, dass am Ende eine kunstvoll umwickelte Mumie daraus wurde und der Käufer damit auf der Straße den Eindruck erweckte, er hätte ein kostbares Artefakt aus dem Nationalmuseum erstanden. Es gab bei Gott nichts Sperriges oder Fragiles, ob groß oder klein, das Otters Mutter nicht perfekt einpacken konnte. Sie war dazu in der Lage, wenn es sein musste auch einen Elefanten zu verpacken – und zwar artgerecht. Wer ihr bei ihrer Arbeit zusah, geriet in Trance. Ihre Bewegungsabläufe flossen harmonisch ohne die kleinste Ungeschicklichkeit zügig ineinander. Das Zentrieren der Ware auf dem Papierbogen, das Einschlagen und messerscharfe Falzen der beiden Enden, der blinde Griff zum Klebeband, zur Schnur, die Geschicklichkeit, mit der sie diese um das Paket wickelte und beide Enden sich am Ende punktgenau in der oberen Mitte in gleichmäßiger Länge trafen und von ihr flink zu einem improvisierten Tragegriff verknotet wurden. Und zu guter Letzt der lässige

Schwung, mit dem sie dem Kunden die meisterlich verpackte Ware griffgerecht hinschob. Otters Mutter war wahrhaftig eine Verpackungskünstlerin. Von daher wusste sie sehr wohl, was ein Augenmensch war, also würde es ihr völlig reichen, wenn Herbert ihr das einmal sagte und sich nicht ständig wiederholte, erklärte sie ihm resolut.

»Is' ja gut! Du hast mir auch schon tausend Mal gesagt, dass Werner ein Augenmensch ist«, blaffte Herbert.

»Nicht tausend Mal, höchstens drei Mal«, antwortete sie ihm schnippisch, aber wenn er das einfach nicht verstehen wolle, dann bestätige sie ihm gerne ein viertes Mal, dass sie fest davon überzeugt war, dass ihr Werner ein Augenmensch sei. Jedoch verspüre sie nicht die geringste Lust, ihm weiterhin etwas zu erklären, was er sowieso nicht verstünde. Otters Mutter war, wenn es um ihr Junges ging, eine Löwenmutter.

Im Urlaub fuhren sie in Herberts VW-Käfer oft über den Brenner nach Italien. Der Käfer hatte eine zweifarbige Lackierung, »unten Gallensaft und oben Moppelkotze«, wie Herbert in seiner unvergleichlichen Originalität die beiden Farbtöne bezeichnete. Immer wenn ihnen ein Auto in einer Kurve entgegenkam, brüllte er: »Murphys Gesetz! Seht ihr, seht ihr! Wo trifft man sich?«

»In der Kurve! In der Kurve!«, antworteten dann Otter und seine Mutter laut im Chor.

Das hundertfach trainierte Spiel wiederholte sich so lange, bis Otters Mutter »Jetzt ist auch mal wieder gut, Herbert!« rief. Was Otter schade fand, weil ihm die Brüllerei Spaß machte und er sich schon vor jeder Kurve freute, dass ihnen ein Auto entgegenkam. Da war die Reise nicht ganz so langweilig, denn das Erraten von Autokennzeichen erschöpfte sich auch mit der Zeit.

»Der da, da der! O – H – A?«

»Offenba…hach!«, rief Otter spontan.

»Quatsch, das heißt Offenbach und nicht Offenbahach. Aber der kommt nicht aus Offenbach, der kommt aus Oberhals«, meinte Herbert.

»Oberhals? Hä? Hab ich ja noch nie gehört«, sagte Otters Mutter argwöhnisch.

»Liegt am Ober«, betonte Herbert selbstbewusst.

»Oberhals am Ober, wo liegt denn der Ober?«, hakte Otters Mutter nach. »Haben wir nicht eine Karte im Auto? Ich will jetzt diesen seltsamen Fluss namens Ober suchen.«

»Herr Ober, Herr Ober! Ein Eis mit Sahne!«, plärrte Otter fröhlich.

»Kinder schweigen gefälligst«, schnauzte Herbert. »Glaubt mir, Oberhals, ganz klar. Und jetzt hier nicht mit der Karte rumfuchteln, ja!«

»Du sollst ja Auto fahren und wir kümmern uns«, sagte Otters Mutter.

»So weit kommt's noch«, bellte Herbert, schließlich hatte er im Auto das Hausrecht.

»Auf dem Aufkleber an der Heckscheibe steht ›Osterode, im Herzen des Harzes‹«, warf Otter zaghaft ein.

Otters Mutter schlug sich an die Stirn: »Osterode im Harz und nicht Oberhals am Ober, dachte ich's mir doch«, triumphierte sie. »Du erzählst uns hier ein Zeug. Oberhals, also so was. Denkt sich hier einfach was aus, ts, ts.«

Aber Herbert war davon überzeugt, dass er im Recht war, genau so wie er davon überzeugt war, dass er großartig Auto fuhr. Auf längeren Fahrten tat er das stilgerecht nur mit Rallyehandschuhen – oben gestrickt, innen Leder – die an seinen behaarten Unterarmen wie Bärenkrallen steckten. Mit dem hartgefederten VW-Käfer schruppte er wie ein Beknackter die Serpentinen hoch und runter. Erst als Otter ihm vom Rücksitz im hohen Bogen in den Nacken kotzte, mäßigte er seine Fahrweise. Sein Auto war ihm heilig und jeder Kratzer machte ihn verrückt. Vor jeder Fahrt lief er um den Käfer herum und inspizierte ihn nach Schmutz- und Kratzspuren. Bei einer Überfahrt auf einer Fähre wollte er gerade seine Fahrertür öffnen, als ein neben ihm stehender Opelfahrer aufgeregt rief: »Achte se uff mei Zierleischte!«

»Wat sachste?«, fragte Herbert zurück. Es missfiel ihm, dass er, selber ein ausgewiesener Pedant, sich von einem anderen Autofahrer wegen irgendwelcher Beschädigungen anmachen lassen musste. Und dann noch von einem Opelfahrer. Er hasste Opel. »Jeder Popel fährt Opel«, höhnte er immer. Am schlimmsten waren für ihn Schwaben-, oder Bayernpopel. Herbert hasste alles, was nicht in seine Lebensschablone passte.

»Nu mach dir ma nich ins Hemd, Männecken«, pflaumte er den Kerl, einen biederen Familienvater mit Frau und zwei geschniegelten Kindern, an.

»Achte se uff mei Zierleischte!«, wiederholte der Mann.

Für einen Choleriker wie Herbert war das ein gefundenes Fressen: »Weischte wasch? Schieb dir doch deine blöde Zierleischte in den Arsch, du Pissnelke!

Der Mann wurde schneeweiß und zog sich in das Auto zu seiner bestürzten Familie zurück. Otters Mutter waren Herberts Ausbrüche immer unsäglich peinlich, sie versuchte dann mit ausgesuchter Freundlichkeit dagegen zu halten. In diesem Fall winkte sie den beiden Kindern im Nachbarauto freundlich zu. Die verstanden nun überhaupt nicht mehr, was da draußen eigentlich vor sich ging.

In Rimini wurde Otter von seiner Mutter jeden Tag zum Strand mitgezerrt. Dort stand er dann, eingeölt wie ein weißes Brathuhn, mit Plastikeimerchen und Schäufelchen auf dünnen Beinchen im Sand und heulte. Er fühlte sich inmitten des glänzenden, sich in der Sonne räkelnden, wabbligen Menschenfleisches wie in einer Walrosskolonie. Als er seinem Klassenkameraden Marian in der Schule erzählt hatte, dass er mit seinen Eltern nach Rimini fahre, gab dieser ihm den dringenden Rat, dort auf keinen Fall ins Wasser zu gehen. »Die schwimmen da in ihrer eigenen Kacke«, raunte er ihm ins Ohr. Er habe gehört, dass alle Hotels heimlich ihre Abwässer ins Meer leiteten. Otter wollte auf keinen Fall in seiner eigenen Kacke schwimmen, also ging er auch nicht ins Wasser. So sehr seine Mutter ihm aus der Brandungswelle auch jauchzend zurief »Komm doch! Komm doch! Es ist herrlich!«, es half nichts. Er schrie dann irgendwann laut zurück: »Ich will aber nicht in meiner Kacke schwimmen!« Was wiederum Unruhe unter den anderen Strandurlaubern auslöste. »Wovon redet das Kind?«, fragte eine Dicke in der Brandungswelle schmallippig seine Mutter, die aber vorgab, sie habe »Ich will aber nicht in meiner Jacke schwimmen!« verstanden und wüsste beim besten Willen auch nicht, wie das Kind auf die Idee komme, dass es bei der Hitze mit seiner Jacke ins Wasser gehen sollte. Sie habe ihn nicht dazu aufgefordert. Woraufhin die Dicke meinte, vielleicht sei ihrem Sohnemann das Wasser zu kalt? Das inspirierte Otters Mutter zu dem Lockruf: »Komm, du krichst auch 'n Eis!« Aber Otter wollte für keinen Eisbecher der Welt in seiner eigenen Kacke schwimmen. Außerdem, belohnen tut man Hunde, dachte er. Er ist sein ganzes Leben lang nie wieder nach Rimini gefahren.

In allen Urlauben fotografierte Herbert Dias. Wenn sie nach der Reise fein gerahmt in immensen Stückzahlen aus dem Entwicklungslabor zurückkamen, trommelte er alle Verwandten und Bekannten zu einem großen Dia-Abend zusammen. Wer Glück hatte, war krank oder im Urlaub – oder schonungslos Herberts Dia-Orgie ausgeliefert. Nicht allein die Menge der Bilder war es, welche die Gäste überforderte, die grenzenlose Langeweile seiner Motive machte ihnen zu schaffen. Um seinen Gästen bei der Suche nach dem ursächlichen Anlass seiner Fotomotive zu helfen, hatte er sich eine Fernbedienung gekauft, mit der man einen Lichtpfeil auf die Leinwand projizierte. Mit diesem Vehikel führte er das Auge des Betrachters zum entscheidenden Bildteil, der bei ihm in der Regel immer in der Ferne lag. Ein kundiger Fotograf würde verzweifelt flehen: »Geh doch mal ran, geh doch mal näher ran.« Bei einer Zugfahrt nach Frankreich schoss er während der Fahrt aus einem offenen Fenster des ersten Waggons eine Bildserie von einem Freund, der ihm aus einem Fenster des letzten Waggons zuwinkte. Mit dem Lichtpfeil fuchtelte er also auf der Leinwand auf einem kleinen Punkt herum und brüllte dabei überschlagend »Und da! Da! Da ist Frank!« Die Betrachter antworteten dann beflissen: »Wahnsinn!« Jedenfalls die, die noch wach waren. Der größere Teil war längst in einen tiefen Erschöpfungsschlaf gefallen und kam erst wieder benommen zu sich, wenn nach Abschluss der Vorführung von Otters Mutter das Licht im Raum angemacht wurde. Herbert bemerkte nichts von dem, er war felsenfest davon überzeugt, dass seine Diavorträge im Verwandten- und Freundeskreis zu den kulturellen Highlights gehörten und alle seiner nächsten Urlaubsreise entgegenfieberten, um sich bei der nächsten Einladung über Stunden an seinen neuen Fotos zu ergötzen. Als Otter erwachsen war, hatte er ihm mal ein obszönes Porno-Dia in eine seiner Dia-Kassetten geschmuggelt. Es steckte zwischen dem Bild einer aufgeschnittenen Melone und eines maroden, kalabrischen Fischerbootes. Die anwesende Gattin des Vorsitzenden des Kleingartenvereins *Grüne Lunge Mariendorf e. V.* erbrach sich vor Abscheu in ihren Schoß. Herbert war fassungslos und vermochte auch mit verzweifelten Erklärungen einen letzten Verdacht, dass hier unabsichtlich offenbart wurde, dass er ein heimliches Ferkel sei, nie gänzlich ausräumen. Für den in Herberts Augen infrage kommenden Täter galt so lange die Unschuldsvermutung, wie Otters Mutter für ihn ihre Hand ins Feuer legte. Diesbezüglich war sie bekanntermaßen zäh und unerschütterlich.

Fast noch schlimmer als seine Diavorträge waren die Ausflüge zu irgendwelchen Burgen, die Herbert sich vorher aus Reisekatalogen ausgewählt hatte und die er von der Folterkammer bis zur Turmspitze erkundete. Durch kalte Säle zu latschen und in dunkle Kemenaten zu glotzen, endlose Stufen zu steigen und moderige Waffenkammern zu begutachten, das langweilte Otter schmerzhaft. Da half ihm auch nicht die vergnügliche Vorstellung, wie sie weiland mit nacktem Arsch aus dem Fenster hingen. Solche Bilder können die Schwere eines Augenblicks lindern, in diesem Falle brachte es nicht viel, im Gegenteil, sie erinnerten ihn fatal an einen anderen Horrorurlaub: Rimini. Bei einer dieser Besichtigungen hatte er sich aus Spaß unbemerkt in einem Rittersaal in einer leeren, riesigen Truhe versteckt. Das war auch die einzige Burgbesichtigung, wo ein bisschen was los war. Seine Mutter drehte vor Angst, dass ihr Wernerle von alten Burggeistern entführt worden oder von den Zinnen gestürzt war, fast durch. Zu Hause hatte sie ihn sofort mit Kernseife abgeschrubbt, um eventuelle Pest-, Blattern- oder Choleraerreger zu vernichten. Sie machte sich in solchen Dingen schnell große Sorgen.

Alle Jahre fuhr Herbert mit ihnen in ein Schwarzwaldhotel an den Titisee, wo sie drei Mal täglich zur Fütterung in einem Speisesaal und jeden Abend in einem großen Veranstaltungsraum saßen, um sich Modeschauen oder Vorführungen von Haushaltsgeräten oder Teppichen anzuschauen. Die Modenschau wurde von einem Paar veranstaltet, sie war das Mannequin, er der Conférencier, offensichtlich auch ihr Partner. Da Otter während der Vorführungen direkt am Gang saß, lief das attraktive Weib immer unmittelbar vor ihm hin und her.

Er bildete sich ein, das tat sie nur für ihn. Manchmal gelang es ihm, seitlich durch den Seitenausschnitt an ihrem Oberarm einen winzigen Blick auf ihren Brustansatz zu erhaschen, wo ihm ihr Fleisch wie Marzipan erschien. Er versank dann ganz aufgeregt in der Vorstellung, was sich da alles unter ihrem Kleid an Ungeheuerlichem versteckte. Das war reichlich Stoff für die süßesten Träume. Der Traum seiner Mutter hingegen war ein rotes Wollkleid mit dicken Wollnoppen. Nach der Vorstellung nahm der Conférencier, der sich inzwischen in einen Schneider verwandelt hatte, ihre Maße und die Bestellung auf. Sechs Wochen später kam das Noppenkleid in einem riesigen Karton, in Seidenpapier gebettet mit der Post zu ihnen nach Hause. Er fand, sie sah darin aus wie ein Erdbeerfeld.

Langsam rollte er an die Reihe der Tramper heran, bremste sanft ab und ließ seinen Kombi mittels der hydropneumatischen Federung lässig auspendeln. Solche smarten Autos bauten nur die Franzosen. »Wo soll's denn hingehen?«, rief er der Rothaarigen gezielt aus dem geöffneten Seitenfenster zu und fand diese Frage im selben Moment restlos bescheuert. Er hätte ihn nicht gewundert, wenn sie daraufhin mit dem Satz »Mit blinden Autofahrern fahre ich nicht« von einer Mitfahrt Abstand genommen hätte.

»Hagen«, antwortete sie höflich, mit einer Mischung aus Sonst-alles-klar-bei-dir? und Wäre-klasse-wenn-du-mich-mitnimmst und hielt ihm zur optimalen Verdeutlichung sicherheitshalber noch mal das Schild ans Seitenfenster.

»Okay, okay. Das passt ganz gut, ich muss ins Bergische Land, steig ein«, sagte Otter, streckte sich rüber und öffnete ihr die Beifahrertür.

Sie hatte gerade ihren Rucksack verstaut und die Tür zugezogen, als eine Schwarzhaarige heranstürzte und an die Scheibe klopfte.

»Fahrt ihr zufällig in Richtung Düsseldorf?«, keuchte sie aufgeregt.

»Was?«, fragte Otter.

»Ob ihr zufällig nach Düs-sel-dorf fahrt!«, wiederholte sie nachdrücklicher.

»Wohl nicht direkt, aber schon in die Richtung, ja«, sagte Otter.

»Wäre süß, wenn ihr mich mitnehmen würdet, echt«, buhlte sie.

»Alles klar, steig ein«, sagte Otter.

»Das ist total süß von dir«, sagte die Schwarzhaarige.

»Komm rum, steig auf meiner Seite ein«, sagte Otter.

Sie lief rasch ums Auto herum und schob sich erleichtert schnaufend mit ihrer Tasche auf den Rücksitz.

»Schnallt euch an, bitte«, drängte Otter. Im Rückspiegel hatte er einen hageren Freak bemerkt, der mit einem Pappschild, auf das er »Bielefeld« gekrakelt hatte, fuchtelnd auf sie zustürzte. Bloß jetzt keinen Kerl im Auto, dachte Otter, und dann noch aus Bielefeld, der fehlte ihm noch. Er gab Gas. Der Freak lief ins Leere und rief ihm irgendetwas hinterher. Otter, ein großer Freund des Lippenlesens, übersetzte es als »Arschloch!«. Ordinäre Typen nahm er aber generell nicht mit. Hartmut streckte dem Kerl aus dem Heckfenster seine schlabberige, rosige Zunge heraus und damit war auch für Otter die Angelegenheit gebührend quittiert. Ein paar hundert Meter weiter fuhr er in den Hoheitsbereich der DDR ein und passierte den gruseligen Todesstreifen mit den Grenzanlagen, was ihn immer an alte KZ-Fotos erinnerte. Mit Uschi, seiner ersten Freundin, war er sonntags oft nach Lichtenrade gefahren, um mit ihr dicht am Grenzstreifen spazieren zu gehen und sich darüber zu amüsieren, wie die Wachsoldaten von ihrem Wachturm mit ihren mächtigen Ferngläsern versuchten,

Uschi in den Ausschnitt zu gaffen. Sie hatte sich kleidungsmäßig stets raffiniert darauf eingestellt und nannte dieses Spiel: »Die Grenz-Brigade scharfmachen«.

Ein mausgrau Uniformierter wies ihn vor den Abfertigungsbaracken in eine akkurat nummerierte Spur ein. Otter hasste diese kranke Grenze und all ihre Grenzorgane. Für ihn waren sie pauschal »Penner«. Er war heilfroh, dass er als Bewohner der »Selbstständigen politischen Einheit West-Berlin« aus realpolitischen Gründen vom Wehrdienst befreit war und sich nicht in Karnevalsklamotten von einem Vorgesetzten herumkommandieren lassen musste, der für ihn außerhalb der militärischen Rangordnung nicht den Hauch einer Chance hätte, seine private Gunst zu erlangen. Otter war Pazifist und antwortete auf die obligatorische Frage, was er denn machen würde, wenn vor seiner Tür eine schwerbewaffnete Bande stehe, die seine Frau missbrauchen, seinen Hund foltern und das Haus brandschatzen würde, dass er nur heilfroh sei, dass er ein gesunder Mensch sei und nicht solche kranken Phantasien habe. Herbert, sein Stiefvater, war allerdings der Ansicht, dass es »dem zarten Herrn Schlange«, der sich aufführen würde wie »Graf Koks von der Gasanstalt«, guttäte, wenn ihm mal »die Hammelbeine langgezogen werden würden«. Er wünschte Otter die Grundausbildung zum Soldaten schon allein deswegen, damit er endlich mal einen vernünftigen Haarschnitt verpasst bekäme. Jeder Millimeter Haar über den Ohren war für Herbert ein Signal völliger Verwahrlosung. »Wir sind doch hier nicht bei den Hottentotten« war sein Standardsatz. Dabei hatte Herbert nicht die geringste Ahnung, wer oder was die Hottentotten waren, für ihn dienten sie als Synonym für ungepflegte Frisuren. Das reichte.

Pauschale Rundumschläge waren typisch für Herbert. Wenn er abends im Unterhemd vor dem Fernseher saß und

Filme glotzte, dann brüllte er oft »Amerikanische Scheiße!«, weil ihm »dieses Dreckszeug aus Amerika« missfiel. Ein Land, wo alle Kaugummi kauten und rauchten und ständig Whiskey soffen und riesige Autos fuhren, die Heckflossen hatten wie Pottwale, und vor allem diese grauenvolle »Negermusik« spielten. Herbert liebte Helmut Zacharias, einen permanent schleimig grinsenden Zaubergeiger, und das »Trio Sorrento«, drei kecke Herren, die launige Musik machten. Ein Musiker in solchen Trios, meistens der Mann mit dem Kontrabass, machte in der Regel immer den Spaßvogel – ein typischer Begriff aus der urdeutschen Benennungsskala für Humor – der gemeinhin »kaspert«, »blödelt« oder »Quatsch« macht. Eine Klassifizierung, hart am Befund der Idiotie. Niemals würde ein Deutscher über Beethoven sagen, der Mann sei ein Notengaukler oder ein Gemütsdackel gewesen. Niemals. Und Herbert liebte Filme mit Heinz Rühmann, den am liebsten in seiner kecken Rolle in der *Feuerzangenbowle*. Den Film hatte er schon gefühlte hundert Mal gesehen und konnte ganze Passagen fließend auswendig, die er auf Familienfesten auf Drängen aller Gäste immer wieder zum Besten gab: *Wat is 'n Dampfmaschin'? Da stelle wa uns ma janz dumm.* Und alle lachten sich kapott. Bis auf Otter.

Herbert hatte auch einen Lieblingsfrisör. Dessen Salon war in Neukölln in einer grauen Mietshauszeile, direkt an der Ecke zur Silbersteinstraße. Als Dekoration lagen in minimalistischer Ästhetik zwei Gipsköpfe mit Perücken und ein Rasierpinsel neben einer silbernen Schale im Schaufenster. An der rechten Seitenwand hing ein eingerahmtes Zertifikat, auf dem in schwerer Fraktur die Anerkennung als »Meister« ausgewiesen war, an der linken Seite hing ein selbstgemaltes Plakat, auf dem in kursiver Pinselschrift »Der Haarschnitt macht das Gesicht!« und weiter drunter »Frisiersalon Basewitz. In dritter Generation« zu lesen war. Der Urgroßvater hatte also schon Bismarck den Bart rasiert. Zu Basewitz musste Otter immer hin, wenn er nach Herberts Ansicht aussah wie ein Hottentotte. Da der »Herrensalon« stets rappelvoll mit Kundschaft war, kam es zu längeren Wartezeiten, währenddessen wurde gequalmt, dass man die Luft in Scheiben schneiden konnte. Im Raum nebenan, getrennt durch einen Vorhang, war der »Damensalon«, ein Paradies für Lockenwickler und Trockenhauben, welches der Leitung von Frau Basewitz oblag, die sporadisch mit einer schweren Duftfahne ihr Revier verließ und auf hohen Absätzen mit drallen Waden geschäftig durch den Herrensalon nagelte, vorbei an den männlichen Kunden, die brav aufgereiht wie im Flur vom Arbeitsamt an der Wand saßen und auf den erlösenden Ruf »Der Nächste bitte!« warteten.

»Wie letztes Mal?«, fragte der Meister höflich.

»Messerformschnitt, wie gehabt«, antwortete der Kunde.

»Sehr wohl«, sagte der Meister und schälte ihm mit dem Scherkopf die Haare aus dem Nacken, die stumm herunterrieselten, sich auf dem Boden sammelten und nach jedem Kunden vom Lehrling zusammengekehrt wurden.

Es herrschte diskrete Stille im Salon, nur die Frisöre murmelten mit den Kunden und ihre Scheren klapperten geschäftig. Otter blätterte in der Wartezeit in speckigen Illustrierten einer veralteten Lesezirkelmappe und studierte die üppigen Brüste von Sophia Loren, was ihn spürbar erregte, sodass er sicherheitshalber immer die Beine übereinanderschlug. Um sich wieder abzuregen, blätterte er in Frauenzeitschriften und las Rezepte. Manche Gerichte erregten ihn wiederum auch. Er befand sich halt in einer äußerst erregbaren Phase seines jungen Lebens. Wenn er sehr lange warten musste, füllte er auch schon mal Kreuzworträtsel aus, die jedoch zumeist schon von anderen Kunden vor ihm fast vollständig ausgefüllt worden waren. Er stellte aber auch häufig fest, dass viele Leute falsche Wörter einsetzten, nur um mit dem Rätsel voranzukommen. Irgendein Födel hatte für den Sohn Abrahams anstatt Isaak »Jesus« eingesetzt, was, bei aller Liebe, zwangsläufig mit all den anderen sich kreuzenden Wörtern nicht hinkam. Der Gang zu Basewitz bedeutete für Otter zugleich den Abschied vom Wohlbehagen. Nach dem Haarschnitt war ihm immer kalt im Nacken und er fühlte sich furchtbar geschniegelt. Ein grausiges Gefühl. Herbert hatte den Frisör vorsichtshalber telefonisch vorab darüber informiert, wie er sich den korrekten Haarschnitt seines verluderten Stiefsohnes vorstellte, und er war sogar dazu fähig, ihn bei Nichtgefallen zur nachträglichen Korrektur wieder zurückzuschicken. Alles müsse seine Ordnung haben, auch die Frisur, und das, so versprach ihm Herbert, würde ihm schon noch beim »Barras« beigebracht werden. Nachfragen zu seiner eigenen Vergangenheit wich Herbert stets plump aus.

»Wie war das eigentlich im Krieg, Rüdiger?«, fragte ihn Otter später mal, als er schon ausgezogen war. Herbert hieß nämlich mit zweitem Namen Rüdiger und konnte diesen Namen nicht ausstehen.

»Du kümmere dich mal um deinen Kram!«

»Es interessiert mich.«

»Ihr Schlappschwänze, was wisst ihr schon vom Krieg?!«

»Stimmt, deswegen frage ich ja. Wie war das nun eigentlich mit den Juden? Habt ihr denn das echt nicht mitbekommen? Interessiert mich.«

»Mit den Juden, mit den Juden. Immer diese Juden. Wie sollen wir das mitbekommen haben? Wir haben nichts gewusst, gar nichts gewusst, garrrnichts, kein Mensch hat was gewusst«, raunzte er.

»Ihr habt gedacht, wo sind denn all die Juden hin? Fahren plötzlich kollektiv alle in den Urlaub? Geben ihre Geschäfte und Firmen auf, pfeifen auf die Arbeit und fangen ein neues Leben in frisch gebauten Ferienanlagen an? Heil Freizeit? Ihr wart richtig neidisch, oder?«

»Ihr vaterlandslosen Gesellen! Jaaa, ihr wisst ja alles so gut, ihr wisst alles, ihr Klugscheißer! Was wisst ihr denn? Nix wisst ihr, nix! Nicht dabei gewesen, keine Ahnung, aber Bescheid wissen, das sind die Richtigen. Du würdest heute noch mit deiner fetten Franzosenschüssel …«

»… gebraucht, aus dritter Hand mit 150.000 Kilometer«, ergänzte Otter.

»… über Sand fahren, wenn der Führer nicht die Autobahnen gebaut hätte.«

»Und wäre noch heute arbeitslos, wenn der Führer damals nicht die Arbeitslosigkeit beseitigt hätte.«

»Ja, spottet nur, ihr Kotzbrocken. Affenmusik hören und Rauschgift nehmen und vom Lotterbett groß auf Alleswisser machen, mehr könnt ihr doch nicht! Was wisst ihr Weicheier von Vaterlandsliebe und Tradition? Nichts! So wenig wie ein Schwein vom Dachdecken, nichts!«

»Das ist ein sehr witziger Vergleich, Rüdiger, mein Kompliment.«

»Alles in den Dreck ziehen, auf traditionelle Werte scheißen, das könnt ihr!«

»Tradition ist für mich wie eine Motte in Trachtenjacke.«

»Asoziale seid ihr, allesamt!«

Herbert kochte. Er wurde umgehend laut, wenn er sich an die Wand gedrückt fühlte. Früher verteilte er in solchen Momenten »kleine Schläge auf den Hinterkopf«, die nach seiner Überzeugung das Gedächtnis erfrischten. So gesehen hatte er dann auf jeden Fall in seinem Leben davon zu wenig erhalten. Schläge an den Kopf oder ins Gesicht waren für Otter eine extreme Demütigung. Der Kopf, die empfindlichste Zentralstelle des Körpers, das Epizentrum aller Funktionen, war ihm heilig. Wenn Boxer sich pausenlos auf diesen hochsensiblen Körperteil hämmerten, dann war das ihre Sache. Neurologische Forschungen hatten ergeben, dass jeder Schlag auf den Kopf das Hirn wie mit einer Dampframme trifft und so durchschüttelt, dass keine Zelle mehr auf der anderen bleibt. Ob die alle danach wieder zurück auf ihren Platz fanden, bezweifelte Otter stark. Als er schon fast erwachsen war, hatte Herbert ihn wieder anbringen wollen, diesen Schlag auf den Hinterkopf, aber Otter schlug zurück. Das war das Ende von Herberts Regierungszeit. Danach blieb ihm nur noch seine gehässige Schnauze. Seitdem war Otter im Disput mit Herbert völlig ruhig und provozierte ihn bis aufs Blut.

»Hab doch nur gefragt, Rüdiger, nur so gefragt. Warst du nicht im Krieg als Held ganz gemütlich im schönen Italien?«

Otters Mutter deutete mal an, dass Herbert im Krieg in Italien bei irgendeinem Bataillon als Pferdepfleger diente. Die Italiener verachtete er, weil sie die deutsche Kriegskameradschaft verlassen hatten und statt zu kämpfen einfach nach Hause gegangen waren. Für Herbert hatten die Italiener daraufhin »die Hacken vorne«. Diese modische Torheit fand Otter geradezu originell und so typisch für diese herrlich kreativen Italiener. Er stellte sich vor, wie einer von ihnen in dreckiger und verschwitzter Uniform in seinem Graben lag und plötzlich auf die Idee kam, diesen ganzen lebensfeindlichen Krieg zu beenden und in sein malerisches Heimatdorf zu Mama und ihrer köstlichen Pasta zurückzukehren.

Er stand auf und brüllte über die Schützengräben: »Ich geh nach Hause! Ist doch alles scheiße hier!«

Diesem großartigen Einfall schlossen sich unter großem Jubel alle anderen Soldaten an. Als Herbert und all die anderen deutschen Soldaten das mitbekamen, waren sie natürlich sauer, weil sie jetzt den Krieg alleine weiterführen mussten, aber die Italiener waren von ihrem Vorhaben nicht mehr abzubringen und verwiesen darauf, dass es ja schließlich die Deutschen gewesen seien, die ihn angezettelt hatten. Auch der Appell an ihre historische Vorgeschichte, an ihre glorreichen Kriege, in denen die Truppen Roms die halbe Welt erobert hatten, konnte sie nicht umstimmen. Im Gegenteil, sie argumentierten, dass es nachweislich ein gewaltiger Stress war, die halbe Welt zu kontrollieren und am Ende, außer unfassbar vielen Toten und nachhaltig versauter internationaler Beziehungen, nichts gebracht habe. Eine Heimat, eine Mama, ein wundervolles Eheweib und viele, viele Kinder, das würde ihnen völlig reichen. Sie hängten ihren Führer, den Duce, mit seiner Geliebten erst am Hals, dann an den Füßen auf, und konzentrierten sich wieder auf die Lust am Leben. Wenn die Deutschen endlich auch ihren Führer aufgehängt hatten, würden sie sie herzlich einladen, an ihren schönen Stränden Urlaub zu machen und für sie köstliche Pastagerichte kochen und lecker Eis machen, aber bis dahin sollten sie gefälligst alleine weitermachen, und so entschwanden sie mit einem fröhlichen »Ciao, Bello!«. In den braunen Augen Herberts waren sie allesamt erbärmliche Verräter.

»Was verstehst du schon, Rotzlöffel. Mach erst mal fünfzig Klimmzüge! Auf jeden Fall haben sie uns Ordnung beigebracht, mein Lieber! Ordnung ist das halbe Leben!«, kläffte er.

»Trotzdem suchst du ständig deine Brille.«

»Werde nicht frech, mein Lieber. Nur weil du erwachsen bist, kannst du hier noch lange nicht auf dicke Hose machen!«

»Ordnung ist das halbe Leben«, er hatte es von Herbert tausend Mal gehört. Erziehungsphrasen, die bei ihm nur noch rechts rein- und links wieder rausgingen. »Der frühe Vogel pickt den Wurm« und »Was du heute kannst besorgen, verschiebe nicht auf morgen«. Humbug! Alles Unsinn! Nichts von dem stimmte. »Der frühe Vogel ist übermüdet« und »Was du heute kannst besorgen, erledigt sich auch morgen«, so ist es richtig. Alles muss in Ruhe überlegt sein. Und Ordnung ist der Erzfeind der Phantasie und nicht »das halbe Leben«. Von Ordnung nahm er keine Befehle an. Wie kann man ihr nur sein halbes Leben opfern, fragte er sich. Es begeisterte ihn, wenn er morgens aufwachte und mit Freude sah, wie einfallsreich er am Abend zuvor seine Kleidungsstücke im Raum verteilt hatte. Hier eine Socke auf der Lampe, dort seine Unterhose wie Weihnachtsschmuck am Gummibaum baumelnd. Das war Performance. Der Gedanke, dass all diese Objekte im von uns Deutschen vergötterten rechten Winkel, der ästhetischen Krücke aller Einfallslosen, in Schränken bündig übereinander geordnet oder gar an einer Kleiderstange in Reih und Glied gehängt, dieser kreativen Freiheit brutal entzogen wären, erschien ihm unerträglich. Er liebte die grenzenlose Freiheit des Chaos, auch wenn er sie häufig in großer Not verzweifelt um Hilfe bat, ihm bei der Suche nach einem wichtigen Objekt ein wenig zur Seite zu stehen. Die ungefähre Richtung würde ihm ja schon reichen. Aber die Freiheit wäre ja nicht die Freiheit, wenn sie unter Bedrängnis Auskunft geben würde. Sie nahm sich die Freiheit, ihn in seinem Chaos alleine zu lassen.

Herbert schmückte sogar ordentlich den Weihnachtsbaum. Otter erinnerte sich an einen Abend vor Weihnachten, an dem Herbert in einem alljährlichen Ritual den Baum aufstellte und alle Kugeln und sonstigen Dekorationen penibel vor sich auf dem Tisch ausbreitete, um die Verteilung der schmückenden Elemente mathematisch zu planen. Es war ihm außerordentlich wichtig, ein optisches Gleichgewicht zu erzeugen. Hing auf der linken Seite eine rote Kugel, musste rechts in gleicher Höhe auch eine hängen. Am Ende seiner Inszenierung, quasi als Höhepunkt, drapierte er das Lametta. Otter hatte sich am Nachmittag mit seinen Kumpels in ihrer Stammkneipe getroffen und sich ordentlich einen auf die Lampe gegossen. Irgendwann stellte er beim Aufstehen fest, dass er leichte Gleichgewichtsstörungen hatte. Er wollte immer in irgendeine Richtung umkippen, was er über alle Maßen lustig fand. Seine Kumpels fuhren ihn nach Hause und stellten ihn schräg vor den Hauseingang, damit er nicht hinstürzte. Wie er es schaffte, den Schlüssel in das Türschloss zu kriegen, daran konnte er sich nicht mehr erinnern, auch nicht, wie er die zwei Stockwerke hochkam und das Schloss von ihrer Wohnungstür fand. Aber er konnte sich noch gut daran erinnern, dass es ihm wichtig war, so diskret wie möglich in sein Zimmer zu kommen, um sich die obligatorische Frage »War's denn nett mit deinen Freunden?« zu ersparen. Er wusste, dass Herbert um diese Zeit den Weihnachtsbaum schmückte und seine Mutter ihm dabei mit dem Zureichen des von ihm ausgewählten Christbaumschmucks assistierte. Also zog er sich unter Aufbietung aller Konzentration im Flur die Schuhe aus und und schob sich bäuchlings auf allen Vieren den Wohnungsflur hoch, um unauffällig in sein Zimmer zu gelangen. Dazu musste er am Wohnzimmer vorbei, aus dem er vernahm, wie Herbert bei seiner Mutter »Mehr Lametta, bitte« orderte. Als er an der Scheuerleiste entlang robbend die Wohnzimmertür erreichte, stellte er fest, dass sie einen Spalt offenstand. Irgendwie musste er diese Stelle unbemerkt passieren. Gerade als er tief Luft holte und sich diskret vorbeischob, war Herbert dabei, mit spitzen Fingern Lametta an sorgfältig ausgewählte Zweige zu hängen – und erstarrte in seiner Bewegung, weil er irgendeinem spontanen Impuls folgend den Kopf zur Tür gedreht hatte und durch den Türspalt am Boden in die glasigen Augen seines blöd grinsenden Stiefsohnes sah. Otter lallte höflich »Frölsche Weihnach« und robbte entschlossen weiter. Als er am nächsten Morgen mit dröhnendem Kopf und heftiger Übelkeit aufwachte, hörte er aus der Küche seinen Stiefvater wettern: »Nicht seinem Vaterland dienen, aber saufen, das kann er!«

Unbegreiflich, dass Herbert, ein Mensch mit den frischen Narben eines mörderischen Weltkrieges, überhaupt noch vom Soldatentum schwärmen konnte. Herbert war ein Idiot und Otter verstand nicht, warum seine Mutter einen Idioten geheiratet hatte. Ein Mensch, der stundenlang mit einer feinen Schnur in der Hand versteckt unter seinem Wohnzimmerfenster kauerte, um einen Vogel von draußen in seine Käfigfalle zu locken. Otter ahnte ungefähr, wie schwer es Herbert gefallen sein musste, sich nicht den Kuckuck aus der Uhr im Schwarzwaldhotel zu greifen. Ein Mensch, der so einen Aufwand betrieb, um ein kleines Federtier einzusperren, das in der Freiheit mit unnachahmlichem Geschick mit den Lüften spielte – und nun in einem winzigen Käfig auf einer albernen Holzstange saß und sich blöde angaffen lassen musste, gar noch schief angepfiffen wurde. Wie bekloppt musste man dafür eigentlich sein? Tatsächlich ging Herbert eines Tages mal ein prächtiger Dompfaff in die Falle. Otter hat ihn in der Nacht unverzüglich wieder freigelassen. Es war ein erhabenes Gefühl. Otter hatte sogar den Eindruck, dass der Vogel für ihn noch eine kleine Schleife flog, bevor er in den Himmel stieg. Herbert drehte fast durch, als er die Flucht bemerkte. Er bezichtigte Otter, der sich aber vehement verteidigte. Niemals würde er Herberts Jagdglück zerstören, sagte er. Diese Art von Verlogenheit hielt er im Dienste der Sache für opportun. Schließlich hatte Herbert ihm auch ständig irgendeinen Schwachsinn erzählt. »Wer mehr als neun Mandeln isst, stirbt«. Zum Beispiel. Schuld daran war angeblich die Blausäure. Otter hatte fest dran geglaubt und sich die Mandeln immer korrekt abgezählt in einer übersichtlichen Reihe auf den Tisch gelegt, sie mehrfach durchgezählt und ganz bewusst der Reihe nach gegessen, wobei er laut mitzählte. Einmal, er hatte bereits vier verspeist, waren ihm die restlichen Mandeln auf den Boden gefallen. Er fand überraschenderweise sechs. Danach war er völlig durcheinander und wusste nicht mehr, wie viele genau er nun gegessen hatte. Bei der letzten stand ihm der Schweiß auf der Stirn. Wenn es nun die zehnte war und ihm ein qualvoller Tod bevorstand? Also aß er sie lieber nicht. Er warnte auch all seine Freunde vor dieser tödlichen Gefahr, daraufhin aß keiner von ihnen mehr als neun Mandeln am Tag. Auch keine gebrannten. Bis ihn eines Tages Ingo anmachte, was er ihm denn für einen Schwachsinn erzählt habe. Sein Vater habe ihn ausgelacht und gesagt, das mit den neun Mandeln sei ausgemachter Scheiß. Daran sei nichts wahr. Er könne so viel Mandeln essen wie er wolle, wenn es zu viele wären, würde er eben Bauchschmerzen kriegen. Danach kaufte sich Otter auf der Kirmes eine Riesentüte kandierter Mandeln und aß sie bis zum letzten Krümel lustvoll auf. Als er am nächsten Morgen aufwachte, war er insgeheim doch erleichtert, dass er noch lebte. Solche Vorurteile hocken im Kopf wie eine Zecke im Pelz.

Herbert verstand nicht, wie es dem Vogel gelungen war, sich aus dem Käfig zu befreien. Otter glaubte sich zu erinnern, dass sein Biologielehrer mal erzählt hatte, dass es neue Forschungsergebnisse gab, die belegten, dass Vögel sehr geschickt mit dem Schnabel seien. Drosseln z.B. schnappen sich ein Schneckenhaus und werfen es so lange auf einen Stein, bis die Schnecke dadurch aus ihrem Haus rutscht. Raben seien sogar in der Lage, schwierige Knoten, auch Riegel und Schlösser zu öffnen – und der Dompfaff gehörte offenbar auch zur Gruppe der Geschickten, wie er Herbert erklärte. Er habe von einem Klassenkameraden gehört, dass er mal mit seinen Eltern in einem Zirkus eine Dompfaff-Show gesehen habe, in der diese talentierten Vögel eine gefesselte Frau mit ihren Schnäbeln entknoteten.

Für Herbert war klar: »Vögel, die sich selbst befreien? Ungeheuerlich! So was gab's doch früher nicht. Kommt alles von der Atombombe. Alles!« Ob Sodbrennen, Schuppen, Rohrbruch oder Nacktschneckenplage, schuld für Herbert war die Kernspaltung.

Und nun auch der Dompfaff. Herbert war fassungslos und ob dieser Entwicklung in der Tierwelt erschüttert, er konnte auch nicht begreifen, wie sich ein kleines Ferkel, das er mal einem Arbeitskollegen zum Geburtstag schenken wollte, aus der Kiste befreien konnte, in die er es gesteckt hatte. Am nächsten Morgen war es spurlos verschwunden. Er hatte Otter hart verhört und von ihm verlangt, dass er bei der Seele seiner Mutter schwören sollte, dass er es nicht war. Otter schwor mit erhobener Hand, aber mit der linken hob er hinter seinem Rücken mit überkreuzten Mittel- und Zeigefinger den Schwur wieder auf. Das machten sie in der Schule immer so. Das Ferkel hatte Otter einem Freund geschenkt, dessen Eltern einen Schrebergarten besaßen und es dort in einem kleinen Areal liebevoll großzogen. Er besuchte es ab und zu. Es war total zutraulich und ließ sich sogar tätscheln und starb nach einem erfüllten Leben als ausgewachsenes Schwein an Altersschwäche. Für Herbert hingegen waren all diese Vorkommnisse der Beginn vom Untergang des Abendlandes. In Wirklichkeit stand das mit seiner Geburt vor seiner größten Prüfung.

Diesen Herbert hatte seine Mutter an einem heißen Berliner Sommersonntag am Wannsee kennengelernt, als er im ausgeleierten und verschwitzten Feinrippunterhemd in seinem Faltboot zielgerecht in ihre vom Schilf verborgene Bucht paddelte und mit dem Bug knirschend auf den feinen, märkischen Sand rutschte. Seine Mutter sonnte sich ein paar Meter weiter mit ihrer Freundin auf einer Decke und bekam einen gehörigen Schreck, als Herbert: »Sie erlauben, meine Damen?« rief und sich federnden Schrittes mit seinen sehnigen Waden zu ihnen gesellte. Dieser smarte Auftritt passte zu ihm. Sein Draufgängertum hatte seine Mutter mächtig beeindruckt, wie sie Otter mal gestand. Sie habe sich nach dem Tod seines Vaters in einer inneren Talsohle befunden und sei in dieser Zeit für vitale Ansprachen sehr anfällig gewesen. Herbert hielt sich in jeder Hinsicht für unwiderstehlich, was Otter immer wieder über die Frage sinnieren ließ, wie es kommen konnte, dass so viele Menschen eine völlig unrealistische Selbstwahrnehmung besaßen. Das schien ein unabdingbares, fremdgesteuertes Überlebensprogramm zu sein, mit dem der Einzelne auf Teufel komm raus sein fragiles Ich schützte. Wer aber nicht wusste, wer er selber war, dem fehlte doch jede gesunde Basis, andere zu beurteilen. So sah Otter das.

»Führen Sie Waffen, Munition oder Funkgeräte mit sich?«, fragte ihn ein blaugrau Uniformierter, der an ihr Fahrzeug herangetreten war und dabei seinen Kopf halb in ihr Auto steckte. Otter hatte dazu eigentlich diverse originelle Antworten parat, z.B.: »Ja, zwei Flugabwehrraketen, eine Haubitze, eine Kalaschnikow und die gängigen Handfeuerwaffen«, aber das sagte er natürlich nicht, weil er wusste, dass Staatsbüttel keinen Spaß verstanden. Ein Kumpel von ihm musste mal die Folgen seines frechen Mauls tragen. Er hatte, zugegeben nicht mehr ganz nüchtern, diese Frage völlig am Thema vorbei mit dem Satz »Macht euch mal nicht in die Hose mit eurem sozialistischen Sackstaat!« kommentiert. Daraufhin standen er und seine Begleiter fünf Stunden auf dem Seitenstreifen. Otter antwortete also lieber: »Nö, nix« und war sich sicher, dass die beharrliche Musterung des Mannes den beiden Frauen galt. Nach gefühlt endlosen Minuten stellte ihn Otters klare Antwort und die Fleischbeschau der beiden weiblichen Insassen zufrieden und amtstrunken schritt er steifbeinig zum nächsten Fahrzeug, klopfte an die Scheibe und leierte wieder »Führen Sie Waffen, Munition oder Funkgeräte mit sich?« herunter. Mit Sicherheit wiederholte er das in einer Schicht gut tausend Mal und murmelte das zu Hause noch nachts im Schlaf. Wollte man in einem Reisebus durch den Arbeiter- und Bauernstaat, so stieg an der Grenze eines ihrer Grenzorgane ein, zählte die Reisenden durch und schob sich dann mit strenger Miene durch den Mittelgang, um Sitzreihe für Sitzreihe die Personalausweise zu kontrollieren. Die Prozedur zog sich hin. Otter konnte es nicht genau definieren, aber mit verbundenen Augen hätte er sofort gemerkt, dass ein DDR-Bürger den Bus betreten hatte: der Mann roch. Es war ein ganz spezieller DDR-Duft, eine Mischung aus Uniformstoff, Handschuhleder, Ruß und Desinfektionsmittel gegen Klassenfeindbakterien. Weibliche Grenzorgane waren seltener, wenn aber, dann hatten sie keine Haare auf den Zähnen, sondern Stacheldraht. Herbert nannte sie immer abfällig »Flintenweiber« und hatte offensichtlich regelrecht Bammel vor diesen zumeist strammen, uniformierten Amazonen, was er natürlich niemals zugegeben hätte. So lange das Grenzorgan seinen Kontrollgang machte, herrschte eine angespannte Atmosphäre im Bus. Bloß keine blöden Bemerkungen machen, sonst durfte der ganze Reisebus rechts ranfahren und zur Strafe ein paar Stunden warten. Kollektivstrafe nannte sich so etwas und mit Kollektiven kannte sich die DDR ja aus.

Politik war für Otter ein spannendes Thema. Als eingemauerter Westberliner war er ihr unausweichlich ausgesetzt. Parteien waren echt nicht sein Ding, er wehrte sich grundsätzlich schon mal dagegen, sich einer bestimmten Farbe anzuschließen. Bist du ’n Roter? Oder ein Schwarzer? Oder Grüner oder Gelber? Oder vielleicht ein Brauner? Wussten die

Braunen eigentlich, dass Braun aus Schwarz und Rot bestand? Ein Einparteienstaat war für Otter der absolute Albtraum. Auf dem Weg zu seiner persönlichen Vorstellung einer idealen Gesellschaftsordnung stand für ihn an erster Stelle die unerschütterliche Grundeinstellung, dass er gefälligst gerne selber entscheiden wollte, ob er heute nach Wladiwostok oder morgen nach Woodstock wollte. Jede Bevormundung seitens einer ideologischen oder religiösen Führungsmacht – in der Regel verkörpert von Typen, mit denen er nie und nimmer einen geraucht hätte – lehnte er kategorisch ab. Jeder Mensch, so fand Otter, war ein ungeheuer komplexes Wesen. Jeder Mensch war – ob gelber, schwarzer, weißer oder roter – eine einzigartige, genetische Schatztruhe und grundsätzlich nur im Bedürfnis nach Nahrung und Fortpflanzung mit allen anderen Menschen eins. Darüber hinaus entfaltete sich jedes Individuum wie ein Schmetterling in seinen ganz persönlichen Farben und Strukturen. Genau diese Vielfalt galt es zu schützen und zu hegen und sie in einem menschenfreundlichen System mit sensibler Hand und maximaler Toleranz zu vereinen und zu lenken. Eine ideologische Monokultur lehnte Otter folglich rigoros ab, einem moralischen Kodex für ein Zusammenleben aller Menschen stand er allerdings nicht unaufgeschlossen gegenüber. Diesbezüglich jedoch sprach er den herrschenden politischen Systemen auf der ganzen Welt die Befähigung ab. Otters drei gesellschaftliche Grundpfeiler hießen: Freiheit, Freiheit, Freiheit. »Die Freiheit ist ein unzerstörbares Element«, sagten schon die französischen Revolutionäre. Die erste Freiheit war für Otter, aufzustehen, wann er wollte, und anschließend dem Tag und seinen vielfältigen Angeboten in freier Wahl die gebührende Aufmerksamkeit zu schenken. In nächtelangen Diskussionen mit politisch ambitionierten Freunden kämpfte er in seiner WG folglich für seine Überzeugung, sich von keinem uniformierten Schergen in den Rücken schießen zu lassen, nur weil er den Wunsch verspürte, mit dem ideologischen Gegner auf der anderen Seite ein Bierchen zu trinken.

Katja von der Vereinigung »Antifaschistische Frauen«, kurz ANTIFAFRA genannt, hatte ihn in einer solchen Diskussion scharf darauf hingewiesen, dass der Kapitalismus schließlich der Aggressor sei und die zarte Pflanze des Sozialismus nicht gedeihen könne, wenn sie sich nicht vor dessen Gier und seinem Expansionsdrang schützen würde. Drum sei die Mauer die einzige Lösung, um die Systeme zu trennen und eine andere Gesellschaftsform zu wagen und damit dem Sozialismus eine Chance zu geben. Das sei nicht immer angenehm, aber nicht zu ändern. Manchmal müsse der Mensch halt zu seinem Glück gezwungen werden. Exakt diese dogmatische Fürsorge lehne er rundheraus ab, entgegnete ihr Otter, sie sei ihm ein echter Horror. Er finde den Kapitalismus auch scheiße, aber den könne man wenigstens täglich mit Konsumverweigerung und privater Gerechtigkeit bekämpfen. Außerdem verstehe er nicht ganz, warum Katja denn nicht in ihr sozialistisches Paradies wechseln würde? Nein, er wolle nicht in die Rhetorik der faschistischen Stadtpresse verfallen, aber dennoch diese Alternative in den Raum stellen, immerhin hätten schon einige westdeutsche Promis diesen Systemwechsel vollzogen. Otter war sich bewusst, dass er damit einen Brandsatz in die Diskussion geschleudert hatte, doch er hatte Bock auf Zoff. Und Katja war erfreulicherweise außer sich vor Wut. Woraufhin Otter ihr riet, sich ein wenig zu entspannen, schließlich beinhalte sein Vorschlag doch eine gewisse Logik.

»Bei so einer dämlichen Polemik soll ich mich auch noch entspannen?«, schrie sie.

»Mit Entspannung hast du's ja sowieso nicht so, oder?«, feixte er.

Ihm war klar, dass ihm dieser Satz eine Runde Strafdienst im Haushalt einbrachte. Er entschied sich in solchen Fällen generell für eine Ladung Buntwäsche. Waschen machte ihm Spaß, weil die Hauptarbeit die Maschine tat, Wäsche aufhängen fand er wiederum totlangweilig, ordnete in seiner Phantasie die einzelnen Teile dann aber immer den jeweiligen Personen zu und stellte sich vor, wie die oder der jetzt in diesem klatschnassen Wäschestück aussehen würde. Da entstanden lustige Bilder, die diese stupide Tätigkeit für ihn doch deutlich kurzweiliger machten. Mit der Entspannung hatte er bei Katja einen Volltreffer gelandet, denn er spielte damit darauf an, dass Katja bei ihrer Bewerbung um ein Zimmer in dieser WG den Punkt 3 des internen Auswahlverfahrens, nämlich den »Nachweis psychosozialer Kompetenz«, nicht bestanden hatte, letztlich aber durch Steffi, einer ihrer Fürsprecherinnen, doch in die WG aufgenommen wurde. Das Zimmer in der WG war wiederum frei geworden, weil Bernie ausgezogen war. Um die Wahrheit zu sagen, nicht ganz freiwillig. Es gab da einen Vorfall. Bernie hatte die Angewohnheit, seinen Kaffee mit Milch und Zucker zu trinken, und um beide Zutaten mit dem Kaffee zu vermischen, rührte er sie in der Tasse um. Das mag jetzt nicht außergewöhnlich erscheinen, nur Bernie rührte immer weiter, obwohl Milch und der Zucker sich längst komplett vermischt hatten. »Pling-pling! Pling-pling! Pling-pling!«, er liebte das Klingeln des Löffels am Tassenrand. Es beruhigte ihn.

»Bernie!!?«

»Ja, Steffi?«

»Was machst du da?«

»Ich rühre meinen Kaffee um.«

»Das tust du aber schon seit einer Viertelstunde!«

»Echt? Ich mach das gerne.«

»Das weiß jeder von uns, Bernie!« Steffi hatte leicht gerötete Wangen.

»Und wo ist das Problem?« Bernie klingelte weiter in der Tasse und schaute mit provozierender Arglosigkeit zu Steffi.

»Es nervt, Bernie! Es nervt mächtig!«

»Dann geh doch so lange raus, Steffi.«

»Kannst du das noch mal wiederholen, Bernie?« Steffi wurde lauter. »Ich soll rausgehen, weil du mit deinem blöden Löffel ein Klingelkonzert veranstalten willst? Ich habe das gleiche Recht wie du, in unserer Küche mein Frühstück einzunehmen! Und zwar ohne akustische Raumverschmutzung!«

»Ich ertrage es ja auch, wenn du krachend dein Müsli malmst.«

»Was soll denn das jetzt? Das Verzehren eines Müslis, ich meine die Einnahme von hochwertigen Nahrungsmitteln, steht doch in keinem Verhältnis zum sinnentleerten Bimmeln mit einem Teelöffel!« Steffi kam in Rage.

»Seh ich anders.« Bernie ließ sich nicht aus der Ruhe bringen.

»Ach, interessant? Du erkennst also nicht den Unterschied zwischen einer Angewohnheit und einer Notwendigkeit?«

»Ich erkenne den Unterschied zwischen dem anmutigen Klang eines Teelöffels und dem hässlichen Krachen von Kiefern, den erkenne ich.« Bernies Löffel war aus dem Marmeladenglas zurück und bimmelte nun wieder in der Tasse.

»Kein Mensch auf der ganzen Welt mag es, wenn jemand andauernd mit dem Löffel in der Kaffeetasse klingelt!«, geiferte Steffi.

»Wer sagt das denn? Du? Viele Menschen mögen aber Klangtherapie.«

»Du nennst das, was du da machst, Klangtherapie? Bernie, ich finde dich jetzt aber ziemlich scheiße!«

»Ich mich nicht«, antwortete Bernie und klingelte jetzt noch etwas lauter mit seinem Löffel in seiner Tasse.

»Bernie!!! Hör sofort auf mit diesem Terror!!« Steffi kochte.

»Iss dein Müsli, das beruhigt.«

Steffi sprang auf, schüttet Bernie ihren Orangensaft ins Gesicht und schrie: »Hier, du Tassenglöckner!!«

Bernie sprang urplötzlich auf, sodass sein Stuhl mit Wucht nach hinten fiel, und baute sich in seiner ganzen, körperlichen Masse drohend vor Steffi auf: »Ich hau dir gleich eine in die Fresse!«

»Jetzt zeigt er sein wahres Gesicht, jetzt zeigt er's!!!« Steffi schrie, dass es alle hören konnten, sofern sie sich nicht schon längst herangeschlichen hatten. »Du Schowi, du Schowischwein!! Ich betrete nie wieder die Küche, wenn dieser Schowi drin sitzt! Nie wieder!« Steffi stürzte schäumend aus der Küche. In der eisigen Stille lähmender Betroffenheit vernahm man nur das meditative Klingeln eines Teelöffels.

Mit vier zu eins verfügte die WG in einer eigens anberaumten Versammlung, dass Bernie die WG verlassen müsse, weil Androhung von Gewalt nicht akzeptiert werden konnte. Bernies Einwand, dass die Gewalt von Steffi ausgegangen sei und er bei Marx und Engels schwöre, dass er noch nie eine Frau geschlagen habe und appelliere, doch bitte zu verstehen, dass das eine rein verbale Affekthandlung gewesen sei und er sich dafür entschuldige, obwohl ihm eine Demütigung widerfahren sei, denn klebriger Orangensaft im Gesicht sei wahrlich keine Lappalie. Auch wenn es nur Orangensaftkonzentrat war. Aber es half alles nichts, Bernie musste ausziehen. Natürlich nahm er seinen schwarzen Kater »Spooky« mit, was alle sehr bedauerten, denn Spooky war zum Liebling der WG geworden, nachdem er bewiesen hatte, dass ihn auch ein LSD-Trip, den er mal aus Versehen gefressen hatte, nicht umhauen konnte. Als Folge war er wie ein Flummi die Wände und Decken hoch- und runtergeschossen und hatte sich, von T-Rex-großen

Monstermäusen gehetzt, am Ende vom Balkon gestürzt. Da der im ersten Stock lag, ging alles zum Glück glimpflich ab. Danach hockte er noch drei Tage in einem Baum und wurde von einem Nachbarn, der eine kleine Parzelle in einem Schrebergarten sein Eigen nannte, mit einem Apfelpflücker vom Ast geholt. Bernie hoffte, dass das für Spooky in Zukunft eine Lehre war, nicht alles zu fressen, was so auf dem Boden herumlag.

In einer WG, die sich dem Pazifismus verschrieben hatte, seien solche Aggressionen nicht hinzunehmen, urteilte Karl. Er, der ideologische Kopf der WG und verdienter Kämpfer auf Demos gegen die Idee der amerikanischen Cowboys, den Stamm der widerspenstigen Yellow-Faces in Nordvietnam vom Segen des Kapitalismus zu überzeugen – und wenn nötig, sie mit Napalm zu bekehren – zugleich ein glühender Kämpfer für die Enteignung aller Herrschenden von Grund- und Bodenbesitz (aus dem später in Frankfurt ein erfolgreicher Immobilienmakler wurde), hatte die Statuten für die Aufnahme in ihre WG aufgestellt und nach langen Diskussionen mit den anderen WG-Mitgliedern in Kraft gesetzt.

Eines Tages proklamierte Karl »Die Woche der Arbeit«. Heraus aus dem intellektuellen Zölibat, hinein in die werktätige Wirklichkeit, den Schweiß der Arbeiterklasse auf der eigenen Haut spüren. Darum ging's ihm. Er las Stellenangebote und entdeckte eine Anzeige, in der stand, man suche täglich Kräfte für handfeste Arbeiten, einfache Tätigkeiten, ordentlich bezahlt. Karl rief unter der angegebenen Nummer an und bekam eine eloquente Dame mit osteuropäischem Akzent an den Apparat, die auf die Frage, um welche Verrichtungen es sich dabei handele, »Fäggen, ladden, stappeln« antwortete. Klassische Tätigkeiten, die für die Abrundung von Arbeitsprozessen unabdingbar seien. Zur Verteilung der Aufgaben bat sie ihn, sich bitte am nächsten Morgen um fünf Uhr früh auf dem

Gelände der Spedition SCHOLZ in Spandau einzufinden. Um diese Zeit ging die WG eigentlich gerade vollgekifft und ideologisch aufgewühlt ins Bett. »Mal dem frühen Wurm in die Augen sehen« fand Karl wichtig und richtig. Es galt freilich noch abzuklären, ob man durchmachte oder seinen Lebensrhythmus in diesem Sonderfall den neuen Bedingungen ausnahmsweise anpasste. Die Abstimmung ergab eine deutliche Neigung zur letzteren Lösung. Also gingen alle mal früher ins Bett, um für die anstehenden Aufgaben ausgeruht zu sein. In tiefster Dunkelheit schleppten sie sich am nächsten Morgen zur S-Bahn und spürten im fahlen Licht des rumpelnden S-Bahn-Waggons schaudernd den schalen Geschmack der werktätigen Wirklichkeit. Unausgeschlafen und mürrisch hinter ihren BILD-Zeitungen versteckt steuerte die Arbeiterklasse stumm ihrem Tagewerk entgegen; ab zu nahm mal einer seine Zeitung beiseite und starrte müde auf die schmalen Werbebanner der Firma PEACH BROT an der Wagendecke, welche die gesamte S-Bahn-Flotte West-Berlins mit einfältigen Versen schmückte: »Und der Orje fragt den Kulle, haste nich ne Paech-Brot-Stulle?« oder »Gar furchtbar schimpft der Opapa, die Oma hat kein Paech-Brot da.« Die Luft war erfüllt von Zigarettenqualm und billigem Deo, hin und wieder hörte man jemanden hässlich husten oder schamlos gähnen. Pünktlich um fünf Uhr früh stand die gesamte WG in Spandau, in einer Gruppe weiterer unausgeschlafener Arbeitssuchender, vor einem riesigen Hallentor und lauschte den kläffenden Instruktionen eines Vorarbeiters: »Drei Mann zum Hallenfegen! Wer?« »Vier Mann zum Gemüsegroßmarkt! Wer?« »Zwei Mann Spandauer Hafen, Säcke tragen! Wer?« Und so ging es weiter, bis alle Jobs vergeben waren. Die WG-Mitglieder hatten sich verteilt, wobei die Frauen sich spontan zum »Fäggen«, zum Fegen von Hallen meldeten. Schwere körperliche Arbeit war ihnen um diese Zeit nicht ganz geheuer, zumal sie von ihrer Konstitution her sowieso nicht dafür geeignet waren. Karl wollte sich mit ganzer Kraft den Anforderungen des Arbeitslebens stellen und meldete sich bei »Ein Mann zur Betonfabrik! Hohlblocksteine stapeln! Wer?« spontan mit »Hier!« Er bekam einen Zettel mit der Adresse und machte sich auf den Weg. Gegen sieben Uhr stand er im Personalbüro der Firma WERBER in Siemensstadt und zeigte das Papier des Arbeitsvermittlers vor. Er bekam ein paar Handschuhe und die Aufgabe erteilt, auf dem Hof der Fabrik die frisch gefertigten Hohlblocksteine aus der Produktion bis zu einer festgelegten Höhe zum Trocknen im Freien zu stapeln. Die Steine waren ziemlich groß und schwer. Man riss sich an ihren rauen Kanten die Hände auf. Darum die Handschuhe. Bis zum Frühstück um neun Uhr hatte Karl seine ersten fünfhundert Steine gestapelt. Erledigte er diese Aufgabe anfänglich noch mit Schwung, spürte er nach den ersten zweihundert Steinen Muskeln in seinen Armen, die er bis zu diesem Moment in diesem Maße noch nie benötigt hatte. Ein Kollege, der eine Betonsteingasse weiter wie ein Roboter die Steine scheinbar mühelos aufeinanderstapelte, sagte: »Ging mir anfangs jenauso. Der erste Tach ist der Schlimmste. Da musste durch, dit jibt sich. Und dann rabotta rabotta!«

Nach der Pause startete Karl mit frischer Kraft, wie sich aber herausstellte, handelte es sich hier nur um ein muskuläres Strohfeuer, eine kooperative Geste seines Körpers, dem das etwas peinlich war, dass Karl langsam in die Knie ging. Gegen 11 Uhr hatte Karl das Gefühl, die Steine wurden doppelt so schwer. War das gar eine Schikane der Fertigung, um es dem Intellektuellen mal richtig zu zeigen? Am liebsten wäre er in die große Halle gegangen, wo Arbeiter vor gewaltigen Maschinen die Herstellung der Bauklötzer überwachten, und hätte wegen der merkwürdigen Gewichtszunahme nachgefragt: »Muss das sein?« Aber in dem Krach verstand ihn kein Mensch, also biss er sich auf die Zähne und machte weiter. Als es um Punkt zwölf zur Mittagspause läutete, hatte Karl ganz blutige Lippen, ließ sich stöhnend auf einen Stuhl fallen und aß seine beiden mitgebrachten Brote. Um 12:45 Uhr weckte ihn sein Arbeitskollege und flüsterte: »Es geht weiter.« Karl nahm sich vor, bei der nächsten WG-Sitzung dem Thema Sklavenarbeit unbedingte Priorität einzuräumen und schleppte sich raus auf dem Hof. Gegen 14 Uhr waren seine Arme so lahm, als hätte er eine halbe Nacht drauf gelegen, und sein Rücken schmerzte bei jedem Bücken. Jeder neue Hohlblockstein wurde zu einer Herausforderung, er fing an, innerlich mit ihm zu sprechen: »Komm her, du lächerlicher Klotz! Du machst mich nicht fertig – du nicht! Jetzt lernst du mal Karl kennen, du hässliches Stück Scheißbeton« – und wuchtete ihn mit einem stoßartigen »Ha!« ächzend auf den Haufen anderer Steine. Die Pause zum nächsten Stein wurde immer länger und länger und um 14:30 Uhr warf er die Handschuhe. Nichts ging mehr. Er schleppte sich ins Büro und erklärte, er müsse leider früher gehen, weil er noch einen Behördentermin habe. Die Frau schaute ihn mit einem leichten Grinsen an, reichte ihm ein Formular, das er unterschreiben musste und gab ihm seinen Lohn für siebeneinhalb Stunden Arbeit, inklusive einer Stunde Pause. Offizieller Feierabend wäre 17 Uhr gewesen. »Na, dann doch wohl bis morgen?« rief sie ihm hinterher und Karl spürte ihre Ironie bis in die letzte, schmerzende Faser seines Körpers. Auf dem Heimweg hockte er restlos kaputt und schlaff in der S-Bahn und starrte auf die Paech-Brot-Werbung an der Decke. Ihm schien, als stünde da: »Und der Orje fragt den Kai, kennst du Karl, das weiche Ei?« Zu Hause angekommen klebte er einen Zettel »Bitte nicht stören« an seine Zimmertür, ging sofort ins Bett und schlief bis zum nächsten Morgen durch. Er träumte von einem

Wolkenkratzer aus Hohlblocksteinen und einem bulligen Vorarbeiter, der ihn mit der Peitsche in schwindelerregender Höhe zum unermüdlichen Stapeln zwang. Um neun Uhr früh wachte er schweißnass auf und spürte jeden einzelnen Knochen und Muskel. Die ganze WG lag nach ihrem Ausflug ins Proletariat kollektiv im Tiefschlaf und wandelte danach kurzentschlossen die »Woche der Arbeit« in den »Tag der Arbeit« um.

Nicht nur in menschenverachtender Plackerei, auch in unerfüllter Sexualität sah Karl die Hauptursache allen Übels. Ein Indiz dafür, wie weit sich jemand sexuell befreit hatte, war in seinen Augen zuallererst der selbstverständliche Umgang mit dem eigenen Körper, dem, wie er ihn nannte, »biologischen Unterbau«. Und so lief er oft nackt durch die Wohnung oder trank völlig entblößt seinen ersten Kaffee morgens in der Küche. Das war für ihn, und alle anderen Mitbewohner, mit der Zeit so alltäglich, dass er mal in diesem Zustand an die Wohnungstür gegangen war, um von der Postbotin ein Paket anzunehmen. Die Frau reagierte jedoch völlig locker und tat, als fände sie das völlig normal. »Hier unterschreiben, bitte«, sagte sie grinsend, »ich denke, Sie haben im Moment keinen Kugelschreiber bei sich – oder haben Sie ihn womöglich irgendwo zu stecken?« Karl antwortete daraufhin schwer beeindruckt: »Na, Sie sind mir ja eine.«

Polygamie war eine der wichtigen Säulen von Karls Sexualtheorie, um konservative Rollenmuster aufzubrechen und zugleich so tief wie möglich in das komplexe Wesen des Weibes vorzudringen, gleichermaßen auch sich selbst in all seinen bewussten und unterbewussten Gefühlen offenbaren zu dürfen. All das war nur in offenen, wechselnden Beziehungen möglich. Hatte seine Freundin mit einem anderen geschlafen, so versagte er sich jeden Anflug von Eifersucht. Eifersucht bedeutete den Wunsch nach Inbesitznahme – und Besitz verachtete Karl. Er fand es jedoch irre spannend zu erfahren, was der Konkurrent hatte, was er nicht hatte. Einerseits fürchtete er sich vor dem Resultat, andererseits sah er als notwendigen Prozess, mehr von sich selbst und seiner Partnerin zu erfahren. Wie ein unter Schweiß aus Gestein und Schlamm geschürftes Goldkorn, so lagen dann die Erkenntnisse vor ihnen und verliehen ihrer Beziehung neue Impulse. Diese Erfahrungen ließen sich wiederum auf die nächste Beziehung übertragen, somit gab man das Rezept von einer zur anderen weiter und trug damit seinen Teil zur Bildung einer angstbefreiten Gesellschaft bei. Um also zu erfahren, was der andere hatte, was er nicht hatte, musste Karl in Jennys Kopfkino schauen. Sie stellte ihm gerne eine Eintrittskarte aus und staunend stellte er fest, dass sie offensichtlich bei anderen Männern für bestimmte Äußerlichkeiten empfänglich war, das konnte eine wohlgeformte Nase oder ein ganz normaler Dreitagebart sein. Das wiederum verstörte Karl sehr, weil Jenny ihn ansonsten doch ständig ermahnte, sich zu rasieren, weil sein Bartwuchs sie so kratzte und sie danach ganz entzündete Haut hatte. Und nun kam heraus, dass sie tatsächlich bereit war, für ein paar Bartstoppeln mit einem anderen ins Bett zu gehen. Jenny wiederum fiel aus allen Wolken, als sie erfuhr, dass Karl bei Frauen große Brüste mochte. Da könne sie ja wohl nicht ganz so mithalten, gab sie selbstkritisch zu bedenken, und genau das, gestand Karl, sei auch der Grund, warum er ihr das bislang nicht erzählt habe, und er packte gleich die Gelegenheit beim Schopfe, um noch einen anderen Punkt anzusprechen: »Also, was mir irgendwie auch echt gut gefallen hat, war, dass Felicitas so schnell kam. Ich war kaum richtig drin, schon war sie am Juchzen. Ich musste da nicht ewig lange rummachen. War irgendwo echt klasse.«

»So? Hmm … is' ja interessant«, kommentierte Jenny sehr nachdenklich und gab zu, beim Sex schon stark auf sich konzentriert zu sein, sie könne ihn aber, jetzt wo er es so anspreche, auch irgendwie verstehen. Daraufhin erörterten sie die grundsätzlich verschiedenen Erregungskurven von Mann und Frau, wobei die außergewöhnliche Erregbarkeit dieser Felicitas für Jenny, abzüglich einer gewissen Toleranz, für sie einfach nicht so recht in das biologische Regelwerk passen wollte.

»Hast du schon mal drüber nachgedacht, dass dir Felicitas den Orgasmus nur vorgespielt hat?«, fragte sie einfühlsam.

Nein, hatte Karl nicht, aber es war ihm auch irgendwie egal. Wenn sie sich selber betrügen wolle, könne er das nicht verhindern. Vielleicht habe sie Spaß an der Show? Wenn sie das allerdings nur für ihn getan hätte, würde er es als selbstlos, als ein Geschenk empfinden. Vielleicht könne er ihr das in anderen Phasen der Kopulation irgendwie wieder zurückzahlen. Dann käme sie eben einmal falsch und einmal richtig, die Mischung würde sich von Fall zu Fall ergeben, Hauptsache sie wäre einigermaßen gerecht, das sei ihm schon wichtig. Sie definierten dann »schnell kommen« und einigten sich round about auf eine Zeitspanne von zwei bis drei Minuten. Da konnte Jenny im Vergleich zu Felicitas nachweislich nicht mithalten, sie brauchte erheblich länger.

»Weißt du, Karl«, sagte sie nachdenklich, »irgendwie, ganz ehrlich, ich meine … du kommst aber auch ziemlich schnell.«

Karl meinte, das habe ihm noch keine Frau gesagt, fand es aber irgendwie gut, dass es ihm nun mal eine gesagt habe. Jenny stellte zur Diskussion, ob nicht vielleicht ein Zusammenhang zwischen Karls Tempo und ihrem Orgasmus bestehe? Wenn Karl länger machen würde, stünde auch für sie ein größeres Zeitfenster zur Verfügung, um ihr Orchester der Lust alle Partituren bis zum fulminanten Höhepunkt durchspielen zu lassen. Sie wolle das nur mal zur Diskussion stellen. Karl fand den Aspekt voll interessant, machte Jenny jedoch darauf aufmerksam, dass er ja schon mit dem Vorspiel einen Haufen Zeit verplempern würde und ewig könne er seine Erektion ja auch nicht halten. »Wie stellst du dir das vor?«, fragte er sie. Sie denke wohl, das liefe bei den Männern automatisch, als könnten die ihre Erektion locker auf Standby stellen. Aber so funktioniere das nicht.

»Echt?«, fragte Jenny spürbar betroffen.

»Nein. Die Hauptursache für Impotenz bei Männern ist doch dieser ungeheure psychische Druck, den Penis im richtigen Moment im angemessenen Härtegrad zur Verfügung zu haben. Ein allzu früher Ständer ermüdet, fühlt sich nicht gebraucht und steht dann im entscheidenden Augenblick nicht mehr zur Verfügung. Der späte Ständer kommt halt zu spät. Außer solider Anerkennung hat man für ihn dann vorerst weiter keine Verwendung.«

»Irgendwie Wahnsinn«, sagte Jenny.

Karl meinte, Frauen wünschten sich aus einem genetischen Fortpflanzungsbedürfnis heraus das zwingend benötigte männliche Glied im richtigen Moment gerne hart und einsatzfähig und ließen sich, wenn es mal nicht so klappte, ihre Enttäuschung mit kleinen, bösen Spitzen durchaus anmerken. »Na? Wird das heute noch mal was?«, ist nur ein Klassiker aus ihrem diabolischen Sortiment. Wenn sie nur wüssten, was sie der stolzen Männerseele im Augenblick des Versagens an Verwundung zufügten – sie würden es trotzdem tun. Jenny war von dem wahren Ausmaß männlicher Verletzbarkeit tief berührt. Karl erwähnte dann noch die Notwendigkeit einer gewissen Erektions-Ökonomie, und die sei von Akt zu Akt, je nach Partnerin, neu zu bestimmen. Jenny fand das total gut und irgendwo auch stark, dass Karl das alles so offen aussprach. Und so versuchten Jenny und Karl, das komplexe Ganze zwischen Mann und Frau besser zu verstehen, um damit, wie Karl sagte »das giftige Kraut der Vorurteile mit den Wurzeln auszureißen.«

Es war alles unglaublich spannend.

Auf dem Weg zur Beantwortung vieler Fragen las Karl intensiv Literatur zum Thema Sexualität, auch über weltweite Sexualpraktiken, speziell aus dem asiatischen Raum. Bei einigen Techniken musste er in der praktischen Ausübung passen, weil sein Rücken nicht mitmachte, und bei Tantra, einer indischen Paarungsvariante, bei der beide Sexualpartner ineinander vereint bewegungslos verharrten und rein über die Sinne den Höhepunkt erklommen, schlief er immer ein. Also konzentrierte er sich ganz auf den Sex in traditioneller Bewegung. Da Karl auch ansonsten keinen Sport betrieb, tat ihm diese Art von Leibesertüchtigung schon sehr gut. Anschließend drang aus seinem Zimmer oft gelöstes Gelächter und das summende Auslösegeräusch einer Polaroid-Kamera nach draußen, mit der er seine sexuellen Freuden dokumentierte. Da die Sofortbild-Kamera keinen Selbstauslöser besaß, hatte er sich etwas einfallen lassen. Er platzierte sie auf einen Stuhl, auf den er einen Berg Bücher stapelte, um die richtige Höhe für seine Aufnahmen zu erreichen, direkt vor das Bett, setzte sich mit seiner Partnerin in die passende Position und überbrückte die für seine Arme zu lange Distanz zum Auslöser mit Hilfe eines Besenstils. Auf den Fotos schob sich dann seitlich am Rand immer ein Teil seines Armes ins Bild, was den großartigen Gesamteindruck des Motives jedoch nicht schmälerte. Die Polaroid-Fotos klebte er sich mit Tesafilm an seinen Kleiderschrank und nannte sie »Galerie der Freude«. Wenn er mal auf einem Trip war, spielte er brüllend laut »*In A Gadda Da Vida*« von Iron Butterfly und tanzte dabei nackt und verzückt vor seiner Fotogalerie hin und her. Dann wussten alle draußen in der Wohnung, dass sie Karl jetzt mit seinen Weibern alleine lassen sollten.

Im Rahmen ihres Aufnahmeverfahrens musste Katja zuallererst die Frage beantworten, ob sie die Angewohnheit hatte, morgens früh mit einem Löffel anhaltend ein Heißgetränk umzurühren, was sie wahrheitsgemäß verneinen konnte. Alsdann bewies sie in einer langen Befragung das gewünschte intellektuelle Format, und so stand nur noch die praktische Prüfung im Bad aus, also ihr besagter »Nachweis psychosozialer Kompetenz«, wo sie beweisen sollte, dass sie in der Lage war, mit runtergelassenem Schlüpfer auf dem Klo zu sitzen, um zu »kacken«, alternativ war durchaus auch »scheißen« gestattet. Kleinbürgerliche Synonyme für das Ausscheiden von Reststoffen, wie »Ich geh mal aufs Klöchen« oder »Muss mal für kleine Mädchen« hatte Karl resolut untersagt. Dort, in der Sprache, so war seine Überzeugung, begann bereits die anale Offenheit. Anschließend, in der zweiten Stufe, musste Katja beweisen, dass sie auch kacken oder scheißen konnte, wenn weitere WG-Mitglieder mit ihr im Bad waren und miteinander sprachen oder was auch immer taten, was man halt in einem Bad so tat. Für Katja, ursprünglich eine wohlerzogene Tochter aus gutbürgerlichem Hause, in dem der Besuch der Toilette eine rein persönliche, intime Angelegenheit war, was man mit dem Verriegeln der Toilettentür zusätzlich unterstrich, stellte das eine ganz harte Prüfung dar. Sie bemühte sich mit aller Kraft, die unmittelbare Anwesenheit anderer Leute als völlig normal zu empfinden und sich allein nur auf ihren Körper zu konzentrieren. Als Motivation hing hinter ihr an der Wand das legendäre Poster mit dem Foto vom Frank Zappa, der frontal mit runtergelassener Hose und schwarz behaarten Beinen auf einer Kloschüssel saß und restlos entspannt den Betrachter anschaute. Er wirkte so, als käme für ihn der Besuch der Toilette ohne unmittelbar Anwesende überhaupt nicht mehr infrage. So sehr sich Katja auch bemühte, sie war wie vernagelt. Nichts ging mehr. Als einer aus der Gruppe sie nebenbei fragte: »Na, Katja? Locker drauf?«, war alles aus. Damit fiel sie in diesem Prüfungspunkt durch. Die WG-eigene Satzung für Aufnahmefälle erlaubte aber einen Fehlversuch. Anale Verspannungen belegten, laut Karl, dass man innerlich nicht wirklich gelöst war, somit für den Kampf gegen das System noch an sich arbeiten musste. Die WG-Mitglieder wollten Katja in diesem Punkt jedoch alle Hilfe angedeihen lassen. Der erste Helfer war Karl, der schon in der ersten Woche mit seiner Polaroidkamera zu ihr ins Bett kroch und sich einfühlsam ihrer annahm.

In der WG fühlten sich alle Teilnehmer am Ende solcher turbulenten Nächte wie durchgeschüttelt und waren am nächsten Morgen spürbar bemüht, wieder zu einem normalen, alltäglichen Miteinander zurückzufinden. Nur der frische Eintrag von Katja auf der Schiefertafel im Eingangsbereich der Wohnung, in dem sie vermerkte, dass Otter am Donnerstag um 17 Uhr die Buntwäsche zu waschen hatte, zeugte von den Folgen dieser turbulenten Nacht. Kontroverse Auseinandersetzungen waren Otter eigentlich zuwider, aber auch nicht unwillkommen, gaben sie ihm doch die Chance, sich in Rhetorik zu üben. Er kaute noch an den Nachwirkungen einer stinkebürgerlichen Erziehung, in der seine Mutter ihm eingetrichtert hatte, dass man mit Höflichkeit und Wohlgefälligkeit am besten durchs Leben komme. Widerspruch und Konfliktbewältigung lehrte sie ihn nicht. Ihr gefiel es, wenn ihr Sohn die Nachbarn immer freundlich grüßte und dabei leicht devot den Kopf senkte. Und sie genoss anschließend die Komplimente: »Ihr Werner, Frau Schlange, hat mich letztens ganz freundlich gegrüßt. Was für ein wohlerzogener Junge.«

»Aber Frau Henkel, das gehört sich doch wohl so«, antwortete sie dann ganz beflissen.

Otter wollte kein beschissener, wohlerzogener Junge sein und fühlte sich von seiner Mutter als Grußgeisel missbraucht.

Warum hatte er, verdammt noch mal, für den Ruf seiner Eltern geradezustehen, die sich hinter seinem geleckten Verhalten versteckten, obwohl sie zu Hause ganz anders über ihre Nachbarn redeten? Speziell über die Henkel, die von seiner Mutter sogar mal als »verschlagene, alte Krähe« bezeichnet wurde.

Er lenkte das Auto innerhalb einer langen Schlange Meter für Meter langsam dem Kontrollhäuschen entgegen, aus dem wie ein Vögelchen aus einer Baumhöhle ein graues Grenzorgan herausschaute. Es nahm die Ausweise entgegen, unterzog alle Gesichter der Insassen einer gründlichen Musterung und erteilte dann, mit der souveränen Geste des Weisungsbevollmächtigten, die erlösende Erlaubnis zur Weiterfahrt. Otter hasste es, angestarrt zu werden. Der Austausch von Blicken war für ihn etwas Intimes und unterwarf sich allein seiner Bereitschaft, eine besondere Nähe zuzulassen. Hier aber war er verpflichtet, einem völlig fremden Menschen in die Augen zu schauen, obwohl er es gar nicht wollte. Von seiner Seite bestand nicht das geringste Interesse, ein Grenzorgan der DDR kennenzulernen, weder mit ihm zu reden noch es zum Tanz zu bitten. Er erinnerte sich mit großem Vergnügen an die Geschichte seines Freundes Stronzeck, der mal eine Tramperin aus St. Pauli, die sich ihm als »Kietz-Conny« vorstellte, im Auto hatte, die auf die Aufforderung des Grenzorgans: »Machense mal das linke Ohr frei!!« ihre linke Brust rausholte und »Aber gern, meine Zuckerstange« antwortete. Möglicherweise hatte sie es allein dem Überraschungsmoment, vielleicht auch einem gewissen Maß an Hochachtung zu verdanken, dass das Grenzorgan nicht tief in den dafür zuständigen Strafkatalog der DDR-Grenzbestimmungen griff.

Ihre Ausweise wurden nach einer geheimdienstlichen Überprüfung auf einem mit Blech überdachten, klappernden Laufband weitergeleitet und am Ende von einem weiteren Grenzorgan – selbstverständlich nach nochmaliger Überprüfung der Identität der mitreisenden Personen – Otter wieder ausgehändigt. Damit war ihnen die Erlaubnis zur Benutzung des Transitkorridors der Deutschen Demokratischen Republik zur automobilen Passage in Richtung BRD erteilt. Zu gerne hätte Otter auf dieser Strecke nur ein einziges Mal die Auflagen gebrochen, wäre einer dieser verlockenden Ausfahrten in die ihm fremde Welt der DDR gefolgt, um zu schauen, wie es auf der anderen Seite der Grenze aussah. Die B5, die nördlichste Transitroute von Berlin nach Hamburg, die sich zum Teil durch kleine Städte und Dörfer schlängelte, war dafür besonders geeignet. Die Passage wurde nahe Berlin immer wieder mal durch rasselnde, russische Panzermonster unterbrochen, die speziell nachts gegen jede Verkehrsvorschrift ohne Licht geisterhaft die Straße von Kaserne zu Kaserne kreuzten. Alle westdeutschen Transitreisenden hatten Angst, in der Finsternis gegen dieses Kriegsgerät zu prallen und sich danach wegen Beschädigung volkseigenen Kriegsgutes in einem russischen Gulag wiederzufinden. Besonders hinderlich waren auch Bahnübergänge, deren geschlossene Schranken den Transitreisenden zum unfreiwilligen Verweilen zwangen. In solchen Fällen ergab sich die Gelegenheit, sich aus seinem Autofenster verstohlen in der DDR umzuschauen, wohl wissend, dass die Staatssicherheit mit Sicherheit den durchreisenden Klassenfeind aus ihren Baumlöchern oder Mülltonnen im Blick hatte. Überall lauerten die Stasischergen, um sich einen Westler zu schnappen, der es wagte, bei seiner Transitpassage Kontakt zu einem DDR-Bürger aufzunehmen.

Einmal wartete Otter in einer kleinen Ortschaft vor einer dieser oft ewig lang geschlossenen Schranken in einer endlosen Autoschlange auf die Durchfahrt eines Zuges. Von seiner Position aus hatte er auf der rechten Seite einen guten Einblick in eine romantische Kopfsteinpflasterstraße, die seine Phantasie ungeheuer beflügelte. Er sah alte Laternen auf krummen Bürgersteigen und schiefe Häuserfassaden, die Gemütlichkeit und Geborgenheit vermittelten. Die so nah waren und doch so unglaublich fern. Eine verbotene Welt, die einen enormen Reiz auf ihn ausübte. Er lehnte sich zurück und stellte sich vor, dass er jetzt einfach heimlich ausstieg, geradewegs in diese Straße ginge und an das Häuschen mit dem grauen Putz und dem wuchernden Rosenbusch vor der Eingangstür klopfte. Vielleicht würde ihm eine junge Frau öffnen, hat gerade heimlich Westfernsehen geschaut – und plötzlich stand da der leibhaftige Klassenfeind vor ihrer Tür und sagte freundlich:

»Ich will nur mal kurz Hallo sagen. Komme von drüben.«

»Von drüben? Da wird ja der Hund in der Pfanne verrückt!? Treten Sie doch ein«, würde sie vermutlich völlig verdattert antworten.

Und er träte ein und würde sie lange und herzlich umarmen und sich neugierig umschauen, wie denn die Brüder und Schwestern im Arbeiter- und Bauernstaat so lebten. Es wäre im Grunde nicht viel anders als im Westen, vermutlich insgesamt ein wenig bescheidener, aber sehr gemütlich. Über Geschmack ließ sich streiten. Er fände sie sehr sympathisch – und sie ihn auch, so etwas spürte er sofort. Sie würde ihm einen Kaffee und frische Quarkkäulchen, eine köstliche Spezialität nach einem Rezept ihrer sächsischen Oma, anbieten. Sie säßen dann auf der Couch, vielleicht unter einem Bild von Otto Grotewohl oder Walter Ulbricht oder irgendeinem Helden der Arbeit, der acht Tage die Woche rund um die Uhr für den Sozialismus geschuftet hatte. Mal was ganz anderes als die öligen, bundesdeutschen Hirsche oder die rassigen Spanierinnen aus der Fließbandmalerei von Karstadt. Sie würden sich in die Augen blicken, um herauszufinden, ob man darin den Klassenunterschied entdeckte, könnten aber beim besten Willen nichts anderes finden, als ein systemunabhängiges Gefühl von rasch wachsender Vertrautheit und der Sehnsucht nach intensiver Nähe. Mit letzter Vernunft gäbe sie zu bedenken, dass jeden Moment ihr Mann von der Arbeit komme, und er erwiderte, dass er ja auch nicht so viel Zeit habe, er stehe mit seinem Auto in einer langen Schlange vor einer Schranke, irgendwann komme ja auch mal der Zug. Sie würde lachen und sagen, das sei genau der Zug, mit dem ihr Mann immer von der Arbeit komme und der habe grundsätzlich mindestens eine halbe bis dreiviertel Stunde Verspätung. Und sie sei über jede Verzögerung froh, weil sie sich gar nicht mehr gut verstehen würden. Das passt ja, würde er ihr ins Ohr flüstern und sie würden sich lieben und er dabei feststellen, dass die DDR-Frauen sich wundervoll anfühlten. Es fiele ihnen sehr schwer, sich voneinander zu trennen, aber sie versicherten sich des beiderseitigen Wunsches nach einer baldigen Wiedervereinigung. Sie bäte ihn zum Abschied, beim nächsten Besuch ein paar Nylonstrümpfe, Blue Jeans und für ihren Onkel Rasierklingen mitzubringen. Er verspräche es ihr und müsste sich dann beeilen, weil man aus der Ferne schon das Pfeifen des Zuges hören würde. Pünktlich zur Öffnung der Schranke wäre er wieder in seinem Auto. Mit dem Anlasser kehrte er in die graue Realität zurück. Zu seinem Erstaunen schwebte ein betörender Duft in seinem Wagen. Ihm schien, als säße seine Tagtraumfrau direkt neben ihm. Er nahm sie mit über die Grenze und so intensiv sie ihn auch filzten, es fand sie keiner.

Nun rollte er langsam von der Grenzstation auf die Autobahn, passierte einen Wachturm, auf dem verborgene Gestalten lauerten und blutrote Propagandaplakatwände, welche den Straßenrand flankierten und die Solidarität mit den sozialistischen Bruderstaaten beschworen, und nahm Fahrt auf. Er fuhr bis zum Ende der vorgeschriebenen Transitautobahn brav immer geradeaus und hielt sich pingelig an die Vorschriften. Die

Prozedur mit den Ausweisen hatte auch einen Vorteil. Otter, als verantwortlicher Fahrer, sozusagen Reiseleiter, war damit befugt, die Personalausweise der Mitreisenden einzusammeln und sie dem Grenzorgan persönlich zu überreichen. So konnte er sich schon mal heimlich ein amtliches Bild seiner neuen Mitreisenden machen. Er las, dass die Rothaarige Alexandra hieß und 1,72 Meter groß war und die Schwarzhaarige Carola hieß und zwei Zentimeter kleiner war. Interessante Informationen, dachte Otter. Er steckte sich nach dem Verlassen des Kontrollpunktes eine Zigarette an und konnte sich nun ganz den beiden Mitfahrerinnen widmen. Ein bisschen Konzentration brauchte er noch für die Einhaltung der Geschwindigkeitsbegrenzung von 100 km/h, denn die Vopos, die Volkspolizisten der DDR, lauerten auf der Strecke mit ihren Radarblitzgeräten, um kapitalistische Temposünder zu fangen und damit ihrem System die begehrten Devisen in die Kasse zu spülen. Mit ihren kreativen Installationen zur Verschleierung ihrer Anwesenheit, teils aus Moos, Blattwerk oder Camouflage, hätte der Künstler Joseph Beuys im Westen als Objekt-Art Millionen verdient. Im Grunde war es ein simples Versteckspiel, wer gefangen wurde, musste kräftig zahlen. Ein Freund von Otter pendelte mehrmals die Woche über die Transitautobahn und hatte an seinem Armaturenbrett einen Zettel kleben, auf dem er akribisch den kilometergenauen Standort aller Blitzer auf der Strecke notiert hatte. Die Liste aktualisierte er monatlich und verkaufte sie für ein kleines Entgelt – natürlich ohne Gewähr – an Interessierte. Er bot sie auch im Abo an.

Die Schwarzhaarige beugte sich vom Rücksitz zu ihm nach vorne und sagte freundlich: »Ich bin Caro. Eigentlich Caroline.«

»Okay, Caro. Ich bin Otter. Und der da hinten ist Hartmut.«

Der schwere Kopf von Hartmut fuhr hoch. Er hatte seinen Namen gehört.

»Hartmut? Is' ja witzig.« Caro drehte sich zu Hartmut nach hinten und kraulte eines seiner buschigen Ohren. Hartmut stellte daraufhin lustvoll seinen Kopf schief.

»Und du heißt echt Otter?«, fragte Alex.

»Nee, natürlich nicht. Ist mein Spitzname. Richtig heiße ich Werner, Werner Schlange.«

»Und ich bin Alex«, sagte Alexandra mit weicher, aber bestimmter Stimme.

»Okay, Alex. Dann wären die internen Formalitäten auch erledigt«, sagte Otter. Alle lachten.

Er lehnte sich mit der Schulter an die Fahrertür und packte seinen rechten Arm locker aufs Lenkrad. So fuhr er gerne. Ganz entspannt. Das rhythmische Klacken der Autobahnschwellen versetzte ihn in einen leichten Trancezustand. Er liebte ihr Tatack – Tatack – Tatack, gleichmäßig wie ein Metronom. Es war ein herrlicher Sommertag, draußen glitten die Kornfelder an ihnen vorbei und in der Ferne erstreckten sich die Baumkonturen schier endloser Alleen. Hin und wieder erschien auch mal die Silhouette eines Dorfes mit einem spitzen Kirchturmfinger. Otter liebte diese Landschaft mit ihren wogenden, gelben Kornfeldern. Schon als Kind auf dem Rücksitz des VW-Käfers, wenn er mit seiner Mutter und Herbert über die Autobahn fuhr, erfasste ihn beim Anblick von Kornfeldern ein wohliger Schauer, genau so wie bei der Modenschau am Titisee, und er bekam eine Erektion. Was genau ihn an Kornfeldern so maßlos erregte, konnte er nicht genau sagen, sie waren für ihn einfach nur hocherotisch und geheimnisvoll. Wie mollige, warme Decken, unter denen man sich verborgen der Liebe hingeben konnte. Dieses erregende Gefühl war sein ganz persönliches Geheimnis und bereicherte die langweiligen Autofahrten ungemein. Wenn seine Mutter sich zu ihm nach hinten umdrehte und fragte: »Na, Wernerle? Alles gut?«, dann nickte er nur und dachte, Wernerle geht's gut. Das reichte. Er konnte seiner Mutter ja auch schlecht sagen: »Kuck mal, Mama, ich hab gerade einen wundervollen Ständer.«

Dieter, ein etwas älterer Typ aus seiner Straße, der schon unheimlich viel Haare am Körper hatte und immer lässig ein Mädchen aus der Nachbarstraße begleitete und dabei sein Fahrrad perfekt am Sattel mit einer Hand spurgerecht neben sich herschob und unablässig auf sie einredete, als ginge es um Leben und Tod, dieser Dieter war auch der Erste, der Otter erzählte, wie das bei Mann und Frau funktionierte. Es würde im Schwanz anfangen herrlich zu jucken, erzählte er, und dann würden plötzlich kleine bunte Kugeln nach allen Seiten fliegen. Otter sagte nicht, dass das bei ihm völlig anders war. Also entweder musste ER mal zum Arzt oder Dieter zu einem Zauberer gehen. Angeblich hatte Dieter es auch schon in sämtlichen Getreidesorten getrieben, wollte aber generell keine Empfehlung aussprechen, welche Sorte sich für Sex am besten eigne. Piksen taten sie alle und Tummelplatz für Insekten aller Art waren sie auch, worunter die Lust doch enorm litt. Unter Vorbehalt würde er Hafer empfehlen, sich aber nicht dafür verbürgen. Im hohen Mais könne man es sogar im Stehen treiben, der allerdings sei durch seine linearen Halmstraßen von der Seite her durchschaubar. Die Position spiele im Feld auch eine wichtige Rolle, wer unten läge, habe eindeutig am meisten zu leiden. Außerdem müsse man auf wütende Wildschweine oder Mähdrescher achten, denn die Bauern führen bei der Ernte stur durch ihre Felder und könnten auf Liebende keine Rücksicht nehmen. Es sei also auch nicht ungefährlich. Einmal habe er es in einem Runkelrübenfeld versucht, rate aber kategorisch davon ab. Kartoffel- oder Erdbeerfelder fielen wegen ihrer geringen Deckungshöhe generell aus. Ein großer Traum sei für ihn Kolumbien, in den großen Zuckerrohrfeldern könne er sich die verrücktesten Sachen vorstellen. Otter nahm sich trotzig vor, es irgendwann mal selber zu probieren. Die Faszination von Kornfeldern ließ er sich nicht von einem Irren kaputt machen, bei dem bunte Kugeln aus dem Pimmel flogen.

Dieter konnte angeblich auch schon richtig rauchen und bot ihm zum ersten Mal aus einer Schachtel mit vier Zigaretten eine P4 an. Otter nahm einen kräftigen Zug und fiel danach fast um, so schwindelig wurde ihm. Der würzig duftende Tabak hatte sich nach dem Anzünden in ein Tabak-Krematorium verwandelt, sein Rauch schmeckte scharf und bitter. Dieter machte es ihm noch mal vor, er zog an der Zigarette, bis seine Wangen hohl wurden, und Otter starrte gebannt auf seinen Mund. Als Dieter ihn wieder öffnete, kam nichts mehr heraus. Nicht das kleinste Wölkchen. Ein Zaubertrick? Otter war schwer beeindruckt. Wo hatte Dieter den Rauch gelassen? Dieter hatte keine Ahnung, sagte er, er wundere sich selber manchmal, aber irgendwie kam nichts mehr heraus. Vielleicht fand der Rauch den Ausgang nicht mehr? Raucher sind also randvoll mit verzweifelten Tabakwolken? Man vermutet gar nicht, was sich im inneren eines menschlichen Körpers so alles für Tragödien abspielen, dachte Otter.

»Herrlich, diese satten Kornfelder, oder?« Er drehte sich nach hinten zu Alex und Caro um.

Die beiden waren gerade damit beschäftigt, sich näher kennenzulernen und plauderten angeregt. Otter beobachtete sie im Rückspiegel. Was ihm, abgesehen von ihrem schönen Gesicht mit den unzählbaren Sommersprossen und den roten Locken, noch an Alex auffiel, das war ihr langer Schal aus bunt gemustertem Stoff, den sie sich lässig um den Hals drapiert hatte. Frauen und Schals, eine Liebe fürs Leben, dachte er. Sie können ihn sich in den phantasievollsten Verschlingungen um den Hals legen, verknoten oder verschränken, es sieht immer irgendwie locker und lässig aus, als hätten sie beim Umlegen keine Sekunde darüber nachgedacht. Dieser Vorgang läuft völlig intuitiv, sie schauen dabei überhaupt nicht hin. Ein Schal gibt den Frauen Geborgenheit und schützt sie vor Kälte und Viren, im Notfall können sie wie eine Schildkröte mit ihrem Kopf drin verschwinden oder sich damit von einem Balkon abseilen. Bei Regen eignet er sich zudem vorzüglich als schützende Kopfbedeckung, am Strand als Decke, bei einer Autopanne als Schleppseil, für die Fitness als Springseil oder in heißen Zonen als Turban oder Hängematte. Ohne ihren universellen Schal fühlt sich eine Frau nackt und ausgeliefert, selbst wenn sie komplett bekleidet ist.

»Äh, ja. Kornfelder? Ja, echt schön.« Alex schaute zum Fenster raus. »Herrliche Farbe.«

Caro schaute nun auch aus dem Fenster und sagte: »Total süß.«

»Apropos Farbe, woher bist du eigentlich so braun?«, fragte Otter Caro.

»Ich war in Tunesien.«

»Getrampt?«, fragte Otter erstaunt.

»Nee, nee. Ich war mit meinem Freund eine Woche im Ferienclub.« Aha. Sie hat einen Freund, dachte Otter, oder hatte jedenfalls einen.

»Ferienclub? Mit dem ganzen Trallala? Eierlaufen und Sackhüpfen?«, frotzelte er.

»Sackhüpfen? Hihihi … nee, nee, aber bei einer Show haben wir mal mitgemacht. Die führten da *Hair* auf und brauchten noch Statisten aus dem Publikum. Macht man ja auch nicht alle Tage.«

»*Hair*? Ist doch das Hippie-Musical, oder? Von der Friseur-Innung gesponsert? Na, Spaß beiseite, das wäre nichts für mich, in einem Ferienclub vor lauter rotgebrannten Feriengästen auf der Bühne den Kasper machen.«

»Dachte ich auch, war dann aber echt lustig«, sagte Caro.

»Ich weiß nicht«, maulte Otter, »so Aufführungen mochte ich schon in der Schule nicht. Schultheater, ich hab's gehasst. Mich hatten sie mal bei einer Wilhelm-Tell-Aufführung in das Kostüm eines Landsknechtes mit dem ulkigen Namen Frieshart gesteckt. Ich stand mir die ganze Vorführung lang auf der Bühne mit einer blöden Hellebarde aus Pappe die Beine in den Bauch. Die Hauptrollen hatten natürlich die Lieblingsschüler unseres Klassenlehrers zugewiesen bekommen, so mit richtig langen Textpassagen, die ich mir im Leben nicht gemerkt hätte. Der Lehrer wusste das und gab mir deswegen auch nur einen Satz, ich weiß ihn noch bis heute: *Wohlan, wackere Streiter!* Mehr hat er mir nicht zugetraut, womit er absolut richtiglag. Selbst die paar Worte habe ich in meiner Aufregung nicht fehlerfrei gesprochen.«

»Wirklich beachtlich«, sagte Alex.

»Die Aula war bis auf den letzten Platz voll mit Eltern, natürlich war auch meine Mutter mit Herbert darunter. Danach hat er zu meiner Mutter gesagt, wenn er mir von einem Beruf im Leben abraten würde, dann wäre das der des Schauspielers. Meine Mutter, so hat sie mir es jedenfalls weitergegeben, hat zu ihm gesagt, sie könne sich nicht vorstellen, dass ich nur im Geringsten an seiner Beurteilung interessiert sei. Es gab aber auch andere Meinungen, Leute, die sagten, ich hätte das grandios gemacht und das Zeug fürs Theater, aber wie gesagt, ich hatte nicht die geringste Lust dazu.«

»Meine Hochachtung, Otter, dass du manche Zuschauer tatsächlich nur mit drei Worten von deinem schauspielerischen Talent überzeugt hast«, sagte Caro.

»Ich hatte am Schluss ja noch einen Satz, also so isses ja nicht«, sagte Otter und lachte.

»Weißt du den zufällig noch?«, fragte Alex.

»Aber klar. ›Bitte benutzen Sie beim Hinausgehen die mittlere Ausgangstür!‹«

»Wahnsinn«, fand Alex und grinste. »Ein echter Friedrich von Schiller.«

»Spottet nur«, bemerkte Otter, »aber als Stadionsprecher hätte ich sicher eine große Karriere gemacht.«

»Aber hallo!«, meinte Alex.

Caro kam zum Thema zurück: »Das mit dem Ferienclub, das musst du ganz locker sehen, Otter. Man ist doch im Urlaub und will Spaß haben. Ich hatte bis zu diesem Moment noch nie auf einer Bühne gestanden, fühlte mich wie in Las Vegas. War echt süß.«

»Also mich müsstest du zu so was in Ketten schleifen«, brummte Otter.

»Dann wärst du ja der perfekte Statist für den Gefangenenchor von *Nabucco*«, bemerkte Alex.

»Im Grunde ja«, sagte Otter und lachte. »Ehrlich gesagt, ich war noch nie in Nordafrika. Schön da?«

»Glaub schon«, sagte Caro.

»Wie? Du glaubst es? Ich denke, du warst da?«

»Ja, klar … schon«, sagte Caro leicht beschämt, »ehrlich gesagt, wir sind eigentlich nie aus dem Club rausgekommen, man macht da eher isoliert von der Außenwelt Urlaub. Die meisten Leute hocken den ganzen Tag am Pool, lassen sich Drinks servieren und rösten vor sich hin. Sie verlassen den Club nie und fliegen gewissermaßen vom Pool direkt wieder nach Hause, ohne einmal über den Zaun geglotzt zu haben, außer zu organisierten Ausflügen vielleicht. Muss jeder selber wissen, sage ich immer. Wir sind, zugegeben, auch nur einmal aus der Enklave raus, um auf Kamelen zu reiten. Na ja, diese klassische Touri-Nummer. Ich hatte bis dahin noch nie in meinem Leben auf einem Kamel gesessen. Sind echt exotische Tiere mit einer stoischen Ruhe und wunderschönen Wimpern. Und wie dösig die immer kucken, süß.« Caro versuchte es vorzumachen und das gelang ihr richtig gut.

Alex und Otter lachten sich kaputt.

»Ich sehe dein Kamel förmlich vor mir, der Wahnsinn«, sagte er. »Übrigens, dösig kucken, das kann ich morgens nach dem Aufwachen aber auch ganz gut, also so is' nicht.«

Die beiden Frauen amüsierten sich. »Mein Kamel hieß Aishe«, sagte Caro.

»Klingt ja richtig orientalisch, stellt man sich eher eine aufregende Araberin vor als ein Höckertier«, sagte Otter.

»Wahrlich. Der Besitzer der Kamele erzählte, Aishe habe zufällig an diesem Tag Geburtstag und würde sich riesig über eine Möhre freuen«, kicherte Caro.

»Na, das war ja 'n Zufall«, meinte Otter feixend. »Ein Bund Möhren zu meinem Geburtstag, hört mal, ich würde vor Freude verrückt werden.«

Caro lachte laut. »Glaub ich dir sofort. Also, er sagte, ich sollte mir einfach eine Möhre in den Mund stecken und sie Mund zu Mund an Aishe übergeben.«

»Hast du nicht gemacht, oder?«, sagte Otter

»Hab ich.«

»Du machst Witze?«, fragte Alex.

»Pfuideibel! Was ist das denn? Einem Kamel oral eine Möhre verabreichen?« Otter war geschockt.

»Du hast ein Kamel geküsst?«, fragte Alex entsetzt nach.

Caro lachte sich schlapp. »Nein, ich küss doch kein Kamel, hört mal! Nur so, auf Abstand mit der Möhre im Mund, das klappte gut, echt. Was meint ihr, wie behutsam ein Kamel mit seinen dicken, fleischigen Lippen sich so eine Möhre nimmt, gaaaaanz sanft.«

»Hat das Viech nicht schrecklichen Mundgeruch?«, fragte Alex.

»Ist mir ehrlich gesagt nicht aufgefallen. Sind doch keine Fleischfresser, also ich hab nichts gerochen, wirklich nicht«, antwortete Caro.

»Wozu Touristen sich hinreißen lassen, unglaublich«, stöhnte Otter.

»Aber wir sind natürlich auch geritten«, sagte Caro. »Na ja, reiten ist irgendwie falsch, eher durch die Gegend geschaukelt. Du musst aber erst mal auf den Höcker klettern. Das Tier sitzt anfangs mit zusammengeklappten Beinen auf dem Boden, aber wenn es aufsteht, heißt es: schön die Hände am Sattelknauf. Ihr glaubt nicht, wie viele Gelenke dieses Tier hat, die alle erst mal aufgeklappt werden müssen, damit es endlich stehen kann. Dabei kippst du da oben nach allen Seiten hin und her. Musst dich wirklich gut festhalten, sonst haut es dich runter. Ein richtiges Wüstenschiff, wirklich. Was haben wir gelacht.«

»Sag mal, was geht da eigentlich so alles ab in Tunesien?«, fragte Otter.

»Und Kamele grollen so tief, hört sich irre an«, sagte Caro.

»So?«, fragte Otter und grollte: »Rooooaaaaaahhhh.«

»Aishe!«, rief Alex.

Hartmut fuhr hoch und seine Ohren gleich mit. Wie kommt hier plötzlich ein Kamel ins Auto, dachte er vermutlich. Sogleich kraulten ihm zwei Frauen den Kopf, was Hartmut ziemlich klasse fand, man sah es an seinen genüsslich geschlossenen Augen.

»Eine schöne feuchte, kalte Nase hat er«, sagte Alex.

»Hab ich auch«, sagte Otter.

»Wir sollen dir doch jetzt nicht die Nase kraulen, oder was?« Alex täuschte Empörung vor. Die Stimmung im Auto war nun echt auf Betriebstemperatur.

»Woher hast du eigentlich den süßen Hartmut?«, fragte Caro.

»Ich hab ihn als jungen Hund von Freunden bekommen, die ihn leider nicht mehr behalten konnten.«

»Eigentlich mag ich lieber Katzen, aber Hartmut ist echt süß«, sagte Caro.

»Katzen mag Hartmut auch sehr.« Otter drehte sich kurz zu Hartmut um. »Bist 'n Katzenfreund – was Hartmut? Vor dir braucht keiner Angst zu haben.«

»Na ja, na ja, das sagen alle Hundebesitzer«, bemerkte Alex spitz.

»Hast auch wieder recht«, bestätigte Otter.

»Ich hab ehrlich gesagt bisschen Angst vor Hunden«, sagte Alex. »Bin mal als Kind von einem ins Bein gebissen worden.«

»Puh! Nicht so schön. Da ist was dumm gelaufen, verstehe. Also, ich hab mehr Angst vor meinen Kontoauszügen. Aber wenn wir uns nun schon mal offenbaren«, sagte er locker zu Caro gewandt, »wovor hast du denn Angst?«

»Fleisch«, antwortete Caro.

»Vor Fleisch?«, fragte Otter verdutzt.

»Ich bin Vegetarierin.«

»Das is' ja 'n Ding. Kein Braten, kein Schnitzel, keine Boulette?«, fragte Otter.

»Nix.«

»Und teilst deine kostbaren Möhren noch mit Kamelen?«

»So ungefähr.« Caro lachte.

»Apropos Fleisch«, sagte Otter. »Mich hat mal bei einem Seminar über fotografische Techniken eine Teilnehmerin angebaggert …«

»Hört, hört«, unterbrach Alex.

»Sie fragte mich, ob ich nicht Lust hätte, mit ihr noch bei sich im Zimmer ein bisschen zu quatschen.«

»So, so«, und der Herr dachte sich natürlich gleich …«, Alex kniff ein Auge zusammen.

»… dass sie sich mit mir ein wenig über fotografische Techniken unterhalten wollte, oder woran dachtest du?«, fragte Otter.

»Du sagst es«, antwortete Alex.

»Also begann sie, mir ihre spannenden Ansichten über ihr Verständnis von Licht und Schatten in der Fotografie zu erörtern. Anfangs fand ich das interessant, dachte dann aber mit der Zeit, Mensch, es könnte der Situation nicht schaden, wenn ich ihr als emotionalen Ausgleich zur spröden Thematik ein bisschen den Rücken streicheln würde.«

»Na klar«, sagte Alex.

»Ich spürte, sie genoss es sehr, redete aber ungerührt weiter. Ich streichelte und streichelte und streichelte, bis mir der Arm lahm wurde, inspirierte sie damit aber eher zu immer längeren Ausführungen. Als ich aus Erschöpfung meine Zuwendungen einstellte, hörte sie abrupt auf und fragte: »Du, das war schön, warum machst du nicht weiter?« Ich antwortete ihr: »Erst, wenn du zu quatschen aufhörst.« Da hat sie mich auf einmal wie aus heiterem Himmel angeschrien: »Du willst doch nur Fleisch!«

»Joi, joi«, kommentierte Alex.

»Hört mal, mal ehrlich, was macht man da? Du willst nur Fleisch … die Braut hatte doch einen an der Waffel! Ich höre mir da ewig einen Vortrag über Licht und Schatten an und wenn ich mal ein paar zärtliche Signale setze, werde ich als Sexist beschimpft.«

»Vielleicht war sie Vegetarierin?«, bemerkte Caro ganz nachdenklich.

»Hätte ich sie lieber oral mit einer Möhre füttern sollen, meinst du?«

»Hihihi«, kicherte Caro.

»Dumm gelaufen«, sagte Alex grinsend.

»Also, hört mal! Würdet ihr, wenn euch ein sympathischer, knackiger Kerl ...«

»Oooooh? Ein sympathischer, knackiger Kerl? Na, das ist ja interessant, was Caro?«, fragte Alex.

»Süß!«

Otter blieb dran: »Wenn euch ein knackiger, sympathischer Kerl bäte, mit auf sein Zimmer zu kommen und ihr würdet ihm freudig folgen, denken, dass er euch stundenlange Vorträge über Licht und Schatten hält? Ihr würdet doch denken, sag mal hallo? Will der mir 'ne Jalousie verkaufen?«

»Ein gutes Gespräch kann sehr erfüllend sein«, sagte Alex.

»Natürlich, ich vergaß«, sagte Otter und hüstelte.

»Du brauchst gar nicht so zu hüsteln, Otter«, bemerkte Alex.

»Du willst nur Fleisch ... also ...« Otter bekam sich gar nicht mehr ein. Die ganze Geschichte wurde ihm wieder total gegenwärtig, und bei der Gelegenheit versuchte er sich mal vorzustellen, wie für ihn ein Leben ohne Fleisch wäre. Daraufhin befiel ihn nicht nur große Angst, sondern auch ein reflexartiges Hungergefühl. Er schmeckte den unvergleichlichen Sauerbraten seiner Mutter auf der Zunge und sah, wie sie die ockerfarbene Senfsoße wie Honig über seine Bouletten goss und er anschließend immer mit prallgefülltem Bauch wohlig grunzte. Bei ihren Kohlrouladen verfiel er fast dem Wahnsinn. Meistens aß er zwei und hatte danach Schnappatmung. Ja, er liebte Fleisch. Es gab für ihn keinen Gemüseauflauf auf der ganzen Welt, der seinen unglaublichen Appetit auf solche fleischliche Hausmannskost erreichte. Aber natürlich aß er auch Kartoffelpuffer und Eierkuchen gerne und in einen Quark mit Schnittlauch und Kräutern, mit feingehackten Radieschen und Möhrchen, konnte er sich reinlegen. Vorausgesetzt, der Quark hatte die richtige Konsistenz. Er durfte keinesfalls wässern, er musste sämig sein, nicht so, dass er von der Gabel floss, das bloß nicht. Dazu goldgelbe, mehlige Kartoffeln, ein Traum. Allerdings bekam er danach stets mächtige Blähungen, die er in geschlossener Gesellschaft mühevoll unterdrückte. Was ja erwiesenermaßen gar nicht gesund ist. Draußen hingegen ließ er seinen natürlichen Flatulenzen freien Lauf, vorausgesetzt, dass keiner in unmittelbarer Nähe war. Einmal war er in diesem Moment im Stadtpark völlig gedankenversunken an einer vollbesetzten Bank mit alten Rentnern vorbeigelaufen und ließ ganz entspannt einen krachen. Die Alten hören sowieso nicht mehr so gut, glaubte er. Daraufhin krähte ihm eine alte Oma von der Bank »Tatäääää! Der Kaiser kommt!« hinterher. Irre, wie gut alte Leute manchmal noch hören können, dachte er.

Also, um das klarzustellen, er wollte nicht »nur« Fleisch, er musste sich so etwas von einer frigiden Privatdozentin nicht vorwerfen lassen. Er lauschte einfach auf die Signale seines Körpers und gab ihm, worauf er Lust hatte. Und wenn der darauf Appetit hatte, einer Frau den Rücken zu kraulen, dann kam er dem nach. Es stand ihr frei, ihm für seine zärtliche Zuwendung auf die Finger zu hauen oder ihn zu bitten, damit erst nach ihren Ausführungen zu beginnen, aber nicht, ihn deswegen zum Kannibalen zu machen.

»Ohne Fleisch stirbt man nicht«, warf Caro ein und holte sich einen Pfirsich aus ihrer Tasche.

»Hmmmm, Pfirsich«, schnurrte Otter.

»Ach, Pfirsiche mag er«, sagte Alex zu Caro.

»Für Pfirsiche habe ich mich sogar mal operieren lassen«, meinte Otter.

»Bitte?«, fragten beide Frauen synchron.

»Ich bin mal mit zehn Jahren zu meinem Hausarzt, weil ich Bauchschmerzen hatte. Der diagnostizierte Blinddarm, meinte aber, das ließe sich auch mit Medikamenten regeln. Ich bestand aber darauf, operiert zu werden. Mein Doc wollte das gar nicht glauben, freiwillig unters Messer. Ja, ich wollte um jeden Preis. Hab zu Hause auch erzählt, der Doktor habe gesagt, ich müsse dringend operiert werden, also hat meine Mutter ihre Einwilligung gegeben und bin ich in die Klinik und man hat mir den Blinddarm rausgenommen. Ich hab's bitter bereut. Hat gar keinen Spaß gemacht. Tagelang nix Richtiges essen und trinken.«

»Verstehe nicht ganz, was hat das mit Pfirsichen zu tun?«, fragte Alex.

»Ein Jahr zuvor hatten sie einem Freund von mir den Blinddarm rausgenommen und als ich ihn besuchte, stand an seinem Krankenbett eine Büchse mit Pfirsichen. Ich liebte damals Pfirsiche in Dosen, hätte drin baden können. Manchmal träumte ich sogar von goldgelben Pfirsichen, riesig groß wie Melonen, im süßen, sämigen Saft. Warum Dose und nicht frisch? Von der Pfirsichpelle bekomme ich immer Gänsehaut. Auch von Samt und Nylonstrümpfen … uuuuuhhhhuuuu … wenn ich nur dran denke, bekomme ich sofort … hier, hier!« Otter zeigte auf seinen Arm.

»Hände ans Lenkrad, Otter. Deine Gänsehaut sehen wir auch so«, sagte Alex.

»Nur deswegen also wollte ich operiert werden, um für mich ganz alleine eine Büchse Pfirsiche zu bekommen. Das war der Grund. Immerhin hatten sie mir einen ganzen Karton mit Pfirsichbüchsen an mein Bett gestellt. Leider, wie gesagt, hatte ich nicht damit gerechnet, dass ich die ersten beiden Tage nur ekeligen Schleim essen musste und man mir die Lippen nur befeuchtete. Zu trinken gab's nix.«

»Kann doch nicht wahr sein. Ein Blinddarm für einen Karton Pfirsiche, was für ein unfassbarer Handel«, sagte Alex.

»Ich kann euch die Narbe zeigen.«

»Jetzt kuck bloß nach vorne und zieh dich hier nicht noch aus«, kicherte Caro.

Alex sagte empört: »Na, so weit kommt's noch.«

»Völlig verrückt, aber es war so, ich ...«, Otter unterbrach abrupt: »Schaut mal, da!« Er zeigte auf eine Bodensenke vor einem Waldstück: »Da lauern sie, seht ihr? Da! Seht ihr?«

»Wo? Was?«, die beiden Frauen beugten sich weit nach vorne. »Tatsächlich! Ein Blitzer! Raffiniert versteckt, alle Achtung. Und wie kunstvoll mit Ästen getarnt. Irre«, rief Alex.

»Süß«, sagte Caro.

»Hinterlistiges Pack«, knurrte Otter.

»Ich vermute, da ist wohl jemand schon mal in die Falle gefahren, hm?«, fragte Alex.

»Geblitzt worden? Nein. Aber abgezockt schon. Bin mal im Herbst vor Berlin im Raum Brandenburg auf der Transitstrecke im dicken Nebel auf ein anderes Auto vor mir aufgefahren. Hat ganz schön gescheppert, obwohl ich schon ziemlich runter vom Tempo war. Der andere Fahrer hatte sich in der weißen Nebelwand so blind gefühlt, dass er nur noch mit Schrittgeschwindigkeit weitergefahren war. Auf der Autobahn! Wer rechnet denn da mit einem Typen, der im Nebel Schrittgeschwindigkeit fährt? Ich jedenfalls nicht. Bin ihm voll hintendrauf. Zum Glück war's ein Westler. Ich hatte zwei befreundete Paare im Auto und die beiden Frauen sprangen kurz nach dem Aufprall aus dem Auto, rannten panisch auf eine Wiese, hockten sich hin, als müssten sie Pipi, umklammerten sich und schrien wie von Sinnen. Ich sagte »Hey, Mädels, kommt mal runter, ist doch keiner verletzt. Alles easy. War doch nur 'n kleiner Bums. Weiterfahren können wir doch auch noch, ist doch nur die Frontpartie bisschen verbeult.« Aber sie schrien weiter. Dann schrie mich auch noch der Fahrer des Opels an, warum ich nicht langsamer gefahren bin? Ich sagte, andere Frage, wie blöd muss man denn sein, nachts im dichten Nebel über die Autobahn zu schleichen? Aus seiner Karre schrien auch noch seine beiden Kinder. Und seine Frau schrie, hört auf zu schreien, der Onkel ist doch auch aus dem Westen. Ich dachte, sach mal, wo bin ich denn? Stehe im Osten im dichten Nebel vor meiner demolierten Karre und höre um mich herum alle wie die Beknackten schreien.«

»Der Schock«, sagte Alex.

»Wenn einer geschockt war, dann ich. Die Vopos haben mir anschließend 500,- DM Strafe aufgebrummt, in Worten fünfhundert. Jetzt du.«

»Happig«, sagte Alex.

»Dafür muss 'ne alte Frau 'ne Menge stricken.«

»Und wie ging's dann weiter?«, fragte Caro.

»Kurze Zeit später trat aus dem Nebel ein Uniformierter mit einem lustigen Gürtel auf uns zu. Das Teil hatte lauter Lämpchen ringsherum und blinkte im permanenten Rhythmus. Blink-blink-blink. Ich fühlte mich wie im Karneval in Rio, es fehlte nur noch, dass der Typ mich zum Sambatanz aufgefordert hätte.«

Die beiden Frauen kringelten sich vor Lachen.

»Stellt euch vor, mitten auf der Transitautobahn im dicken Nebel stehe ich da mit einem Uniformierten DDR-Fuzzi und seinem Blinkegürtel, der mir im sächsischen Dialekt bluternst Unterricht in der Verkehrsordnung der DDR gibt, u.a., dass es verboten war, im Nebel auf andere Autos aufzufahren. Das war mir neu. Ich konnte den Typen einfach nicht richtig ernst nehmen. Als die Frauen immer noch nicht aufhörten zu schreien, brüllte er: ›Of dor Audobahn is' nachts plägen ne erlobt!‹ ›Plägen‹ heißt in Sachsen schreien, hab ich mir sagen lassen. Und schon war Ruhe und er verschwand zufrieden mit seinem blinkenden Gürtel wieder im dichten Nebel. Wahrscheinlich ist er nach Hause gegangen um seinen Gürtel aufzuladen, jedenfalls kam er nicht mehr wieder. Dafür sein Vorgesetzter, der mir dann die 500 Dinger verordnet hat.«

»Boah! Hattest du denn so viel Geld dabei?«, fragte Caro.

»Sollte ich überweisen.«

»Hast du?«, wollte Caro wissen.

»Musst du. Sonst holen sie dich bei der nächsten Transitpassage an der Grenze raus und es gibt Ärger. Schlimmstenfalls Bautzen.«

»Bautzen?«, fragte Alex.

»Ihr Alcatraz«, antwortete Otter. »Jedenfalls, zwei Stunden später waren wir dann etwas verbeult, ansonsten aber heil endlich wieder in West-Berlin.«

»Bist du eigentlich Berliner?«, fragte Alex.

»Lupenrein, mit Spreewasser jetauft!«

Otter war zweisprachig erzogen worden, in Hochdeutsch und in Berlinerisch. Das Hochdeutsche hatten ihn seine Eltern gelehrt, das Berlinern die Straße. Und da sollte es nach Meinung seiner Eltern gefälligst auch bleiben. Im Gegensatz zu vielen anderen deutschen Dialekten, derer sich ihre Stammesangehörigen nicht schämten – im Gegenteil, ihr Idiom sogar pflegten – galt der Berliner Dialekt unter den sogenannten »besseren Leuten« als prollig und nicht gesellschaftsfähig. Wenn Otter am Mittagstisch fragte: »Kannick ma die Katoffeln ham?«, bekam er sofort eine Rüge: »Hör uff so zu berlinan!«

»Aber ihr berlinert doch auch?«, wehrte er sich mal.

»Wir sind ja och erwachsen«, kläffte Herbert.

»Versteh ick nich«, nölte Otter.

»Ich nicht, verstehe ICH nicht«, verbesserte Herbert. »Musst och nich allet verstehen, iss!«

»Könnte ich mal die Kartoffeln bekommen?«, wiederholte Otter.

»Siehste, jeht doch«, sagte Herbert und reichte ihm die Kartoffeln. »Und wie sacht man?«

»Schnafte.«

Otter berlinerte gerne und fand, der Berliner und sein Dialekt gehörten wie Stulle und Schmalz einfach zusammen. »Wat kieksten?« klingt doch ganz anders als »Was kuckst du?«, und »Mach ma keene Fiesematenten« ist doch mit »Mach mal keine Schwierigkeiten« wirklich nicht zu vergleichen. Der Berliner macht es freilich Fremden oft nicht einfach, ihn zu mögen. Er hat eine echte Kodderschnauze und wirkt anfangs unfreundlich, vermufft. Es kann einem passieren, dass man einen Mitarbeiter im Supermarkt höflich fragt, wo denn der Zucker stehe, und als Antwort bekommt: »Wat frachsten mir, hast keene Eltern mehr?« oder alternativ auch: »Bin ick Jesus?«. Man darf sich dann von seiner rauen Schale nicht abschrecken lassen und muss weiter bohren, um bis in sein seelisches Zentrum vorzudringen. Irgendwann erreicht man es, irgendwann hat der Berliner sein Gift verspritzt und offenbart sein großes Herz: »Na kommse ma, Männecken, ick zeijet ihnen«, sagt er dann mit warmer Stimme und führt den Kunden höchstpersönlich bis zur Milch, bietet sich sogar an, sie bis zur Kasse zu tragen. Dit issa, der Berliner.

»Mit echtem Spreewasser? Stark!« Alex streckte ihren Daumen hoch.

Die beiden Frauen unterhielten sich nun wieder untereinander. Otter konzentrierte sich auf die Straße und hing seinen Gedanken nach. Er dachte an einen Nachbarn, der öfters mal mit einem Visum in die DDR durfte, um Verwandte zu besuchen. Im Gepäck hatte er Kaffeebohnen, Schokolade, Nylonstrümpfe und Rasierklingen als Geschenke mit. Westliche Konsumartikel, auf welche die Ostdeutschen ganz heiß waren. Einmal hatten die Grenzer ihn gründlich gefilzt und waren dabei noch auf unerlaubte »Schmutz- und Schundliteratur«

gestoßen, die dem Einfuhrverbot der DDR unterlag. Außerdem konfiszierten sie eine Wasserpistole als »Kinderspielzeug militärischen Charakters« und drei Schallplatten, die nicht dem Werk »eines kulturellen Erbes oder eines wirklichen kulturellen Gegenwartschaffens« entsprachen. Blindenhunde hingegen waren erlaubt, aber nicht Pflicht. Nach diesem Vorfall wusch und wienerte sein Nachbar vor einem DDR-Besuch aus Rache seinen BMW, bis er funkelte und blitzte.

»Na? Fahrn wa wieda mal rüber?«, fragte ihn Otter.

»Logisch«, antwortet er. »Ma 'n richtjet Auto sehn, die Pfeifen.«

»Verstehe«, sagte Otter.

Viele Westler waren lustvoll darauf aus, im Kampf der Systeme den Gewinner rauszuhängen und präsentierten den armen Verwandten im Osten gern bräsig ihre persönlichen Luxusgüter. Nichts verschaffte ihnen mehr Befriedigung, als wenn sie beim Ostbesuch heimlich beobachten konnten, wie die Passanten auf der Straße vor der funkelnden Westkutsche vor Neid platzten. Otter fand das völlig krank, genau wie damals, als er in den späten Fünfziger Jahren mit Herbert und seiner Mutter über die Transitstraße fuhr und oft Einheimische, meistens Kinder, auf den Autobahnbrücken standen und ihnen zuwinkten. Sie winkten ihnen nicht nur zurück, sondern warfen aus Mitgefühl mit den unterversorgten Ostdeutschen Zigaretten, Kekspackungen oder Schokoriegel aus dem Auto auf den Seitenstreifen.

Herbert rief dann immer: »Kiek mal – da, aufa Brücke! Die ham uns jewunken! Aba keene Würstchen rausschmeißen, verstanden? Die essen wa selba.«

»Da stehn se, da aufe Brücke, ick seh se.«

»Wenn ick ›Jetzt!‹ rufe pfeffert ihr dit Zeuch raus«, rief Herbert. »Erst wenn ick ›Jetzt‹ rufe, klar? Nooooch nich, noooch nich … Aaaachtung! – – – jetzt!«

Das Ganze erinnerte Otter irgendwie an Faschingsumzüge im Karneval, wo man vom Festwagen dem Volk Bonbons zuwarf. Als er mal vor lauter Freude an diesem aufregenden Autobahnspiel im kindlichen Übermut sein Sitzkissen aus dem Fenster schleuderte, konnte seine Mutter den tobenden Herbert mit letzter Kraft davon abhalten, auf der Autobahn rückwärts zu fahren, um das verlorene Luxusgut wieder zurückzuholen. Nach diesem Vorfall stellte Herbert seine Spendenaktionen ein.

Die beiden Frauen hatten sich auf dem Rücksitz eingekuschelt und unterhielten sich über den Schmuckladen von Maria in der Schlüterstraße, in dem sie – wie sie feststellten – zufälligerweise beide einkauften. Otter schaute immer mal wieder in den Rückspiegel und suchte den Blick von Alex. Wusste sie, wie verdammt hübsch sie war? Wusste sie, dass er stundenlang in ihre grünen Augen schauen könnte? Eigentlich wussten Frauen alles schon viel früher als die Männer, hatte ihn mal eine gute Freundin aufgeklärt: »Ihr Männer seid so herrlich doof. Ihr denkt immer, ihr habt alles im Griff. Dabei haben die Frauen längst das Programm geschrieben.« Hatte Alex womöglich schon ihr Programm geschrieben? Sie schaute auf jeden Fall, wie ihm schien, schon auffällig oft zu ihm in den Rückspiegel. Otter fing an, sich zu wünschen, dass sie nie wieder ausstieg. Er wollte mit ihr bis zum Nordkap fahren. Es hatte ihn erwischt. Wie konnte er bloß verhindern, dass sie in Kürze aus seinem Leben verschwand? Im Grunde hatte er ganz schöne Probleme, einer Frau zu vermitteln, dass er sie mochte. So leicht und locker, wie er sonst plappern konnte, in solchen Momenten großer Gefühle erschien ihm alles Verbale zu banal, es hielt dem Niveau seines glühenden Herzens schlicht nicht stand. Wenn, dann kam zumeist ein saublödes Zeug dabei heraus, das ihn danach fast beschämte. Er suchte nach Worten, die sich in seinem Innersten ihre Reinheit bewahrt hatten und erst in diesem außergewöhnlichen Moment aus ihrem Versteck traten, um sich der Auserwählten zu schenken. Sie brauchte dann nur noch in seine Arme zu fallen. Typen wie Casa hingegen benutzten in solchen Situationen schamlos die plattesten Phrasen, sie schämten sich nicht, Sätze wie: »Du hast ja traumhafte Haare« oder »Verdammt, hast du wunderschöne Haut« aus der untersten Schublade zu ziehen. Und, das muss man sich mal vorstellen, Casa war damit sogar erfolgreich. Keine Frau hatte ihn jemals angeblafft, was er denn da für einen Schwachsinn reden würde, ob er vielleicht Frisör oder Hautarzt sei oder ob er sie einfach nur blöd anquatschen wolle? Er solle sich wieder mal melden, wenn ihm was Originelleres eingefallen sei. Nein, Casa verschaffte sich mit diesem billigen Programm immer den Einstieg. Bevor die Frauen merkten, dass er weder Frisör noch Hautarzt, sondern nur ein simpler Fliesenleger war, hatte Casa seine Beute schon im Netz. Wenn alles nicht funktionierte, dann appellierte er halt an die Erhaltung der Art, in diesem Falle allerdings lief er Gefahr, einer rein lustfixierten Auserwählten mit seinem Nachwuchsgedanken die Unbekümmertheit zu rauben.

Otter wartete auf eine Chance, auf die entscheidende Idee, um die Sache in die gewünschte Richtung zu lenken. Und sie kam. Da es nicht mehr so weit bis zum Kontrollpunkt Helmstedt war, musste er sich sehr auf die Beschilderung konzentrieren. Als er wieder alles im Griff hatte und in den Rückspiegel schaute, sah er, dass Alex ein Buch las. Ab und zu fuhr sie sich dabei entrückt mit der Hand durch ihre üppigen, roten Haare. Otter versuchte rauszubekommen, was sie da las. Er versuchte, den spiegelverkehrten Buchtitel zu entziffern. Im … Zand… nein, im Zaub… im Zauber … der Mambo… nein, Mandola? Doch nicht *Im Zauber der Mandola* von Rebecca C. Creek? Das darf doch nicht wahr sein! Otter war außer sich vor Freude.

Kein Irrtum, er konnte es kaum glauben. Das war die einmalige Chance, die er nicht versauen durfte. In ihm prickelte es wie in einer Limonade. Jetzt hieß es ruhig zu bleiben und sich die Strategie ganz genau zu überlegen. Alex durfte auf keinen Fall merken, dass ihm das Buch und die Autorin ziemlich egal waren, dass es ihm in Wahrheit allein nur um sie ging. Er zwang sich, ruhig zu atmen und ganz locker zu bleiben.

»Sag mal – entschuldige, will dich nicht stören – äh, liest du da *Im Zauber der Mandola* von Rebecca C. Creek?«, fragte er locker.

Alex tauchte leicht benommen aus der Welt des Buches in die Wirklichkeit zurück. »Äh … was, bitte? Sorry, ist grad so spannend. Ja, *Im Zauber der Mandola*. Ich liebe es.«

Otter ließ genüsslich einen Moment verstreichen und sagte dann ganz ruhig, fast wie nebensächlich: »Ich hab's auch gelesen.« Und war total gespannt, wie seine Worte einschlugen.

»Bitte? Echt? Du hast das gelesen?« Alex nahm das Buch schlagartig runter und strahlte ihn an. »Dieses Buch?«

Treffer, dachte er, und legte nach: »Aber sicher. Ganz starkes Buch. In einer Nacht verschlungen.«

»Ein tolles Buch, oder?«, fragte sie ganz aufgeregt.

»Absolut! Ein Buch voller Leidenschaft, großartig geschrieben. Man spürt den warmen Wind des Mittelmeeres auf der Haut und das erotische Knistern zwischen den beiden Verliebten. Selten habe ich die Spannung zwischen Mann und Frau so sinnlich empfunden.« Otter schämte sich ein bisschen, wusste aber auch, dass er gerade schwer am Punkten war.

»Wie schön, dass du das auch so empfindest.« Alex schaute ihn im Rückspiegel mit einem – wie ihm schien – deutlich gesteigerten Interesse an und wandte sich dann wieder ihrer Lektüre zu. In der Ferne sah man schon den Wachturm und die Grenzanlagen. In Otter brummte es. Er sah den Weg und den Plan jetzt glasklar vor sich. Jetzt musste er nach der Grenze im Westen unbedingt in die nächste Telefonzelle und einen entscheidenden Anruf tätigen.

»Ich brauche noch mal eure Ausweise«, sagte er.

»Kriegst du«, sagte Alex und reichte ihm ihren Pass nach vorne.

»Hier, meiner.« Caro tat es ihr nach.

Die Abfertigung an der Grenze war ähnlich wie bei der Einreise, nur dass man sie noch gründlicher filzte und mit einem Spiegel unter das Auto schaute, ob nicht vielleicht ein Flüchtling im Getriebe klammerte, der unerlaubt das sozialistische Paradies verlassen wollte. Bei der Aufforderung »Bitte öffnen Sie mal die Heckklappe!« betraten sie aber das Revier von Hartmut, der, gut geschult wie er war, seinen beginnenden Unmut über diese Anmaßung höflicherweise erst mal in einem tiefen Grollen bekundete. Das war sein Revier! Das Grenzorgan trat erschrocken zwei Schritte zurück, stellte sich breitbeinig mit auf dem Rücken verschränkten Armen in Distanz und bat scharfzüngig:

»Würden Sie bitte das Tier Ihrer Obhut zuführen!«

Otter öffnete die Heckklappe und griff sich Hartmut, der mit einem Sprung aus dem Auto plumpste und dadurch nun den Zugang zur Klappe freimachte, in der das Ersatzrad, das vorgeschriebene Warndreieck, Wagenheber und der Erste-Hilfe-Kasten lagen. Außerdem, geschickt in der Hülle des Warndreiecks versteckt, ein mächtiger Brocken Dope, mehrmals mit Alufolie umwickelt, damit ihm auch nicht der geringste Duft entweichen konnte. Sie hatten sich darauf geeinigt, wenn es um den Stoff ging, öffentlich von »Kaffeefiltern« zu sprechen.

»Zeigen Sie mir bitte ihr Warndreieck und den Erste-Hilfe-Kasten«, erbat sich das Grenzorgan.

Otter fing leicht an zu transpirieren. Er öffnete den Deckel des Bodenraums im Heck.

»Bitte treten Sie beiseite« , sagte das Grenzorgan, nahm das Warndreieck und den Erste-Hilfe-Kasten heraus und schaute intensiv in alle Ecken. Otter wischte sich unbemerkt einen Schweißtropfen von der Stirn. Der Typ hält jetzt grade unsere gesamte Stoffration für einen Haufen Leute in der Hand, dachte Otter. Hartmut gefiel dieser Eingriff in seinen ganz persönlichen Lebensbereich überhaupt nicht, er begleitete die Aktion mit immer bedrohlicher werdendem Grollen. Als der Mann mit seinen grauen Lederhandschuhen und einem Anflug von Ekel auf den Rinderknochen von Hartmut stieß und ihn zur gründlicheren Überprüfung drehte und wendete, rastete Hartmut fast aus. Otter musste ihn mit aller Kraft halten. Der bedrohliche Brummton eines empörten Mischlings zeigte Wirkung. Das Grenzorgan legte die Teile zügig zurück und sagte: »Gute Fahrt!«

Uff, dachte Otter und entspannte sich. Hartmut sprang zurück ins Auto und schnüffelte aufgeregt seine Liegefläche ab. Sie verließen die Hoheitszone der DDR und erreichten das Gebiet der BRD, deren Grenzbeamte aus heuchlerischem Mitleid mit den bereits rundum abgeschnüffelten und durchleuchteten Transitreisenden Gnade walten ließen. Es gab ja auch wirklich nichts mehr zu finden. Die westlichen Grenzer am Ende der südlichen Transitstrecke nach Bayern, am Kontrollpunkt Hirschberg, waren aber hinlänglich dafür bekannt, dass sie ihren ostdeutschen Kollegen wenigstens in der korrekten Ausübung ihres Amtes nicht nachstehen wollten und verbissen nach technischen Auffälligkeiten an den Fahrzeugen suchten. Das konnte Sonderzubehör sein, wie zum Beispiel überbreite Felgen oder Spoiler, die zulassungspflichtig, aber nicht im Kfz-Schein eingetragen waren. Das spülte Strafgeld in die Kassen des Freistaates Bayern, das Königreich von Franz-Josef Strauß, der stiernackigen Bajuwarenkarikatur.

»Mensch, Hartmut«, sagte Alex, nachdem sie den Kontrollpunkt ohne Mängel passiert hatten, »du lässt dir ja nix gefallen«, und kraulte ihm die Ohren, während die Grenzbeamten ihnen mürrisch hinterherglotzten, bis sie zu ihrem Entsetzen bemerkten, dass Otters Auto drei verchromte, zulassungspflichtige Auspuffrohre besaß, die er selbstverständlich nicht eingetragen hatte. Für eine Feststellung des Kennzeichens war es da aus der Entfernung längst zu spät. Hartmut war noch am Aufräumen und gleichzeitig damit beschäftigt, den schlechten Geschmack von seinem Knochen abzulecken. Otter steuerte inzwischen zielsicher die Tankstelle gleich hinter der Grenze an.

»Ich muss mal tanken. Wenn ihr euch währenddessen mal die Beine vertreten wollt? Wenn es euch nichts ausmacht, geht doch mit Hartmut kurz auf die Wiese da, ich glaub er muss mal.«

»Klar, kein Problem, was Hartmut?« Alex kraulte Hartmut den Nasenrücken. Sein dicker, flauschiger Schwanz klopfte auf den Boden, ein Signal freudigen Einverständnisses.

Otter füllte an der Tankstelle den Tank und bezahlte. Danach ging er in eine Telefonzelle und warf Kleingeld ein. Der Telefonautomat schluckte die zwei Groschen und sendete dann seine Rufzeichen. Nach dreimaligem Klingeln war die Verbindung hergestellt und der Apparat zog sich scheppernd die ihm zustehenden Münzen ein.

»DAMOUR VERLAG, The Magic Of Love. Schönen guten Tag!«

5. Kapitel
Das falsche Basilikum. Eine irre Idee. Die Tante vom Hof. Eine Stumme soll sprechen. Das Halbblut aus Königsberg.

Archie, ich bin's, Otter!«

»Otter, alte Seele! Wie weit bist du?«

»Bin grad durch Marienborn und stehe jetzt an der Tankstelle.«

»Na, Alter, dann mach man. Wir warten auf dich.«

»Isses Otter?« , rief Speck aus dem Hintergrund.

»Ja, is' Otter«, antwortete ihm Archie.

»Hat er hoffentlich nicht die Kaffeefilter vergessen?«

»Speck fragt, ob du die Kaffeefilter dabei hast?«, leitete Archie die Frage weiter.

»Kaffeefilter an Bord«, bestätigte Otter. Melitta 1x4 war der grüne Türke, Melitta 1x3 stand für den Schwarzen Afghanen. Sie waren sich nämlich nicht sicher, ob sie der Verfassungsschutz oder die Drogenfahndung abhörten, die sich schon mal dreist in die Telefonleitungen klemmten. Otter hatte einen alten Kumpel, der im Hauptverteiler der Post arbeitete und regelmäßig Besuch von einem Spezialisten des Verfassungsschutzes bekam, der in den Relais-Gassen verschwand und ominöse Leitungen anzapfte. Der Staat war zu allem fähig, wenn es um die

Bespitzelung seiner Bürger ging. Vor den Kaffeefiltern hatten sie eine Zeit lang *Dübel* zum Stoff gesagt, aber »Bring mir mal zehn Gramm Dübel mit« machte noch nicht den Unterschied klar, ob es sich um den Grünen oder Schwarzen handelte. Also einigten sie sich, für den Grünen *Acht Millimeter* zu sagen und für den Schwarzen *Zwölf Millimeter*. Leider brachten sie das immer wieder durcheinander.

»Das ist doch ein Schwarzer! Ich wollte doch den Grünen!«

»Du hattest doch zwanzig acht Millimeter Dübel gewollt.«

»Du sagst es, zwanzig Gramm, aber vom Grünen. Acht Millimeter ist der Grüne.«

»Nee, der Schwarze.«

»Der Grüne.«

Ein Versuch mit dem Synonym »Basilikum« war völlig in die Hose gegangen.

Heidi und Ulrike hatten sich mal zum Besuch angekündigt und gefragt, ob sie »WAS« mitbringen sollen.

»Ja, klar, Mensch, bisschen Basilikum wäre super.«

»Basilikum? Ach so, klar, verstehe. Wie viel denn?«

»Du, pfff ... ich sage mal, so zwanzig, besser dreißig Gramm, geht das?«

»Dreißig Gramm? Oha! Ganze Menge. Na gut, kein Problem, man hat ja gerne was auf Lager, alles paletti, bringen wir mit.«

Heidi ging dann in ihrer Wiener Straße in Kreuzberg zum Türken und sagte zu Mechmet: »Ich hätte gerne Basilikum.«

»Habbich«, sagte der und fragte: »Wie viel darf's denn sein, Blüte des Okzidents?«

»Dreißig Gramm.«

Mechmet schluckte. »Oh!«, sagte er, »also da muss ich mal kurz ins Lager«, verschwand hinter dem Vorhang zum Hinterzimmer, kehrte mit vollen Armen wieder zurück und stellte acht große, federleichte Tüten mit getrocknetem Basilikum auf den Verkaufstresen. »Das ist alles was ich habe«, sagte er mit Bedauern.

»Sind das dreißig Gramm?«, fragte Heidi unsicher.

»Niemals«, sagte Mechmet.

»Ist aber eigentlich ’ne ganze Menge, oder?« Heidi betrachtete nachdenklich den Berg durchsichtiger Tüten mit dem mattgrünen Basilikum.

»Aber wirklich, reicht für tausend Pizzas«, sagte Mechmet und lachte herzlich.

»Das muss langen«, sagte Heidi entschlossen und verstaute die Tüten in ihrem Jutebeutel.

»Guten Appetit!«, rief ihr Mechmet fröhlich hinterher und notierte sich auf seinen Zettel für den nächsten Einkauf im Großmarkt »Basilikum«.

Als Heidi und Ulrike am nächsten Tag in Rehwinkel ankamen, wurden sie mit großem Jubel empfangen. Frischer Tee wurde gekocht und leckere Kekse gereicht und alle saßen in der Küche zusammen und erzählten sich die letzten Neuigkeiten. Dann fragte Archie endlich das, was ihm schon die ganze Zeit auf der Zunge brannte und unverhohlen den größeren Anteil ihres Begrüßungsjubels ausgemacht hatte.

»Ey, hört mal, da fällt mir ein, habt ihr Basilikum mitgebracht?«

»Hey, natürlich, Mensch, hätte ich fast vergessen«, sagte Heidi aufgeräumt, stand auf, holte ihre große Jutetasche und stellte acht knisternde Tüten mit Basilikum auf den Tisch. In der Küche herrschte Grabesstille. Alle starrten auf die Basilikumtüten. Dann sagte Archie mit leicht belegter Stimme: »Was ist das denn?«

»Na, Basilikum, wie bestellt«, antwortete Ulrike vergnügt und Heidi fügte noch hinzu: »Mehr konnte ich leider nicht bekommen. Nun kocht man schön.«

Nach diesem Schockerlebnis hatte Archie dann *Katzenstreu* vorgeschlagen, *Feines* für den Grünen und *Grobes* für den Schwarzen. Das funktionierte aber auch nur teilweise.

»Hast du noch was von dem feinen Katzenstreu?«

»Wie viel brauchsten?«

»Fünf Gramm.«

Wer kauft denn fünf Gramm Katzenstreu? Solche kleinen Katzen gibt es auf der ganzen Welt nicht. Das glaubt nicht mal der Verfassungsschutz. Letztlich hatte sich das mit den Kaffeefiltern eingespielt und bewährt. Jeder wusste schließlich, was gemeint war. Die staatlichen Lauschohren garantiert auch. Wahrscheinlich lachten die sich darüber kaputt und drehten sich beim Abhören vergnügt einen 1x4.

»Aber hör mal, Archie, ich muss dich mal was fragen«, Otters Stimmer wurde leiser, »sach ma, wäre es okay, wenn ich noch eine, eventuell auch zwei Frauen mitbringe?« Er wartete einen Moment ab und ergänzte dann: »Hab da zwei Tramperinnen im Auto mitgenommen und bin auf die eine ehrlich völlig abgefahren.«

»Wart mal Otter«, sagte Archie und drehte sich kurz um: »Speck? Macht's dir was aus, wenn Otter noch zwei Frauen mitbringt?«, brüllte er.

»Aber nein doch!«, hörte Otter aus der Ferne Speck rufen.

»Er hat zwei Tramperinnen im Auto und kann sich nicht von ihnen trennen!«, rief Archie.

»Das kann passieren!«, antwortete Speck. Bei dem Thema Tramper hatte er unangenehme Erinnerungen. Es war noch gar nicht so lange her, da wollte ihn Sandra aus Berlin besuchen, in die er ziemlich verschossen war. Kurz vorher hatte sie mit einem Freund von ihm Schluss gemacht, sie war nun quasi wieder auf dem Markt. Da sie die Strecke von Berlin zu ihm trampen wollte, blieb ihre Ankunftszeit vage. Sie musste sich eben nach den Möglichkeiten strecken. Speck war sehr aufgeregt und bereitete ein paar Leckereien und Getränke vor. Wer aber nicht kam, war Sandra. Er wartete den ganzen Tag, den Abend und bis weit in die Nacht. Sie meldete sich nicht, rief nicht an, schrieb keine Karte. Nichts. Speck machte sich große Sorgen. Wer weiß, was ihr passiert war? Erst ein halbes Jahr später erfuhr er, dass sie in Berlin zu einem Typen ins Auto gestiegen war, sich spontan in ihn verliebt hatte und mit ihm stante pede nach Paris fuhr.

»Hey, du! Haste Lust, mit mir nach Paris zu fahren? Steig ein!«

»Warum nicht? Eigentlich wollte ich Speck besuchen, netter Typ, wohnt da in der Pampa mit einem Freund, weißt du, und malt sich sicher schon aus, was das heute für ein heißer Abend wird. Hat bestimmt schon eingekauft und frische Kerzen in die Halter gestopft und geduscht und sich rasiert und sein bestes Rasierwasser aufgetragen. Womöglich hat er sich auch mal wieder die Fußnägel geschnitten und Zahnseide benutzt. Ich stelle mir vor, wie er da wie ein Tiger im Käfig im Haus auf und ab läuft und ständig auf die Uhr starrt und sich verrückte Sorgen macht. Und ich bin in ein paar Stunden mit dir in Paris und wir flanieren auf dem Champs Elysee und schlürfen danach Champagner und bumsen die ganze Nacht und ich muss ständig grinsen, weil ich mir vorstelle, wie Speck immer noch glaubt, ich käme noch. Und wie er da rastlos in seiner Bude hin und her läuft und auf die runtergebrannten Kerzen starrt und sich immer härtere Sachen reingluckert und immerzu nach draußen hört, ob sich nicht ein Auto nähert. Aber ich bin total heiß auf Paris und hab auch null Bock drauf, mich bei ihm zu melden und mir irgendwelche Vorwürfe anzuhören. Und wenn er denkt, ich würde ihm das irgendwann erklären, tut er mir leid. So was mache ich nicht. Soll er sich doch vor Kummer und Verzweiflung verzehren, sein restliches Leben lang. Das hält wach. C'est la vie, die Stadt der Liebe wartet! Man lebt nur einmal.«

Mann, also wirklich. Da schnappte sich einer im letzten Moment seine Prinzessin weg und fuhr mit ihr nach Paris. Einfach so. So einen erbärmlichen Stoff würde Archie niemals verlegen. Und er, Speck, war in der Geschichte der Arsch. Der Stachel saß echt tief. Wer weiß also, ob da nicht irgendwo am heutigen Tage ebenfalls zwei sehnsüchtige Männer auf diese beiden Frauen warteten – und da kommt Otter angefahren und schleppt sie in eine Landkommune mit lauter schrägen Vögeln ab. Kerl, das Leben ist doch manchmal echt gerecht.

»Danke Jungs, ich wusste es. Die Sache ist nur die, Alter, wie schaffe ich es, sie mitzukriegen?« Otter sprach jetzt noch leiser, als hätte er Angst, dass jemand in seinem Umfeld sein Telefonat belauschte und den Verdacht bekäme, er würde Frauen entführen. Für solche Fälle, dachte er, müsste man sich auch auf einen Code einigen. »Ich hab zwei schöne Kaffeefilter im Auto«, wäre eine vertraute Alternative. Er würde das bei der nächsten Gelegenheit mal thematisieren.

»Wie meinst du? Lade sie doch einfach ein, mit dir mitzukommen. Sag, wir sind ein lustiger Haufen. Wo ist das Problem?«, fragte Archie.

»Lade sie einfach ein, lade sie einfach ein, so einfach ist das nicht, Mann. Ich brauche einen Köder, damit das auch wirklich klappt. Und da habe ich mir Folgendes ausgedacht, ich dachte …«

»Hat er mal nachgefragt, ob die Frauen nicht vielleicht irgendwelche andere Verabredungen haben?«, rief Speck.

»Sach mal, Speck, worüber machst du dir denn Gedanken? Was soll das denn jetzt? Bist du jetzt bei den Anonymen Frauenverstehern?«, rief Archie ihm zu.

»Du, ich frag ja nur, is' ja nur 'ne Frage, Tschulliung.«

»Was hat Speck gesagt?«, krächzte Otter ins Telefon.

»Nein, nein, nix, alles gut, alles gut. Hör mal, Otter, du bist immer so kompliziert, sag ihnen doch locker …«

»Archie, hör zu, Ich kann jetzt auch nicht mehr ewig quatschen, die Frauen warten schon im Auto, aber ich habe da eine Idee. Bin draufgekommen, weil die Alex, also die Frau, die ich so klasse finde – verstehst du – also weil die ein Buch gelesen hat.«

»Soll vorkommen«, sagte Archie.

»Hör doch zu. Rate mal welches?«

»Was weiß ich, keine Ahnung.«

»Halt dich fest.«

»Kamasutra?«

»Mann! Sie liest *Im Zauber der Mandola*«, zischte Otter in den Hörer.

»Nein? Ist das wahr?« Archie war sprachlos. »Hey, Alter, na das ist doch super. Du, ich glaub, ich mag diese Anke«, sagte er gut gelaunt.

»Nicht Anke, Archie, Alex! Jedenfalls scheint sie völlig auf dein Buch abzufahren, Mann. Nun, da kam mir die Idee, also ich dachte – einfach mal so als Möglichkeit – nur mal so durchgespielt, wenn ich ihr nun erzähle, dass ich diese Rebecca C. Creek persönlich kenne und gerade auf dem Weg bin, sie zu besuchen? Hä? Was meinst du? Das haut doch voll rein. Ich glaub, die dreht ab bei dem Gedanken, diese Frau mal persönlich kennenzulernen, so begeistert, wie sie von dem Buch ist. Wie findest du?«

»Hab ich dich richtig verstanden? Du bist auf dem Weg zu Rebecca? Meiner Rebecca? Wo soll die denn sein?«

»Mensch, bei euch! Sach ma, du stehst ja auf der Leitung, Alter. Ihr müsst eben irgendwo eine Rebecca herzaubern, sach mal, das kann doch nicht so schwer sein.«

»Was? Na du bist ja gut, Alter! In vier Stunden eine kanadische Romanautorin herbeizuzaubern, die es in Wirklichkeit gar nicht gibt? Wie soll das denn gehen?«

»Archie, ich muss jetzt aufhören. Du musst das irgendwie hinkriegen, ich verlasse mich auf dich. Es geht um die Liebe meines Lebens.«

»Schon wieder?«

»Diesmal ist es etwas ganz Besonderes, Mann. Zeig, was du draufhast.«

»Ich wusste, deine Besuche bringen immer Probleme«, stöhnte Archie.

»Aber auch neue Kaffeefilter, nicht vergessen, mein Lieber. Also bitte, stell dich nicht so an. Rebecca braucht ja auch nur kurz anwesend sein, quasi auf Lesereise oder für Vertragsverhandlungen vorbeigekommen, wie auch immer, das wirst du doch wohl hinbekommen? Du kennst doch Hinz und Kunz. Hauptsache Alex beißt an. Archie, ich muss Schluss machen, die Frauen warten.«

»Okay, okay … Mann, Mann, das ist ja wieder mal 'n Ding, du«, ächzte Archie. »Otter, hör mal, meinst du denn, du kriegst das denn auch hin mit der Braut? Ich meine, wir reißen uns hier den Arsch auf und dann kommt deine Traumfrau gar nicht mit und das ganze Theater war umsonst?«

»Verlass dich drauf, ich hab es in ihren Augen gesehen. Sie kommt mit. Klar? Also biegt das hin. Ich freu mich auf euch, Alter! Und macht 'n bisschen die Bude sauber. Bis nachher!« Otter legte auf.

»Macht die Bude sauber? Sach mal, hast du sie noch alle.« Archie knallte den Hörer auf.

»Er will die Bude sauber machen?«, fragte Speck verwirrt.

»Ja, äh, nein – Quatsch! Er will, dass wir eine Rebecca C. Creek herschaffen, weil die eine Frau, die er in seinem Auto mitgenommen hat, total auf Rebecca C. Creek steht und er sie dazu verführen will, mit ihm zu uns zu kommen, um Rebecca kennenzulernen.«

»Wie … ich meine, woher weiß den Otter, dass sie auf Rebecca steht?« Speck war noch nicht ganz auf Höhe des Themas.

»Sie hat im Auto *Im Zauber der Man-doooo-la* gelesen.« Archie war genervt, zugleich aber auch immer noch ein bisschen geschmeichelt.

»Das is' ja irre.«

»Und sie fährt wohl total auf mein Buch ab.«

»Aaaah, jetzt kommt's mir«, sagte Speck, »Verstehe. Otter benutzt deine Rebecca als Köder, richtig?«

»Du hast es.«

»Na, is' doch klasse«, sagte Speck ganz aufgeräumt.

»Du Komiker! Und wie soll das funktionieren?«

»Nicht verzagen, Speck fragen. Lass mich überlegen.« Speck grübelte.

»Ich höre.« Archie verschränkte seine Arme.

»Hey! Ich hab's! Fragen wir doch Lola!«

»Lola? Die ist nicht alt genug für meine Rebecca.«

»Warum denkst du dir auch so eine alte Autorin aus. Nun hast du den Salat.«

»Ich dachte, ich hätte das schon mal erklärt? Eine ältere Autorin hat traditionell mehr Erfahrung, verfügt über eine ganz andere Lebensklaviatur. Aus dem Holz sind die besten Liebesromane geschnitzt, mein Lieber. Ich habe aber doch nie beabsichtigt, Rebecca ans Tageslicht zu lassen. Alle Kontakte zu dieser Autorin laufen nur über mich, ihren Verleger. So sieht's aus.«

»Hmm.« Speck dachte nach. »Schon klar, du willst sie niemals auftauchen lassen? Kein Mensch soll jemals Rebecca C.

Creek zu Augen bekommen? Ich frage mich nur, wie soll das denn langfristig funktionieren?«

»Abgesehen davon, dass das jetzt nicht unser Thema ist, ist es nichts Ungewöhnliches in der Literatur, Mann. B. Traven, den Autor von *Das Totenschiff* und anderen höchst erfolgreichen Büchern, den hat keine Sau jemals gesehen. Erst später gab es eine These, wer dieser Autor gewesen sein könnte.«

»Rebecca C. Creek?«

»Lustig, sehr lustig. Nein, keine Ahnung, hab's vergessen.«

»Egal.« Speck dachte nach und hatte plötzlich eine Idee: »Hör mal, was meinst du, sollen wir nicht mal Eugen fragen?«

»Was? Ob er weiß, wer B. Traven war?«, fragte Archie.

Speck verdrehte seine Augen. »Hallo? Mensch, ob er nicht jemanden wüsste … Zum Beispiel, ich sag mal … seine Tante.«

»Seine Tante? Paula? Du meinst Paula?«, fragte Archie ungläubig.

»Ja, Paula. Die ist doch in dem Alter, oder? Würde doch passen.«

Archie kratzte sich am Kopf und grübelte. »Paula?«, sagte er nachdenklich, »Paula?«

»Ja, Paula.«

»Na, du hast ja Ideen, Alter. Na ja, na ja, aber, lass mal, lass mal … umso mehr ich darüber nachdenke, vielleicht wäre das echt 'ne Option.«

»Sag ich doch!«

»Stop! Au, nee, nee, das geht nicht.« Archie schüttelte energisch den Kopf. »Die hat doch ostpreußischen Dialekt. In meiner Biographie kommt nix von Ostpreußen vor, aber wirklich gar nicht.«

»Hast auch wieder recht.« Speck schnalzte mit der Zunge. »Wie machen wir das, wie machen wir das … hmmmmm … ha! – ich weiß!«

»Und?«

»Dann hat sie eben durch irgendeinen Vorfall ihre Sprache verloren.« Speck schaute Archie fragend an. »Gut, oder? Ist beim Melken getreten worden oder irgendsowas.«

Archie verzog sein Gesicht und fragte: »Mal unter uns, seit wann melkt man Pferde?!«

»Was? Oh – Autsch! Du hast ja recht, Mann. Paula ist ja Rebecca und Rebecca reitet keine Kühe, sondern Pferde. Hähä, irgendwie 'ne witzige Vorstellung, Rebecca auf einer gesattelten Kuh im Galopp downtown …«

»Bleib beim Thema, Speck, deine Idee ist was wert.« Archie schaute in die Ferne und kratzte sich seine Barthaare. »Du, jetzt mal ernsthaft, warum eigentlich nicht? Rebecca ist vom Pferd gefallen oder getreten worden und kann – meinetwegen vorübergehend – nicht mehr sprechen. Irgendwas ist da im Kopf beschädigt worden. Ja, das isses! Das könnte funktionieren. Warum nicht?«

»Klar funktioniert das.«

»Mit ihrer ausgeprägten Nase vermittelt Paula sogar ein bisschen indianischen Ursprung. Gar nicht schlecht, gar nicht schlecht.« Archie fand spürbar immer mehr Gefallen an dieser Vorstellung.

»Wann kommt denn Otter?«, fragte Speck.

»In ein paar Stunden, gegen Abend, so um acht herum.«

»Na, dann lass uns das mal zackig regeln. Viel Zeit haben wir nicht.«

»Sag mal, warum so ein Stress?«, fragte Archie, »Rebecca kann doch auch noch morgen erscheinen, meinetwegen nach dem Frühstück. Otters Favoritin wird ja wohl doch über Nacht bleiben«, fügte er zwinkernd hinzu.

Speck beugte sich weit zu ihm vor und klopfte Archie mit dem Zeigefinger an die Stirn. »Hallo? Bei Tageslicht? Denk doch mal nach. Die falsche Rebecca ist doch im Dunkeln tausendmal besser, Mann.«

»Aaaah …! Ich verstehe. Na ja, und muss am nächsten Tag ganz früh zum Flughafen, weil sie zurückfliegt nach Kanada? Häää? Bin ich gut, Speck? Das funktioniert.« Archie griff nach dem Telefon.

»Wen willst du 'n anrufen?«, fragte Speck.

»Lola! Die muss gleich in die Hufe kommen.« Archie griff sich das Telefon und wählte.

Lola war zu Hause und gleich am Apparat. »Hier ist die Lola«, meldete sie sich.

»Lola, hier ist Archie, haste mal 'n Moment Zeit? Hier geht gerade eine schräge Nummer ab und da gibt es einiges zu regeln. Du könntest uns total dabei helfen, bist doch schließlich ausgebildete Maskenbildnerin«, schnurrte Archie.

»Ich bin gespannt, erzähl, Schätzchen. Worum geht's denn?«

»Bevor ich weiter aushole, wollte ich dich fragen, ob du es dir zutraust, aus Paula ein indianisches Halbblut zu machen?«

»Die Paula von Eugen?«

»Ja, die. Nein, also keine richtige Squaw, ich meine eher eine indianische Anmutung.«

»Das klingt ja lustig, warum das denn?«, fragte Lola.

Archie erklärte ihr präzise, was sie vorhatten. Lola fand das total aufregend und war sofort dabei. Sie stehe mit ihrem alten Schminkkoffer und ihrer Tasche mit den verschiedensten Utensilien zur Verfügung. Das war schon mal 'ne klare Ansage. Danach rief Archie bei Eugen an.

»Eugen, schön dass du zu Hause bist, ich will dich nicht weiter stören, hab nur eine Frage. Wir haben da ein Problem, weißt du? Wie soll ich es sagen, ähm, kannst du Paula mal fragen, ob sie Lust hat, bei uns kurz zu schauspielern?«

»Schauspielern? Was denn schauspielern? Kommt das Fernsehen?« Eugen verstand nicht so richtig.

»Nein, Eugen. Ich sag mal so, sie soll kurz in die Rolle einer anderen Person schlüpfen. Nur kurz mal so tun, als wäre sie eine Buchautorin, das ist alles.«

»Als wäre sie eine Buchautorin? Is' ja drollig. Paula als Buchautorin? Ihr habt ja vielleicht Ideen. Paula hat doch in ihrem Leben nur Einkaufszettel geschrieben.« Eugen amüsierte sich.

»Sie soll ja auch kein Buch schreiben, sie soll nur so tun, als hätte sie eins geschrieben, Eugen.«

»Ihr seid ja ein verrückter Haufen.« Eugen war beeindruckt. »Paula als Buchautorin.« Eugen amüsierte sich immer noch. »Apropos Rolle schlüpfen, da fällt mir gerade ein, Paula hat tatsächlich mal ganz früher in Königsberg in einem Laientheater in Volksstücken gespielt, sie hat mir oft davon erzählt. Kann mich noch erinnern. Aber klar, ich frag sie, mach ich.«

»Das ist doch hervorragend, Eugen, danke. Sag mal, passt es, wenn wir mal kurz zu dir rüberkommen und mit Paula drüber reden?«

»Passt, ja doch, ich sag ihr gleich Bescheid. Kommt nur rüber.« Eugen legte auf.

Archie und Speck machten sich auf den Weg. Roswitha folgte ihnen. Eugens kleiner Fachwerkhof lag schräg gegenüber ganz romantisch in einer leichten Senke. Das Hauptgebäude stand quer zu einem windschiefen Schuppen, von dem der Efeu großflächig Besitz genommen hatte. Hier parkte Eugen seinen froschgrünen Traktor und ein paar Ackergeräte. Drei mächtige Tannen überragten die Gebäude. Eugen erwartete sie schon in der Tür, drehte sich um und rief:

»Paula, komm doch kurz mal runter!«

»Gemach, gemach!«, kam die Antwort von oben. »Alte Frau ist doch kein D-Zug!«

Archie und Speck streiften sich höflich am Fußabtreter ihre Schuhe ab und traten ein. Archie konnte es gerade noch verhindern, dass Roswitha mit hineinschlüpfte.

»Nee, nee, Hühner müssen draußen bleiben«, sagte er.

Roswitha war beleidigt und scharrte zornig mit ihren Krallen den Boden auf, sodass kleine Erdbröckchen in alle Richtungen spritzten.

»Zicke«, sagte Speck und knallte die Tür zu.

Sie betraten die kleine, gemütliche Bauernstube. Links im Raum stand ein rustikaler Holztisch mit einer Eckbank und einer hölzernen, mit gemustertem Stoff bezogenen Lampe über der Tischmitte. An der Wand hing ein Regalbord mit alten, gerahmten Fotos und einer prächtigen Meerschaumpfeife, ein Erbstück von Eugens Opa. Im Raum roch es nach Bratkartoffeln.

»Setzt euch doch«, bat Eugen. »Kleinen Bärenfang?«, fragte er.

»Danke, Eugen, im Moment keinen Schnaps.«

»Aber gerne«, sagte Eugen, griff sich ungerührt drei kleine Schnapsgläser aus dem Regal, stellte sie in eine Reihe auf den Tisch und schenkte ein. »Setzt euch doch. Honiglikör ist Medizin, sagt Paula immer.«

Sie setzten sich auf die Bank, die daraufhin ungehalten knarrte. Eugen hob zackig sein Schnapsglas, rief: »Zum Wohl und dem Bauern seine Ernte!«, schüttete den Schnaps mit einem Schluck runter und knallte danach das Glas auf den Tisch. Archie und Speck wiederholten laut »Zum Wohl und dem Bauern seine Ernte!« und kippten sich den Schnaps runter. Archie kniff kurz die Augen zusammen und spürte das brennende Rinnsal des hochprozentigen Alkohols in seinen Bauch fließen. Dann schüttelte er sich kurz und fragte: »Wenn ich fragen darf, ist das der Onkel da auf dem linken Foto, der damals bei der Jagd erschossen wurde?« und wies auf ein Foto in einem kleinen Bilderrahmen auf dem Bord an der Wand.

»Ja, das ist er, der Onkel Gustav. Der Gute. Richtig geklärt wurde der Fall nie. Man munkelte, es sei Absicht gewesen, weil der Schütze der Bruder vom Baurat war, mit dessen Frau Onkel Gustav ein heimliches Verhältnis hatte.«

»Abgründe«, seufzte Archie.

»Nun, es war wohl Winter, sehr nebelig und dicker Schnee zu der Zeit. Der unselige Todesschütze schwor, er habe Onkel Gustav für einen Yeti gehalten«, sagte Eugen. »Onkel Gustav soll wohl tatsächlich ein sehr großer, kräftiger Mann gewesen sein. Es hat ihn direkt von hinten erwischt, richtig den Kopf weggeblasen.«

»Na sage mal. Für 'n Yeti gehalten? War das 'ne Yeti-Jagd?«, fragte Speck irritiert.

»Eher weniger«, antwortete Eugen, »obwohl damals das Gerücht herumging, dass eine riesige Gestalt im Wald herumgeistert. Hauptsächlich galt die Jagd aber wohl eher einem Hirsch.«

»Irre Geschichte«, sagte Archie und studierte intensiv das Foto. »Voll erwischt, Mann.«

»Dem Schützen konnte ein Vorsatz nie nachgewiesen werden und so wurde der Vorgang als tragischer Jagdunfall mit Todesfolge zu den Akten gelegt. Der Mann ist dann Monate später von der Frau des Baurates vor dem Rathaus versehentlich überfahren worden«, sagte Eugen und stopfte sich gemächlich ein Pfeifchen.

»Is' jetzt nicht wahr, oder?« Archie war geschockt.

Eugen zündete den Tabak an und stieß stoßartig wie eine Dampflokomotive dicke Rauchwolken aus. »Paff … paff … die Frau gab an, sie habe ihn nicht gesehen, weil er sich bei der Wetterlage in seiner grauen Kleidung nicht vom Asphalt abgehoben habe. Er sei wie verschluckt gewesen, außerdem bei

Rot über die Ampel gegangen. Jedenfalls gab es keine Zeugen und der Fall wurde als Verkehrsunfall mit Todesfolge zu den Akten gelegt und die Frau zu einer einmaligen Zahlung an eine gemeinnützige Organisation verurteilt. Monate später ist sie dann von einem Ausflugsdampfer gefallen und ertrunken. Zufälligerweise war auch die Schwester des Getöteten vom Autounfall mit an Bord.«

»Unglaublich. Das ist ja wie bei der Mafia!«, rief Archie.

»Tja, Sachen gibt's«, sagte Eugen, genüsslich sein Pfeifchen schmauchend. »Kannst mal 'n Buch drüber machen.«

»Keine schlechte Idee, Eugen, nicht übel. Liebe, Rache, Tod, die drei Grundpfeiler einer echten Tragödie. Alles drin.«

»Was gibt's denn für die Idee?« Eugen schmunzelte und stieß aus seinem Mundwinkel ein weißes Wölkchen in den Raum. »Noch einen, hm?«, fragte er und zeigte auf die Flasche Bärenfang.

»Sehr nett, wirklich, aber für mich nicht«, sagte Archie höflich, wobei ihm völlig klar war, dass Eugen Ablehnungen grundsätzlich nicht akzeptierte.

»Aber gerne«, sagte Eugen und griff sich gerade die Flasche, um neu einzugießen, als Paula eintrat. »Ihr Lorbasse! Was heckt ihr euch wieder für Ideen aus, hä? Archie und Speck, scheen, eich wieder mal zu sehen.« Sie setzte sich zu ihnen. »Hast den Herren 'n scheenen Bärenfang anjeboten, seh ich.«

Eugen schenkte ein und sagte. »Selbstredend.«

Archie faselte: »Sehr freundlich, Eugen, sehr freundlich. das ist dann aber auch wirklich der letzte«, um dann auf den Punkt zu kommen: »Ähm, Paula, wissen Sie, wir hätten da was auf dem Herzen.«

»Eijen hat schon anjedeutet, Jungchen. Worum jeht's? Ich soll Theater spielen?«

»So ungefähr«, sagte Archie lachend und erzählte Paula von ihrem Freund Otter und der Auserwählten im Auto und seiner Idee mit Rebecca C. Creek.

Paula hatte sich alles konzentriert angehört, ab und zu ein kurzes »Jesses« eingeworfen, immer mal wieder belustigt den Kopf geschüttelt und zeigte sich anschließend für dieses Rollenangebot aufgeschlossen. »Ei – ich darf also nicht schabbern, die janze Zeit? Meinst du das, Jungchen?«, fragte sie noch mal nach.

»Nicht … äääh … schabbern? Möglichst nicht schabbern, keine Ahnung … auf keinen Fall aber reden.«

»Das meinte ja Tantchen«, erklärte Eugen und hob das Glas. »Zum Wohle und dem Bauern seine Ernte!«, rief er.

»Auf die Ernte!«, riefen Archie und Speck und zogen sich zackig den Bärenfang rein. »Ja, genau, Paula, keinen Laut, also … also keine Schabberei«, bemerkte Archie und wischte sich mit dem Handrücken über den Mund.

»Mal 'ne Zeit lang nichts sagen, na, na – das wird dir schwerfallen, was Paula?«, frotzelte Eugen.

»Du Limmel, du!« Sie drohte ihm schelmisch mit der Faust.

»Wir sind aber ziemlich unter Druck, die sind gegen acht Uhr da. Es muss jetzt zügig gehen. Ich ruf gleich mal Lola an, die weiß schon Bescheid. Ist es möglich, dass wir das ganze Geschminke und so hier bei euch in der Küche machen?«, fragte Archie.

»Ei – fühlt eich wie zu Hause.« Paula zog einen Stuhl zu sich, setzte sich und faltete die Hände auf ihren Schoß. »Dann macht mal hinne. Paula ist bereit.«

Indessen war Grete, Eugens Oma, hinzugekommen und sagte: »Uiih! Hoher Besuch? Gibt's hier was umsonst?«

»Kindchen, ich darf nicht mehr schabbern«, sagte Paula.

»Wer kam denn auf die gute Idee?«, spöttelte Grete.

»Willkommen in der Künstlergarderobe, Oma Grete«, sagte Archie und begrüßte sie herzlich. Dann fragte er höflich: »Darf ich kurz mal Lola anrufen?«

»Fühl dich wie zu Hause, du weißt ja wo das Telefon steht«, sagte Eugen.

Lola war sogleich am Hörer, sie hatte auf den Anruf schon gewartet. «Es kann losgehen, Lola«, sagte er, »bitte komm doch rüber zu Eugen, ja? Wir sind alle hier und bring dein ganzes Zeug mit.« Dann setzte er sich zu Paula und schärfte ihr noch mal ein, worauf es ankam: »Sei ganz entspannt, Paula, schließlich bist du eine erfolgreiche kanadische Schriftstellerin. Wir werden sagen, dass du keinen Rummel um deine Person möchtest und schon gar nicht viel Gefrage. Du lebst ja ziemlich zurückgezogen auf deiner Farm und tust dich eben schwer mit zu viel Menschen. Wir bauen also schon mal eine Aura um dich auf, die dich vor zu viel Nähe schützen soll, verstehst du, Paula?«

»Jungchen, habbich verstanden. Aber was soll ich denn machen, wenn ich nicht reden darf? Mit de Händ und Fieß sprechen?«

Archie rieb sich die Nase und schaute grübelnd an die Decke. »Lasst mich das noch mal verständlich erklären, Paula. Also es ist so, unser Freund Otter hat auf der Fahrt zu uns eine junge Frau, eigentlich zwei, als Tramperinnen mitgenommen, und sich in die eine verliebt. Und nun hat er überlegt, wie er es erreichen kann, dass sie ihren Reiseplan ändert und mit ihm mitkommt, und zwar zu uns. So weit klar, Paula?«

Paula verstand: »Ja, ein Liebchen, verstehe.«

»Durch Zufall las nun diese Frau im Auto ausgerechnet mein Buch *Im Zauber der Mandola*, ist doch irre, oder?«

»Ja, das ist irre und nun komm zur Sache«, knurrte Speck.

»Und weil sie von dem Buch so begeistert ist ...«

»Das wissen wir doch so weit alles, Archie.« Speck zog leicht die Augenbrauen hoch.

»… weil sie so begeistert davon ist, kam Otter auf die Idee, sie damit zu uns zu locken, indem er ihr erzählte, dass er für den DAMOUR-Verlag arbeitet und mit dem Verleger, also mir, befreundet ist. Und dass zufälligerweise gerade heute diese Rebecca bei uns zu Gast ist, weil sie auf Lesereise durch Deutschland war und bei uns übernachtet, um morgen ganz früh wieder zurück nach Vancouver zu fliegen.«

»Ein rechter Lorbas, dieser Otter.« Paula war angetan.

»So weit, so gut. Aaaber …« Archie hob seinen Zeigefinger, »das Problem ist eben, wie schon gesagt, die Verständigung. Rebecca versteht wohl etwas Deutsch, ihre Mutter war ja schließlich Deutsche, ansonsten spricht sie natürlich Englisch.«

»Aber ich denke, ich soll nichts sagen?«, fragt Paula.

»Schon klar, Paula. Du bist wohl vom Pferd getreten worden …«

»Hä? Ich bin vom Pferd getreten worden? Wann war das denn?«, fragte Paula verstört.

»Paula, alles ist doch nur erfunden, verstehst du? Nur für diesen einmaligen Moment. Aber damit können wir doch erklären, warum du nicht sprechen kannst, okay?«

»Aaaaaaah so«, sagte Paula. Sie kapierte.

»Du kannst also durch den Unfall nicht mehr sprechen, aber noch gut hören, also alles verstehen, was man dich fragt. Nun müssen wir uns einigen, ob du nur Englisch – oder eben auch ein bisschen Deutsch verstehst, ja? Darum geht's, Paula.«

»Du musst das doch wissen, du hast sie doch erfunden«, sagte Speck süffisant.

»Ist ja auch alles noch manipulierbar. Ich sag ja nur. Will ja nur für Rebecca ein Profil schaffen, Mann.«

»Versteh doch«, sagte Speck versöhnlich. Man konnte immer mit ihm reden.

»Ich denke mal, also – Paula, du kannst sicher nicht Englisch, oder?« sagte Archie. »Ich meine, ich frag ja nur.«

»Nä, Jungchen. Vielleicht »okä« und noch »dschäs« und »no«, aber dann ist schon aus mitte Kunst.«

»Das wird ja lustig«, warf Grete ein.

»Glaub ich auch.« Archie zwinkerte Grete zu. »Jetzt mal konkret, gehen wir also davon aus, Rebecca versteht ganz gut Deutsch, dann kann man sie ja auch teilweise auf Deutsch ansprechen, hm? Dann hätten wir das schon mal abgehakt? Dann braucht keiner da nur auf Englisch rumzustottern. Abgesehen davon, dass Paula ja sowieso kein Englisch versteht.«

Speck überlegte und klopfte mit der Hand auf den Tisch: »Gut! Dann nehmen wir doch einfach mal an, diese Perle da von Otter … äähm … wie heißt sie? Na, is' ja auch egal, also sie fragt jetzt Paula …«

»Nicht Paula, Rebecca!«, korrigierte Archie.

»Meinetwegen. Also stellen wir uns mal vor, sie fragt Rebecca, also sie würde gerne von ihr wissen, wann und wie sie die Zeit findet, neben ihrer Farmarbeit und Pferdezucht noch Liebesromane zu schreiben. Wie soll Paula darauf reagieren?«

»Rebecca«, korrigierte Archie.

»Herrjeh, Archie, darauf kommt's doch jetzt nicht an«, sagte Speck gereizt.

»Es kommt sehr wohl darauf an, mein Lieber. Paula soll in diese Rebecca reinwachsen, sie darf gar nicht mehr wissen, dass sie Paula heißt. Dieser Name ist jetzt für ein paar Stunden gelöscht.«

«Ein Theater, und das alles nur, weil Otter eine Alte flachlegen will.«

»Speck! Hier im Raum sind ehrenwerte Damen!«, zischelte Archie.

»Otter will ein altes Dach verlegen?« Paula hatte nicht richtig verstanden.

»Aber nein, äh …«, Archie hüstelte, »Speck meinte, Otter will sich sicher, wenn er kommt, nach der langen Fahrt noch mal flachlegen, das meinte er.«

»Aaah, ein Nickerchen machen? Ja, natürlich«, sagte Paula.

»Also? Wie reagiert Paula … äääh … Rebecca jetzt auf die Frage? Spielen wir's doch mal durch«, Speck ließ nicht locker.

»Sie … mmh … macht zum Beispiel den Daumen hoch«, schlug Archie vor, »sie vermittelt sich eben mit Gesten.«

»Meinst du, auf die Art kommen wir durch?«, fragte Speck zweifelnd.

»Also gut.« Archie straffte sich und wandte sich Paula zu: »Mrs. Creek! Wie schaffen Sie es, neben Ihrer sicher anstrengenden Farmarbeit und Pferdezucht noch solche tollen Bücher zu schreiben?«

»Wer rastet, der rostet, Jungchen!«, platzte Paula heraus.

»Paula! Ähm … Tschuldigung, aber so eben nicht, wir hatten das doch gerade besprochen, oder?« Archie zwang sich, geduldig zu bleiben, fragte sich aber immer mehr, ob das gut gehen würde.

»Oh! Ich darf ja nicht schabbern. Jottchen … Verzeihung. Is' mir so rausgerutscht.« Paula war ganz beschämt.

»Aber nein doch, ist doch kein Problem. Das müssen wir eben üben«, sagte Archie beschwichtigend. Er wusste, wie wichtig Paulas Rolle war, und er wollte sie auf keinen Fall verärgern, immerhin tat sie ihnen einen riesigen Gefallen. Als Abwechslung im Bauernhofalltag schien es ihr aber Spaß zu machen, es war für sie so etwas wie eine Rückkehr in alte Zeiten, ins Provinztheater, spürte Archie. Er wiederholte noch mal:

»Mr. Creek, wie schaffen Sie es nur, neben ihrer anstrengenden Farmarbeit noch solche tollen Bücher zu schreiben?«

»Nun gib man nicht so an«, kommentierte Speck.

»Rebecca?«, hakte Archie nach und schaute Paula voll konzentriert in die Augen.

Paula biss sich auf die Zunge. Sie knetete ihre Finger und schaute aus dem Fenster.

Dann kam ein langgezogenes »Mmmmmmmm«

»Das geht, das ist okay. »Mmmmmmm« kannst du machen, brummen kannst du, Paula«, sagte er.

»Hmmmmmmmmmm ...«, brummte Paula weiter.

»Das reicht nicht ganz, Paula. Da muss noch was kommen«, sagte Archie. »Sag was mit den Händen, komm.«

»Hm – hm?«, legte Paula nach.

»Irgendeine mimische Antwort will ich sehen, bitte, Paula. Lass deine Phantasie schweifen. Du hast doch mal früher Theater gespielt.«

Paula richtete sich stolz auf und sagte mit erhobenem Zeigefinger: »In Kenichsberch!«

»Gut, schön. Jetzt aber nicht reden, Paula, nicht reden, bitte. Also? Wie bringen Sie die Farmarbeit und die Schreiberei zusammen?«, wiederholte er.

»Jungchen, ich denke, wir duzen uns?«, fragte Paula verwirrt.

Archie zwang sich, geduldig zu bleiben: »Paula, wir wollen doch jetzt nur mal so tun, als wäre ich diese Alex, die dich, also Rebecca C. Creek, fragt, wie sie, also du, neben der Arbeit auf der Farm noch Bücher schreiben kannst?«

»Dudderkeil, das ist ja ein Kuddelmuddel«, sagte Paula.

»Aber, nicht doch, Paula. Alles ganz locker, bitte, bitte.« Archie musste aufpassen, dass er Paula nicht die Lust an der Rolle nahm. Ohne sie waren sie aufgeschmissen. »Stell dir vor, ich bin jetzt diese Alex – ja? – und frage dich, also die Rebecca C. Creek, wie du neben deiner Alltagsarbeit noch Bücher schreiben kannst. Mehr nicht. Und du musst jetzt nur aufpassen, dass du nicht sprichst, das ist alles, okay?«

Paula nickte, dann hob sie ihre Schultern, zog die Mundwinkel nach unten, wiegte sich hin und her und machte mit den Händen seltsame Bewegungen. »So?«, fragte sie verunsichert.

»Ja! Das ist gut, das ist sehr gut!«, rief Archie begeistert. »Das bedeutet so viel wie halbe-halbe. Das ist der Weg. So machst du das. Nicht reden, einfach nur Mimik und Gesten, perfekt.«

»Jouh, so kann das laufen«, meinte auch Speck und umarmte die spürbar erleichterte Paula.

Es klopfte an der Tür und Lola trat ein. »Hallo, meine Schätzchen! Die Maske kommt!«, rief sie und stellte schnaufend zwei große Taschen auf den Boden. Dann ging sie auf Paula zu, streckte ihr die Hand entgegen und sagte: »Ich bin Lola.«

»Paula«, sagte Paula freundlich. »Jesses, was schleppt denn das Madamchen da alles an? Werd ich denn operiert?«, fragte sie.

»Requisiten, meine Liebe. Schließlich soll aus Ihnen ja eine große Schriftstellerin werden.« Lola öffnete die Taschen und zog ein kariertes Hemd raus und sagte resolut: »Eine kanadische Frau trägt ein kariertes Hemd zur Jeans.«

»Erbarmung, was für 'ne Jeans?«, fragte Paula leicht verwirrt.

»Na, es wird doch wohl jemand eine Jeans für Paula haben?« Lola drehte sich im Kreis rum. »Oder?«

»Tantchen soll 'ne Jeans anziehen?« Eugen kratzte sich am Kopf.

»Paula«, sagte Lola ruhig, »ich stelle mir vor, dass wir dich in Jeans und Karohemd stecken, dir zwei kleine Zöpfe flechten und als kleine Note noch eine diskrete Feder in dein Haar klemmen. Dann schminke ich dich leicht rotbraun. Fertig is'.«

»Perfekt!«, rief Speck. »Mal ihr auch noch ein paar Streifen auf die Wangen.«

»Hör mal, Paula soll doch nicht das Kriegsbeil ausgraben«, sagte Archie empört.

»Ach du mein liebes Himmelche, was macht ihr nur mit einer alten Frau?«, seufzte Paula.

»Warte mal, warte mal«, sagte Archie, »ich glaub, das ist mir ein bisschen zu viel Karl May, Freunde. Rebecca ist schließlich nur ein Halbblut.«

»Genau den indianischen Anteil von Rebecca müssen wir herausheben, um ihren besonderen Typ, und damit das Exotische an ihr zu betonen, glaubt mir, außerdem verstärkt sich dadurch das Charismatische«, verteidigte sich Lola, »wir wollen doch auch was bieten.«

Achie war klar, dass Lola auch zeigen wollte, was sie als Maskenbildnerin draufhatte. Wenn es sein sollte, würde sie aus Paula auch einen Gorilla machen, so entflammt war sie für diese Aufgabe.

»Stimmt schon, Lola«, sagte er, »na, mach man, wie du's für richtig hältst. Ääh, Speck, du kannst doch mal zu uns rübergehen und eine Jeans von dir holen? Möglichst 'ne gewaschene. Ich denke, da müsste Paula reinpassen, ihr habt doch eine ähnliche Größe.«

»Meinst du echt, meine Hose passt ihr?«, fragte Speck skeptisch.

»Sonst machen wir sie passend«, sagte Lola. Sie kannte da nichts.

»Bin schon unterwegs!« Speck machte sich auf den Weg.

»Gute Idee. Wo kann ich mich ein bisschen ausbreiten?« Lola fing an, kleine Töpfchen mit Pasten, Cremes und Schälchen, Tusche, Tuben, Quast und feine Pinsel auf den Tisch zu stellen. Außerdem einen großen Karton mit unendlich viel

Kleinkram, also Kämmen, Broschen, Bändern, Schmuck ohne Ende – und zur Begeisterung aller sogar zwei Federn.

»Wie gut, dass du dir das ganze Zeug noch aufgehoben hast, sogar zwei Federn«, lobte Archie.

»So was schmeißt man doch nicht weg, kann man doch immer gebrauchen. Siehste ja. Ich weiß aber ehrlich nicht mehr, wo ich die Federn her habe«, grübelte Lola. »Ah! Jetzt fällt's mir ein, ja, genau. Hab mal bei einem Dreh für einen Werbespot für einen Unkrautvernichter die Maske gemacht. So 'ne dürre Blondine musste als grüne Fee mit Flügeln auf dem Rücken in einen Garten schweben. Sie hing dafür am Haken eines Krans und flatterte über den Rabatten, dabei hat sie ständig das Gleichgewicht verloren. Es dauerte ewig, bis sie das im Kasten hatten. Bei dem Dreh hat die Dürre reichlich Federn gelassen, zwei davon hab ich mir damals offenbar eingesteckt. Ich bin ja ein rechter Hamster, wisst ihr.« Lola lachte und begann, ihre Sachen auf dem Tisch zu sortieren. »Arbeitsvorbereitung ist die Mutter des Erfolges«, sagte sie.

»Mach dir nur Platz auf dem Tisch«, sagte Eugen. »Paula rückt hier bisschen rüber, oder Paula?«

»Jerne, Liebchen. Alles mächlich.« Paula stand auf und wechselte den Stuhl.

Und Lola machte das echt professionell. Nach geraumer Zeit sah Paula aus wie eine kanadische Schriftstellerin mit US-indianischem Vater. Alle waren begeistert. Lola hatte ihre grauen Haare mit einem Schaum dunkel getönt, ihnen mit Haarfett Glanz verliehen, sie stramm nach hinten gekämmt und am Hinterkopf in einem Dutt gebündelt, in dem dekorativ die beiden Federn steckten. Recht und links hingen noch zwei kleine Zöpfe herunter, die am unteren Ende von bunten Gummis zusammengehalten wurden. Ihr Gesicht hatte die rötliche

Bräune eines indianischen Naturvolkes. Die Wangenknochen hatte ihr Lola durch geschickte Schattenanlage leicht hervorgehoben. Mit Paulas Nase brauchte sie nichts zu machen, die war wie geschaffen für diesen indianischen Typ. Paula sah großartig aus und als sie in den Spiegel sah entfuhr ihr ein: »Jesses!«

In der Zwischenzeit war Speck mit den Jeans angekommen. Paula zog sich mit dem Karohemd und der Hose ins Nebenzimmer zurück. Man hörte sie stöhnen und ab und zu fluchen, so, wie es Menschen tun, wenn sie schwer in Kleidungsstücke passen. Als sie wieder heraustrat, waren alle sprachlos. Da stand sie: Rebecca C. Creek! Im selben Moment kam Maria, Eugens Mutter, die Treppe herunter und sagte:

»Wat is' dat denn? Is' schon Karneval?«

6. Kapitel
Intime Signale. Ohren auf dem vierten Platz. Diebesgut mit Muscheln. Die Beute am Haken. Die Scheiße im Fahrradkörbchen.

Das ist ja stark, dass du auch auf Rebecca C. Creek stehst.« Alex war noch ganz beeindruckt.

»Steh ich total drauf«, bestätigte Otter und zündete sich eine Zigarette an.

Alex beugte sich etwas vor. »Sie hat so eine ungeheure Intensität in ihren Bildern. Ich mag diese Sprache. Zugegeben, ich bin eine unheilbare Romantikerin, echt. Ich liebe diese Autorin.«

»Frag mich, mir geht's nicht anders.« Bei diesem Satz beobachtete Otter sie im Rückspiegel. Alex hob den Kopf und ihre Blicke trafen sich. Und da war sie wieder, die grüne Lagune.

»Ist ja bei Männern eher seltener. Erstaunlich.« Alex schaute versunken zum Fenster raus und widmete sich dann wieder dem Buch.

»Is' doch süß«, sagte Caro.

»Hört doch mal, allein diese Stelle«, sagte Alex und las: *»Hanna legte ihren Kopf sanft auf seine Schulter. Das weiße Baumwollhemd bedeckte seinen muskulösen Oberkörper wie eine verhüllte Skulptur, vermochte aber nicht vollends die kupferne*

Haut zu verbergen, die sich am offenen Kragen verlockend entblößte und den würzigen Tau mühevoll gebändigter Begierde verströmte.«

»Brrrrrr, das geht unter die Haut«, sagte Otter ganz berührt und dachte, dieser Archie, Junge, Junge, Respekt. Der Hund legt ja echt einen vor.

Alex blätterte um. »Und hier, diese Stelle: *Die Wärme der Nacht schien ihre Sinne zu betäuben und sie aus dem Diesseits zu entführen.«*

»Wow«, sagte Caro.

Otter schluckte. Er hatte Archies Buch *Im Zauber der Mandola* eher oberflächlich gelesen, einfach nur, um den Stoff zu begreifen, das reichte ihm als Inspiration für eine Coveridee aus. Archie hatte auch ein paar Anregungen mit eingebracht, worüber Otter nicht unglücklich war, weil er sich dann nicht selber durch das ganze Schmalz lesen musste. Erst jetzt wurde ihm aber das wuchernde Ausmaß erotischer Bilder bewusst, zu dem Archie fähig war.

»Wunderschöne Szene, oder?« Alex schaute ihn im Rückspiegel fragend an.

»Der Wahnsinn, echt. Bilder sind ja auch mein Ding«, sagte er.

»Ach, du schreibst auch?«, fragte ihn Alex interessiert.

»Au, nein, nein. Ich fotografiere, ich bin Fotograf.«

»Echt?« Alex war schwer beeindruckt. «Na, das ist ja spannend. Ich hab noch nie einen Fotografen kennengelernt. Wollte ich immer mal.«

»Der Moment ist gekommen«, flachste Otter

»Ohne Spaß, du bist echt Fotograf?« Alex hakte noch mal nach.

»Kann man so sagen«, antwortete Otter und glaubte zu spüren, dass ihr Interesse an ihm eine neue Qualität erlangt hatte. Das gefiel ihm. »Eigentlich war es nur folgerichtig, dass ich zur Fotografie gekommen bin. Bilder haben mich immer fasziniert. Meine Mutter sagte oft, ich sei ein Augenmensch.«

»Augenmensch?«, fragte Alex verwirrt.

»Ein Mensch, der die Welt intensiv mit den Augen aufnimmt, meinte meine Mutter.«

»Nimmt das nicht jeder?«, fragte Caro.

»Aber Otter hat eben ein Auge mehr als normale Menschen«, sagte Alex, und Otter hätte sie für diesen Satz knutschen können.

»Vermutlich sind diese Augenmenschen auch die emotionaleren Menschen? Doch – oder?«, fragte Caro.

Otter nickte. »Davon kannst du, glaube ich, ausgehen.« Er sprach von sich gerne eher distanziert. Das war nicht nur höfliche Bescheidenheit, es war auch ein Maß an Zweifel, ob das, was er von sich glaubte, möglicherweise gar nicht stimmte. Um seiner eigenen Wahrheit näherzukommen, wählte Otter oft den Vergleich mit anderen, dabei schnitt er tendenziell gar nicht schlecht ab. Das ist eine bewährte Form zur Selbstbestimmung, allerdings auch nicht hundert Prozent verbindlich. Die Wahrheit ist halt eine Chimäre.

»Ich mag emotionale Männer«, sagte Alex. Und wirkte für einen kurzen Augenblick leicht entrückt.

Otter spürte wieder diese wohlige Vibration in seinem Bauch und schaute Alex im Rückspiegel um exakt den winzigen Moment länger an, der als Bote besonderer Zuneigung gilt. Dann schaute er wieder auf die Straße und sagte ruhig: »Ich hab Retuscheur gelernt und bin danach zur Fotografie gewechselt.«

»Retuscheur? Das sind die Leute, die Fotos überpinseln, oder? Frauen auf den Zeitungstiteln die Leberflecke und Falten und Cellulitis wegmachen?«, fragte Alex.

»So ähnlich«, antwortete Otter. »Oder Glanzlichter von fetter Haut von der Stirn retuschieren oder gelbe Zähne weiß machen oder Bügelfalten in die Hose. Der Retuscheur kann alles wegnehmen oder alles hinzufügen.«

»Ein Zauberer!«, rief Caro.

»Halb so wild«, sagte Otter. »Alles Handwerk. Kann man lernen.«

»Na, na, sei man nicht so bescheiden, Otter.« Alex klopfte ihm sanft auf die Schulter. »Und dann bist du also zur Fotografie gewechselt?« Sie wollte es nun genau wissen.

»Ja, so war das. Die Fotografie hat mich immer schon fasziniert. Mit einem einzigen Schuss den visuellen Volltreffer zu erzielen – einmalig. Die optimalen Faktoren für einen Fotografen zeigen sich schließlich nur im Bruchteil einer Sekunde – und genau die musst du erwischen. Der Fotograf ist quasi der Dieb, der dem Moment das ultimative Bild stiehlt.«

»Uff, Respekt!« Alex zog laut die Luft ein. »Und von dem Diebesgut kannst du leben?«

»Denke schon, ja. Kommt auf die Ansprüche an. Ich komm mit wenig klar. Bin Single, hab keine Kinder, keine Villa, keine Yacht …«

»… nur ’n dickes Auto«, sagte Alex.

»Einspruch, euer Ehren! Der Wagen ist aus dritter Hand, hatte schon reichlich Kilometerchen runter. Hab ihn ganz günstig geschossen, außerdem brauche ich ihn als Kombi für mein fotografisches Equipment. Is’ quasi ’n Geschäftsauto.« Gut gesagt, dachte Otter. Single, keine Kinder, nun weiß sie schon mal, wie ich unterwegs bin.

»Was war denn für dich das schönste Foto, das du bisher gemacht hast?«, fragte Alex.

»Oh! Interessante Frage. Lass mich überlegen … hmmm … ja, das war, wirklich wahr, eine Klofrau.«

»Bitte?«, riefen beide Frauen wie aus einem Mund.

»Echt, eine Klofrau. Sie saß bei einem Open-Air-Konzert in einem Toilettenwagen an einem kleinen Tischchen, auf dem auf einem Deckchen ein Porzellanteller mit ein paar Münzen stand. Unter ihrem weißen Kittel trug sie eine weiße Bluse und ein schönes Kleid, um den Hals eine goldene Halskette und Ohrringe. Sie hatte sich richtig feingemacht und strahlte die Größe eines Menschen aus, der auch im sozialen Keller seine Würde bewahrt. Sie wirkte seltsam fehl am Platze. In ihrem Gesicht stand das Buch ihres Lebens. Ein sensibles, kluges Gesicht war das, mit unzähligen feinen Fältchen dekoriert. Ihre Frisur war makellos. Straff gekämmte, silberne Haare, hinten verknotet und mit einer Schleife versehen. Sie hatte ganz gewiss mal ganz andere Zeiten erlebt. Aufrecht saß sie auf ihrem Stuhl – und strickte.«

»Sie strickte? Is' ja süß«, sagte Caro.

»… während es um sie herum nach Urinal und Putzmitteln roch und die besoffenen Festivalbesucher unablässig an ihr vorbei rein- und rausfluteten. Ab und zu klingelte ihr mal jemand eine Münze auf den Teller. »Guten Abend« sagte sie höflich zu jedem, der hereinkam, und »Danke. Viel Freude noch« zu jedem, der ging. Zu jedem, ob er zahlte oder nicht. Ich hatte meine Kamera dabei und fragte, ob ich sie fotografieren dürfe. Ich hatte die Befürchtung, dass sie sich schämte, aber nein, es störte sie nicht. »Machen Sie man, junger Mann«, sagte sie. Es sind starke, authentische Aufnahmen geworden, die mich heute noch faszinieren. Dieses Gesicht, puh! Auf einem Bild steht ein bulliger, langhaariger Rocker in seiner Lederjacke vor ihr und legt ihr einen Fünfmarkschein auf den Teller. Mit der anderen Hand macht er eine Geste, die so was wie Aber-nicht-alles-gleich-auf-einmal-ausgeben bedeutet. Er hat sie behandelt wie ein rohes Ei. Keine Ahnung, vielleicht hat er dabei an seine eigene Mutter gedacht? Ich weiß es nicht. Jedenfalls war das ein verrückter Moment. Und ich hab ihn erwischt.«

»Süß«, sagte Caro.

»Ich hab sie gefragt, was sie im Leben gemacht hat. Sie war Schauspielerin, erklärte sie mir. Keine berühmte, eher in Nebenrollen, so auf kleinen Bühnen in klassischen Stücken. Mal hier, mal da. Es sei eine wahnsinnig schöne Zeit gewesen, schwärmte sie. Aber sie habe damals natürlich nicht an später gedacht, warum auch? Sicherheit war der Erzfeind des freien Herzens. Das Leben war spannend und aufregend und intensiv und man sei überzeugt gewesen, dass es für einen schon die passende Lösung parat haben würde. Und wenn es eines Tages halt die Tätigkeit einer Toilettenfrau ist, dann hatte man das zu akzeptieren. Das Leben ist ein Spiel, mal gewinnt, mal verliert man. Wer verliert, gewinnt sich selbst zurück, sagte sie. Schöner Satz, oder? Die Frau hat mir gefallen.«

»Gibt schon Wahnsinnsmenschen«, sagte Alex. »War sie verheiratet, hatte Kinder?«

»Ich hab sie nicht gefragt. Wollte nicht zu sehr in ihr Leben eindringen. Wie gesagt, sie hatte Klasse und das schützte sie irgendwie vor allzu persönlichen Fragen. Obwohl ich den Eindruck hatte, es machte ihr schon Spaß, ein wenig davon zu vermitteln, wer dieser Mensch hinter dem Klofrauenkittel wirklich war.«

»Glaub ich auch«, sagte Alex. »Aber sag mal, als Fotograf ist es doch auch nicht so einfach, sich durchzuschlagen, oder?«

»Da ist was Wahres dran. Ich halte mich mit normalen Alltagsaufträgen über Wasser, mal hier ne Hochzeit oder ein Porträt, Kleinkram halt, gelegentlich auch mit ganz irrwitzigen Aufträgen.« Otter erzählte ihnen die Geschichte mit seinem Geburtstag und dem Auftrag des Schuhfabrikanten und dem freundlichen Überfall seiner bayerischen Freunde. Die Frauen fanden die Geschichte total lustig.

»Ganz schön peinlich, was?«, sagte Alex.

»Das sag ich dir. Einige Schuhe waren ja auch beschädigt, völlig plattgetreten. Ich glaube, wäre mir der Auftrag wichtig gewesen, hätte ich mich nicht auf die Sauftour eingelassen, selbst wenn Freunde aus Neuseeland angereist wären. Es sollte so sein. Ich wollte aus tiefster Seele in meinem Arbeitsleben nicht Karriere als ›Otter, der Mann der die Schuhe versteht‹ machen.«

»Schuhe können sehr elegant, sportlich, verrückt, wahre Kunstwerke sein, ich liebe Schuhe«, sagte Caro. »Der Mensch blickt dem anderen zuerst in die Augen und dann auf die Füße, also ich meine, ein schöner Schuh kann total süß sein.«

»Bei den Frauen, klar, aber bei den Männern ist die Reihenfolge anders: Brüste, Hintern, Beine, die Schuhe kommen doch ganz zuletzt, oder Otter?«, fragte Alex.

»Also Moment mal jetzt. Das sind ja jetzt satte Klischees, bitte.« Otter war empört. »Wenn du mich aber schon fragst, ich muss mal nachdenken, wie ist das eigentlich bei mir …?«

»Ehrlich, jetzt mal ganz ehrlich, hm?«, setzte Alex nach.

»Klar doch, klar. Hmmm … ich denke, erst die Augen, dann …«

»Ah! Typisch Augenmensch«, unterbrach ihn Alex.

»Ganz genau, dann der Mund, der ist ganz wichtig, dann die Schultern und die Hände, ja, die Hände – auch ganz wichtig.«

»Otter?« Alex beäugte ihn misstrauisch.

»Is' so«, bestätigte Otter.

»Du hast mir, als ich an der Grenze stand, zuerst in die Augen und auf den Mund gesehen?« Alex hielt ihren Kopf schief und kniff ein Auge zusammen. »Jetzt mal die Wahrheit.«

»Zähne nicht vergessen, auch extrem wichtig, schöne Zähne.« Otter nickte nachdrücklich.

»Was hab ich denn für Zähne?«, fragte Alex.

»Schöne.«

»Und ich?« fragte Caro.

»Jetzt aber immer der Reihe nach«, erbat sich Otter.

»Wir wollen nur wissen«, Alex sprach ganz sanft und beugte sich zu ihm nach vorne, »wie deine optischen Präferenzen sind, liebster Otter, mehr nicht. Du kannst offen mit uns sprechen, wir sind nur neugierig.«

»Ich bin Fotograf ...«

»Du bist zuerst Mann«, unterbrach ihn Alex.

»Ich bin ein männlicher Fotograf.«

»Wollen wir das so gelten lassen, Caro?«

»Können wir«, antwortete Caro großmütig.

»Was interessiert also einen männlicher Fotografen, wenn er eine Frau sieht? Das war die Frage.« Alex zählte es an ihren Fingern ab: »Also er schaut erstens in ihre Augen, zweitens auf ihren Mund, drittens auf ihre Zähne ...«

»Viertens auf ihre Ohren!«, bemerkte Otter.

»Das is' ja süß«, kicherte Caro.

»Auf die Ohren?« Alex lachte schallend.

»Ja, klar, auf die Ohren. Kleine Ohren, große Ohren, Kohlohren, Löffelohren. Muschelohren, Mausohren, Schweineohren, Pavianohren, Mr.-Spock-Ohren. Gibt's alles, ich liebe Ohren«, sagte er und dachte, wie herrlich diese Frau aus tiefstem Herzen lachte.

»Und was hab ich für Ohren?«, kicherte Caro.

»Zeig mal«, forderte Otter sie auf.

Caro nahm ihre Haare vom linken Ohr und beugte sich weit nach vorne, damit er während der Fahrt kurz schauen konnte. »Und?«, fragte sie.

»Süße Ohren«, sagte Otter und ging davon aus, dass sie damit am meisten anfangen konnte.

Caro amüsierte sich köstlich. »Süße Ohren? Danke. Hat mir ja noch keiner gesagt. Du bist mir einer, Otter, echt!«

»Wie ist denn die Reihenfolge bei Ihnen, Ladies? Ich gehe davon aus, erst die inneren Werte natürlich und irgendwann dann das Äußere drum herum?«

»Böser Otter«, sagte Alex zwinkernd. »Nun, mich interessieren zuerst auch die Augen, absolut die Augen. Die Augen sind das Tor zur Seele, sagte mal …«

»Ein Augenmensch«, unterbrach sie Otter.

Alex lachte wieder so wundervoll und warf dabei ihre rote Mähne nach hinten. »Nein, irgendein kluger Kopf, hab seinen Namen vergessen. Erst nach den Augen arbeite ich mich langsam zu den anderen Bereichen vor.«

»Oh! Als da wäre?«, fragte Otter.

»Die Haut«, antwortete Alex.

»Au ja, stimmt, finde ich auch«, stöhnte Caro, »Haut, ganz wichtig.«

»Schöne weiche, leicht kupferfarbene Haut, die mag ich.«

»Ich verstehe immer mehr, dass du Rebecca C. Creeks Romane liebst, ehrlich.« Otter fühlte sich jetzt sehr berührt, denn – in aller Bescheidenheit – wenn er eins hatte, dann weiche, leicht kupferfarbene Haut. »Und sonst so? Was ist dir noch wichtig?«, fragte er rasch, um zu verbergen wie sehr er sich angesprochen fühlte.

»Schöne Hände mag ich auch sehr«, sagte Alex.

Mann, das passt ja, dachte Otter. Eine ehemalige Freundin hatte ihm mal erzählt, er habe schöne Hände. Er wäre bis zu dem Zeitpunkt nicht draufgekommen, weil er nie über seine Hände nachgedacht hatte. Sie waren einfach da und begleiteten ihn griffbereit durchs Leben. Als er sie daraufhin noch mal gründlich begutachtete, konnte er das Kompliment durchaus teilen. Sie waren tatsächlich nicht hässlich.

»Au ja, schöne Hände, ganz süß«, seufzte Caro.

»Und Knackarsch und ein Sixpack und richtig was in der Hose? Nein?«

»Otter!!«, riefen die beiden Frauen empört.

»Ach so? Hör sich einer an. Aber wir Männer, wir glotzen natürlich zuallererst mal auf Brüste, Arsch und Beine? Ich fühle mich diskriminiert!«, erboste sich Otter.

»Ach, der Herr ist beleidigt? Hat man wohl den wunden Punkt getroffen?« Alex grinste breit.

»Der Fotograf, meine Damen, muss auf den ersten Blick natürlich auch das Gesamtkunstwerk erfassen, also das ist doch wohl verständlich?«

»Zwei Gesamtkunstwerke verstehen«, antwortete Alex.

Otter dachte, wenn du wüsstest, was du für ein großartiges Gesamtkunstwerk bist, Baby, und wechselte lieber das Thema, denn es wurde ihm langsam zu heiß. »Sagt mal, nun habe ich euch von meinen Job erzählt, was macht ihr beide denn eigentlich so beruflich?«.

»Na, rate mal«, sagte Alex, »da bin ich ja jetzt gespannt.«

»Hmmmm …«, Otter trommelte rhythmisch auf dem Lenkrad, »nicht leicht, nicht leicht.«

»Streng dich mal an«, sagte Alex. »Komm schon.«

»Also Caro, du, würde ich sagen, duuuuu … bist in der Süßwarenbranche tätig?«

»Bitte? Wie kommst du 'n darauf?«, fragte die verblüffte Caro.

»Weil du so oft *süß* sagst.« Otter kicherte.

»Echt? Oh Gott!« Caro wandte sich Alex zu: »Sag ich das echt so oft, Alex?«

»Ziemlich.«

»Hat ja jeder so sein Lieblingswort«, sagte Otter, um die verunsicherte Caro zu trösten. »Eine Freundin von mir sagt immer ›witzig‹. Bei der ist alles, was sie gut findet, witzig.

Witzige Klamotten gesehen, witziges Lokal entdeckt, witziges Auto gefahren, witzige Typen kennengelernt, witziges Buch gelesen, witzig, witzig, alles ist bei ihr witzig.«

»Vielleicht noch auf 'ner witzigen Beerdigung gewesen?«, fragte Alex.

»Au Mann, ja. Vielleicht hast du ja auch einen witzigen Beruf, Caro?«, fragte Otter.

»Da liegst du gar nicht so falsch, Otter. Überwiegend schon.«

»Aaaaah, ich bin also ganz dicht dran … du … du … bist beim Zirkus?«

Caro amüsierte sich köstlich und beendete das Spiel: »Ich bin Kindergärtnerin!«

»Kindergärtnerin? Da wäre ich so schnell nicht draufgekommen. Schöner Beruf, oder?«, fragte Otter.

»Wohl wahr, macht Spaß mit Kindern, kann aber auch höllisch anstrengend sein.«

»Ich habe mich als Kind mal in eine Kindergärtnerin verliebt, erinnere mich noch genau. Sie war blond und sehr warmherzig und arbeitete in einem Feriencamp in St. Peter Ording – und hat mich vor einem Desaster behütet.« Otter schnalzte noch in alter Erinnerung dankbar mit der Zunge. »War haarscharf.«

»Haarscharf? Auweia, erzähl mal«, drängte Alex.

»Herrjeh, ich hatte mir in einem Souvenirladen am Strand die Taschen mit Muscheln und allerhand Krimskrams vollgestopft …«

»Das war doch sicher nicht billig?«, fragte Caro.

»Will mal so sagen«, Otter hüstelte, »gewissermaßen auf Kredit.«

»Otter! Du hast doch nicht geklaut?«, rief Alex empört.

»Wollte meinen Eltern doch auch was Hübsches aus dem Urlaub mitbringen.«

»Na, wie finde ich denn das? Hast du denn kein Taschengeld gehabt, von dem du deinen Eltern was hättest kaufen können?«, fragte Alex.

»Klar. Das war aber knapp und reichte gerade mal so für den Eigenverbrauch. Cola und Chips und so.«

»Diebesgut als Geschenk für deine Eltern? Das ist ja frech!«, fand Alex.

»Tut man nicht so, als hättet ihr noch nie was geklaut, ja? Heute klauen die Mädchen doch ganze Kollektionen aus den Boutiquen. Kommen gertenschlank rein und gehen dick wieder raus, ich bitte euch. Dagegen sind meine bemalten Muscheln doch lächerlich.«

»Ich hab wirklich noch nie was gestohlen … ääh … Moment … einmal ’n Lippenstift, ja, doch. Hab ich. Das eine Mal, ein einziges Mal«, beteuerte Caro.

»Schon klar. Jedenfalls steh ich da mit prallvollen Taschen und höre auf einmal vorne im Laden eine Frau »Der Junge hier hat sich gerade was in die Tasche gesteckt!« kreischen. Der blöde Marian, der mit mir in gleicher Absicht mit im Laden war, hatte sich erwischen lassen. Ich denke gerade, ach du scheiße, nix wie raus, da höre ich den heulenden Marian – ich denke, mich trifft der Schlag – ›Der da vorne hat aber auch geklaut!‹ schreien. Und schon waren die Schergen des Ladenbesitzers dabei, mich festzuhalten und zu filzen. Zugegeben, war ’ne ganze Menge drin.«

»Nein!«, rief Alex, »Gott, ist das gemein.«

»Mieser Kerl. Und dann?«, fragte Caro ganz aufgeregt.

»Hat der Ladenbesitzer im Ferienheim angerufen. Ich hatte doch für meine Mutter so ein schönes mit Muscheln verziertes Kästchen geklaut …«

»Ein ganzes Muschelkästchen in der Hosentasche?« Alex war beeindruckt. »Ein richtiges Känguru, unser Otter.«

»Passte ganz schön was rein in meine Taschen, stimmt. Wie auch immer, die aus dem Heim haben dann wiederum bei den Eltern von Marian angerufen und gebeten, ihren kriminellen Sohn abzuholen. Was da bei denen dann zu Hause los war, kann man sich vorstellen.«

»Bei dir doch auch«, sagte Alex.

»Wie ich sagte, haarscharf.« Otter grinste breit. »Deswegen auch die Liebe zu dieser Kindergärtnerin. Ich weiß sogar noch wie sie hieß: Nele! Norddeutscher Name. Als der Souvenirladen anrief, war Nele zufällig am Telefon und hat mich gedeckt, hat mich nicht an die Heimleitung verraten. Wie sie das geschafft hat, trotz dieses Verräters Marian. Irre, oder??«

»Der Denunziant Marian wird doch aber auch vor der Heimleitung erzählt haben, dass er nicht alleine geklaut hat, vermute ich, oder?«, fragte Alex ungläubig. »Wie hat sie das denn hingekriegt, diese Nele, dein Engel?«

»Da sagst du was. Frag ich mich noch heute. Vielleicht war ich so etwas wie ein kleiner Robin Hood für sie? Beraubt die reichen Souvenirläden und gibt seiner Mutter? Hat den Verräter Marian gefesselt und geknebelt nach Hause zu seiner Familie geschickt?«

»Woher wusste die denn, dass du das Kästchen deiner Mutter schenken wolltest, hm?«, fragte Alex spitzfindig.

»Hab ich ihr natürlich erzählt.«

»Jung, Junge, Otter. Du ziehst ja alle Register. Bei dir muss man ja echt aufpassen«, sagte Caro.

»Cleveres Kerlchen, das sag ich dir«, bestätigte Alex. »Muschelkästchen für die geliebte Mama, damit lässt sich punkten, Kompliment. Otter weiß, was Frauen lieben.«

»Mensch, 'n blödes Muschelkästchen, nun macht mal kein Geschmeide draus.« Otter rückte sich den Rückspiegel etwas zurecht und sagte dann: »Jetzt haltet euch fest. Ich hab Nele am Ferienende dann zum Abschied als heimliches Dankeschön für ihre gute Tat noch ein kleines Geschenk gemacht.«

Alex sagte staunend: »Ooooh! Ein echter Kavalier. Aber du hattest doch gar kein Geld mehr, Otter?«

»Ich hab noch mal ein Muschelkästchen geklaut.«

»Otter! Das hast du nicht?«, rief Alex.

»Hab ich!«

»Irgendwie auch süß ... äääh ... also to-toll«, korrigierte sich Caro.

»Du kleiner Schweinehund«, sagte Alex kopfschüttelnd. »Hat Nele denn nicht Verdacht geschöpft?«

»Ich hab ihr erzählt, ich hätte mir das Geld dafür von einem Freund aus der Reisegruppe geliehen.«

»Lügen und stehlen, das ganze Programm, na toll«, entrüstete sich Alex.

»Für eine klasse Frau, ja!« Otter grinste. »Nun mal Ende der Verhandlung, ich frag mich, Alex, was machst du, was machst du wohl ...«, grübelte Otter. »Ich tippe auf ... Jura? Künftige Staatsanwältin?«

»Jura? Falsch! Sag mal, komm ich dir wie eine Staatsanwältin vor?«

»Jaaaaa ... du hast was Anklagendes, hast du.« Otter konnte sich gerade noch nach vorne beugen, bevor sie ihn an den Haaren ziehen konnte.

»Hör mal, Junge!«, rief Alex. »Jetzt geht's ja los, du Muschelkästchenräuber.«

»Frieden, Frieden!« Otter beugte sich vor dem Lenkrad. »Mea culpa, mea maxima culpa!«

»Ach ja, plötzlich wimmern um Vergebung. Vorsichtig, liebes Ötterchen, wir sind zwei«, drohte Alex.

»Aber mir gehört das Beförderungsmittel!«, betonte Otter.

»Ach, das ist ja interessant? Mit solchen Mitteln arbeitest

du? Hätten wir gewusst, dass du ein Muschelkästchenräuber bist, wären wir gar nicht eingestiegen, oder, Caro?«

»Niemals.«

»Mann, seid ihr fies«, sagte Otter.

»Wir sind noch nicht fertig, Otter. Du wolltest doch raten, was ich beruflich mache?«, sagte Alex.

»So brutal, wie du mit mir umgehst … du bist bei der Kripo?«

Alex lachte sich kaputt. »Kriiiipo? Das fehlt mir noch. Nein, du liegst ganz falsch, ich studiere Publizistik an der FU.«

»Kuck an, eine Journalistin! Na, das ist ja interessant, passt irgendwie zu dir.«

»Ach?«, bemerkte Alex belustigt. »Passt zu mir? Du kannst das ja beurteilen, kennst mich ja schon ein paar Kilometer.«

»Du weißt doch, Alex, Augenmensch. Der sieht alles.«

»Ich vergaß.«

»Sag mal, hast du schon mal Pferde fotografiert, Otter?«, fragte Caro höchst interessiert.

»Nein, nie. Aber Kaninchen. War eine Werbekampagne für einen Großbäcker, ging um Ostern.«

»Keine Hasen?«, fragte Caro.

»Es gibt keine zahmen Hasen, aber zahme Kaninchen. Sind ja ähnlich wie Hasen. Wir haben auf jeden Fall Kaninchen genommen, schneeweiße, kuschlige Tiere, direkt vom Züchter ausgeliehen. Nicht billig, echt. Aber sie hatten einen Nachteil, sie ließen ihre Ohren hängen. Aber ein Osterhase mit hängenden Ohren ist kein richtiger Osterhase, wirkt doch eher depressiv, heißt, wir mussten uns was einfallen lassen. Der Art-Director kam dann auf die Idee, während der Aufnahmen jemanden danebenzustellen, der auf Kommando zwei Topfdeckel zusammenschlägt, damit die Tiere schockmäßig ihre Ohren hochstellen. Das funktionierte auch wunschgemäß, leider mit dem hässlichen Nebeneffekt, dass einige dieser überzüchteten Tiere dabei einen Herzschlag bekamen. War 'ne ziemlich hohe Ausfallquote.«

»Ist ja schrecklich«, stöhnte die geschockte Caro, »die armen Kaninchen.«

»Mörder«, kommentierte Alex.

»War 'ne echt harte Nummer. Ich hab danach nie wieder Kaninchen fotografiert. Aber so geht's zu hinter den Kulissen der Werbewirtschaft, brutal«, sagte Otter.

»Ich meine nur, ich kam aufs Pferd, weil ich selber eins habe«, sagte Caro.

»Du kommst aufs Pferd, weil du selber eins hast?«, fragte Otter vergnügt. »Irgendwie doch logisch, hä?«

»Natürlich, hihi. Also meine Haflingerstute heißt Zilli. Haben mir meine Eltern zur Volljährigkeit geschenkt«, erklärte Caro.

»Hey, du hast zur Volljährigkeit ein ganzes Pferd bekommen? Ich hab 'n Mont Blanc Füller und 'ne Brieftasche aus Schweinsleder bekommen. Schweineleder von meinem Stiefvater! Das passt.« Otter lachte hämisch.

»Klingt nach einem harmonischen Verhältnis. Oder täusche ich mich?«, hakte Alex nach.

»Wenn du mich so fragst, unser Verhältnis war nie gut. Er ist ein Arsch.«

»Oh. Man kann sich seine Stiefväter eben nicht aussuchen«, bemerkte Alex.

»Da sagst du was. Aber einen geschenkten Gaul auch nicht, oder Caro?« Otter grinste.

»Nö, nö, ich kannte Zilli doch schon aus dem Reitstall. Sie gehörte einer Zahnärztin. Fand sie immer total süß – also, ich meine Zilli, hihi.«

»Haflinger, Haflinger …?«, Otter dachte nach. »Sind das nicht die stämmigen Hellbraunen mit der blonden Mähne?«

»So, so, man kennt sich aus.«

»Nee, ich hab keine Ahnung von Pferden, aber diese blonden Pferdchen sind mir schon mal aufgefallen. Sie sind ja auch nicht ganz so groß wie die normalen Pferde?«

»Wie man's nimmt, also ein Pony ist Zilli nun auch nicht.«

»Ehrlich mal, ich habe gewaltigen Respekt vor Pferden, diesen gewaltigen Tieren, das muss ich schon zugeben. Dabei bekommen diese Kraftpakete doch bei jedem Tempotaschentuch, das man ihnen vor die Füße wirft, Panikattacken.«

Caro lachte und fragte: »Woher weißt du das denn?«

»Eine Freundin von mir hatte lange ein Pferd, daher. War laufend krank, das Tier, hatte ständig was. Koliken, Hufe, Gelenke, weiß ich was alles. Ziemlich sensibel, diese Hoppepferdchen. Na ja … also Frauen und Pferde, ich finde, das ist schon so ein spezielles Ding, oder?«

»Was für 'n Ding, was meinst du?«, fragte Caro neugierig.

»Nun ja, musst mal 'n Psychologen fragen«, antwortete Otter.

»Ich frag aber dich.«

»Mann, wie soll ich's sagen, ich meine, da läuft halt irgendeine ganz spezielle Nummer, finde ich. Auf so einem Muskelberg zu sitzen, diesen warmen Körper zwischen den Schenkeln zu spüren und immer hopp hopp, hoch und runter – ich meine, nun mal ehrlich, oder?«

»Wir fahren bei einem Muschelkästchenräuber und Sexisten im Auto«, bemerkte Alex.

»Also echt, ihr Männer denkt wirklich immer nur an das Eine«, meinte Caro.

»Diesen Satz liebe ich«, sagte Otter. »Jetzt gebt doch einfach mal zu, ist doch nicht schlimm. Da läuft doch eine ganz besondere Kiste, nun kommt. Den Frauen geht es doch nur darum, dieses Kraftpaket zu beherrschen, ihn nach Belieben zum Dressurkasper zu machen oder auf ihm hoch oben stolz durch die Landschaft zu traben. Seht her! Mein großer, starker Freund, der nur mir gehört, der mich trägt, der mich liebt, der mir treu ist. Und der sich mit einem Schenkeldruck dahin lenken lässt, wohin ich es will. Wenn das keine besondere Beziehung ist?«

»Wow«, sagte Alex. »Starke Analyse.«

»Hört man nicht gerne, is' aber so«, beharrte Otter unbeeindruckt. »Dazu gibt's längst Studien.«

»Kann man die mal lesen?«, fragte Alex.

»Und dein Hartmut? Macht der nicht auch, was du willst? Ist dir treu ergeben, dein Kumpel? Dein treuer Beschützer?«, fragte Caro.

»Aber ich reite nicht auf ihm durch den Park. Außerdem, wer hier wen beschützt, ist die Frage. Hartmut wirkt nur so stark, ist in Wirklichkeit ein echter Pazifist. Hat sich noch nie mit anderen Hunden geprügelt. Im Notfall muss ich immer die anderen Hunde für ihn beißen.«

»Tolle Vorstellung«, sagte Alex amüsiert.

»Außerdem, ich bitte euch, einen Hund und ein Pferd kann man doch nicht vergleichen. Mein Hund lebt mit mir in einer Bude, also muss er sich an ein paar Regeln halten, das müsste ein Pferd auch, wenn es bei mir wohnen würde. Aber ich würde ein Pferd nicht zwingen, mit mir täglich um den Tisch zu traben oder übern Wäscheständer zu springen oder wie eine Ballerina irgendwelche Tanzschritte zu machen. Es könnte locker aufm Teppich abhängen, wie Hartmut.«

»Otter mit einem Pferd aufm Teppich und Bierchen in der Hand vorm Fernseher«, lästerte Alex.

»Es könnte auch gerne auf dem Balkon abhängen«, antwortete Otter kühl.

Alex grinste und sagte: »Lockere Männerfreundschaft, schon klar. Reden kann Hartmut zum Glück nicht, um uns die Wahrheit zu sagen.«

Hartmut schnaufte. »Hört ihr?«, fragte Otter. »Hört ihr das? Das heißt, es stimmt.«

Alex grinste nur. »Man versteht sich«, sagte sie und vertiefte sich wieder in ihr Buch, während Caro die vorüberziehende Landschaft studierte. Es herrschte eine behagliche Atmosphäre im Auto. Otter fand, dass nun der Augenblick gekommen war, Nägel mit Köpfen zu machen. Bald würden sie die Autobahnausfahrt erreichen, wo für eine der beiden Frauen die Fahrt zu Ende sein sollte. Er musste jetzt langsam zum Thema kommen. Die Umstände waren ideal. Jetzt oder nie.

»Alex? Entschuldige, will dich nicht stören«, sagte er.

»Aber nein, sag.« Sie hob den Kopf.

»Weißt du eigentlich, dass das Coverfoto von deinem Buch von mir ist?«

»Ach? Mach kein Quatsch, echt?«, sagte Alex perplex. »Von dir?«

»Echt von dir? Wie süß. Du hast das gemacht?«, fragte Caro.

»Is' so«, sagte Otter.

»Klasse, echt klasse«, fand Alex. »Ganz klasse.«

»Das sind die Aufträge, die wirklich Spaß machen.« Otter machte den Daumen hoch. Der Trucker, den er in diesem Moment überholte, machte das auch und grinste zu ihnen rüber. Ein Mann mit zwei hübschen Frauen im Auto, er hatte wohl irgendwas anders verstanden. Kein Wunder, wer beruflich ein Leben lang nur eine riesige, tonnenschwere Maschine über die Straßen lenkt und dabei stur auf ein graues Asphaltband starrt, dem gehen allerlei lüsterne Gedanken im Kopf herum.

»Das glaube ich dir, wirklich. Ist doch was anderes als Schuhe zu fotografieren.« Sie lachte. »Aber, interessiert mich mal, wie kommt man denn an solche Aufträge ran?«

»Du, ich bin mit dem Verleger befreundet.«

»Öh? Jetzt Moment mal. Das ist ja völlig verrückt, du bist was? Sag das noch mal. Du bist mit dem Verleger von Rebecca C. Creek befreundet?« Alex blieb die Spucke weg.

»Schon lange, ja. Ich kenne Archie aus der BÄCKEREI. War da lange Stammgast.« Er schnippte lässig einen Krümel vom Armaturenbrett. »Archie hat zu der Zeit noch studiert.«

»Er ist der Verleger von Rebecca C. Creek? Dein Freund?« Alex konnte es kaum glauben.

»Allerdings«, bestätigte Otter souverän. Die Sache lief ja bestens, dachte er.

»Aber sage mal, ich meine … wenn du mit dem Verleger vom DAMOUR-Verlag befreundet bist, dann …«, Alex machte eine kleine Pause und holte tief Luft, »dann … äh … kennst du, ich frag einfach mal, dann kennst du vielleicht auch Rebecca C. Creek persönlich?«

Sie schaute ihn aus grünen, erwartungsvoll geweiteten Augen an. Otter spürte, dass er etwas ganz Großes erfolgreich auf den Weg gebracht hatte. Sie hatte voll angebissen. Jetzt hieß es, die Ruhe zu bewahren und auf den letzten Metern nur keinen Fehler mehr zu machen.

»Aber ja doch«, sagte er mit fester Stimme. Aber ja doch, wie das klang. Otter fand, er machte das prima.

Für einen Moment herrschte Totenstille im Auto. Dann hörte er Alex ganz verdattert fragen: »Machst du Witze?«

»Gar nicht«, wiederholte er ganz souverän.

»Sag mal ernsthaft jetzt, du kennst diese Autorin?« Alex konnte es nicht glauben.

»Ich kann sagen, sehr gut sogar.«

»Sag mir … bitte erzähl doch mal, komm, sag – wie ist sie?« Alex drehte sich zu Caro: »Ich glaub es nicht, der Mann kennt Rebecca C. Creek!« Sie hatte ganz rote Wangen bekommen. Das machte sie noch hübscher.

Jetzt kam Otters großer Augenblick, der perfekte Moment, um die entscheidende Trumpfkarte zu ziehen. Und er zog sie, im vollen Bewusstsein, dass sie jetzt gleich in die Knie gehen würde: »Ich meine, also nur so … nun ja … ich frag ja nur, hättest du Interesse, sie vielleicht mal kennenzulernen?«

»Bitte? Rebecca C. Creek? Ich? Wo, ähm … ich meine, wie meinst du das?« Alex schüttelte ungläubig den Kopf. »Die gute Frau wohnt in Kanada …«

Otter hüstelte. »Grundsätzlich stimmt das, aber eine erfolgreiche Autorin ist auch viel in der Welt unterwegs. Buchmessen, Auszeichnungen, Lesereisen, na, das Übliche. Und sie muss sich auch mal bei ihrem Verleger sehen lassen.«

»Verstehe, klar, aber was hat das mit mir zu tun? Wie soll ich diese Frau jemals zu Gesicht kriegen, Otter? Du bist vielleicht witzig.«

»Ganz einfach, weil ich gerade – besser wir – zu ihr fahren.«

Totale Stille im Auto. Man hörte Hartmut schnaufen, scheinbar gefiel ihm das Thema. »Wir … äh … ich meine, du fährst gerade zu Rebecca C. Creek?« Alex war fertig. »Ich steig in das Auto eines Typen und treffe plötzlich auf Rebecca C. Creek? Bin ich denn im Kino? Ich verstehe nur Bahnhof. Jetzt mach es nicht so spannend, hält ja kein Mensch aus. Erzähl doch mal?«, sagte Alex und rutschte auf ihrem Platz unruhig hin und her.

Otter genoss es. Er lehnte sich lässig an die Fahrertür und sagte: »Es ist so, mein Freund Archie, der Verleger, hat sich schon vor einiger Zeit mit seinem Verlag aufs Land zurückgezogen. Und ich fahre gerade hin, um ihn zu besuchen, auch um über das nächste Cover zu reden. Na ja, und …«

»Und was?«, drängte Alex.

»Und wie es manchmal so kommt, man glaubt es nicht, ist zufälligerweise, weil sie gerade in Deutschland war, um in einigen Buchhandlungen ihr Buch zu signieren, ist gerade heute – ausgerechnet heute – wer im Verlag?«

»Nee, nich? Du machst mich fertig, Otter!« Alex stöhnte.

»Doch! Sie verbringt vor ihrem morgigen Rückflug nach Kanada ihren letzten Tag heute bei ihrem Verleger. Wir müssen uns nämlich vorher noch über das Cover abstimmen.«

»Rebecca C. Creek?«, rief Alex und hielt sich mit weit geöffneten Augen ihre Hände vors Gesicht.

»Persönlich«, warf Otter nonchalant ein.

»Echt? DIE Rebecca C. Creek? Das ist jetzt nicht wahr, oder?«, stammelte Alex.

»Na, das is' ja total süß«, sagte Caro.

»Damit ich das auch richtig verstehe. Rebecca C. Creek ist gerade – also jetzt, in diesem Augenblick – in Deutschland bei deinem Freund? Ich fasse es nicht.« Alex warf ihren Kopf nach hinten und für einen Augenblick trug Hartmut eine rote Perücke.

Otter war höchst zufrieden. Alles lief bisher nach Plan. Das süße Gift war aus der Flasche. Nun hing alles an der entscheidenden Frage: Würde Alex ihren ursprünglichen Reiseplan aufgeben und für ein Treffen mit ihrer Lieblingsautorin umdisponieren? Täte sie das, war das auch ein Signal an ihn. Er konnte förmlich greifen, wie sie mit sich rang.

»Der Wahnsinn«, hörte er sie immer noch fassungslos stammeln, »der Wahnsinn, das ist ja genial, aber echt mal.«

»Du, also ich meine, was habt ihr denn heute noch so vor? Ich frag ja nur.« Otter blieb jetzt hart dran.

»Pffff … eigentlich jetzt nichts Besonderes. Ich wollte mich später noch mit einer Freundin treffen«, sagte Caro.

»Und du, Alex?«

»Ich wollte noch was vorbereiten für Montag, aber generell – morgen ist Samstag, also ich bin ziemlich entspannt

… aber das ist ja … echt«, Alex konnte es immer noch nicht glauben.

Jetzt oder nie, Otter ging voll drauf: »Nur so 'n spontaner Einfall, einfach mal nur so 'ne Idee – ich meine, wie fändet ihr's denn, mit mir mitzukommen? Ich bringe euch morgen zum nächstgünstigen Bahnhof, von dem aus ihr gut nach Hause kommen könnt. Was meint ihr?« Otter hatte es ausgesprochen. Und jetzt nur beten, dachte er.

Alex stöhnte: »Also hör mal, das ist ja vielleicht ein echter Knaller. Ein Wahnsinn. Ich kann Rebecca C. Creek kennenlernen? Kneif mich mal, Caro.«

»Ein Wahnsinn«, bestätigte Caro.

Otter sagte lässig: »Man muss im Leben beweglich sein, ihr wisst doch. Die Chancen ergreifen, wenn sie sich einem bieten. Ich würd mich jedenfalls total freuen, wenn ihr mitkommt.«

»Das hieße, ich lerne echt Rebecca C. Creek kennen?! Au, Mann. Ich fasse es nicht. Irre! Ich steig in ein Auto, um nach Hause zu kommen, und treffe Stunden später Rebecca C. Creek.« Alex schüttelte unablässig ihren Kopf.

»Heißt das ja?«, fragte Otter ganz vorsichtig.

»Also weißt du, Otter. Du bist ja ein Typ, echt. Verführst Frauen in eine Männerhöhle. Schämst du dich nicht?« Alex lachte laut.

»Aber wirklich«, sagte Caro. »Aber ich finde die Idee irgendwie süß.«

»Caro, vielleicht kann ich deine Entscheidung noch dadurch beeinflussen, indem ich dir sage, dass Rebecca in Kanada auf ihrer Farm kanadische Mustangs züchtet.«

»Ist das wahr?« Caro war platt. »Na, das ist ja ein Treffer. Junge, Junge. Irgendwie ist es ja auch irre spannend, mal eine Frau kennenzulernen, die Mustangs züchtet. Die Gelegenheit kommt ja auch nicht alle Tage. Warum nicht – also, hey, ich bin dabei.«

»Ich buche auch!«, schoss Alex spontan heraus.

»Na, das ist ja total super. Abgemacht!« Otter strahlte wie ein Honigkuchenpferd. »Dann muss ich an der nächsten Tankstelle noch mal anhalten und kurz telefonieren, um Bescheid zu sagen, dass ich zwei Gäste mitbringe. Dann kann Hartmut sich auch mal seine Pfoten vertreten.«

»Meinst du, das geht klar, wenn wir da so spontan ins Haus fallen, sicher ist da mit der Autorin noch einiges zu besprechen?«, fragte Alex.

»Ja«, sagte Caro, »meine ich auch.«

»Ach was. Kein Problem, das Geschäftliche haben die längst geregelt. Und Rebecca ist, so wie ich es gehört habe, eine … also ganz normale Frau, sehr bodenständig. Auch Archie und Speck sind total gastfreundlich. Und besonders Archie freut sich doch, wenn ihn begeisterte Leserinnen seiner Bücher besuchen.«

»Okay, du musst es wissen, Otter«, sagte Alex.

Otter steuerte die nächste Tankstelle an. Während er die Windschutzscheibe putzte, die von toten Insekten ziemlich vollgeschmiert war, führten die beiden Frauen Hartmut auf eine grüne Rasenfläche, wo er endlich herumlaufen und Blätter und Halme beschnüffeln konnte und wenn nötig einen gemütlichen Platz für einen Haufen fand. Für diesen Fall hatte Otter ihnen eine Einkaufstüte mitgegeben, mit der sie Hartmuts Losung aufnehmen und in einen von den herumstehenden Müllcontainern entsorgen sollten. Caro fand das ein bisschen ekelig, Alex hatte weniger Probleme damit. Wenn man das geschickt mache, sagte sie, komme man mit dem Haufen überhaupt nicht in Berührung.

Die gleiche Idee hatten noch zwei weitere Hundebesitzer.

Ein junges Mädchen mit einem winzigen, dürren Hund, der vor Aufregung zitterte, und ein fettbäuchiger Kerl mit weißen Beinen in grauen Wollsocken und braunen Sandalen, der seinen hechelnden Schäferhund hart an der Leine führte und ständig: »Mach! Mach! Mach!« rief. Das Tier stand unter enormem Druck, es sollte auf Kommando kacken, andererseits – getreu seiner Ausbildung – nach allen Seiten knurren und in alles beißen, was ihm und seinem Herrchen zu nahe kam. Diese Doppelbelastung merkte man ihm an. Es sah aus, als steckte der Körper des Tieres in einer Steckdose. Von der Entspanntheit Hartmuts war dieses Tier meilenweit entfernt. Endlich hatte es sich eine Stelle auserkoren, auf die es sich hockte und den Darm entleerte. Diese kauernde Haltung kackender Hunde sieht irgendwie immer lächerlich aus, keiner weiß, was dabei in ihren Köpfen vor sich geht. Würden sie, wenn sie könnten, dabei gerne ein Hundemagazin lesen oder reicht es ihnen tatsächlich, währenddessen nur mit heraushängender Zunge in die Ferne zu glotzen? Anschließend schnupperte das Tier aus irgendeiner genetischen Grundprogrammierung noch mal an seinem eigenen Haufen und reckte dann seine Nase streitsüchtig in Richtung Hartmut. Das nervöse, dürre Hündchen schien kein Gegner zu sein, bestenfalls eine Vorspeise. Sein Herrchen benotete die ganze Aktion mit »Fein gemacht, Hektor! Fein gemacht!« und wandte sich dann den beiden Frauen zu. Er wies auf Hartmut und fragte: »Ihrer?«

Alex fand, dass das eine absolut saublöde Frage war, denn es war weit und breit, bis auf das junge Mädchen, kein anderer Hundehalter in der Nähe. Am liebsten hätte sie geantwortet, sie habe Hartmut gerade zum ersten Mal gesehen, wisse gar nicht, wo der plötzlich hergekommen sei.

»Ja. Er gehört einem Bekannten«, sagte sie kühl.

»Bastard oder reinrassig?«

»Mein Bekannter? Ich glaube, reinrassig.« Alex stellte sich doof. Sie konnte den Typen nicht ausstehen.

»Höhö!«, keckerte der Mann. »Ich meine doch den Hund, höhö.«

»Bastard? Keine Ahnung, ich glaube Hartmut ist ein Mischling«, sagte Alex. »Bastard hört sich so geringschätzig an, finde ich.«

»Sind ja oft nicht die Schlechtesten, diese Bastarde«, bellte der Mann.

»Sagt man das? Und Ihrer?«, fragte Alex.

»Hektor von der Wappenkante!«

»Sagt mir jetzt erstmal nichts«, antwortete Alex. »Ein Adliger wohl?«

»Edelste Züchtung! Mit der sollte man sich besser nicht anlegen. Hektor wurde letztens von einem Pudel angegriffen und hat ihm kurzerhand das Genick gebrochen. Kurz geschüttelt, bums – knack – aus! Saubere Sache. Geht schnell. Mein Gott, die Halterin hätte besser aufpassen sollen. Selber schuld, wenn sie ihr Sofahündchen frei herumlaufen lässt.«

»Ihr Hund ist ja ein Killer!«, rief die entsetzte Caro.

Das junge Mädchen machte sich vorsichtshalber mit ihrem Zitterhündchen aus dem Staub. Man hatte den Eindruck, dessen Zittern hatte sich in der Zwischenzeit in heftiges Schlottern verwandelt.

»Na, na, Frolleinchen, nu mal langsam mitte wilden Pferde. Das sind Naturgesetze. Das regeln die Tiere untereinander.«

»Ihr hochwohlgeborenes Hündchen ist ja ein ganz Tapferer, bricht einem Kampfpudel das Genick. Das nenne ich mutig.« Alex fand den Typen zum Kotzen.

»Unterschätzen sie einen Pudel nicht, Frolleinchen, die können sehr giftig sein. Wenn die sich einmal festgebissen haben, lassen die nie wieder los.«

»Dann ist der Pudel quasi der Piranha unter den Hunden?«, fragte Alex.

»Quasi, ja«, antwortete der Mann und lachte so hässlich, wie er aussah.

»Wozu brauchen Sie denn eigentlich so einen Killerhund?«, fragte Caro spitz.

»Gegen all das asoziale Gesindel, das nachts um unser Wohnmobil streicht.«

»Wo parken Sie denn Ihr Wohnmobil? Im Gefängnishof?«, fragte Caro.

»Das ganze Kruppzeug ist überall, man muss mit allem rechnen«, geiferte der Mann, »aber ich hab ja noch meine Gaspistole. Wumm! – schon geregelt. Die sollen mir nur kommen.«

»Ah, ja«, sagte Alex.

Hartmut hatte kurz gepinkelt, ein paar Grashalme beschnüffelt und trottete nun gemächlich zu den beiden Frauen zurück. Der Schäferhund bekam eine Rückenbürste und zerrte an der Leine. Er hatte den großen Wunsch, sich auf Hartmut zu stürzen. »Ruhich, rrrruhich, Hektor, ruuuuhich!«, schnarrte sein Herrchen und musste sichtlich Kraft aufwenden, um das Tier zu bändigen. Hartmut zeigte nicht das geringste Interesse an durchgeknallten Schäferhunden und bekundete das auch mit provozierender Ignoranz. Er wollte jetzt zurück ins Auto und die Reise fortsetzen. Der Mann zerrte seinen wutschäumenden Köter weg und verabschiedete sich. »Komm, koooomm Hektor, komm wir gehen. Fuuuuß! Fuuuuß! Beiiii Fuuuß! Feiner Hund. Sag schön auf Wiedersehen.«

Ein Hund, der »Auf Wiedersehen« sagen soll? Mach schön Winke-winke? Es gibt Hundebesitzer, die haben echt nicht alle Latten am Zaun, dachte Alex. »Hey, hören Sie mal, eine Frage«, rief sie dem Typen hinterher und zeigte auf die Wiese, »was ist übrigens mit dem Haufen Ihres Hundes?«

»Wie meinen?«

»Sie können doch nicht einfach die Scheiße ihres Hundes da liegen lassen?«

Der Mann winkte verächtlich ab. »Das regelt die Natur, in ein paar Tagen ist da nix mehr zu sehen, nix«, sagte er und zerrte seinen widerspenstigen Köter zurück zum Wohnmobil, das er hinter den Tanksäulen auf den Abstellplätzen vor den Toiletten geparkt hatte. An der Heckseite war ein Fahrradhalter mit zwei Fahrrädern montiert, eines davon war ein Damenfahrrad mit einem Körbchen vor dem Lenker, was vermuten ließ, dass seine Frau im Auto saß und auf ihn wartete.

»Die Natur? Na, der Typ gefällt mir«, knurrte Caro und starrte ihm mit verschränkten Armen hinterher.

»Was für ein Arsch«, sagte Alex. »Gibt's doch nicht.« Sie schüttelte den Kopf und dachte nach. Plötzlich kicherte sie und sagte leise: »Die Idee ist gut.«

»Was meinst du?«, fragte Caro.

»Warte mal, ich hab eine gute Idee«, sagte sie. »Bin gleich wieder da.« Sie lief ein paar Schritte zu einem der großen Müllcontainer und zog mit spitzen Fingern ein Stück Pappe von einem Pizzakarton heraus, der aus dem vollen Container herausragte.

»Alex, was hast du vor?«, fragte Caro.

Alex ging zu dem Hundehaufen und schob die Pappe wie eine Schippe unter ihm durch. Zum Glück war der Kot von fester Konsistenz. Mit angewidertem Gesichtsausdruck und einem »Ärxx« hob sie die braune Masse hoch und trug sie vorsichtig davon. Caro folgte ihr im gebührenden Abstand, da sie immer noch nicht genau wusste, was Alex im Sinn hatte. Der Mann war inzwischen eingestiegen und hatte das Wohnmobil aus der Parklücke zurückgesetzt. Für einen Augenblick lag das Heck mit den beiden Fahrrädern im toten Winkel. Den nutzte Alex, um den mächtigen Haufen Hundescheiße treffsicher in das Lenkerkörbchen des Damenfahrrades zu schleudern. Dabei rief sie »Gute Reise!«, während das schwerfällige Fahrzeug langsam Fahrt aufnahm und eine Fahne stinkenden Hundekots hinter sich herzog. Die beiden Frauen freuten sich diebisch und Hartmut wedelte mit dem Schwanz. Gute Ideen gefielen ihm.

In der Zwischenzeit war Otter in eine Telefonzelle gegangen, die aber noch besetzt war. Ein Typ in lockeren Freizeitklamotten sprach ziemlich laut: »Der Arzt hat gesagt, ich soll im Bett bleiben. Ja. Ich könnte andere anstecken.« Er hustete kurz. »Grippe, oder so was. Türlich, kann man auch im Sommer kriegen, aber klar. Grassiert gerade, hat der Arzt gesagt. Über vierzig, ja. Fast einundvierzig. Oh, ja. Ganz gefährlich. Sage ich doch, ist nicht mit zu spaßen, gar nicht. Soll eigentlich gar nicht das Bett verlassen, musste Sie aber doch anrufen. Denke, die Woche wird das wohl nichts mehr. Ich weiß. Total blöd, ja. Von wo ich telefoniere? Telefonzelle … ja. Durch das Fieber sehe ich da draußen alles total verschwommen. Ja, ich werde mich schonen. Ja, natürlich …«

Man hörte eine Autotür klappen. Otter drehte sich um und sah eine Blondine im knappen Minirock ein knallrotes, offenes Alfa Romeo Cabrio verlassen und entschlossen auf sie zusteuern. Dann riss sie die Tür von der Telefonzelle auf und brüllte: »Mach Schluss, mein Tiger, die Party ruft!«

Endlich war die Telefonzelle frei und Otter konnte anrufen. Nach zweimaligem Freizeichen vernahm er das vertraute:

»DAMOUR VERLAG, The Magic Of Love. Schönen guten Tag!«

7. Kapitel
Ein süffiger Elsässer. Käse in Versen. Die Schwester mit dem Prinzen. Der Ex mit Sex.

Archie! Ich bin's, Otter.«

»Hast Glück, dass du uns erreichst, Otter. Speck und ich sind gerade mal kurz rüber, um was zu holen. Wir sind drüben bei Eugen schwer am Vorbereiten. Wie läuft's bei dir, Alter?«

»Sieht super aus. Die Frauen kommen mit. Klappt alles?«

»Klaro, die Bühne steht, Alter. Paula ist eine super Rebecca, sag ich dir. Lola hat alles gegeben, sogar eine kleine Feder hat sie ihr ins Haar gesteckt. Perfekt, alles perfekt. Nun tanz mal an mit den Perlen. Was meinst du denn, wie lange ihr noch braucht? Wann kann die große Show steigen?«

»Schätze, so zwei Stunden noch, aber – hör mal – 'ne Feder ins Haar? Ist das nicht bisschen übertrieben? Und wer spielt dann den Winnetou?«, meckerte Otter in den Hörer.

»Bin ich jetzt im falschen Film, Alter? Von wem kommt denn die bekloppte Idee, mit meiner Rebecca C. Creek zu spielen? Bis dahin lebte sie glücklich und zufrieden im tiefsten Kanada und ließ es sich gut gehen. Kein Schwein wollte sie da herausholen, und da kommst du auf Knien dahergerutscht und bittest mich, sie über den Atlantik nach Rehwinkel zu verfrachten, und das alles nur, um eine nichtsahnende Frau zu verführen. So sieht's doch mal aus.«

»Archie, ja … is' ja gut, ich …«

»Und nun jaulst du mich wegen einer kleinen Feder an! Wo wir unter Einsatz aller unserer verfügbaren Kräfte versucht haben, diese Rebecca so realistisch wie irgend möglich hierher zu zaubern. Lola ist schließlich ein Profi, sie hat sich eben entschieden zur Unterstützung der indianischen Attitüde der Paula eine kleine Feder ins Haar zu stecken. Eine kleine Feder, mehr nicht. Keinen Tomahawk oder Pfeil und Bogen oder ein paar Skalps am Gürtel und einen Brustbeutel mit Trockenfisch, Mensch. Und du machst jetzt hier …«

»Mann, Archie, nix mach ich, nix. Es ist super so, ich habe mir doch nur erlaubt, zu fragen, ob … ist doch alles gut jetzt, prima so. Gut, gut, alles gut.«

»Isses Otter?«, rief Speck von hinten.

»Ja, Otter!«, antwortete Archie noch leicht angepisst.

»Alles klar mit den Weibern?«, wollte Speck wissen.

»Erzähl ich dir gleich!«, antwortete Archie und grummelte dann ins Telefon: »Also gut, hätten wir das jetzt auch geklärt?«

»Ja doch, reg dich bloß wieder ab. Ich verlasse mich völlig auf euch«, sagte Otter.

»Alsdann, gegessen. Seid herzlich willkommen.«

»Okay, ich freue mich, super, Archie. Aber sage mal, äh, wie sieht's denn mit der Versorgung aus?«, druckste Otter.

»Strom und Gas? Läuft alles.«

»Sehr witzig. Mensch, du weißt schon. Getränke und was zu essen, meine ich. Wir sind ja 'ne ganze Menge mehr Leute.«

»Seit wann machst du dir Sorgen um unseren Kühlschrank, hä?«

»Bisschen was Leckeres meine ich doch nur, die Mädels sollen sehen, dass ein großer Verleger sich nicht lumpen lässt«, witzelte Otter.

»Speck macht sicher seine berühmte Schnittchenplatte, denke ich, oder möchte der Herr lieber Austern, Kaviar und Champagner?«

»So ähnlich.« Otter kicherte in den Hörer.

»Bitte? Was gibt's heute?«, rief Speck neugierig aus der Küche.

»Hör mal, Speck, ich kann mich doch schlecht mit zwei Leuten zugleich unterhalten«, blaffte Archie.

»Wenn Otter Austern, Kaviar und Champagner möchte, dann soll er das Zeug aber bitteschön auch mitbringen«, rief Speck.

»Was sagt er?«, fragte Otter.

»Speck sagt, du sollst kommen und Austern, Kaviar und Champagner mitbringen. Spaß beiseite, roll endlich an.«

»Du bist der Beste, Archie. Bis später und grüß Speck. Ich melde mich noch mal kurz vorher, wenn ich vor Ort bin. Sicherheitshalber, für letzte Instruktionen.«

»Hau rein, Alter.« Archie legte auf. »Nun bin ich ja stramm gespannt, wen er da anschleppt. Es hat ihn scheinbar ganz schön erwischt«, sagte er zu Speck.

»Erinnerst du dich noch, wie verrückt er auf die Frau in der Badewanne war?«, fragte Speck.

»Ich erinnere mich.«

Die Frau in der Badewanne hieß Pizzi und war eine junge Studentin, die sich ein bisschen was verdiente, indem sie sich für den Hersteller einer Badelotion im Schaufenster eines großen Kaufhauses im Bikini in einer vollen Badewanne räkelte. Draußen standen die Männer, pressten ihre Nase an die Scheibe und ergötzten sich an ihrem Anblick. Ausgedacht hatte sich die Idee der Werbeleiter des Kaufhauses, leider ergab eine nachträgliche Umfrage bei den Zuschauern, dass keiner der Befragten sich gemerkt hatte, um welches Produkt es bei dieser Aktion eigentlich ging, aber alle wussten, welche Farbe Pizzis Bikini hatte. Anfangs hatte sie noch Spaß an der Aktion und genoss das eigentümliche Gefühl, in einem Schaufenster vor gaffenden Passanten im dicken Schaum zu baden und damit sogar Geld zu verdienen, mit der Zeit aber kühlte das Wasser ab, ihr wurde kalt. Fürs Zittern war sie aber nicht engagiert worden, also tat sie tapfer so, als würde sie sich wohlfühlen, während sie mehr und mehr unterkühlte. Scheinbar hatte das Management des Kaufhauses vergessen, wie schnell warmes Wasser die Temperatur verlor. So sehr Pizzi auch Signale setzte, indem sie laut hüstelte und irgendwann diskret anfing, nach der Melodie des Liedes *I am sailing* von Rod Steward »Ich bin fertig, ich bin fertig, dieses Wasser ist so kalt« zu singen – keiner kümmerte sich um sie. Entgegen der Order des Werbeleiters, dass sie auf keinen Fall zum Schaufenster schauen sollte, damit das Publikum nicht zu sehr in Rage geriete, tat sie es in ihrer Not dann doch und bemerkte in der ersten Reihe zwischen all den kusshandwerfenden Kerlen einen Typen, der einen Zettel an die Scheibe hielt, auf den er »Kalt?« gekrakelt hatte. Sie nickte ihm diskret zu. Augenmensch Otter hatte ihre Notlage bemerkt, ihm war ihre Gänsehaut aufgefallen. Er benachrichtigte die Kaufhausabteilung und endlich erschien ein Mitarbeiter und schaffte Pizzi im Schutze eines riesigen Badetuches zurück in die Wärme. Otter war danach einige Monate mit ihr zusammen und machte in der Zeit wundervolle Fotos von ihr.

»Einer von uns muss echt noch einkaufen fahren, Speck.«

»Mach du das Archie, ich geh wieder rüber und trainiere noch ein bisschen Paula.«

»Hör mal, mach das alte Mädchen auch nicht zu verrückt.«

»Keine Sorge, Archie, alles in netter Form.«

»Bin gleich wieder da«, sagte Archie und zog sich seine Jacke an.

»Chips sind auch alle«, rief ihm Speck hinterher.

»Is' gebongt!« Archie ging zu seinem Auto und startete. Er bemerkte noch Roswitha, die sich vor seinen Kühler stellte, um ihm zu signalisieren, dass sie gerne mitkommen würde. Vermutlich nahm sie an, er führe in ihr geliebtes Nachbardorf. Archie hupte kurz und sie sprang gackernd beiseite.

Der Supermarkt wurde vom Ehepaar Hüschke geführt, das den Laden bis auf eine Hilfskraft komplett alleine führte, wobei Frau Hüschke sich auf die Lebensmittelabteilung konzentrierte und Herrn Hüschkes Domäne die Getränkeabteilung war. Böse Zungen sagten, er sei in diesem Sortiment selbst sein bester Kunde. Am Eingang zur Gasse mit den Flaschenregalen hatte er einen runden Tisch mit einer weißen Decke und zwei Barhockern aufgestellt und lud hier zu kurzweiliger Weinverköstigung, wobei man mit Fug und Recht sagen konnte, dass Herr Hüschke etwas vom Geist des Weines verstand. Der Supermarkt machte von 13 bis 15 Uhr Mittagspause, also nutzte Herr Hüschke diesen Zeitraum für ein erquickendes Schläfchen, auch um seine Promillewerte etwas zu senken und so frisch für die zweite Tageshälfte gewappnet zu sein, wo der Laden erfahrungsgemäß deutlich voller war als am Vormittag.

»Oh! Der Herr Verleger! So kurz vor Feierabend! Wie laufen die Geschäfte?«, trompetete er durch den Laden. An der Lautstärke und an seinem glühend roten Gesicht erkannte Archie, dass Herr Hüschke seinen optimalen Pegel erreicht hatte.

»Muss ja, Herr Hüschke, muss ja.«

»Darf man fragen, hat man denn wieder einen Pfeil ... im ... na, sie wissen schon, im Köcher?«

»Pfeil?«, fragte Archie leicht irritiert.

»Hat man ... ich meine, wann schießt der Herr Verleger ... huiiii! ... dat nächste Werk raus?«

»Der Bogen ist gespannt, Herr Hüschke!«

Der Bogen ist gespannt? Höhö ... sehr gut, sehr gut«, sagte Herr Hüschke und entkorkte routiniert eine neue Flasche. Parallel schrie er einer Kundin, die gerade mit zwei vollen Tüten den Laden verließ, »Schönamdnoch, Frau Lammroth!!« hinterher. Dann wandte er sich wieder Archie zu: »Könnense in ihren Büchern nich mal meine Göttergattin unterbringen, mein Bester? Ich hätte da eine Menge in petto. Wennse Tipps brauchen ...?« Hüschke lachte lauthals und warf sich dabei immer ruckartig nach hinten, sodass man seine goldenen Zahnfüllungen funkeln sah.

»Rupert! Was erzählst du da wieder?«, rief Frau Hüschke empört von der Käsetheke. Im Laden hörte sie alles.

»Der Herr Verlegermeister will 'n Buuuch über dich schreiben, mein Täubchen!«, rief Herr Hüschke und warf sich abermals scheppernd lachend nach hinten.

»Hören Sie nicht auf ihn, Frau Hüschke!«, rief Archie, der ihr jüngst *Im Zauber der Mandola* geschenkt hatte und seither ihre ganze Verehrung besaß. Sie hatte dieses Buch »gefressen«, wie sie ihm verzückt erzählte.

Bei dieser Gelegenheit beichtete sie ihm, dass sie heimlich Gedichte schrieb, und hatte verschämt gefragt, ob er vielleicht daran interessiert sei. Archie war, wie er immer sagte, für alles offen und Frau Hüschke drückte ihm Tage später ein paar Blätter Büttenpapier in die Hand, auf denen in fein säuberlicher Handschrift u.a. dieses Gedicht stand:

Edamer
Oh Saft der Euter, naturvertütet,
von Melkerhand befreit,
in stiller Reife wohl behütet,
zum Edamer gedeiht.

Es solle nur eine Kostprobe sein, erklärte ihm Frau Hüschke, würde er Gefallen daran finden, wäre es ihr eine Freude, ihm ihr Gesamtwerk zu offerieren. Archie fand ihre Gedichte köstlich, drückte sich aber davor, der Autorin zu sagen, dass er sich schwer vorstellen konnte, dass es da draußen Käufer für Käsegedichte gab. Frau Hüschke jedoch war überzeugt, dass die Welt so etwas noch nie gelesen hatte und ihren Versen entgegenfieberte und versäumte keine Gelegenheit, ihn auf seine Beurteilung anzusprechen: »Hatten Sie schon die Gelegenheit, sich einen Moment Ihrer wertvollen Zeit zu stehlen und einen Blick auf meine Gedichte zu werfen?« Eine Zeit lang entschuldigte sich Archie mit großem Stress und mangelnder Gelegenheit, denn wenn, dann wolle er sich mit seiner ganzen Konzentration ihren Werken widmen, um ihnen die gebührende Wertschätzung zukommen zu lassen. Frau Hüschke verstand das nur zu gut, sie verneigte sich vor Menschen, die voller Enthusiasmus solch großartige Literatur verlegten.

Schon gar mit den Worten der Liebe. Also wartete sie geduldig auf ein heimliches Signal von Archie, auf den einen Moment, in dem sie mit ihm endlich über ihre Gedichte sprechen konnte. Aber Archie hielt das Szenario seiner angeblichen Überarbeitung am Leben und verschaffte sich damit Luft für irgendwann, wo er Frau Hüschke seine vernichtende Meinung zu ihrem poetischen Käse verklickern würde.

Herr Hüschke zog ihn diskret an seinen Probiertisch und fragte: »Jetzt mal konkret. Sie verlegern … äähm … verlegen doch da diese … ääh … Liebesromane, richtig?«

»In der Tat, Herr Hüschke.«

»Hörn se mal, woher bekommen sie Schlingel denn ihre …ääh … ihre … Inschpirationen her? Ich mein ja nur, kann man doch mal fragen, oder? Als Verleger muss man doch thematisch, sage ich mal so, dicht bei seinen Autoren sein, oder?« Dabei schaute Herr Hüschke leicht geduckt, verstohlen nach allen Seiten. Ihm war längst zu Ohren gekommen, dass in dem Haus in Rehwinkel ein reges Treiben herrschte.

»Ich schöpfe meine Inschpirationen aus dem Fundus des Lebens, Herr Hüschke. Besonders die Natur ist mir ein reicher Quell und schenkt mir eine Fülle an Impulsen.«

Herr Hüschke hatte fraglos mit einer ganz anderen Antwort gerechnet und konnte seine Enttäuschung nur mühsam verbergen. »Aaah so, ja«, sagte er, »die inschpirierende Natur? Bien sûr, die herrliche Natur, verstehe. Klar.«

Diese Antwort war umso pikanter, wenn man wusste, dass Hüschke ein Verhältnis mit Gundula von der chemischen Reinigung hatte, einer ziemlich aufgedonnerten, leicht verwelkten, mit Sicherheit mit allen Wassern gewaschenen Blondine, und mit ihr schon kopulierend in seinem Kombi in versteckten Waldschneisen vom örtlichen Jäger beobachtet wurde, während seine pflichtbewusste Frau zu Hause den Laden am Laufen hielt. Es wusste also jeder, dass Hüschke seine Frau betrog, nur seine Frau nicht. Eigentlich das Übliche. Manche Kunden machten sich einen Spaß daraus, der armen Frau Hüschke am Käsestand zweideutige Andeutungen zu machen, deren perfiden Hintergrund die unbedarfte Frau nicht im Traum erahnte.

»Ihr werter Gatte ist ja auch noch nach Feierabend unterwegs. Er scheint ja ein Naturfreund zu sein?«

»Ach, mein Rupert. Er war schon als junger Mann am liebsten draußen.«

Was für ein mieses Spiel, dachte Archie, warum geht keiner hin und sagt: »Frau Hüschke! Wussten Sie schon? Ihr Mann vögelt die Schlampe von der Reinigung!« Aber nein, sie ergötzten sich schaudernd an der ahnungslosen Gattin. Wie sich später allerdings herausstellte, hatte Frau Hüschke in der gleichen Zeit eine Affäre mit dem Gemeindegärtner und parallel eine mit Carlos aus dem Tanzstudio »Hossa«. Sie verstand die Kunst der Verschleierung scheinbar deutlich besser als ihr tumber Gatte. Bemerkt wurde allgemein freilich schon, dass Frau Hüschke auffallend häufig ins Tanzstudio ging und dort von der Magie südamerikanischer Leidenschaft schwärmte. Dieser Carlos hatte im Herzen von Frau Hüschke die Latina freigelegt und bei ihr eine Tür aufgestoßen, von der sie bis dahin gar nicht wusste, dass es sie im Haus ihrer Persönlichkeit überhaupt gab. Als die Affäre dann doch eines Tages herauskam – wie immer durch einen puren Zufall – löste das im Ort allumfassende Sprachlosigkeit aus. Daraufhin zerfraß den Gemeindegärtner die Eifersucht. Er setzte Carlos aus Rache heimlich einen Maulwurf in seinen Garten, der den gepflegten Rasen flugs mit mächtigen Erdhügeln übersäte. Carlos ahnte den Urheber dieser Aktion, rechtsverbindliche Beweise konnte er bedauerlicherweise nicht erbringen. Das war eine schwere Lebensphase für Frau Hüschke, aber mit der Zeit wendeten sich die braven Bürger neuen Affären zu und legten den Fall in der Sündenchronik des Ortes ab. Archie hatte diebischen Spaß an solchen Geschichten, sie entsprachen ganz seiner Überzeugung, dass hinter den heilen Fassaden der blitzsauberen Häuser sich beide Ehepartner nachts im ehelichen Bett klammheimlich in feuchten Träumen wälzten und jeden Morgen wieder ernüchtert in das graue Gesicht der beischlafenden Realität schauten.

Nun aber stand er an Hüschkes Probiertisch und vermied es geschickt, in dessen schlüpfrigen Köder zu beißen. »Was empfehlen Sie denn heute für einen guten Tropfen, Herr Hüschke?«, fragte er, um die Konversation zu versachlichen.

»Oooh, da hab ich was ganz Edles, einen inschpirierenden Weißwein von den fruchtigen Hängen des Elsass. Ein Traum!« Mit seligem Lächeln füllte Hüschke ein Weinglas und sich selbst kollegial auch gleich ein volles Gläschen mit ein. »Zum Wohl! Salute!«, rief er und schlürfte sich mit verzücktem Blick den Wein in seine Mundhöhle, wo er ihn genüsslich mümmelnd hin- und herschob, um ihm auch ja das volle Aroma zu entlocken und dann das göttliche Gesöff mit einem verklärten Blick in die Tiefe seines prächtigen Bauches rauschen zu lassen.

Langsam machte sich die Wirkung der unzähligen Weinproben bei ihm bemerkbar. »Spüren Sie, Herr Verleger«, fragte er mit etwas schwerer Zunge, »spüren Sie diesen unverblichenen … äh … äh … unverbleichlichen Abgang? Wie der sahnige Schmelz der sonnenverföhnten Traube uns diesen … diesen zarten, fruchtigen Kuss auf den Gaumen haucht?«

»Herr Hüschke! Wow!«, sagte Archie und dachte, gut gesagt, muss ich mir merken. »Ja, wahrhaftig, ein fulminanter Abgang. Donnerwetter!«

»Halleluja, auf den Abgang! Ich sag ihnen, dagegen ist dieser hier«, Herr Hüschke griff sich eine andere Flasche, »ein dschunger, ungestümer Burgenländer, rot wie das Blut des Herzens mit seinem fau… äh … feurig wilden Bukett, wiederum eine janz andere Oper. Sie bestatten … äh, gestatten?« Ohne eine Antwort abzuwarten, füllte Herr Hüschke die nächsten beiden Gläser.

»Ich muss noch was einkaufen, Herr Hüschke«, warf Archie ein.

»Aaaalles zu seiner Zeit«, antwortete Herr Hüschke, ließ den Wein im Glas kreisen und schnüffelte mit seiner dicken Nase wie ein Ameisenbär über dem Glas.

»Herr Verleger!«, juchzte Frau Hüschke von hinten, »zum guten Wein einen guten Käse?«

»Waltraut, bitte! Wir verweilen noch beim Vino, L-Liebes!«

Die Hintergrundmusik im Supermarkt wurde plötzlich von einer Ansage unterbrochen: »Der liebe Gott lässt sie wachsen, wir haben sie im Angebot! Die strammen Gurken vom Gut Wolfhart, einem Traditionsbetrieb in dritter Generation. Stück 98 Pfennig! Ob Pfarrer oder Schurke, allen schmeckt die Gurke! Bei uns in der Jemüseabteilung.«

Diese Ansagen waren eine Spezialität von Herrn Hüschke, der diese Texte jeden Feierabend liebevoll auf Band sprach. Er war mit Leib und Seele Kaufmann, besaß aber scheinbar zusätzlich das gleiche Dichter-Gen wie seine Gattin. Eine seiner phantasievollen Ansagen hatte mal im ganzen Ort für Furore gesorgt: »Selbstbewusst von Pol zu Pol, fühlt man sich untenrum sauwohl! Eine jute Binde trägt nicht auf und jibt Sischerheit. Heute im Anjebot: Camelia, die mit dem flauschigen Vlies …«

»Der Herr Hüschke, wie immer, großartig Ihre Ansagen«, lobte Archie. »Ob Pfarrer oder Schurke, allen schmeckt die Gurke, das ist wunderbar! Sie sollten mal ein Buch veröffentlichen. Wie finden Sie: ›Hüschkes klare Ansagen‹ oder ›The Sound Of Hüschke‹«?

»Na, dat wär wat. De Zaun von Hüschke, völlig verrückt … höhö … warum nicht, aber nun schlotzen se schon den jöttlichen Tropfen«, drängte er.

Archie schlotzte und entschied dann: »Köstlich, köstlich, Herr Hüschke, aber ich nehme dann doch sechs Flaschen von dem Elsässer. Sechs, wir haben heute nämlich Gäste, wissen Sie.«

»Jute Freunde, juter Tropfen! Wat passt, muss stimmen«, sagte Herr Hüschke, und griff sich eine Holzkiste mit sechs Flaschen Elsässer. »Ich bringe sie ihnen zur Katze … zur Kasse, jehen sie ruhisch zu meiner Frau, die möchte ihnen ja auch noch wat verkaufen. Se wissen ja, zum juten Wein jehört ein juter Käse.« Und fügte dann leicht schwankend mit hintergründigem Lächeln hinzu: »Da wünsch ich ange... an... angenehmliche Stunden, wünsch ich.«

»Der Verlag dankt«, antwortete Archie.

Archie kauft bei Frau Hüschke noch ein paar Sorten Käse und den außergewöhnlich leckeren Fleischsalat, ein Spezialrezept des Hauses – dem Herr Hüschke selbstverständlich eine seiner hausgemachten Ansagen zuteilwerden ließ: »Mit Fleischsalat aus Hüschkes Händen sollte man den Tag beenden!« – dann noch Nüsse und Salzstangen und auch die Chips vergaß er nicht. Herr Hüschke tippte alles in die Kasse und versuchte nebenbei herauszufinden, wo denn Archies Besuch herkam, wie viele Personen es insgesamt waren, wie viele davon weiblich seien, was der Grund ihres Besuches war und wie lange sie ungefähr bleiben würden.

»Zweiundvürzichzehn? Oooohа!« Er überflog noch einmal den Kassenzettel.

»Och ja, der böse, böse Wein – ups – schlägt janz schön zu Buche, Herr V-V-Verleger«, sagte er so bedauernd und teilnahmsvoll, als ginge es um sein eigenes Portemonnaie. Anschließend wünschte er ihm dann noch einen geselligen Abend, dem sich Frau Hüschke, die gerade die Glasabdeckung von der Käsetheke putzte, mit einem »Jesegneten Abend allerseits!« lauthals anschloss. Dann machte sich Archie auf den Weg zurück. Er war heilfroh, dass sie ihn nicht auf ihre Gedichte angesprochen hatte und Herr Hüschke ihn nicht weiter mit seinen Karnevalsliedern und der immer wiederkehrenden Frage »Hören se mal, Sie kennen doch jewiss jemand ausse Musikbrangsche?« genervt hatte. Denn er schrieb in seiner Freizeit »Ohrwürmer«, Stimmungskracher für die breite Masse, mit denen sich, davon war er überzeugt, ein Vermögen verdienen ließe. Saisonale Knaller wie *Schöne Maid hast du heut für mich Zeit*, so meinte Herr Hüschke, kenne und singe doch jeder. Er habe das Schema durchschaut, offenbarte er Archie, und feile da schon seit einiger Zeit an einem Riesenhit, den Titel könne er ihm – »aber top secret« – schon mal verraten: *Runter mitte Büx und hoch die Tassen!* Das sei ja wirklich ein echter Kracher, bestätigte Archie, genau das wollten doch die Leute hören. Er sei sich sicher, dass dieser Titel das Zeug für einen karnevalistischen Super-Hit habe, aber jederzeit auch auf anderen Festen für ausgelassene Stimmung sorgen würde. Herr Hüschke sah das genauso. Leider jedoch, erklärte ihm Archie, könne er ihm nicht groß weiterhelfen, weil er überhaupt keinen Kontakt zur Musikbranche habe, dies sei eine ganz andere Sparte als die Verlagswelt der Bücher. Er habe wohl schon auch mal erwogen, aus seinem letzten Roman ein Musical zu machen, das sei aber ein völlig anderer Schuh. Dieses Projekt stehe bei ihm auf seiner Liste weit hinten, es gab schließlich immer noch so viel anderes Wichtiges. Herr Hüschke hatte dafür vollstes Verständnis.

Archie schnurrte entspannt nach Hause und musste nachträglich über diese beiden Hüschkes den Kopf schütteln, unter deren biederer Fassade so viel originelle Kreativität sprudelte. Hundert Meter vor ihrem Haus fing er noch Roswitha ein, die sich wieder unbemerkt auf den Weg ins Nachbardorf aufgemacht hatte, und schob die Widerstrebende auf den Beifahrersitz. Während er ihr die übliche Strafpredigt hielt, schaute sie wie üblich mit dösigem Blick demonstrativ aus dem Seitenfenster und so tat, als wäre sie gar nicht gemeint. Vorm Haus trug er seinen Einkauf raus und ließ Roswitha ins Freie. Seinem »Mach, dass du in deinen Hühnerstall kommst!« setzte sie ein aufgesetzt aktionistisches Gehabe entgegen, indem sie auf dem Boden herumpickte, als gelte es noch bis zum Einbruch der Nacht hundert Quadratmeter Erdboden aufzuräumen.

»Chips gekauft?«, brüllte Speck aus der Küche, als Archie mit seiner Einkaufstüte und dem Karton mit Wein eintrat.

»Wie befohlen«, antwortete Archie, »Hat Otter sich noch mal gemeldet?«

»Bislang nicht. War doch aber alles so weit klar.«

»Warst du noch mal drüben bei Paula, ich meine Rebecca?«

»Ja, kurz. Sieht alles gut aus. Lola achtet drauf, dass die Schminke nicht verschmiert und hat auch schon ein paar Gesten mit Paula geübt. Die ist schon ganz aufgeregt, sie will das auf keinen Fall verbocken, sagt sie.«

»Die Gute«, sagte Archie. »Ich hab noch mal nachgedacht, wie und wann wir Rebecca auftreten lassen, ich würde sagen, nicht gleich bei der Ankunft von Otter hier unmittelbar im Haus, sondern eher etwas später. Dann gewinnen wir noch ein bisschen Zeit und die können sich erst mal akklimatisieren. Sagen wir, Rebecca hat noch mit Lola einen Abendspaziergang unten zum Teich gemacht, wollte noch mal ein bisschen frische Luft schnappen und kommt dann später rein, was meinst du?«

»Ja, find ich gut«, sagte Speck. »Ein echter Auftritt, Mann. Na, ich bin ja mal gespannt. Sag mal, du meintest, ich soll eine Platte mit leckeren Schnittchen machen?« Schnittchen machen war Specks Obsession.

»Ja, wäre doch ’ne gute Idee, ist doch alles dafür eingekau…«, Archie unterbrach abrupt: »Hör mal, was ist das? Hörst du?«

»Da kommt ein Auto die Straße hoch, das können sie doch unmöglich schon sein?«, sagte Speck ganz verdattert.

»Wie soll das denn gehen?« Archie schaute aus dem Fenster. »Tatsächlich, da kommt jemand … zu uns!« Dann griff er sich an die Stirn: »Shit …!!«

»Was is' denn?«, fragte Speck.

»Meine Schwester! Mann, das hat uns gerade noch gefehlt!« Archie war geschockt.

»Tatta? Mit diesem ätzenden Zwerg?« Speck stürzte zum Fenster. »Tatsächlich! Ach du große Scheiße!«

»Ausgerechnet heute, verdammt. Passt ja nun gar nicht. Mann, kann die Frau nicht mal vorher anrufen.« Von draußen hörte man das fröhliche Hupen eines mit Regenbögen und bunten Blumen bemalten VW-Bullis.

»Mann, ja, ja, is' ja gut, is' ja gut«, grummelte Archie und ging zur Tür.

Archies ältere Schwester Tatta – eigentlich hieß sie Katharina, weil er das als Kind aber nicht aussprechen konnte, nannte er sie Tatta – war früher Hebamme gewesen. Ihr lockerer Ratschlag an eine junge, aufgeregte Mutter kurz vor der Entbindung hatte in der Klinik Geschichte geschrieben: »Ganz locker bleiben. Stellen Sie sich einfach vor, es ist der größte Schiss ihres Lebens«. Und es funktionierte, die Frau entband deutlich entspannter. Später hatte Tatta sich zur Heilpraktikerin weitergebildet. Sie lebte mit Serge, einem Bildhauer, parterre in einem zweistöckigen Mietshaus mit mehreren Mietparteien zusammen. Während sie im örtlichen Krankenhaus kleinen Babys auf die Welt half und damit das Geld zum Leben nach Hause brachte, schweißte Serge im Garten hinter dem Haus an seinen Objekten. In den anderen Wohnungen lebten alles junge Paare, von denen wiederum in klassischer Rollenverteilung die Männer täglich zur Arbeit gingen und die Frauen zu Hause blieben und den Haushalt erledigten. Da sie diese Tätigkeit nicht umfassend auslastete, spielte es sich ein, dass sie nachmittags zu viert im Hof zwischen Serges unfertigen Werken saßen und Kaffee tranken und Kuchen aßen und über Serges Schaffen, den Wert der Kunst generell und über ihre Träume und Wünsche im Besonderen plauderten. Marina, Eva, Vera und Serge. Irgendwann fiel Tatta auf – wenn sie nach hartem Arbeitstag nach Hause kam und sich sofort in die Küche begab, um ihrem Serge, damit er nicht verhungerte, ein schmackhaftes Mahl zu bereiten, – dass er auf sie zusehends erschöpfter und ausgelaugter wirkte. Auf Nachfragen verwies er auf einen akuten kreativen Zyklus, der ihm alles abverlangte. Tatta fütterte ihn daraufhin mit besten Nährstoffen, frisch gepressten Obstsäften und allen Globuli, welche die Küche der Naturheilkunde hergab, damit er wieder zu Kräften kam. Ihre Anerkennung seiner Arbeit war außerordentlich, ihre Hochachtung vor der Kunst und ihren Schöpfern unermesslich. Archie hingegen hielt rein gar nichts von Serge, für ihn war er eine »stinkfaule Sau«, die es sich im Leben hinter der Maske des empfindsamen Künstlers bequem machte und sich von seiner Schwester verwöhnen und aushalten ließ. Tatta jedoch ließ solche Kritik nicht gelten und warf sich wie eine Kriegerin schützend vor ihren Serge, sodass sich Archie abgewöhnte, zu diesem Thema noch irgendwas zu sagen.

Der Zustand von Serge verbesserte sich nicht, er wirkte abends weiterhin erschöpft, kaputt und müde. Tattas Versuch, ihn dazu zu überreden zu einem Homöopathen zu gehen – womöglich habe er eine Allergie gegen seine Materialien – wehrte Serge stur ab. Sexualität wurde ein Fremdwort in ihrer Beziehung, doch Tatta war sich sicher, dass, wenn Serge seine Schaffenskrise überwunden hatte, sich alles wieder zum Guten wenden würde. Außerdem war sie sowieso schwanger und ihr Begehren nach Sex gedämpft. Sprach sie Serge explizit auf seine Arbeit an und fragte behutsam nach, ob er denn weiterkomme in seinem Schaffensprozess – und sie wolle ihn um Gotteswillen nicht unter Druck setzen, aber sie hatte im ganzen Sommer im Garten keine neuen, fertigen Kunstobjekte wahrgenommen – reagierte Serge ungehalten. Er echauffierte sich darüber, dass sie sich nicht wirklich bemühte, sich vorzustellen, was einem so ein Schöpfungsprozess allein schon im konzeptionellen Vorfeld für Energien abverlangen würde. Tatta bekam sofort ein abgrundtiefes schlechtes Gewissen, fühlte sich einfältig und unsensibel und tat alles, damit Serge ihr ihre tumbe Gefühllosigkeit vergab.

An einem Vormittag kam sie wegen Unwohlseins unerwartet früher nach Hause. Als sie ihre Wohnung betrat, vernahm sie aus dem Schlafzimmer ungewöhnliche Geräusche. Erst vermutete sie, Serge würde vielleicht fernsehen, im Garten war er nämlich nicht, also rief sie leise »Serge?« und machte vorsichtig die Schlafzimmertür auf. Auf den ersten Blick war für sie schlecht auseinanderzuhalten, wer auf oder unter wem lag, letztlich identifizierte Tatta dann doch die Teilnehmer: Marina, Eva, Vera und Serge. Insgesamt wirkte das Knäuel nackter Menschen wie ein riesiges, mehrgliedriges, waberndes fleischliches Wesen – im Schock über ihr unerwartetes Erscheinen erstarrt.

Serge fragte, ob sie sich noch daran erinnern könne, wie er Monate vorher eine Erkältung hatte und die Nachbarin Vera ihm fürsorglich einen heißen Pfefferminztee ans Bett brachte? Ja, Tatta konnte sich erinnern. Nun ja, wie solle er sagen, da Vera davon überzeugt war, dass die Entspannung die Mutter der Gesundung sei, habe sie ihm eine kleine Massage zugutekommen lassen und dabei irgendwie auch seinen Unterleib nicht ausgespart. Was sollte er machen? Er sei krank und hilflos und in diesem Zustand für jede positive Zuwendung empfänglich gewesen. Die Behandlung habe auch gut bei ihm angeschlagen und sich solange wiederholt, bis er wieder vollends gesund war. Aus Dankbarkeit wiederum, da sei er nun mal charakterlich gebaut, habe er wiederum gleichermaßen

Vera massiert. Herrgott noch mal, er sei da eben so reingerutscht. Dass das Marina und Eva nicht verborgen blieb und sie ebenfalls therapiert werden wollten und sie sich aus rationalen Gründen einvernehmlich für eine Gruppentherapie entschieden hatten, auch das sei nicht seiner Initiative entsprungen. Ihm sei das mit der Zeit auch zu viel geworden, er sei ja nur noch kaputt gewesen. Insgesamt aber, so Serges Fazit, war es eine hochinteressante Erfahrung, die – und das wolle er ausdrücklich betonen – nichts, absolut nichts mit seinem Verhältnis zu Tatta zu tun habe. Sie müsse das völlig voneinander trennen. Dieses sei allein sein Ding und würde ihre Beziehung nicht im Geringsten tangieren. Tatta sah das anders. Sie zog vorübergehend zu ihrem Bruder, der sich auf die Zunge biss, um ihr ja nicht zu sagen, dass er ihr ja schon gesagt hatte, dass dieser Serge ihm nie geheuer war.

Monate später brachte Tatta Dylan auf die Welt. Den einzigen Kontakt zu Serge hatte sie eine Zeit lang noch über ihren Anwalt. Jahre später bekam sie eine Einladung zu einer Vernissage mit dem Thema »Wollust«. Skulpturen von Pariso Quattro, wie sich Serge mit neuem Künstlernamen nun nannte. Sie ersparte sich diese Veranstaltung.

Nach dieser schweren Enttäuschung schenkte Tatta ihre ganze Liebe nun ihrem Sohn und wollte ihm eine perfekte Mutter sein. In ihrem Verständnis einer gesunden und natürlichen Entwicklung kam für sie nur die antiautoritäre Erziehung nach dem Modell Summerhill des britischen Pädagogen Neill infrage. Mit der Folge, dass dieser kleine Dylan ein ewig nörgelnder Besserwisser wurde, der nur machte, was er wollte und jede Aufforderung zu sozialer Anteilnahme als Fremdbestimmung ablehnte. Man konnte verbindlich davon ausgehen, dass er grundsätzlich zu allem, was nicht seinen individuellen Bedürfnissen entsprach, nein sagte. Archie erinnerte sich noch, wie Tatta beim letzten Besuch vor ihrer Abfahrt gute zwei Stunden mit geöffneten Türen wartete, bis auch Dylan sich zwangsfrei mit dem Gedanken anfreundete, sich eine Fahrt in einem Auto als denkbar vorzustellen. In diesem Moment spürte Archie in erschreckender Klarheit, wie dicht doch Liebe und Mordlust in ihm beieinanderlagen.

Solche Spontanbesuche waren Tattas Spezialität. Archie und Speck hatten ein offenes und gastfreundliches Haus, aber an diesem Tag passte es ihnen, angesichts des zu erwartenden Besuches von Otter mit den beiden Frauen, weniger. Archie wusste, dass seine Schwester immer so tat, als wäre es für sie kein Problem, wenn diese Situation mal kommen würde, andererseits war er sich sicher, dass sie schwer beleidigt sein würde, wenn er sie nicht willkommen hieß. Übernachtung war das kleinste Problem, Tatta schlief mit ihrem Sohn in ihrem VW-Bus, aber die beiden hielten sich ansonsten erfahrungsgemäß durchgängig im Haus auf – und das sehr präsent.

Tatta stürzte ihm in einem langen, bunten Kleid mit ausgebreiteten Armen aus dem Auto entgegen und rief: »Atschi-Batschi! Sag, wenn es dir nicht passt, sag! Wir trinken dann nur einen Tee und fahren sofort weiter!« Aus dem Auto hörte Archie eine quäkende Kinderstimme: »Kein Tee!«

»Tatta, altes Mädchen!«, rief Archie und schloss seine Schwester in die Arme. »Das ist ja eine schöne Überraschung. Warst du grad in der Gegend?«

»Wir, Archie, wir«, korrigierte sie ihn sanft. Sie war da sehr empfindlich, wenn man ihren Sohn vergaß.

»Ihr, klar, sorry. Hey, Dylan, komm mal raus, biste denn schon wieder gewachsen«, rief Archie.

»Bin nicht gewachsen«, zischte der Kleine.

Archie ging nicht weiter darauf ein. »Sag mal, Tatta, ihr wart gerade in der Gegend?«

»Dylan und ich wollen hoch nach Dänemark, eine Freundin besuchen, die dort mit ihrer Tochter gerade Urlaub macht. Silvie und Anna, du kennst sie.«

»Ach, Silvie und Anna, klar, die beiden, ja. Vermutlich eine Überraschung?«, fragte Archie.

»Natürlich, kennst mich ja, Atschi-Batschi.«

»Na, die werden sich freuen.«

Tatta hatte ihn schon früher immer Atschi-Batschi genannt und Archie war sich nicht so sicher, ob er das immer noch mochte. Es hörte sich an wie eine Figur aus einem Kinderbuch: Atschi-Batschi fährt ins Uba-Buba-Land. Da er sie aber auch noch Tatta nannte, war das so was wie eine stille Abmachung, dass keiner an ihren alten Kosenamen etwas veränderte, bis einer von ihnen es mal thematisierte. Archie fand, dass Tatta deutlich weniger infantil klang als Atschi-Batschi. Tatta könnte auch z.B. ein russischer Geländewagen sein. Im Tatta mit Wodka und Mamutschka zur Datscha.

»Hey, Tatta!« Speck war aus dem Haus getreten und umarmte Tatta.

»Hey! Speck! Du wirst wohl auch nicht älter, was?«, flötete Tatta.

»Endlich sagt's mal einer«, sagte Speck grinsend. »Hör mal, wo ist eigentlich Dylan?«

»Dylan!«, rief Tatta, »magst du Speck und Atschi-Batschi begrüßen?«

»Nein!«, quäkte es aus dem VW-Bus.

»Das ist okay, Dylan, das ist völlig okay!«, rief Tatta

Von drüben, vom Bauernhof hörte man Eugen, der gerade seinen Traktor in die Scheune fuhr, laut brüllen: »Na, so was! Die Frau Schwester! Auch mal wieder da?«

»Eugen! Schön dich wiederzusehen! Alles gut? Komm, lass dich mal drücken!«, rief sie zu ihm rüber.

Eugen ließ sich nicht zwei Mal bitten, er stieg von seinem Traktor, wischte sich die Hände an seinem Blaumann ab und kam zu ihnen rüber. Tatta umarmte ihn herzlich. Er taxierte sie von Kopf bis Fuß und stellte dann nüchtern fest: »Du hast zwei Kilo zugenommen, Tatta.«

Es war eine Spezialität von Eugen, das Gewicht von Menschen abzuschätzen. Eine alte Gewohnheit aus der Rinderzucht. Fast immer traf er aufs Kilo genau, so auch bei Tatta.

»Ganz charmant, Eugen, wirklich«, sagte Tatta leicht ironisch, »aber Kompliment, stimmt genau.«

»Wollt ihr nicht reinkommen, Tatta, oder willst du weiter mit Eugen Gewichteraten spielen?«, meinte Archie.

»Hunger!!«, krähte es aus dem VW-Bus.

»Ach, du Armer, Archie und Speck werden wohl etwas zu essen für uns haben«, sagte Tatta sanft. »Oder?«, fragte sie Archie und Speck.

»Heute gibt's nur Wasser und Brot!«, rief Archie in Richtung VW-Bus.

»Glaub's ihm nicht, Dylan, Archie macht nur Spaß!«, rief Tatta.

»Hunger!!«, brüllte es aus dem Bus.

»Komm, wir gehen rein, er wird schon nachkommen, wenn er es nicht mehr aushält vor Hunger«, meinte Speck entschlossen.

»Hey, Dylan, da ist ja Roswitha!«, rief Tatta ganz verzückt.

Roswitha hatte sich erwartungsgemäß dazugesellt, stolzierte graziös auf und ab und studierte mit schiefem Köpfchen das Geschehen. Viele Menschen machten sie zwar neugierig, aber auch unsicher. Am meisten fürchtete sie sich vor fremden Hunden. Grund dafür war eine schlechte Erfahrung mit einem Berner Sennenhund, der mal mit einem befreundeten Pärchen aus Amsterdam bei ihnen zu Besuch war und sie sich geschnappt hatte. Archie konnte ihm Roswitha gerade noch unverletzt entreißen und hatte ihr damit das Leben gerettet. Genau dieser Vorfall war vermutlich auch der wahre Hintergrund für die tiefe Bindung zwischen den beiden. Roswitha vergaß nie.

»Du kennst doch das braune Gack-Gack-Hühnchen!«, lockte Tatta.

Es war gut, dass Roswitha das nicht genau verstanden hatte. Diese niedliche Kinderbuchsprache konnte sie nämlich nicht ausstehen. Sie nannte die Menschen ja auch nicht Blaba-Menschen. Was wussten die Menschen vom anstrengenden Dasein eines »Gack-Gack-Hühnchens«? Von der Tragödie des Eierlegens? Ständig wunderschöne braune Eier zu gebären, die einem ständig wieder weggenommen wurden. Hatten sie eine Ahnung von der ewigen Suche nach Futter und vor allem der ständigen Flucht vor dem sexistischen Gockel, der nie genug bekommen konnte? Und den Gefahren, die draußen auf sie lauerten? Die Raubvögel am Himmel und die Raubtiere im Wald, die nachts um den Hühnerstall schlichen und wie knurrende Monster an der verschlossenen Stalltür kratzten. Drinnen auf der Stange war dann das große Schlottern angesagt. Aber die Tür war solide und hielt. Wahrlich, dass Leben eines Huhnes war kein Zuckerschlecken. Die Menschen hatten keine Ahnung. Keine.

»Hunger!«, nölte Dylan weiter.

»Vielleicht will Dylan mal ’ne Runde Traktor fahren?«, fragte Eugen leutselig.

»Willst du vielleicht mal mit Eugen auf seinem Tock-Tock-Trecker fahren?«, rief Tatta.

»Hunger!«, gröhlte Dylan.

»Beachtlicher Wortschatz, der Kleine.«

»Archie!«

»Spaß beiseite, Tatta, äh, jetzt mal ehrlich, also versteh mich nicht falsch, es ist echt schön, dass du da bist …«

»Wir«, verbesserte Tatta ihren Bruder.

»… dass IHR da seid, sorry, aber wir haben heute noch was ganz Wichtiges zu erledigen, uns läuft ein bisschen die Zeit weg. Das Haus ist auf, du kennst dich ja aus, regele das jetzt hier draußen wie du möchtest. Wenn Dylan bis Mitternacht Hunger schreien will, dann ist das okay, völlig okay, aber wir können nicht so lange in der Küche stehen, bis er sich entschieden hat, okay? Du kannst ihm das Essen ja auch in den Bus bringen, warm oder kalt serviert, nur ein Vorschlag. Oder ihr kommt nachher dazu, wenn wir alle Abendbrot essen. Speck macht seine berühmte Schnittchenplatte.«

»Gerne, Atschi-Batschi.«

»Traktor fahren!«, ertönte es aus dem Bus.

»Hattest du nicht Hunger?«, rief Speck.

»Hunger!«, bestätigte Dylan.

Im Bauernhof öffnete sich im Erdgeschoss das Küchenfenster und jemand rief: »Sind sie schon da?«

»Lola, noch nicht«, rief Archie zurück. »Das sind Tatta und Dylan, ganz überraschend gekommen!«

»Lola!«, rief Tatta und winkte zu ihr rüber. »Mensch, Lola! Du bist das? Wo steckst du denn? Wohnst du jetzt bei Eugen?«

»Höhö, schön wär's«, brummte Eugen.

»Woher wusstest du eigentlich, dass wir kommen, Lola?«, rief Tatta ganz beeindruckt.

»Gar nicht, Tatta! Wir rechnen noch mit ein paar anderen Freunden!«, antwortete Lola. »Ich komm nachher mal rüber! Alles gut sonst?«

»Ja, alles im grünen Bereich, alles gut!«, antwortete Tatta.

Tatta und Lola kannten sich von den gelegentlichen Besuchen, die Tatta ihrem Bruder abstattete. Tatta war ganz vernarrt in Lolas Keramikkunst und hatte schon einige Stücke von ihr gekauft. Sie war gerne Hebamme und Heilerin, noch lieber aber wäre sie Künstlerin geworden wie Lola, aber mit einem Kind war ihr das zu unsicher. Ganz davon abgesehen, dass sie außer dem Talent, kunstvoll Servietten zu falten und Kindergeburtstage einfallsreich zu dekorieren, keine großen künstlerischen Begabungen hatte. Ob das reichte, um im Leben durchzukommen, wagte sie nicht zu auszuprobieren. Serge zahlte wenig für Dylan und das auch nicht regelmäßig, unter diesen Umständen war ihr dann der Halbtagsjob in der Klinik viel wert.

Archie hatte sich, während sich die beiden Frauen unterhielten, kurz zu Speck herübergebeugt und sagte leise: »Wir erklären ihr das später, das dauert jetzt zu lange. Hab jetzt kein Bock auf Fragen.«

»Klar.«

»Ein paar Freunde?«, rief Tatta in Richtung Lola, dann wandte sie sich an Archie: »Oh Gott! Ihr bekommt echt noch Besuch, Atschi-Batschi? Wir wollen aber keinesfalls stören«, sagte sie nochmal mit Nachdruck.

»Fang nicht wieder damit an. Ihr stört nicht, Tatta, okay? Wir haben noch meine Autorin aus Kanada zu Gast, Rebecca C. Creek …«

»Die jute Frau aus Kanada«, warf Eugen ein.

»Rebecca C. Creek? *Im Zauber der Mandola*?« Tatta hatte den Roman auch gelesen. Sie verbreitete ganz stolz in ihrem Freundes- und Bekanntenkreis, dass ihr Bruder ein aufstrebender Verleger geworden sei, der mit internationalen Autoren zusammenarbeitete. »Das finde ich ja ganz klasse, dass ich die Frau mal kennenlerne«, sagte sie erfreut.

»Sie ist sehr zurückhaltend, weißt du«, sagte Archie, »fast scheu. Speziell nach ihrem Unfall ist sie …«

»Ein Unfall? Oh Gott, was ist ihr denn passiert?«

»Vom Pferd getreten. Seitdem spricht sie nicht mehr.«

»Hört man ja so oft, dass Leute von Pferden getreten oder abgeworfen wurden. Bei uns in der Klinik kam mal eine Frau, die war bei einem Hindernisspringen vom Pferd gestürzt, hatte sich diverse Brüche zugezogen und danach gestottert. Heiliges Blechle, sie stotterte.«

»Na ja, gut. Shit happens. Man muss behutsam mit Rebecca umgehen, wollte ich nur sagen, sie mag nicht bestürmt werden, so meine ich.«

»Aber sicher doch, Atschi-Batschi. Verstehe. Ich sag's auch Dylan.«

»Gute Idee. Außerdem kommt heute noch Otter mit zwei Frauen, aber ihr habt ja den VW-Bus, seid doch autark, oder? Also mach dir keine Gedanken. Fahr ihn hier neben das Haus, da steht er geschützt und bequem erreichbar, einfach da, wo du sonst immer stehst, wenn du uns besuchen kommst. Wir gehen schon mal rein.«

»Du Lieber, du«, sagte Tatta. »Wir wollen euch aber nicht zur Last fallen.«

Während Archie überlegte, sie umzubringen, sagte Eugen »Ich muss!« und schlurfte zurück zu seinem Traktor.

»Hunger!«, tönte es aus dem Bus.

»Wir fahren noch Traktor, Dylan, wir fahren noch, verlass dich drauf!«, rief ihm Eugen zu. Eugen wusste nur zu gut, wie gerne Kinder Traktor fuhren, dieses rustikale Landmaschinencabrio begeisterte sie total. Es war nach dem Feuerwehrauto auf dem Karussell und dem ersten Bobby-Car in ihrem Leben die nächstgrößere Hubraumklasse. Manche Männer hüteten noch bis ins hohe Alter in ihrer Garage einen alten DEUTZ, den sie hegten und pflegten und an ihm ständig herumschraubten, um ihn dann bei speziellem Anlässen stolz und strahlend in der Öffentlichkeit zu präsentieren und hoch oben auf dem ledernen Sattelsitz thronend in einer Prozession mit anderen Landmaschinen-Oldies mit feuchten Augen durch die Straßen zu nageln, während ihre Frau in der Zwischenzeit bei der Ehefrauenberatung anrief und darum bettelte, zu erfahren, wie es ihr gelingen könnte, das Wesen Mann besser zu verstehen.

Tatta stieg ein, um den Bus auf den Stellplatz zu rangieren, und rief aus dem geöffneten Seitenfenster: »Du kannst dich jetzt noch entscheiden, Atschi-Batschi, wir sind dir nicht böse, ehrlich.«

»Speck«, zischte Archie, »verstehst du jetzt, warum ihr alle Männer weglaufen?«

»Ich geh kurz rüber zu Paula und check noch mal, ob alles okay ist«, sagte Speck.

»Mach das …«, im selben Augenblick klingelte drinnen das Telefon. Archie stürzte ins Haus und riss den Hörer hoch.

»DAMOUR VERLAG, The Magic Of Love. Schönen guten Tag.«

8. Kapitel
Das trampende Huhn. Das Epizentrum der Literatur. Japaner isst Entengrütze. Möhrenrosetten und Fleischsalat.

Ich bin's, Otter. Wir sind schon ganz in der Nähe, bin kurz in die Telefonzelle, wollte mich wie abgesprochen noch mal melden. Is' alles eingetütet?«

»Die Bühne ist gerichtet, Mann. Gerade ist noch Tatta mit ihrem Monster gekommen, aber no Problemo.«

»Ach du Scheiße, davon hast du ja gar nichts gesagt?«, greinte Otter.

»Wie denn auch? Hab ja auch nichts davon gewusst. Tatta kommt immer unangemeldet, immer spontan. Manchmal denke ich, sie will heimlich unsere Belastbarkeitsgrenze austesten, echt. Aber mach dir keinen Kopf, Alter, ich hab sie im Griff. Wo steckt ihr denn genau?«

»Die beiden Frauen wollten nicht mit leeren Händen kommen und sind noch in den Supermarkt gegangen.«

»Zu Hüschkes? Kurz vor Feierabend, was? Is' ja drollig, da war ich gerade eben auch und hab Wein und Futter gekauft. Für euch natürlich Kaviar – höhö. Braucht ihr also nicht mitzubringen, aber ich will die Damen nicht von guten Taten abhalten.«

»Zu gütig, Archie. Mensch, hoffentlich klappt das, hoffentlich.«

»Jetzt quatsch nicht und komm. Wir haben uns hier echt einen abgebrochen, um das Bestmögliche für dich zu tun. An uns soll's also nicht liegen.«

»Wie sieht denn euer Plan aus? Darf ich das mal wissen, Alter?«

»Klar doch. Also du kommst ganz normal her, wie immer. Wir machen's uns gemütlich und mit Paula ... äh ... Rebecca läuft erst mal gar nichts. Wir sagen, Rebecca wollte noch mal frische Luft schnappen und hat mit Lola einen kleinen Spaziergang gemacht. So können die sich drüben bei Eugen noch ein bisschen vorbereiten. Inzwischen ist es auch dunkel und auf ein Zeichen – wir rufen heimlich drüben an und lassen es einmal klingeln – kommen Lola und Rebecca quasi vom Spaziergang zurück. Dann setzen wir sie in den Sessel neben dem Sekretär, da ist es schön schummerig. So der Plan. Dann sehen wir weiter. Wie findste?«

»Perfekt. So machen wir das, ich bin richtig aufgeregt. Du bist der Beste, Archie. Bis gleich.« Otter hängte ein und ging rüber zum Supermarkt. Erst sah er die beiden Frauen nicht gleich, hörte dann aber von hinten aus dem Supermarkt ein lautes »Ein jöttlicher Tropfen, meine Damsen!« Herr Hüschke hatte die beiden in seine Weinprobefalle gezogen und stieß mit hellem »Bing!« und einem lauten »À votre santé!« die Weingläser zusammen. Als Otter zu ihnen trat, raunte ihm Caro ins Ohr: »Der is' ja vielleicht süß.«

»Und breit wie 'n Amtmann«, raunte Otter.

»Rupert!«, rief Frau Hüschke von der Käsetheke, »jetzt mach doch die jungen Menschen nicht betrunken, hörst du? Wir schließen doch auch gleich!«

»À votre santé!« brüllte Hüschke nach hinten und schüttete sich den Wein in die Kehle. »Formidable!!« fand er ihn, schleckte sich mit der Zunge über die Lippen und summte ein langgezogenes »Hmmmmmmmm«.

»Sie sind ja ein echter Genießer«, sagte Alex zu Herrn Hüschke.

»Ooooooh ja, ooooh ja«, tönte Herr Hüschke, »sapperlot … ein Genießer!« Dann goss er sich wieder nach, hob sein Glas und brüllte: »Auf die Liiiiiebe!«

»Rupert!«, wiederholte Frau Hüschke von der Käsetheke mahnend.

»Auf die Liebe!«, riefen Alex und Caro und zwinkerten sich zu, während Herr Hüschke ihre Gläser wieder großzügig nachfüllte und dabei eine beachtliche Menge verschüttete.

»Was treiben Sie denn … ääh, ich meine, wie kommse denn … äh … hier in unse schöne Jejend?«, fragte Herr Hüschke mit unüberhörbar schwerer Zunge

»Wir sind zu Gast beim DAMOUR-Verlag«, antwortete Otter.

»Heidewitzka!«, brüllte Herr Hüschke. »Mein Freund DAMOUR-Verlach, eben noch … e-ben-noch war er noch hier – genau hier – und hat meinen besten Vino gekauft. Für seinen Besuch, sachter. Sechs Flaschen vom b-b-besten Elsässer, für Sie, nur für Sie! Sieh an, sieh an – Sie sind das also. Aaaaha.« Dann taxierte er unverhohlen die beiden Frauen und brummte: »Aaaaja … tadellos! Ta-del-los!«

»Rupert, mach Schluss, wir müssen schließen!«, rief die resolute Frau Hüschke.

»Jeder Tag findet behände, auch sein vollverdientes E-hende!«, sang Herr Hüschke und hob sein Glas.

»Danke noch mal für die großzügige Verköstigung«, sagte Alex und Caro ergänzte: »Das war ganz süß von Ihnen, danke.«

»Aber, aber, der Dank gilt janz meinerseitig«, lallte Herr Hüschke, straffte sich zackig und sagte: »Wünsche dann einen sauberhaften Aaamd!« und wackelte zur Kasse. Alex und Caro hatten zwei Flaschen Sekt und eine Schachtel Konfekt gekauft und legten ihre Ware auf das Laufband, wo Herr Hüschke die Preise in die Kasse hämmerte. »Das wäre dann tutti completto alles?« fragte er und fummelte umständlich eine Plastiktüte aus dem Regal zu seinen Füßen hervor.

»Lassen Sie, danke, wir machen das schon, geht schon so«, sagte Otter, nahm ihm sanft die Tüte aus der Hand und packte den Einkauf rein. »Alsdann, Herr Hüschke! Man sieht sich!«

»Aldente Amigos!«, brüllte Herr Hüschke.

Beim Verlassen des Supermarktes hörten sie, wie er die große Eingangstür verschloss und dabei fröhlich ein Liedchen trällerte, das klang wie: »Runter mitte Büx und hoch die Tassen«.

»Mann, der Bursche ist durch für heute«, sagte Alex, als sie ins Auto stiegen.

»Is' noch weit?«, fragte sie Otter, der gerade den Wagen startete.

»Ein Klecks. Da gleich drüben, oben hinter der Häuserzeile, liegt Rehwinkel. Knapper Kilometer. Sind gleich da.«

»Sehr gut, hab jetzt, ehrlich gesagt, auch ein wenig Hung… Vorsicht!«, schrie Alex plötzlich, »pass auf! Da – ein Huhn!«

»Wo? Was? Das? Das ist doch …«, Otter strahlte, als er im Scheinwerfer das braune Huhn sah, das sie mit schiefen Köpfchen und weißleuchtenden Augen neugierig fixierte, »das ist doch Roswitha!«

»Das Hühnchen da heißt Roswitha?«, kicherte Caro.

»Is' nicht wahr, oder?«, staunte Alex. »Du kennst hier ein Huhn?«

»Roswitha ist Archies Lieblingshuhn, ich erkenne es aus Tausenden Hühnern wieder, die Stelle mit dem weißen Gefiederstreifen an ihrer Brust, die hat nur Roswitha. Sieht immer so aus, als hätte sie sich eine Serviette umgebunden. Streunt gerne in der Gegend rum, das Mädchen. Allerdings bis hier zum Supermarkt, also – das ist echt schon ziemlich heftig. Wird Archie nicht gerne hören.«

Roswitha ging ab und zu gerne mal zum Supermarkt runter, weil da oft viel Essbares herumlag. Manch unbeholfenen Leuten platzten beim Verladen ihres Einkaufs ihre Tüten oder Verpackungen auf und dann fielen oftmals Chipsstücke, Nudeln oder Kekse auf den Parkplatz. Kekse mochte sie deutlich lieber, Nudeln gingen im Magen immer so auf und bei den Chips war häufig Paprika drin, das scharfe Zeug vertrug sie nicht so gut. Freilich musste sie, um zu Hüschkes Laden zu kommen, die Straße überqueren und die war wirklich nicht ungefährlich. Der Verkehr floss ziemlich rege, sie musste schon ziemlich auf der Hut sein. Aber irgendwann hatte sie es raus, ein paar Mal konzentriert nach rechts und links geschaut – und dann Kopf und Schwanzfedern hoch und zackig rüber. Klappte eigentlich immer gut. Heute war sie viel zu spät dran, hatte auf dem Weg zu lange rumgebummelt und nun wurde die Zeit bis zum Schließen des Hühnerstalls, wo Archie merken würde, dass sie fehlte, knapp. Auch der Hahn war immer stinkesauer, wenn sein Harem nach Sonnenuntergang nicht komplett neben ihm und unter ihm auf der Stange saß. Wenn sie zu spät kam, hackte er ihr immer zur Strafe ins Gefieder. Na, die typische Macker-Show eben. Nervte, aber er brauchte das halt. So gesehen passte es ihr total gut in den Kram, dass sie auf Otter gestoßen war. Klar kannte sie ihn. Sie hatte ein gutes Gedächtnis und wer einmal zu Besuch in Rehwinkel war, den merkte sie sich. Außerdem mochte sie diesen Typen irgendwie gerne, Otter war immer gut drauf und hat sogar mal Fotos von ihr gemacht. Sie im Gemüsebeet, sie auf dem Gartentorpfosten, sie mit einem dicken Regenwurm im Schnabel, starke Posen. Die anderen Hühner waren richtig eifersüchtig. Sie hoffte natürlich, dass sie jetzt ein Taxi nach

Rehwinkel bekam, denn Lust auf den langen Heimweg hatte sie gar nicht. Und die Chancen standen gut.

»Roswiiiiitha«, sagte Otter begeistert, stieg aus und beugte sich zu ihr herunter, »sag mal, was machst du denn hier am Supermarkt? Sollen wir dich mit nach Hause nehmen, hey?«

»Nein, ist das süß«, flötete Caro, »ein zahmes Huhn. Aber anfassen könnte ich sie nicht – äääh, brrrr … nee«, sie schüttelte sich, »ich kann kein Federvieh in den Arm nehmen.«

»Aber 'n Pferd würdest du jetzt auf deinen Schoß nehmen, oder?«, griente Otter.

Caro lachte und antwortete: »Sofort.«

Roswitha zierte sich noch ein bisschen, tat so, als schaute sie sich weiter nach Essbarem um, als Otter sie jedoch vorsichtig hochnahm und zum Auto trug, leistete sie keinen Widerstand, im Gegenteil, sie wurde deutlich schwerer, weil sie so entspannt war.

»Ganz schöner Brocken«, sagte Otter.

»Gib sie mir«, sagte Alex, die auf dem Beifahrersitz saß, »ich hab noch nie ein Huhn auf dem Schoß gehabt.«

Otter reichte ihr die zufriedene Roswitha, startete den Wagen und fuhr vom Parkplatz. Roswitha und Alex verstanden sich prima. Alex streichelte ihr ganz sanft das dichte Gefieder und fand, es fühlte sich angenehm glatt und warm an.

»Roswitha, du machst Sachen«, sagte Otter und kraulte sie kurz an der Brust.

Is' ja der reinste Streichelzoo hier, dachte Roswitha. So verwöhnt wurde sie schon lange nicht mehr.

Alex holte tief Luft und sagte: »Puh! Ich treffe gleich Rebecca C. Creek. Ob ihr's glaubt oder nicht, ich bin total aufgeregt.«

Otter war es auch. Vor allem weil ihm jetzt langsam bewusst wurde, was er da eingefädelt hatte. Hoffentlich ging das gut, und wenn nicht, dann war die Frage, wie würde Alex darauf reagieren? Mit einer Lüge und einem billigen Theaterstück eine Frau überlisten? Könnte sie darüber lachen? So, wie sie sich in diesem Moment auf die Begegnung mit ihrer geliebten Autorin freute? Er verspürte langsam ein schlechtes Gewissen. Doch jetzt war es zu spät, der Zug war nicht mehr aufzuhalten. Sie verließen die Hauptstraße und bogen auf eine schmalere Seitenstraße ein, die direkt zum Haus von Archie und Speck führte. In der Ferne sahen sie schon die Fenster des Hauses wie einen nächtlichen Ausflugsdampfer in der Dunkelheit leuchten.

»Total sü… ähm … romantisch, echt«, sagte Caro.

Die Scheinwerfer bohrten sich durch die Dunkelheit und alle starrten gebannt in die Lichtkegel, bis diese die Front eines Fachwerkhauses erfassten.

»Das sind wir!«, rief Otter.

»Hübsch«, sagte Alex bewundernd.

»Wie süß«, meinte Caro.

Otter fuhr eine elegante Kurve, sodass er direkt vor dem Eingang zum Stehen kam, und schaltete dann den Motor aus. »Endstation Rehwinkel!«, rief er und stieg aus. Alex und Caro blieben noch einen Moment sitzen und schauten sich neugierig aus den Fenstern nach draußen um. Hartmut erhob sich und schüttelte sich, so wie er es immer tat, wenn er etwas vorhatte. In diesem Fall wollte er endlich den engen Kofferraum verlassen und sich bewegen. Im selben Moment trat ihnen Archie mit weit geöffneten Armen aus dem Haus entgegen. »Otter, alter Rollfilm! Willkommen!« Er begrub Otter in seinen Armen, küsste ihn mit großer Geste auf die Stirn und wandte sich dann den beiden Frauen zu. »Alle aussteigen! Herzlich willkommen im Epizentrum guter Literatur!«, rief er, und zwar sehr laut, sodass die drüben im Bauernhaus das als Signal hören konnten. Zur Sicherheit legte er noch mal extra laut nach:

»Wie schön, dass ihr da seid!«, brüllte er.

Muss man denn deswegen gleich so brüllen, dachte Alex leicht verstört.

Archie verstummte schlagartig und starrte durch die Windschutzscheibe ins Autoinnere. »Nein! Wen sehe ich denn da? Roswitha?«, rief er freudig. »Ich glaube es nicht. Wo habt ihr denn die Rumtreiberin aufgegabelt?«

»Vorne, im Supermarkt«, antwortete Otter.

»Nicht zu fassen«, sagte Archie.

Alex setzte Roswitha vorsichtig auf den Boden und stieg aus, Caro folgte ihr. Roswitha machte sich sogleich aus dem Staub und eilte zum Hühnerstall.

»Wir reden morgen!«, rief Archie ihr hinterher.

»Darf ich dir meine beiden Mitfahrerinnen vorstellen?«, fragte ihn Otter und wies auf die beiden Frauen. »Das ist Alex, das ist Caro.«

Alex trat spontan vor. »Du bist also Archie? Hab schon viel von dir gehört«, sagte sie aufgeräumt und wurde von Archie sofort in die Arme genommen.

»So, so – und du bist Alex«, sagte er schmunzelnd, »und du bist Caro.«

»Die bin ich«, lachte Caro. »Richtig süß hier.«

»Du hast noch nicht den süßen Speck gesehen«, sagte Archie breit grinsend.

»An die Frotzelei kannst du dich gleich mal gewöhnen«, flüsterte Otter Alex zu.

»Was sich liebt, das neckt sich«, antwortete sie, zwinkerte ihm zu, nahm die Einkaufstüte aus dem Auto und drückte sie Archie in die Hand. »Wir haben euch – hicks – eine Kleinigkeit aus dem t-t-tollen Su-Su-Supermarkt mitgebracht.«

Archie lachte schallend. »Aaaah, von den Hüschkes«, sagte er dann, »aber das wäre doch wirklich nicht nötig gewesen.«

»Gern geschehen, echt. Sonst hätten wir ja nie diesen drolligen Kaufmann kennengelernt«, antwortete Alex.

»Die Hüschkes sind schon Sonderklasse«, sagte Archie und schaute in die Tüte. »Hey, zwei Flaschen von Hüschkes Bestem und was Süßes, köstlich«, flötete er. »Na, da sage ich dann mal vielen Dank.«

»Hunger!« schallte es aus dem VW-Bus.

»Ohgott! Wer ist denn das?«, rief Alex erschrocken.

»Der Sohn meiner Schwester, die gerade vorhin …«, und Archie rollte dabei mit den Augen, »… überraschend zu Besuch gekommen ist.«

»Oh je, da passt unser Besuch wohl gar nicht so, oder?«, fragte Caro.

»Passt alles prima, macht euch keine Gedanken, wir freuen uns, dass ihr da seid.«

Dann brüllte er sicherheitshalber noch mal »Nun kommt doch erst mal rein!« und ging voran ins Haus.

Alex drückte sich an Otter heran und flüsterte: »Sag mal, ist der immer so laut?«

»Kommt davon, wenn man viel mit Tieren spricht«, flüsterte Otter.

»Wieso das denn? Sind die Tiere alle schwerhörig?«, fragte Alex.

»Was weiß ich, ich kenne die Jungs nicht anders. Fällt mir gar nicht mehr so auf.«

Die beiden Frauen griffen sich ihr Gepäck und Otter öffnete die Heckklappe, um Hartmut rauszulassen, der erleichtert aus dem Auto plumpste. Das viele Rumliegen hatte er echt satt, jetzt kam die Zeit, Neues zu erkunden und dafür gab das Land einiges Verführerisches her. Als Erstes interessierten ihn die beiden Katzen, die neugierig um das Auto strichen, aber nicht die geringsten Anstalten machten, einem Stadthund so ohne Weiteres ihren Respekt zu bekunden. Sie waren zwei erfahrene Bonsai-Tiger, die sich sogar vor einem Bullen nicht fürchteten. Ein natürlicher Instinkt bewahrte Hartmut davor, sich mit ihnen anzulegen, also hielt er vorsichtig Abstand von ihren Krallen, verlor die beiden aber nicht aus den Augen. Jetzt schlabberte er erst mal aus einem Eimer mit Regenwasser, der neben der Eingangstür stand.

»Hey, was ist das denn für ein stattlicher Bursche?«, fragte Tatta, die aus dem VW-Bus gestiegen war und zu Hartmut ging und ihm ein Ohr kraulte, während ihm das Wasser die Lefzen runterlief. Trinken und dabei gekrault zu werden war für ihn eine ganz neue Erfahrung, aber sie schien ihm zu gefallen. »Hallo, ich bin Tatta, die Schwester von Archie«, sagte sie zu den anderen und rief dann:

»Dylan!! Hier ist ein großer Wau-wau! Komm doch mal her!«

»Hunger!!«, kam die Antwort aus dem Bus.

»Der Wauwau heißt Hartmut«, sagte Otter zu Tatta.

»Dylan! Hier ist der Wauwau Hartmut!«, rief Tatta und dann leiser an Otter gerichtet:

»Und unser Hungriger heißt Dylan.«

»Aaaah, interessant«, bemerkte Otter in einem Tonfall, als hätte er nach dieser Information gefiebert. »Dylan, wie Bob Dylan?«

»Ich liebe beide«, sagte Tatta und lachte. Dann stieg sie wieder in ihren Bus und rief »Alles klar. Sehen uns nachher!« Hartmut schaute ihr enttäuscht hinterher.

Die beiden Frauen und Otter folgten Archie und betraten das Haus, wo Speck, der inzwischen wieder von Eugens Bauernhof zurückgekommen war, sich vom Küchentisch erhob, auf dem er die Zutaten für seine Schnittchenplatte schnippelte, und sich rasch die Hände am Geschirrtuch abtrocknete. Er begrüßte die neuen Gäste mit breitem Grinsen:

»Ich bin Speck. Herzlich Willkommen in Rehwinkel. Die Fahrt mit Otter heil überstanden?«, fragte er.

»Hey, hör mal«, maulte Otter, »was soll das denn? Wer mit Otter fährt, fährt immer gut.«

»Schon klar«, antwortete Speck und blinzelte ihm diskret zu.

»War alles klasse«, antwortete Alex und spürte, dass ihr die lockere Atmosphäre in diesem Haus Spaß machte.

»Setzt euch doch«, sagte Speck. »Stört's euch, wenn ich währenddessen weiter ein bisschen schnipple?«

»Aber nein«, sagte Caro, »ich finde Männer, die Gürkchen schneiden, echt süß. Ich liebe Gemüse, bin Vegetarierin, weißt du.«

Speck riss die Gurke in die Luft und rief: »Ein Hoch auf das Gemüse.«

Caro war beruhigt, dass es Speck nichts ausmachen würde, wenn sie sich seinen Wurst-und Schinkenschnittchen verweigerte. Er gefiel ihr spontan gut. Er hatte was Gemütliches, irgendwas von einem Bärchen und Bären mochte sie gerne in den Arm nehmen, obwohl sie aus Fleisch waren. Mit einer Möhre konnte man deutlich schlechter schmusen.

Hartmut hatte sich vor die Füße von Alex fallen lassen – was bei ihm einer Sympathiebekundung gleichkam – und schnaufte wohlig. Genüsslich schloss er die Augen und war nun im Energiesparmodus, was nicht hieß, dass seine Sinne etwa schliefen, ganz im Gegenteil. Er konnte sich völlig auf seine olfaktorische Wahrnehmung verlassen. Seine wachsame Nase schlief nie. Wenn die Geruchsrezeptoren anschlugen, klopften sie beim dösenden Hartmut an und sagten, sie wollten nicht stören, aber sie hätten da was empfangen und wollten ihn nur pflichtbewusst darauf aufmerksam machen. Hartmut nahm das zur Kenntnis, bedankte sich freundlich und lobte die Nase »Weiter so.« Gute Mitarbeiter muss man bei Laune halten. Dann öffnete er ein Auge, um den Fall optisch nach seiner Wichtigkeit zu überprüfen. Je nachdem knurrte oder bellte er kurz – oder döste weiter. Erheben tat er sich nur in wirklich außergewöhnlichen Fällen.

»Sag mal, Otter«, fragte Archie und schnappte sich eine Möhrenrosette von Specks Schneidebrettchen, »hast du die Kaffeefilter dabei?«

»Hey! Klau mir nicht die Zutaten, Mann!«, meckerte Speck, während Archie genüsslich knarzend eine seiner meisterlich kreierten Möhrenrosetten verspeiste.

»Kaffeefilter? 1x4, klar doch, wie gewünscht«, sagte Otter.

»Ihr seid ja süß«, sagte Caro staunend, »was für außergewöhnliche Männer. Kaum seht ihr euch wieder, denkt ihr an Kaffeefilter. Männer, die an Haushaltsartikel denken, trifft man ja eher selten.«

»Na, das ist wohl wahrlich kein gewöhnliches Haus«, sagte Alex, »soweit ich das von Otter verstanden habe, ist das zugleich der Sitz des DAMOUR-Verlages. Stimmt doch, oder?« fragte sie und wandte sich in brennender Spannung Archie zu.

»Du stehst mit beiden Beinen in der Zentrale des DAMOUR-Verlages, so isses«, antwortet Archie und lächelte.

An Alex' geröteten Wangen konnte man erkennen, was in ihr vorging. Fast wie ein kleines Mädchen, das wissen wollte, wann endlich Bescherung ist. Otter ging es ähnlich und bislang lief eigentlich alles nach Plan.

»Aber über Arbeit sprechen wir später«, sagte Archie und klatschte in die Hände. »So! Jetzt mach ich euch erst mal einen Tee, okay? Ihr könnt ja inzwischen schon mal eure Sachen nach oben bringen, ich gehe mal davon aus, dass ihr wohl nicht mehr weiterfahren wollt, oder? Wir freuen uns darauf, euch kennenzulernen und machen es uns richtig gemütlich, okay? Eingekauft ist auch, also ist genug für alle da. Wir decken gleich den Tisch.«

»Bin dabei«, sagte Alex und Caro ergänzte: »Tisch decken? Total süß von euch.«

»Also, oben, gleich links in das Zimmer. Wenn es euch nichts ausmacht, in einem Raum zusammen zu schlafen?«

»Hört mal, wir wollen euch echt keine Umstände machen«, sage Alex. »Also mir macht das nichts aus. Dir, Caro?«

»Kein Thema«, bestätigte Caro.

»Ich hab euch doch gesagt, hier freuen sie sich über euren Besuch, geht hier zu wie im Taubenschlag«, sagte Otter.

»Na ja, na ja«, sagte Archie, »ich würde sagen, wir sind einfach ein weltoffenes Haus.«

Da war was dran. Otter hatte auf einer seiner Fahrten nach Rehwinkel sogar mal einen Japaner an einer Autobahnabfahrt aufgegriffen, der durch Europa trampte. Da es auch schon spät war, kam der nicht mehr weiter und Otter nahm ihn mit nach Rehwinkel. Der Kerl sprach kein Wort Deutsch und ganz schlecht Englisch, dafür fotografierte er alles, wirklich alles. Er hatte noch nie ein Fachwerkhaus gesehen, auch keinen Ohrensessel, ein Erbstück von Archies Opa, keine Milchkanne, in der ein Regenschirm und ein Baseballschläger standen und auch keinen ausgestopften Uhu, den Archie mal auf einem Trödelmarkt erstanden hatte. Aber vor allem bei der Kuckucksuhr, einem Erbstück von Specks Tante, bekam der kleine Japaner sich gar nicht mehr ein. Rief immer irgendein Wort, das im Japanischen offenbar für restlose Begeisterung stand. Er starrte unentwegt fasziniert auf diesen barocken Zeitanzeiger und schoss Salven von Fotos, wenn der Kuckuck zum Kuckuckmachen aus seinem Türchen schnellte. Am nächsten Morgen fotografierte er beim Frühstück das Rührei, die Mettwurst und das Glas mit den Rollmöpsen.

Er blieb noch bis zum Mittagessen und starrte unter äußerster Aufbietung von asiatischer Höflichkeit mit gefrorenem

Lächeln auf die Schüssel mit dem Spinat. Nachdem er wieder in der Lage war zu sprechen, entwich ihm ein kehliges »Very strange.« Diese Deutschen essen Entengrütze – unfassbar. Zum Abschied machte er mit Selbstauslöser ein Gruppenfoto und Archie und Speck waren sich sicher, dass sie zu Hause in Tokio bei der Betrachtung dieser Bilder glaubten, er wäre auf Mitglieder eines Stammes von germanischen Ureinwohnern gestoßen, die Uhren an der Wand haben, aus denen zu jeder vollen Stunde ein Vogel herauskam der »Gugug« rief und auf den man nicht schießen und ihn schon gar nicht essen durfte. Die beiden Katzen, Bonny und Clyde, hassten den fremden Gast. Sie verkrochen sich, und wenn er in ihre Nähe kam, fauchten sie. Ein untrüglicher Beweis, dass Katzen spüren, wenn sie jemand zum Fressen gernhat. Möglicherweise gab es eine heimliche Kommunikation zwischen Bonny und Clyde und Roswitha, denn die – sonst die Neugierigste von allen – ließ sich auch nicht sehen.

Als die beiden Frauen ihre Taschen die Treppe hochtrugen, nahm Otter Archie beiseite: »Hör mal, Alter, wo schlaf ich denn? Wieder in dem kleinen Zimmer rechts oben, wo dein ganzer Krempel steht?«

»Einwände?«

»Hättest du da nicht die Caro einquartieren können und mich in das andere Zimmer?«, nölte Otter.

»Hey? Sach mal, bin ich denn hier der Kuppler, oder was? Das regle mal schön selber, Mann. Was klappen soll, ergibt sich, kennst doch meine Devise. Bete, dass unsere große Show hinhaut. Davon hängt doch alles ab. Wenn das schiefgeht, dann schläfst du heute Nacht sowieso draußen.«

»Danke, sehr freundlich. Aber hast schon recht, erst mal den Gang der Dinge abwarten.«

»Aber ehrlich, ich kann doch nicht einfach sagen, also

Caro, du schläfst in dem kleinen Zimmer und Otter mit Alex in dem großen, da können die besser rammeln. Wie hättest du das gefunden?«

»Is' ja gut, Mann, komm wieder runter, war doch nur ne Frage«, sagte Otter. »Also, wie geht's denn jetzt weiter?«, fragte er leise.

»Übrigens, diese Alex, muss ich schon mal sagen«, wisperte Archie, »ich verstehe dich. Echt starke Frau, echt. Ähm ... wie's weitergeht? Wie geplant, würde ich sagen. Wir sehen zu, dass die beiden hier im großen Zimmer am Ende des Tisches sitzen und wir gleich zusammen essen. Danach schicken wir diskret per Telefon mit einem kurzen Klingelzeichen das Signal an die drüben. Paula kommt dann mit Lola von ihrem angeblichen Spaziergang zurück und setzt sich hier in die Ecke auf den Sessel neben den Kaminofen. Da ist es so schön schummerig. Wir sehen zu, dass es nicht so lange dauert, weil Paula von dem Aufenthalt in Deutschland recht erschöpft und müde ist ... blabla ... und ja morgen ganz früh zum Flughafen muss. Wir hatten sie drüben beim Bauern einquartiert, klar? Das war's dann. Mehr können wir nicht für dich tun. Alles andere musst du dann selber erledigen. Übrigens, Eugen vermietet tatsächlich hin und wieder ein Zimmer für Feriengäste.«

»Bin euch ewig dankbar«, seufzte Otter.

»Recht so«, sagte Archie.

Im selben Moment kam Tatta mit Dylan ins Haus. Das Kerlchen hatte die Hände zu Fäusten geballt und machte ein unwirsches Gesicht.

»Hey Dylan! Schön, dich wieder mal zu sehen!«, rief Speck, trat aus der Küche und wischte sich die Hände an seiner Küchenschürze ab. Dylan ignorierte seine ausgestreckte Hand. Höflichkeiten dieser Art empfand er als lästig, und wenn er Hunger hatte, sowieso. Darum wiederholte er: »Hunger!«

»Gibt gleich was, Dylan«, sagte Archie, »wir tischen gleich auf.«

»Ich kann dir ja schon mal ein Brot schmieren, willst du?«, fragte Tatta Dylan.

»Würstchen!«, plärrte Dylan.

»Erstens haben wir keine Würstchen und zweitens essen wir doch gleich alle zusammen«, bemerkte Archie. »Bleib locker, Junge.«

Das gefiel Tatta gar nicht. »Ich find das jetzt nicht gut, weißt du. Erinnerst mich gerade an unsere Ma, Archie. Sorry, aber das muss ich einfach mal sagen. Ein Kind ist doch kein Zeitautomat, es soll essen, wenn es Hunger hat und sich nicht irgendwelchen bürokratischen Essenszeiten unterordnen. Zwänge blockieren den positiven Energiefluss und verursachen Verdauungs- und Unterleibsbeschwerden. Mit bösen Folgen für den inneren Gleichklang. *Vertraue deinem inneren Fluss und ströme mit ihm*, sagt eine indische Weisheit.«

»Darf ich fragen, was diese Situation jetzt mit unserer Mutter zu tun hat? Ich bestehe doch nicht drauf, dass wir um Punkt zwanzig Uhr am Tisch sitzen. Ich empfinde es nur als Missachtung von Specks Schnittchenplatte, wenn jeder sich schon vorher was reinstopft. Mehr nicht.«

»Ihr seid doch so herrlich unkonventionell, aber wenn ein Kind Hunger hat, muss es warten, bis der Küchenchef die Erlaubnis erteilt«, giftete Tatta.

»Deine indische Weisheit könnte auch nicht einfach in die Küche gehen und sich nach Lust und Laune von Specks Schnittchenplatte einfach so die Häppchen abgreifen. Speck würde ihm schön auf den Turban hauen. Seine Platte ist ein Kunstwerk, meine Liebe, und jedes Kunstwerk verdient eine gemäße Präsentation – und Würdigung. Wenn Dylan später mal seine erste Schnittchenplatte macht …«

»Dylan wird später keine Schnittchenplatten machen, Archie.« Tatta schüttelte den Kopf.

»Meinetwegen, Sollte er später aber doch mal auf die Idee kommen, eine Schnittchenplatte zu machen …«

»Will keine Schnittchenplatte machen!«, jaulte Dylan.

»Du musst keine Schnittchenplatte machen, keiner sagt, dass du eine Schnittchenplatte machen musst, Dylan, keiner«, sagte Tatta und strich ihm über den Kopf.

»… dann wird er das gut nachvollziehen können. Specks Schinkenhappen mit Gürkchen und Mayonnaise suchen ihresgleichen, von seinen Käse-Senf-Mango-Kreationen auf Pumpernickel mit Schnittlauchspitzen mal ganz abgesehen.«

»Vergiss bitte meine Traube auf Mettbällchen-Oblate nicht«, insistierte Speck.

»Huuuuungeeeeer!« Dylan hatte echt Hunger.

»Die Mettbällchen-Oblate! Ich vergaß. Eine Köstlichkeit«, bestätigte Archie.

Tatta beugte sich schmallippig zu Dylan runter und sagte: »Komm, Schatz, wir werfen mal einen Blick in Onkel Archies Kühlschrank, okay?«

Speck rief ihnen »Aber Hände weg von meiner Schnittchenplatte!« hinterher und zischte leise zu Archie: »Der Kotzbrocken geht doch nicht etwa an den frischen Fleischsalat von Hüschkes?«

Aus der Küche hörte man, wie die Kühlschranktür geöffnet wurde und Tatta entzückt rief: »Hey, Dylan! Frischer Fleischsalat! Magst du?«

»Fleischsalat«, krächzte Dylan.

»Ich erwürge ihn«, murmelte Speck Archie zu.

»Bin dabei«, raunte Archie.

Caro und Alex hatten ihr Zimmer in Augenschein genommen und kamen die Treppe runter. »Klasse, gemütlich da oben. Toller Ausblick auf den Waldrand, herrlich, und dahinter glänzt ein Teich. Ein Wahnsinnspanorama. Echt schön habt ihr's hier«, sagte Alex.

»Total sü… ähm, herrlich«, sagte Caro.

»Abends steht da oben oft das Wild, ganz schöner Anblick«, sagte Archie.

In diesem Moment hörte man es von oben aus dem ersten Stock röhren. Otter konnte wunderbar Hirsche imitieren, Tiere nachzumachen war generell eine Stärke von ihm. Im Erdgeschoss wurde daraufhin herzlich gelacht.

»Ein Kerl«, sagte Archie und schüttelte amüsiert den Kopf und bemerkte, wie Alex verschmitzt in sich hineinlächelte. »Also setzt euch doch, am besten gleich hier ans Ende des Tisches. Wie ihr möchtet.«

»Entschuldigt mich«, sagte Speck und ging zurück in die Küche.

»Reitet einer von euch?«, fragte Caro und nahm Platz.

»Ihr müsst wissen, Caro hat zu Hause einen Haflinger, kennt sich also aus mit Pferden«, erläuterte Otter.

»Ach, sag an? Nee, wir reiten nicht«, sagte Archie und wischte mit der Hand ein paar Tabakkrümel vom Tisch. »Keiner von uns kennt sich mit Pferden aus, uns reichen schon die beiden Schafe und die Hühner. Von Bonny und Clyde mal abgesehen. Wir hatten wohl mal erwogen uns ein Pferd anzuschaffen, aber – besser nicht.«

»Is' ja auch schon ne ganze Menge an Tieren, die ihr da habt«, sagte Alex und rief in Richtung Küche: »Kann ich was helfen?«

»Lieb gemeint, aber danke«, rief Speck zurück.

»Bleib nur sitzen«, sagte Archie leise, »Speck lässt keinen gerne an seine Schnittchenplatte.«

Tatta und Dylan kamen aus der Küche zurück. Dylan hatte einen völlig mit Fleischsalat verschmierten Mund und hielt sein angebissenes Brot in der Hand, zwei weitere trug Tatta für ihn zum Tisch.

»Na, da schmeckt's aber einem«, sagte Caro.

Dylan reagierte nicht. Erstens hasste er Konversationen und zweitens hatte er die Backen voll. Er starrte stur auf seine Fleischsalatbrote und kaute stoisch vor sich hin, immer darauf bedacht, dass ihm keiner was wegnahm.

»Dann nehmt man Platz«, sagte Archie und dann, ganz nebensächlich: »Ich glaube, Lola muss mit Rebecca auch gleich zurück sein.«

»Dann stimmt das also echt, was Otter gesagt hat?«, fragte Alex mit rotem Kopf, »Rebecca C. Creek ist hier? Diese Autorin ist wirklich hier? In diesem Haus? Heute? Weißt du, dass ich diese Frau förmlich verehre?«

»Nein?«, rief Archie begeistert.

»Habe *Im Zauber der Mandola* förmlich verschlungen.«

»Ach, eeecht? Na, das ist ja super. Was sag ich denn dazu? Eine Rebecca-Verehrerin? Das wird sie sich aber sehr freuen.« Archie fühlte wohlige Wärme in sich aufsteigen. Es tat auch gut, wenn man nur indirekt gelobt wurde. Dann rief er in Richtung Küche. »Hey, Speck! Du glaubst es nicht! Wir haben einen leidenschaftlichen Rebecca-Fan zu Gast, was sagst 'n dazu?«

»Wahrhaftig? Das glaub ich nicht!«, brüllte Speck zurück. »Das ist ja völlig verrückt! Na, was sagt man denn dazu?«

»Ich bin auch ganz aus dem Häuschen«, seufzte Alex glücklich, »wann hat man schon mal die Gelegenheit, man kommt doch an solche Leute sonst gar nicht heran. Ehrlich gesagt, als mir Otter im Auto erzählte, dass ich mal Rebecca C. Creek persönlich kennenlernen kann, da war die Entscheidung mitzukommen für mich sofort gefallen. Du glaubst es nicht, ich bin so gespannt, wie sie ist.«

»Ganz normal ist sie«, antwortete Archie, »bisschen exotisch zwar, aber echt okay. Schriftsteller sind allerdings häufig etwas speziell, wenn du weißt, was ich meine?«

»Kann ich nur bestätigen!«, rief Speck aus der Küche.

»Ich bitte euch, wer solche Romane schreibt, der bewegt sich in einer Welt außerhalb von uns Sterblichen«, sagte Alex.

Archie schmolz dahin und musste sich schwer zusammenreißen, um Alex nicht glücksbebend an seine Brust zu reißen. In dieser Dimension hatte er sein Schaffen noch gar nicht betrachtet. Aber jetzt, wo sie es sagte, sah er das ähnlich. Schnell versachlichte er das Thema, um wieder auf den Boden zu kommen:

»Rebecca ist noch kurz mit Lola, einer guten Freundin aus dem Ort, frische Luft schnappen. Müssen gleich zurückkommen.«

»Jetzt könnte ich aber auch ein bisschen frische Luft gebrauchen«, stöhnte Alex.

»Ist noch Zeit, sich mal kurz die Beine zu vertreten?«, rief sie in die Küche zu Speck.

»Aber sicher, wir essen doch sowieso kalt, außerdem bin auch noch nicht fertig, geht man ruhig«, sagte Speck.

Otter kam die Treppe herunter. »Ich höre Beine vertreten? Brauchst du Begleitung, Alex?«

»Aber Otter«, antwortete sie grinsend, »ich kann mir doch eigentlich ein Leben ohne dich gar nicht mehr vorstellen.«

Alle mussten lachen. »Geht mir ähnlich«, sagte Otter dann ganz keck und strahlte sie an. »Ein paar Schritte täten mir nach dem langen Sitzen sicher gut. Wir können auch schnell mal in den Teich springen, was meinst du? Bisschen Abkühlung täte uns doch sicher gut, oder?«

»Hey, gute Idee, Otter«, sagte Alex. »ich bin dabei.«

»Dann hole ich euch schnell noch zwei Handtücher«, sagte Archie.

»Prima«, sagte Otter und ging rasch noch mal in die Küche zu Speck. »Einen kleinen Happen als Wegzehrung? Nur einen?«, fragte er und kreiste wie ein Adler auf Beutesuche mit der Hand über den auf einer riesigen Platte liebevoll aufgereihten Häppchen. »Hmmmmmm … darf ich vielleicht dieses kleine Schinken-Käse-Kiwi-Ensemble …?«

»Finger weg, sonst sind sie ab!«, drohte Speck mit erhobenem Messer.

»Guuut, guuut, ich verstehe«, sagte Otter und flüsterte dann Speck ins Ohr: »Mann, passt doch prima. In der Zwischenzeit holt ihr Paula rüber und inszeniert alles wie abgesprochen. Perfekt, Alter.«

»Nun mach dich weg, wir regeln das«, raunte Speck und rief dann: «Jetzt aber raus!«

Archie reichte Alex zwei große Handtücher. »Bleibt aber nicht allzu lange weg, ihr wisst ja.«

»Versprochen, Archie«, sagte Alex und rief: »Otter, kommst du?«

Otter stürzte heran. »Bis gleich!«, rief er und sie traten nach draußen. Dann hielt er inne und drehte sich noch mal um. »Hartmut!«, rief er. Der ließ sich nicht zweimal bitten. Er hatte schon die ganze Zeit ein halbes Auge riskiert, um ja nicht zu verpassen, falls jemand noch einen kleinen Abendspaziergang machen würde.

9. Kapitel
Das Krokodil im See. Der Countdown läuft. Man spricht Denglisch. Eine Indianerin auf Bärenfang.

Am wolkenlosen Nachthimmel drängelten sich die Sterne; die Luft war lau und duftete würzig nach Wald. Sie gingen einen ausgefahrenen Sandweg zur sanften Hügelspitze hoch, von der aus man großartig über die weichgeschwungenen Wälder schauen konnte, die wie riesige, schwarzgrüne Wellen bis zum Horizont wogten. Unter ihnen lagen die zehn Häuser von Rehwinkel. Alex blieb stehen und drehte sich um. »Die Fenster des DAMOUR-Verlages leuchten irgendwie besonders hell, findest du nicht auch? Als wollten sie ihrer berühmten Autorin damit heute eine besondere Ehre erweisen.«

Auweia, sie ist ja überhaupt nicht mehr runterzuholen, dachte Otter. Verdammt, hoffentlich geht alles gut. Die ganze Show war nun abhängig von der schauspielerischen Begabung einer bäuerlichen Tante und mehr oder weniger talentierten Statisten. Wenn der Schwindel aufflöge, würde Alex daraufhin wütend ihre Sachen packen? Könnte sie ihm jemals verzeihen? Er mochte gar nicht dran denken. »Feine Sache«, sagte er, »echt beeindruckend da unten. Aber is' schon irre, wie du auf ihre Bücher abfährst.«

»Du, diese Creek hat einen Stil, ich weiß auch nicht, so was könnte ein Mann nie schreiben. Diese Intensität der Bilder, diese Sinnlichkeit und wie gekonnt ihre Sprache alle billigen Muster umschifft. Das ist große Kunst, glaube mir.«

»Die alte Squaw hat's drauf«, scherzte Otter und war froh, dass Archie das jetzt nicht gehört hatte.

Alex lachte und kämmte mit ihrer Hand durch ein Feld zarter, hoher Grashalme. »Hast du denn eigentlich schon mal Mrs. Creek kennengelernt?«, fragte sie.

»Leider nein, aber Archie hat mir viel von ihr erzählt.« Kaum hatte er es ausgesprochen, wusste er, das hätte er besser nicht sagen sollen. Jetzt musste er sich was einfallen lassen.

»Erzähl mir von ihr, bitte!« Alex blieb abrupt stehen und hielt ihn am Arm fest. »Ja? Bitte! Ich bin so neugierig. Wie ist sie eigentlich auf diesen kleinen Verlag gekommen? Oder andersrum, Archie auf sie?«

Hatte er's doch gewusst. Er wollte sich dafür ohrfeigen, denn jetzt stand er mit dem Rücken an der Wand. »Ich glaubeee … äähm … das war, das war …«, stotterte er, »ich glaube, ja – das war auf der Frankfurter Buchmesse! Ja, auf der Buchmesse in Frankfurt, jetzt erinnere ich mich. Wo sich quasi alle Jahre die schreibende Zunft trifft. So das Woodstock der Literaten, wenn du weißt, was ich meine?«

»Woodstock der Literaten, das ist gut, echt. War denn Rebecca zu dieser Zeit schon so erfolgreich?«

»Damals? Ich, ähm … ich meine, sie hatte schon in Nordamerika großen Erfolg, doch, meine ich wohl. Top Titel, klar.«

»Und Archie hat sie für seinen Verlag gewinnen können? Sich den dicken Fisch an Land gezogen? Respekt, das war sicher nicht einfach?«

»Ja, natürlich nicht, gar nicht. Das war schon clever gemacht von dem guten Archie, aber sie mochten sich von Anfang an, sagte er. Gleicher Spirit und so. Lief irgendwie sofort, sagte er. Und Rebecca wollte wohl bewusst mit einem kleinen Verlag zusammenarbeiten, weil ihr der persönliche, eher familiäre Kontakt mit einem Verleger wichtig war.«

»Ah, verstehe. Wie ist sie denn als Mensch? Nach ihren Büchern zu urteilen, eine empathische Frau und sicher ungeheuer sensibel, oder?«

»Oooch, kann schon sicher auch anders, die Gute. Hat ja indianisches Blut in den Adern.«

»Du meinst, sie skalpiert Archie, wenn er ihr dumm kommt?« Sie lachte.

»So ähnlich.« Otter liebte ihren Humor.

»In ihrem Buch ist leider kein Foto, schade. Na, ich bin ja so gespannt. Sieht man ihr denn an, dass indianisches Blut durch ihre Adern fließt?«

»Pffff … also Archie hat mal erzählt, sie trägt wohl immer eine kleine Feder im Haar.«

»Eine Feder im Haar? Wie putzig.«

»Ist scheinbar ein Stammessymbol. Genau weiß ich es nicht. Welcher Stamm, hab ich Archie nie gefragt. Aber eine exotische Frau ist diese Rebecca in der Tat. Oh ja.«

»Otter, sag, wenn ich dich nerve, ja?« Alex griff sich seine Hand und hielt sie für einen Moment ganz fest. Das war eine aktive, emotionale Handlung von ihr, dachte Otter und spürte, wie ihm heiß wurde. Er hörte sich »Nein, schon okay, du nervst mich doch nicht« sagen.

Alex winkte ab. »Ist doch auch wurscht, echt. Was mich mehr interessiert, in welcher Sprache spricht man denn mit Rebecca? Sicher in Englisch? Da bin ich ja nun gar nicht perfekt.«

»Nun ja, da gibt es noch etwas, was du wissen solltest. Rebecca hatte mal vor einiger Zeit einen Unfall und ist seither –

ja, kann man so sagen – stumm. Ja, stumm. Das soll sich wohl wieder geben, hieß es, man weiß aber nicht wann.«

Alex hielt sich beide Hände vors Gesicht. »Rebecca ist stumm? Ein Unfall? Eine Autorin kann nicht mit anderen Menschen über ihre Werke sprechen? Is' ja ganz furchtbar. Was war das denn für ein Unfall?«, fragte sie total betroffen.

»Nun, so genau weiß ich das auch nicht, aber irgendwas mit Pferd, meine ich.«

»Vom Pferd gefallen?«

»Nein … äh … oder ja, so was in der Art. Ich glaub draußen in der Wildnis, bei einem Ausritt. Wie's halt so passiert. Oder hat in der Koppel von einem ihrer Mustangs einen Huf vor den Kopf bekommen, in der Art. Hat wohl ihr Sprachzentrum beschädigt. Meine Rede, Hände weg von Pferden.«

Alex wirkte betroffen. »Dann kann man also nicht mit ihr reden? Ich treffe auf meine Lieblingsautorin und kann kein Wort mit ihr sprechen?«

»Aber klar kannst du mit ihr reden, sie versteht wohl wegen ihrer deutschen Mutter ganz gut Deutsch und wird dir dann irgendwie anders antworten. Das geht prima. Archie verständigt sich doch auch immer mit ihr so, überhaupt kein Problem, hat er gesagt. Zur Not kann man sich ja auch Zettel schreiben.«

Alex blieb abrupt stehen, zeigte nach oben und sagte: »Was für ein Himmel!«

»Gigantisch«, sagte Otter, »dieser Kosmos. Synonym für Unendlichkeit, zugleich Ursprung ewiger Fragen.«

»Zum Beispiel?«, fragte Alex leise.

»Zum Beispiel? Na, zum Beispiel: Wohnt da oben noch jemand? Ist da oben die zentrale Leitstelle unseres Lebens? Was geht da oben eigentlich ab?«

»Interessante Fragen, Otter.«

»Und was fragst du dich angesichts des Kosmos?«

»Ganz Ähnliches. Das Universum ist der blanke Wahnsinn«, sagte sie nachdenklich und zeigte dann auf ein Sternenbild: »Da, der große Wagen!«

»Ich bin Wassermann.«

»Wassermann? Das glaub ich jetzt nicht. Hey, ich bin Fische«, sagte sie begeistert.

»Jetzt brauchen wir nur noch 'n großes Aquarium«, sagte Otter und zeigte auf den Teich, der im Mondlicht glitzernd unbeweglich vor ihnen lag.

»Du sagst es, der kommt jetzt genau richtig. Ich fühl mich nach der Fahrt ganz klebrig.« Sie fing an, sich flugs ihrer Kleidung zu entledigen und schritt vorsichtig ins Wasser. Otter schnappte nach Luft. Dann drehte sie sich jählings um und fragte: »Na, Augenmensch? Brüste, Beine, Hintern?«

»Alex, du bist ja – also echt«, rief er lachend.

»Uh-uh, angenehm frisch!«, rief sie ihm mit spitzer Stimme zu und glitt hinein. Hartmut hatte sich ihr angeschlossen, blieb aber an der Stelle stehen, wo ihm das Wasser bis zum Bauch ging. Mehr mochte er nicht. Otter ärgerte sich, dass er seinen Fotoapparat nicht mitgenommen hatte. Das weiße Licht des Mondes würde sicher ausreichen, um mit einer offenen Blende faszinierende Fotos zu schießen, Bilder von einem elfenbeinfarbenen, nackten Frauenkörper in samtschwarzer Flut. Das wäre doch eine großartige Inspiration für Archies nächsten Roman, das muss ich ihm unbedingt mal vorschlagen, dachte Otter. Er zog sich aus und warf seine Sachen auf die Wiese. Es haute ihn schon irgendwie um, dass er vor ein paar Stunden eine fremde, umwerfende Frau an der Autobahn eingeladen hatte und jetzt mit ihr nackt in diesem Teich schwamm. Er ging ein paar kurze Schritte ins Wasser und warf sich dann mit einem Kopfsprung hinein. Unter Wasser fiel ihm ein, dass seine Frisur nun hin war, komischerweise war ihm das in diesem

Moment aber egal. Es war diese Ausnahmesituation, wo man mutig alles auf eine Karte setzen, sich nicht hinter einer künstlichen Fassade verstecken sollte, obwohl etwas ganz Gewaltiges auf dem Spiel stand: die Zuneigung einer Frau. Dazu gehörte also, dass er beim Auftauchen aus dem Wasser mit seinen nassen, langen Haaren aussah wie Hartmut im Regen. Nun gut, früher oder später würde sie ihn sowieso kennenlernen, warum nicht gleich? Er lieferte sich der Situation völlig aus. Mit zwei, drei kräftigen Stößen war er bei ihr.

»Wen haben wir denn da?«, sagte Alex vergnügt, als er vor ihr aus dem Wasser auftauchte. »Otter mit Teichfrisur.«

»Ooorg, ooorg«, machte Otter und prustete ihr Wasser ins Gesicht.

»Pfui! Böses Tier!«, rief Alex und tauchte ab.

Vom Ufer bellte Hartmut einmal kurz, als wollte er sagen, Schluss, wir müssen zurück ins Haus. Alex tauchte hinter Otter wieder auf und wischte sich ihre roten Haare aus dem Gesicht. Der Wahnsinn, dachte Otter, sie sieht wie eine verzauberte Meerjungfrau aus. Sein Märchenbild war ihm fast ein bisschen peinlich.

»Wir müssen leider zurück«, sagte er leise und verkniff sich den Satz: »Ich könnte hier noch bis ans Lebensende mit dir schwimmen.« Sie spürte es.

Mit sanften Armbewegungen schwamm sie um ihn herum und zog dabei kleine, verspielte Strudel hinter sich her. Dabei fixierte sie ihn unverwandt. »Otter, Otter«, flüsterte sie.

»Was ist?«, fragte er leicht irritiert und drehte sich mit ihr im Kreis. In ihm wuchs plötzlich ein schrecklicher Gedanke: Hatte sie vielleicht einen Verdacht?

»Alex? Was ist?«, wiederholte er unruhig.

Sie tauchte halb mit dem Kopf herunter, sodass nur noch ihre grünen Augen über der Wasseroberfläche ihn aus dem

Wasser anschauten. So lauern irgendwie immer Krokodile auf ihr Opfer, kam Otter dabei in den Sinn. Es lag eine fast unerträgliche Spannung in der Luft. Jetzt bloß schnell Musik, dachte er und begann leise *Nights in White Satin* von den Moody Blues zu singen, ließ sie dabei aber nicht aus den Augen.

Beauty I'd always missed,
With these eyes before
Just what the truth is
I can't say any more
'Cause I love you
Yes I love you …

Sie stieß kleine Blubberblasen aus, glitt ganz dicht an ihn heran und flüsterte abermals »Otter, Otter.« Dann schob sie sich plötzlich hoch, gab ihm einen Kuss auf die Nase und tauchte wieder ab. Otter fiel ein Fels vom Herzen, er entspannte sich deutlich. Dieses Rebecca-Theaterstück ging ihm ganz schön an die Nerven, er wollte die Vorführung jetzt endlich hinter sich haben. Er suchte noch die Wasseroberfläche nach ihr ab, als er sah, wie sie kurz vor dem Ufer aus dem Wasser auftauchte und zu ihm »Komm, Otter! Rebecca wartet auf mich!« rief. An Land rubbelte sie sich ihren dicken Haarschopf ab und hüllte sich in ihr Badehandtuch. Er schwamm zum Ufer und tapste durch die feuchte Wiese zu seinem Handtuch. »Rebecca ist auch nur ein Mensch«, sagte er. Sie stieß einen großen Schnaufer aus und er nahm sie fest in den Arm. Alles lief zu seiner großen Erleichterung weiter wie geplant. Hartmut war schon vorausgegangen und blieb immer wieder stehen, um sich nach ihnen umzuschauen. Eigentlich hatte er noch gar keine rechte Lust, wieder zurück ins Haus zu gehen, weil er am Teich unglaublich viele interessante Botschaften geschnuppert hatte, denen er gerne weiter gefolgt wäre.

»Alles klar, Hartmut, wir kommen«, rief Otter.

»Ob Rebecca schon da ist?«, fragte Alex und drückte ihren Kopf an seine Schulter.

»Längst. Die war mit Lola doch nur kurz drüben am Waldrand, um frische Luft zu schnappen, ist jetzt garantiert wieder zurück«, beruhigte er sie.

Sie näherten sich dem Haus. Otter fiel auf, dass das Licht drinnen deutlich schwächer war als vorher und leicht flackerte. Offenbar hatten sie Kerzen angemacht. Großes Kino, alles war wie abgesprochen.

»Uiih! Sieht ja total gemütlich aus«, bemerkte Alex.

»Dann wollen wir mal«, sagte Otter und gab ihr ihren Kuss auf seine Nase zurück.

»Ich war ja nicht mal beim Abitur so aufgeregt«, flüsterte sie.

Otter öffnete beherzt die Tür. Von drinnen klang leises Gemurmel, was mit seinem Eintreten verstummte. Überall brannten tatsächlich Kerzen – er wusste gar nicht, dass die Jungs so viel Kerzenständer hatten – und der süßliche Duft von Räucherstäbchen erfüllte den Raum. Alle waren um den Tisch versammelt, Archie, Speck, Lola und Caro, nur Tatta und Dylan fehlten noch – aber wo war Rebecca? Alex kam direkt hinter ihm und entdeckte sie zuerst.

»Uff«, stöhnte sie.

Rechts in der Ecke im schummerigen Licht einer abgedunkelten Tischlampe saß wie eine Königin auf einem hellbraunen, ledernen Clubsessel, einem weiteren Erbstück von Archies Opa, aufrecht und würdevoll: Rebecca C. Creek! In der Silhouette erkannte man ihre indianische Nase und die markanten Backenknochen einer stolzen Rasse, die einst den nordamerikanischen Kontinent ihre Heimat nannte, bevor sie von weißen Landfressern und goldgierigen Eindringlingen – den Vorfahren der heutigen Immobilienmakler und Investmentbanker – aus Europa gnadenlos ausgerottet wurden. Rebecca, eine der letzten ihrer

Art, die ihre Vorfahren dafür verfluchte, dass sie einst die Schiffe der frommen Einwanderer nicht schon vor dem Ankerwerfen mit Mann und Maus versenkt hatten, bevor sie überhaupt ihr Land betreten konnten und ihre gierigen Ziele offenbarten.

Alex trat vor und wirkte angesichts dieser charismatischen Persönlichkeit wie erstarrt. Ihr fehlten die Worte. Dann stammelte sie: »Go-good evening, Mrs. Creek.«

Ihr schien, als hätte Rebecca ihre Höflichkeit tatsächlich mit einem leichten Kopfnicken quittiert.

Otter sagte schnell: »Da sind wir! Olala, lecker! Meine Augen melden gerade meinem Magen, dass es endlich was zu essen gibt. Und der ist hellauf begeistert.« Dann wandte er sich Rebecca zu und sagte so locker, wie er dazu in der Lage war: »Hey, Mrs. Creek. Nice to see you … also … i mean … schön, Sie zu sehen.«

Rebecca bewegte wieder leicht ihren Kopf. Mehr nicht. Otter fand, sie sah in der Ecke in dieser Beleuchtung echt klasse aus. Er war schwer beeindruckt, dass man mit einem bisschen Schminke und ein paar Accessoires – und den geschickten Händen einer Könnerin – aus einer ostpreußischen Landfrau eine indo-kanadische Romanautorin zaubern konnte. Den Platz hatten sie wirklich perfekt gewählt, die Zimmerecke war wie geschaffen für so ein Versteckspiel. Er konnte sich aber des Eindruckes nicht erwehren, dass es irgendwie nach Alkohol roch, ganz zweifellos aus der Ecke, wo Rebecca saß. Seine Nase gab ihm diese Information und er konnte sich auf seine Nase verlassen, sie lag auf der Skala seiner Sinne gleich hinter seinen so gerühmten Augen. Und wenn ihn nicht alles täuschte, roch es eindeutig nach Bärenfang. Seine Mutter hatte dieses süße Gesöff gerne mal beim Kaffeekränzchen mit ihren Freundinnen getrunken.

»Setzt euch«, sagte Archie.

»Du bist Lola?«, fragte Alex und reichte ihr über den Tisch die Hand. »Schön, dich kennenzulernen.«

»Ganz meinerseits«, antwortete Lola. »Du bist Alex, oder? Hast ja ganz kalte Hände?

»Wir waren noch mal kurz im Teich«, antwortete Alex.

»Oha, ganz sportlich«, sagte Lola und lachte. »Deine Freundin Caro hat mir schon von dir erzählt. Was sich aus Fahrgemeinschaften alles so entwickeln kann.«

»Da sagst du was«, sagte Alex und grinste schief, dann nahm sie auf einen der beiden freien Stühle neben Otter Platz, sodass sie schräg gegenüber von Rebecca saßen. Sie hörte ihr Herz schlagen und vermied es peinlichst, zu aufdringlich auf die berühmte Schriftstellerin zu schauen.

»Isst sie denn gar nichts?«, raunte sie leise in Otters Ohr.

»Keine Ahnung«, flüsterte er.

»Scharfes Hemd hat sie an«, flüsterte Alex. »Charismatische Person, Wahnsinn.«

»Einen kleinen Eindruck von der Gegend erhalten?«, fragte Archie Alex und schob sich einen Happen mit Fleischsalat in den Mund.

»Das, was ich im Dunkeln sehen konnte, war faszinierend, wirklich faszinierend. Der Teich ist ja wunderschön«, antwortete sie.

»Kann man gut haben, so einen Pool«, sagte Archie vergnügt und wischte sich mit der Papierserviette eine Spur Fleischsalat aus dem Mundwinkel, »übrigens, bei der riesigen, alten Trauerweide am Teich wurde vor langer Zeit Recht gesprochen und auch diese oder jene Hinrichtung vollzogen, erzählt man.«

»Hat Eugen mal erzählt«, ergänzte Speck.

»Hinrichtungen? Buuh … gruselig.« Caro schüttelte sich.

»Hängen und so, ääh … ich meine«, Speck kratzte sich sein Kinn, »es wurde auch geköpft. Ja, geköpft.«

»Unfuch.«

Für einen kurzen Augenblick war Totenstille im Raum.

Archie hüstelte. Dann beugte sich Alex zu Otter rüber und flüsterte verwirrt: »Wo kam denn das her?«

»Wie meinst du?«, fragte Otter.

»Komisch, echt. Mir war so, als hätte Rebecca eben gesprochen? Kam aus der Ecke.«

Otter schwitzte. »Das? Das war das Ledersofa«, sagte er schnell, »das macht immer seltsame Geräusche, wenn man darauf sein Gewicht verlagert. Is' mir auch schon passiert. Hört sich echt so an, als würde jemand sprechen. Archie sagt, das sei der Geist seines Opas, der sich da meldet, höhö. Die alte Standuhr da hinten ist auch von Archies Opa. Manchmal macht sie ganz seltsame Geräusche. Spinnt völlig, das Teil.«

»Ich bin in einem Spukhaus?« Alex kicherte.

»Huuuuuuuuuuuhuuuuu«, machte Otter.

»Also!«, rief Alex empört und zwickte ihn in den Arm. Dann fragte sie Archie: »Was hat denn Mrs. Creek als nächstes Projekt vor? Weiß man schon?«

»Nun, es ist wohl ein großer, epischer Roman, der in Irland spielt, also a great lovestory from Irland, so viel ich weiß.« Archie schnappte sich ein Gürkchen von der Schnittchenplatte, biss herzhaft hinein und zerkaute es knackend. »Ähm … *Im Ginster der Liebe* heißt er wohl, oder Rebecca? *Ginster of love*? Is it right? Hab ich recht or is it … oder liege ich da wrong, ich meine … falsch?«, fragte er.

Rebecca saß starr und bewegte sich nicht.

»Hm? Hm?«, insistierte Archie.

»Mmm-mm«, bestätigte Rebecca nun endlich und nickte.

»Es ist die Geschichte von einem Arzt in Irland und seiner Liebe zur Tochter eines Internatsleiters, glaube ich. Mehr weiß ich auch nicht, Rebecca schreibt ja noch dran.«

Alex nahm sich vorsichtig zwei Schnittchen von der Platte, damit auch nichts von den ganzen, liebevoll arrangierten

Zutaten herunterfiel. »Oh, das klingt ja schon sehr aufregend. Freu mich schon total drauf. Wann soll er denn erscheinen?«

»Voraussichtlich im kommenden Frühjahr. Nicht, oder Rebecca? *The Ginster of Love*, in the next Springtime? Frühling?«

Paula zog die Mundwinkel runter und wackelte mit den Händen hin und her.

»Sie will sagen, voraussichtlich«, erklärte Archie. »Maybe or not maybe, oder Rebecca? Haha. Man wird sehen, will see, yes?« Bislang machte Paula ihre Sache gar nicht schlecht, dachte er. Bis auf den ersten Patzer, aber den ordnete er ihrer Aufregung zu. Wenn es so weiterlief, dann könnte es gut gehen. Ihm war aber auch aufgefallen, dass sie etwas nach Alkohol roch. Womöglich hatte sie sich vor ihrem großen Auftritt ein paar Gläschen von ihrem geliebten Bärenfang reingegluckert. »You like one?«, fragte er sie und zeigte auf die Schnittchenplatte. »Ähm, I mean, ich meine, you like etwas von den leckeren Sandwiches, we call it Schnittchen?«

Rebecca nickte heftig mit dem Kopf. Offenbar hatte Paula Hunger, dachte er, griff sich einen Teller und fragte noch mal nach: »Kleine Auswahl, Rebecca? Ich meine, I mean, so von allem etwas? This one? Von diesem hier?«, und wies auf eine Fleischsalat-Kressekombination mit hauchdünnen, fächermäßig drapierten Radieschenscheibchen.

Rebecca nickte zustimmend und zeigte drei Finger.

Oh, Madame hat echt Hunger, dachte Archie und fragte: »Three? Drei von diesen lecker sandwiches, Rebecca?«

Paula nickte heftig.

Archie legte die Schnittchen auf den Teller und reichte sie ihr. »Hmmmmmm«, brummte sie hocherfreut und nahm sie zufrieden lächelnd entgegen.

»You need a little drink, Rebecca? Darf ich dir was zu trinken anbieten? A glass Wein?«, fragte Archie.

»Delicious wine from Mister Hüschke, from the supermarket, our master of special wine all over the world, hihi«, trompetete Speck.

Paula starrte ihn verwirrt an. Archie stieß Speck unterm Tisch seinen Fuß gegen das Schienbein. Es lief alles prima, aber Speck musste unsinnigerweise so einen Blödsinn raushauen. Paula hatte doch außer »Hüschke« kein Wort verstanden. Er tippte rasch auf die Flasche Wein auf dem Tisch und fragte Paula mit hochgezogenen Augenbrauen »Hä? Yes?« Paula nickte. Archie schenkte ein Glas voll und reichte es ihr rüber. Dann ergriff er sein Glas, hob es hoch und rief: »Auf Rebecca! Cheers!«

»Auf Rebecca!«, riefen alle und prosteten Paula zu. Die zwinkerte fröhlich mit den Augen und schlürfte sich schmatzend das halbe Glas Wein rein. Sie wirkte entspannt und schien sich mehr und mehr in ihrer Rolle wohlzufühlen.

Alex setzte ihr Glas ab, räusperte sich und ergänzte: »I'm so glad to see you, Mrs, Creek, you dont believe it.« Sie riss sich furchtbar zusammen, damit Rebecca nicht merkte, wie aufgeregt sie angesichts ihrer Persönlichkeit immer noch war.

Paula hob wieder ihren Daumen hoch. An dieser Geste schien sie Gefallen gefunden zu haben. Archie machte sich ein bisschen Sorgen, dass sie diese überstrapazieren könnte. »Ähm, Rebecca«, sagte er, »Alex will dir bedeuten, dass sie sich riesig freut, dich zu sehen. She's very happy glücklich, sagt sie.«

Paula kicherte, nickte wohlwollend und hob wieder ihren Daumen.

»Lässig«, bemerkte Caro und hatte das Gefühl, jetzt sei der richtige Augenblick, Rebecca auf ihre Pferdezucht anzusprechen, war aber in Sachen Fremdsprachen sehr unsicher und gehemmt, also fragte sie Archie. »Kannst du sie bitte mal fragen, seit wann sie Mustangs züchtet, das wäre ganz süß.«

»Seit wann sie Mustangs züchtet, soll ich sie fragen?«, wiederholte Archie eigentlich nur aus taktischen Gründen, weil er Zeit brauchte, um zu überlegen, wie er das Paula am besten verklickern konnte. Dann fragte er sie: »Caro ask me, how long züchtest du eigentlich schon Mustangs, also Babyhorses, auf deiner Farm?« Er musste innerlich lachen. Babyhorses, unglaublich. So ein Scheiß. Das Wort für Fohlen kannte er nicht, dafür war sein Englisch zu dürftig. Andererseits verstand ja Paula sowieso kein Wort Englisch, aber vor den anderen wäre es schon schön, wenn er jetzt sprachlich etwas mehr glänzen könnte, das machte immer einen guten Eindruck. Er nahm sich vor, in nächster Zeit seine Englischkenntnisse zu verbessern. Seine Unzulänglichkeiten in fremden Sprachen merkte man ja immer erst, wenn man so einer Situation ausgesetzt war. Man schämt sich dann in diesem Moment furchtbar, fällt aber danach wieder in den Bequemlichkeitsmodus zurück – bis zum nächsten Mal. Dann schwört man sich wieder … na ja, ein unseliger Kreislauf.

Paula verstand nix und schaute Archie leicht verzweifelt an. Der wollte es gerade noch mal mit Händen und Füßen probieren, da ging die Tür auf und Tatta trat mit Dylan ein. Als der Paula sah, brüllte er entgeistert: »Ein Indianer!!«

»Dylan, nicht ganz so laut bitte«, zischte Tatta und sagte: »Schönen guten Abend zusammen, dürfen wir uns dazugesellen?«

»Ein Indianer«, brüllte Dylan beharrlich.

»Ugga! Ugga! Gleich wirst du skalpiert«, sagte Speck genüsslich. »Kommt, setzt euch doch.«

»Nein, Dylan, Speck macht doch nur Spaß, er …«

»Dylan, hör mal«, unterbrach sie Archie, »das ist kein Indianer, sondern wenn schon, dann eine Indianerin und das auch nur zur Hälfte …«

»Und wo ist ihre andere Hälfte?«, warf Speck ein.

»Please, Mr. Speck, ja?«, rügte Archie ihn, dann sagte er im würdevollen Ton zu Dylan: »Das ist Rebecca C. Creek, eine berühmte Schriftstellerin aus Kanada mit indianischen Wurzeln – und nun setz dich hin.«

Dylan starrte unablässig auf Paula und war sichtlich schwer beeindruckt. Tatta beugte sich zu ihm runter und flüsterte: »Die Tante kommt aus Kanada und schreibt tolle Bücher.«

»Und verkauft Wurzeln?«, fragte er verwirrt.

»Nein, Dylan«, antwortete Tatta, »das sagt man so, wo die Menschen geboren wurden, da sind ihre Wurzeln.«

Speck gab sich damit nicht ganz zufrieden: »Aber wenn jemand im Flugzeug geboren wird, dann sieht das allerdings anders aus. Dann hat er vielleicht seine Wurzeln über Grönland oder irgendwo über dem Pazifik. Nix mit Wurzeln. Nicht wahr, kann doch passieren?«

»Ja, klar, gibt's alles«, bestätigte Archie leicht missmutig, weil er Specks Einwand nicht allzu konstruktiv fand. »Nun versteht Dylan aber nur noch Bahnhof.«

»Apropos Bahnhof, meine Oma wurde im Zug nach Breslau geboren«, bemerkte Lola, »Opa hat noch die Notbremse gezogen, aber da kam sie schon. Im Winter, mitten auf der Strecke. Der ganze Zug lief zusammen und wollte das kleine Baby sehen, erzählte meine Oma, und jeder wollte einen ausgeben«,

»Der Wahnsinn«, sagte Caro. »Ich glaube, ich könnte das nicht.«

»Dann darfst du in den letzten Schwangerschaftswochen auch nicht mehr Zug fahren. Wenn ja, musst du da wohl durch«, gab Alex zu bedenken.

»Ich muss pissen!«, plärrte Dylan.

»Sehr schön. Dann geh halt, oder brauchst du Hilfe?«, fragte Archie.

Dylan stand auf und trottete zum Klo.

»Archie!«, ermahnte ihn Tatta. »Die unverkrampfte Bekundung einer unausweichlichen Notdurft ist enorm wichtig, einer der Grundpfeiler einer zwangsfreien Erziehung, sonst entstehen Verklemmungen. Und wir wissen ja, wohin die in unserer Gesellschaft führen. Sehen wir ja täglich.«

»Das hätte aus dem Mund von Karl sein können«, bemerkte Otter.

»Wer is 'n Karl?«, fragte Tatta.

»Freund aus meiner alten WG. Der führende Kopf, sozusagen. War so ähnlich unterwegs wie du, ihr hättet gut zusammengepasst. Außerdem ein Könner in der Polaroid-Fotografie.«

»Oh, schade, hätte ihn sehr gerne kennengelernt«, sagte Tatta enttäuscht.

»Meine Wurzeln sind ja in Berlin«, bemerkte Otter, «und deine, Alex?«

»Meine Wurzeln sind in …«

»Will deine Feder«, forderte Dylan, der wieder vom Klo zurückgekommen war und vor Paula stehen blieb. »Feder!«, wiederholte er.

Tatta rief: »Dylan, bitte! Komm her, die Feder gehört Rebecca. Archie und Speck haben doch Hühner, wir finden auch so eine Feder.«

Dylan ließ nicht locker. »Feder!«

Paula starrte ihn mit eiserner Miene an, ganz so, wie es einem indianischen Halbblut zu Gesichte stand. Dann bewegte sie ihre Hände langsam kreisend vor dem Gesicht von Dylan, stieß dann urplötzlich ein lautes »Uh!« aus und steckte ihm weit die Zunge raus.

Dylan bekam so einen Schreck, dass er fast aus den Schuhen fiel. Dann rannte er panisch zu Tatta, zerrte an ihrem Arm und schrie: »Tatta! Der hat mir die Zunge rausgestreckt! Der blöde Indianer hat mir eben die Zunge rausgestreckt, ja!«

Alle schauten verstört auf Paula, die wieder mit eiserner Miene auf ihrem Sessel saß.

»Dylan, das ist nicht okay, weißt du?«, sagte Tatta. »Du wolltest ihr die Feder wegnehmen, siehst du, das kommt davon. Erstens musst du fragen und zweitens darfst du einem Gast von Archie und Speck nicht einfach etwas wegnehmen, das ist nicht okay.«

»Die Zunge rausgestreckt!«, nölte Dylan.

»In manchen Kulturen ist es ein Höflichkeitsritual, Fremden als Willkommensgruß die Zunge rauszustrecken. Siehst du, so!«, sagte Archie und streckte Dylan die Zunge raus. »Das heißt in ihrer Sprache ›schön dass du da bist‹.«

»Das stimmt, Dylan, davon hab ich auch gehört«, bestätigte Tatta und streckte ebenfalls ihre Zunge raus. Daraufhin schlossen sich alle anderen an. Nun riss auch Dylan sperrangelweit seinen Mund auf, streckte seine Zunge weit raus und machte dabei andauernd »Aaaaaaaaaaaaah!« Endlich gab es etwas, woran er offensichtlich richtig Spaß hatte. Ein Außenstehender, der in diesem Moment in das Zimmer geschaut hätte, wäre wohl davon ausgegangen, dass hier ein obskurer Zirkel bei irgendwelchen Maori-Ritualen zusammenhockte. Und Paula saß in ihrer Ecke, kicherte leise und streckte ebenfalls fröhlich ihre Zunge raus.

»Aaaaaaaaah! Aaaaaaaaah! Aaaaaaaaah!« Dylan kannte kein Ende.

»Das machst du phantastisch, Dylan«, sagte Tatta, »ganz phantastisch. Jetzt hast auch du Rebecca gezeigt, dass sie willkommen ist.«

Lola zeigte auf die Weinflasche. »Kann ich vielleicht rasch noch etwas von dem …«

»Aber sorry, Lola. Klar, ich bitte dich. Gib mir doch dein Glas.« Archie füllte es mit Wein auf und reichte es an Lola zurück. »Ich denke«, sagte er und goss sich selbst auch ein, »Rebecca wird nicht mehr so ganz lange machen, schließlich muss sie morgen ganz früh raus, hat ja einen langen Flug vor sich. Is it right, Rebecca? You like to go to bed? Du schlafen gehen?«

»Au nein«, stöhnte Alex, »bitte, bitte, ich möchte sie noch so viel fragen.«

Paula mampfte jetzt weiter lustvoll ihre Schnittchen und hob wieder ihren Daumen. Diesmal aber nach unten gerichtet.

»Negativ! Seht ihr, Rebecca ist noch gut drauf«, freute sich Alex, »hey, ich glaub, sie möchte noch was zu trinken, aber klar!«

Paula signalisierte mit einer unmissverständlichen Geste, dass es sie nach etwas Härterem gelüstete.

»Sie will wohl 'n Schnaps, oder?«, fragte Caro verblüfft.

Otter wurde jetzt langsam heiß. »Stört es jemanden, wenn ich ein bisschen das Fenster da aufmache? Is' ziemlich warm hier drinnen.«

»Aber nein, lass dich nicht abhalten«, sagte Speck.

Paula wurde, unterstützt vom Alkohol, spürbar lockerer, das erhöhte jedoch das Risiko, dass sie irgendwann mal einen Fehler machte. Und jetzt kippte sie sich noch diesen Bärenfang hinter, den Archie ihr eingegossen hatte. Otter war dabei gar nicht wohl, aber Alex hatte nicht den geringsten Verdacht, das merkte er an ihrem Verhalten. Noch funktionierte die Show. Noch.

Alex nahm nun all ihren Mut zusammen und fragte: »Mrs. Creek, wie schaffen Sie es, neben ihrer Farmarbeit und Pferdezucht noch solche tollen Bücher zu schreiben?«

Archie dachte, hey, genau diese Frage hatten sie doch geübt und übersetzte sicherheitshalber noch mal: »Rebecca, she means, how is it possible that you …«

»Oh, sorry, Archie«, sagte Alex und hielt sich beide Hände vors Gesicht. Hatte ich ganz vergessen, sie versteht ja nicht so gut Deutsch.«

»Ich glaub schon, Rebecca hat schon verstanden? Or not verstanden, Rebecca?«

Paula fuchtelte mit den Händen hin und her, mal breit ausschweifend, dann machte sie wie eine Waage die Schultern abwechselnd hoch und runter, klatschte plötzlich in die Hände, riss sie nach oben und formte Kreise. Anschließend stieß sie urplötzlich ein gutturales, lautes »Hugh!« heraus und griff sich die Flasche mit dem Bärenfang.

Dylan fing an, sich zu fürchten. Man sah es an seinen Augen. Die anderen schauten verdutzt zu, wie sich Paula fröhlich einen weiteren Bärenfang einschenkte.

Alex war ganz unsicher. »Was meint sie?«, fragte sie Archie leise.

»Ääh, ich denke, sie will sagen, sie hat wirklich viel zu tun, einen halben Tag ihr Landgut, die Pferde und ab Nachmittag dann schreiben, aber sie hat Spaß – jedenfalls interpretiere ich so ihr Klatschen – und sieht einfach das große Ganze.

Ihr ›Hugh!‹ heißt so viel wie ›Ich hab gesprochen‹, so in der Richtung. Indianisch geprägte Kommunikation halt.«

»Und das Feuerwasser jetzt?«, fragte Alex leise und schaute diskret auf Paula, die sich gerade mit einem wohligen Grunzen den Bärenfang runterkippte.

»Der besiegelt quasi ihre Aussage. Ein alter Brauch«, antwortete Archie.

»Früher hat Rebecca noch Pfeife geraucht, hat sie aber aus gesundheitlichen Gründen aufgegeben.« Archie nahm sich vor, die indianischen Elemente in Rebeccas Wesen nicht weiter auszuweiten, am Ende landete er womöglich noch beim Marterpfahl. Deswegen war er sehr erleichtert, als Alex ihn fragte, woher die deutsche Mutter von Rebecca stammte und was sie beruflich machte.

»Soweit ich weiß, war ihre Mutter eine Schneiderin aus Bamberg, aus der Ecke.«

»Von wem hat sie denn die literarische Begabung?«, wollte Alex wissen.

Mann, Mann, dachte Archie, die fragt vielleicht Sachen. Langsam verfluchte er Otter, der ihnen das alles eingebrockt hatte. Er hatte das Gefühl, die ganze Sache lief langsam aus dem Ruder, gleiche Bedenken sah er auch in Otters Augen. Paula wurde immer lockerer, was Anlass zu schlimmsten Befürchtungen gab. Auf der anderen Seite fragte er sich, was ihn das alles anging? War doch nicht seine Idee.

Andererseits war er in die Verschwörung involviert, das war nicht abzuleugnen. Unangenehm, unangenehm.

Er nahm einen tiefen Schluck aus seinem Weinglas und sagte: »Pau... ähm, Rebecca, ähm, Alex like to know, Alex wüsste gerne, wer in your Familie wrote books, also wer in deiner family hat auch geschrieben?«

Paula überlegte. Dann kicherte sie und machte mit ihren Händen vor ihrer Brust wölbende Bewegungen.

»Deine mother? Your Mutter?« fragte Otter.

Paula nickte heftig und goss sich vergnügt einen weiteren Bärenfang ein.

»Ach, das ist ja total spannend«, sagte Alex hochinteressiert. »Hinter der Fassade einer einfachen Schneiderin schlummerte ein verborgenes Talent zum Schreiben.«

»Ich schreibe ja auch, weißt du das eigentlich?«, fragte Otter.

Alex gluckste. »Und nähen tust du auch?«

»Es gibt Männer«, warf Lola launig ein, bei der die vielen gut gefüllten Weingläser auch langsam Wirkung zeigten, »die haben das drauf. Ich kannte mal einen, der wundervoll nähen konnte, einen Holländer. Er war Tauchlehrer in Mexico. Wir haben uns unter Wasser ...«

»Die Korallenbänke studiert«, schoss Speck heraus, um weitere Ausführungen von Lola zu unterbinden.

»Aber hallo!«, quietschte Lola.

»Gorallen?«, quäkte Dylan.

»Ko! Ko! Korallen, Dylan. Das sind herrlich bunte Unterwasser... ja was denn, also was soll ich sagen, so wie Pflanzen, wie ein großer Garten musst du sie dir vorstellen«, antwortete ihm Tatta. »Man sagt auch Korallenbänke dazu.«

»Bänke?«, krähte Dylan.

»Aber nein, keine Sitzbänke«, antwortete Lola. »Weiche, bunte Tentakel zum Reinlegen, wie in einem großen Bett, um ...«

»Fische zu beobachten«, warf Archie ein.

»Wie?«, fragte Lola verwirrt. »Äh, ja, natürlich, um gemütlich die herrlich bunten Fische zu beobachten, klar.«

»Spanner«, lästerte Speck, dem jetzt aber auch langsam bewusst wurde, dass ihre Show in eine ganz kritische Phase kam, denn Paula stand plötzlich auf und fing an, in beschwörender Art und Weise zu tanzen. Sie schaukelte etwas hüftsteif mit geschlossenen Augen hin und her, wackelte dabei mit dem Kopf und malte mit schnippenden Händen imaginäre Formen in die Luft. Paula war richtig in Form. Speck fing an zu schwitzen. Und Otter erst recht. Nur Lola juchzte und klatschte rhythmisch.

Archie raunte: »Gleich gibt's Regen.«

Alex war völlig fasziniert. »Was für eine Darbietung«, stammelte sie verzückt. »Wann darf man in so einem spirituellen Moment schon mal dabei sein.«

»Ja, äh – wahrlich, ein ... äh ... bewegender Moment«, stammelte Otter, nahm sich fahrig ein Schnittchen und stopfte es sich komplett in den Mund. Im selben Moment fiel Paula durch eine ruckartige Bewegung die Feder vom Kopf. Ehe sie sich versah, sprang Dylan blitzartig von seinem Stuhl auf und griff sie sich. Da schallte es messerscharf durch den Raum:

»Pfoten wech, du Limmel!«

Es herrschte Totenstille. Im Hintergrund stürzte krachend eine Stecknadel zu Boden. Alle Anwesenden wirkten wie eingefroren. Plötzlich plumpste Roswitha vom offenen Fenster auf den Zimmerboden und schnappte sich blitzschnell die Feder. Sie war überzeugt, dass sie ihr gehörte.

10. Kapitel
Die Scherben sind gekehrt. Rote Haare kitzeln. Eine Autorin lebt weiter. Jeder Topf hat seinen Deckel.

Er wurde langsam wach, etwas kitzelte ihn an der Nase. Otter identifizierte es als eine rote Haarlocke. Sie gehörte Alex. Und der komplette warme Körper, der dicht an ihn geschmiegt neben ihm lag, auch. Er fühlte sich umwerfend an. Die Morgensonne warf die Fenstersprossen als Schattengitter durch das ganze Zimmer und von draußen erklang das fröhliche Gezwitscher gut gelaunter Vögel. Kein Wunder, bei so einem herrlichen Tag. Alex atmete ruhig und tief, sie war noch ganz weit weg. Behutsam löste sich Otter von ihr und drehte sich leise aus dem Bett. Er griff sich sein T-Shirt, das wie gewohnt zwischen all seinen verstreuten Kleidungsstücken auf dem Boden lag, schlüpfte hinein und öffnete ganz leise die Tür, schob sich vorsichtig hinaus aus dem Zimmer und zog die Tür mit Samthändchen wieder hinter sich zu. Um ein Haar wäre er über Hartmut gestolpert, der genau draußen quer hinter der Zimmertür lag. Er rührte sich keinen Millimeter. Otter verstand: Hartmut war beleidigt, dass er nicht bei Otter schlafen durfte. Da lag plötzlich eine Rothaarige. Hartmut wollte das in diesem Fall mal als Ausnahme dulden, aber das nächste Mal würde er resolut auf seinen Stammplatz am Ende des Bettes bestehen. Otter ging leise die Treppe runter, um die Lage im Erdgeschoss zu checken. Kaffeeduft drang in seine Nase.

»Der Betrüger ist ja auch schon wach«, hörte er jemanden sagen. Eindeutig Speck.

»Strippenzieher.« Und das war eindeutig Archie.

Leicht zerknittert betrat Otter das Wohnzimmer, gähnte und kratzte sich die Brust. »Moin, Jungs«, sagte er mit rauer Stimme. »Oh? Ihr frühstückt schon?«, brummelte er, nahm sich einen Stuhl und setzte sich dazu.

»Naaa? Gut geschlafen?«, fragte Speck und grinste.

»Ein schlechtes Gewissen ist kein gutes Ruhekissen«, sagte Archie.

»Kaum wach und schon krieg ich die volle Breitseite. Echte Freunde, muss ich sagen.«

Otter nahm sich eine Tasse und goss sich Kaffee ein. »Ich kann mich irgendwie auch nicht mehr so gut an alles erinnern ...«

»So haben wir's gerne«, sagte Archie.

»Wo sind eigentlich die anderen?«, fragte Otter.

»Tatta ist schon gefahren und Caro schläft wohl noch«, antwortete Archie.

»Tatta ist schon weg? War sie sauer?«

»Warum soll sie sauer gewesen sein? Ihr Sohn hat sich vollgestopft, ist allen auf die Nerven gegangen und hat dann noch eine mühevoll vorbereitete Inszenierung zerstört. Ich frage dich, warum soll Tatta sauer gewesen sein?«

»Ich meine, wegen der Ohrfeige.«

»Weil Paula ihrem Prinzen eine geknallt hat, meinst du?«

»Ja, genau.«

»Die Gesetze des Dschungels halt. War höchste Zeit, dass der Ätzkröte mal die Grenzen gezeigt wurden. Paula war einfach in Fahrt. Ein reiner Reflex. Einer Indianerin klaut man nicht die Feder. Sie wollte ihn danach ja in den Arm nehmen, aber die Kröte schrie ja wie am Spieß.«

»Die ostpreußische Sado-Maso-Nummer? Oha, ja, Ich erinnere mich.«

»Auch daran, dass Paula zur Versöhnung Tatta einen Bärenfang spendieren wollte?«

»Jetzt, wo du's sagst.«

»Egal. Also Tatta wollte früh los, weil sie noch eine lange Fahrt vor sich und ihre Nervensäge sie sowieso schon wieder auf Trab gebracht hatte. Das war der Grund für ihre morgendliche Abreise.«

»Und den Fleischsalat hat sie auch mitgenommen«, erwähnte Speck.

»Und Paula?«, fragte Otter.

Archie griff sich seinen Tabak und ein Blatt Zigarettenpapier, griente und sagte: »Zum Flughafen natürlich, zurück nach Kanada.«

»Au, Leute«, stöhnte Otter.

»Spaß beiseite, Paula haben wir zu zweit mit Hilfe von Lola nach Hause bringen müssen, sie wollte andauernd mit uns tanzen und bei sich mit uns noch unbedingt einen Bärenfang trinken. War gar nicht zu bremsen. Bin gespannt, wie es ihr heute geht, aber sie ist hart im Nehmen. Die alten Ostpreußen können ja richtig was vertragen.« Archie begann sich die Zigarette zu rollen. »Kein Zweifel, also das kann man ja schon mal als Positivum werten, Paula hat das alles scheinbar einen Riesenspaß gemacht. Sie will jetzt anfangen Romane zu schreiben, hat sie gesagt. In der Liebe kenne sie sich aus.«

»Is' das wahr? Na, da hab ich ja einiges ins Rollen gebracht«, sagte Otter und schlürfte seinen Kaffee. »Erotische Lektüre aus der Bauernstube. Warum nicht?«

»Sei mal nicht ganz so locker, mein Guter. Du hast deine Kumpels mit in den Abgrund gezogen, so sieht's aus«

»Mensch, Archie ...«, sagte Otter kleinlaut.

»Ja, Mensch Archie, Mensch Archie. Ich stehe doch da wie ein Idiot. Nun weiß jeder, es gibt gar keine Rebecca C. Creek, in Wirklichkeit schreibt das ganze Zeug ein Freak vom Land. So sieht's aus. Herzlichen Dank.«

»Ein verkiffter Freak vom Land«, korrigierte Speck,

»Kumpel vom Fettbrotschmierer«, quittierte das Archie.

»Wenn das rauskommt, kann ich einpacken, echt. Schluss mit DAMOUR-Verlag. Das war's. Mit falschen Federn geschmückt. Ende. Aus.«

»Mann, Archie. Tut mir leid.« Otter fühlt sich saumäßig schlecht.

Archie beugte sich mürrisch rüber zu Otter. »Dass diese Romane alle von einem Kerl geschrieben wurden, das findet doch jeder ...«

»Klasse!«

Alle drei starrten zur Treppe. Da stand Alex, die in der Zwischenzeit auf nackten Füßen ganz leise die Treppe heruntergekommen war, nur in einem langen Shirt – und lächelte.

»Alex!«, riefen alle wie aus einem Mund.

Otter fand, sie sah, wie sie da so mit ihren zerwühlten Haaren und den geröteten Wangen noch leicht schläfrig dastand, zum Auffressen aus. Was für ein Weib.

»Komm, setz dich«, sagte er.

Sie schlurfte zu ihm, setzte sich quer auf seinen Schoß, legte beide Arme um ihn und gab ihm einen zärtlichen Kuss. Otter fand, sie war wunderschön warm und duftete betörend nach Bettfedern und Liebe.

»Kaffee?«, fragte er.

»Ja, gerne.«

Archie räusperte sich. »Ähm, Alex, ich wollte mal mit dir sprechen. Meinst du …«

»Archie«, antwortete sie, »bevor du was sagst, möchte ich dir gerne was sagen.«

»Ja, klar, mach«, antwortete Archie.

»Eure Show war einfach grandios. Obwohl ich natürlich enttäuscht war, bin ich über Nacht zu der Erkenntnis gekommen, dass das ein Riesending war. Aber was mir am meisten daran gefällt, ist die Erfahrung, so einen gefühlvollen Mann kennengelernt zu haben, der sprachlich solche zärtlichen, sinnlichen Bilder malen kann. Stark, echt stark.«

»Oh, nein.« Speck vergrub das Gesicht in seinen Händen.

»Du sollst ein für alle Male wissen, Archie: Ich habe gestern Abend die großartige Rebecca C. Creek kennengelernt.« Sie zwinkerte ihm zu.

Archie war völlig gerührt, wollte aufstehen und Alex umarmen, da rumpelte es von oben. Der schwere Hartmut plumpste die Treppe runter, hinter ihm folgte die noch leicht zerknautschte Caro und rief. »Hey, Speck, mein süßer Schnuckel! Du frühstückst ja schon?«

Wie aus einem Mund schrien Archie, Otter und Alex: »Speck!«